BvT

»*Das Bettlermädchen* handelt von alltäglichen Dingen –
die Reaktion eines sensiblen Mädchens auf ihre meist
gefühllose Umgebung, eine unkluge Heirat, eine »befrei-
ende« Scheidung, doch die Dichte der Erzählung und der
geschliffene Stil der Autorin machen aus diesen Geschichten ein kleines Meisterwerk. Zehn Geschichten,
ineinander verschränkt und aus dem Abstand von etwa
30 Jahren geschrieben, so dass wir, während wir dem
Kind Rose folgen, eine Rose hören, die eigentlich aus
ihrer Zukunft erzählt.« *Joyce Carol Oates*

Alice Munro, geboren 1931, stammt aus dem kanadischen
Bundesstaat Ontario. Dessen Landschaft bildet auch den
Hintergrund all ihrer Erzählungen. In Kanada gehört sie
neben Margaret Atwood und Michael Ondaatje zu den
prominentesten Autoren und wurde mit zahlreichen Preisen geehrt.

Alice Munro

Das Bettlermädchen

Geschichten von Flo und Rose

Aus dem Amerikanischen
von Hildegard Petry

Berliner Taschenbuch Verlag

Für G. Fn.

April 2003
BvT Berliner Taschenbuch Verlags GmbH, Berlin,
ein Unternehmen der Verlagsgruppe Random House GmbH
Die Originalausgabe erschien unter dem Titel
Who Do You Think You Are?
bei The Macmillan Company of Canada
© 1977, 1978 Alice Munro
Für die deutsche Ausgabe
Klett-Cotta
© 1981 J. G. Cotta'sche Buchhandlung Nachfolger GmbH,
gegr. 1659, Stuttgart
Umschlaggestaltung: Nina Rothfos und Patrick Gabler, Hamburg,
unter Verwendung des Bildes »The Goat-Herd of Genzano«, 1843,
von Jean-Baptiste Camille Corot, The Phillips Collection, Washington
Gesetzt aus der Sabon durch psb, Berlin
Druck und Bindung: Elsnerdruck, Berlin
Printed in Germany · ISBN 3-442-76149-2

Inhalt

Eine fürstliche Abreibung   7

Unverletzbarkeit   42

Eine halbe Grapefruit   65

Wilde Schwäne   91

Das Bettlermädchen   107

Pech   158

Vorsehung   212

Simons Glück   243

Buchstabieren   278

Was glaubst du, wer du bist?   301

Eine fürstliche Abreibung

Eine fürstliche Abreibung. Das war Flos Versprechen. Du wirst eine richtig fürstliche Abreibung kriegen.

Das Wort »fürstlich« zerfloss Flo auf der Zunge, es wurde immer festlicher. Rose hatte den Zwang, sich Dinge auszumalen, ausgefallenen Gedanken nachzugehen, der viel stärker war als das Bedürfnis, sich aus Schwierigkeiten herauszuhalten, und statt sich die Drohung zu Herzen zu nehmen, grübelte sie: wodurch wird eine Abreibung fürstlich? Ihr fielen eine von Bäumen gesäumte Prachtstraße ein, eine Menge feierlicher Zuschauer, weiße Pferde und schwarze Sklaven. Jemand kniete, und das Blut sprang heraus wie kleine Fahnen. Ein grausames und doch großartiges Ereignis. Im wirklichen Leben erreichte man diese Würde bei weitem nicht, nur Flo versuchte, dem Ereignis eine Art erhabenen Anschein von Notwendigkeit und Bedauern zu geben. Rose und ihr Vater waren bald über alles Vorstellbare hinaus.

Ihr Vater war Meister der fürstlichen Abreibungen. Die von Flo waren nie der Rede wert; das waren nur schnelle Püffe und Klapse, die sie austeilte, während ihre Gedanken anderswo waren. Geh mir aus dem Weg, sagte sie dann. Kümmer du dich um deine eigenen Sachen. Mach nicht so ein Gesicht.

Sie wohnten hinter einem Laden in Hanratty, Ontario. Sie waren vier: Rose, ihr Vater, Flo und Roses kleiner Halbbruder Brian. Der Laden war eigentlich ein Haus, das Roses Eltern gebaut hatten, als sie heirateten und hier eine Reparaturwerkstatt für Polstermöbel aufmachten. Ihre Mutter verstand etwas von Polsterei. Rose hätte von beiden ihrer Eltern geschickte Hände, ein rasches Einfühlungsvermögen in die Werkstoffe, ein Auge für die hübschesten Methoden des Ausbesserns erben müssen, hatte es aber nicht. Sie war ungeschickt, und wenn etwas entzweiging, konnte sie es nicht schnell genug zusammenfegen und wegwerfen.

Ihre Mutter war gestorben. Noch am Nachmittag sagte sie zu Roses Vater: »Ich habe ein Gefühl, das ich nicht recht erklären kann. Es ist, als hätte ich ein gekochtes Ei in der Brust, mit der Schale.« Sie starb noch am gleichen Abend, sie hatte ein Blutgerinnsel in der Lunge. Rose war damals ein Säugling in einem Korb, deshalb konnte sie sich natürlich an nichts von alldem erinnern. Sie hörte es von Flo, die es von ihrem Vater gehört haben musste. Bald danach kam Flo zu ihnen, übernahm Rose in ihrem Korb, heiratete ihren Vater und richtete vorn einen Kolonialwarenladen ein. Rose, die das Haus nur als Laden gekannt hatte, die nur Flo als Mutter gekannt hatte, stellte sich die beinahe sechzehn Monate, die ihre Eltern hier gelebt hatten, als eine geordnete, viel ruhigere und eher festliche Zeit mit einem leichten Anklang von Wohlstand vor. Sie besaß nichts von damals als ein paar Eierbecher, die ihre Mutter gekauft hatte, verziert mit Weinreben und Vögeln, fein gezeichnet wie mit roter Tinte; die Muster fingen an zu verblassen. Es gab keine Bücher oder Kleider oder Bilder von ihrer Mutter mehr. Ihr Vater musste sie weggeschafft haben, vielleicht auch Flo. Flos einzige Geschichte über ihre Mutter, die von ihrem Tod, war seltsam widerstrebend. Flo mochte die Einzelheiten des Sterbens: was die Leute sagten, wie sie sich wehrten oder aufzustehen versuchten oder fluchten oder lachten (manche taten so was), aber wenn sie sagte, Roses Mutter habe von einem hart gekochten Ei in der Brust gesprochen, gab sie dem Vergleich einen etwas albernen Klang, als sei ihre Mutter jemand gewesen, der glaubte, man könne ein ganzes Ei auf einmal hinunterschlucken.

Ihr Vater besaß hinter dem Laden einen Schuppen, in dem er Möbel reparierte und aufarbeitete. Er flocht Sitze und Lehnen für Stühle, besserte Korbwaren aus, füllte Risse aus, setzte Beine wieder an, und das alles ganz ausgezeichnet und geschickt und billig. Darauf war er stolz: die Leute durch so sorgfältige Arbeit, so geringe, ja fast lächerliche Preise zu verblüffen. Während der Depression konnten die Leute sich vielleicht nicht leisten, mehr zu bezahlen, aber er behielt die Gewohnheit während des Krieges und auch während der Wohlstandsjahre nach dem Krieg bei, bis er starb. Er sprach nie mit Flo darüber, was er verlangte oder was noch ausstand. Als er gestorben war, musste sie hinausgehen, den Schuppen aufschließen und alle möglichen Papierfetzen und zerrissene Briefumschläge von den großen, gefährlich aussehenden Haken nehmen, die er als Ordner benutzte. Sie merkte, dass manches davon überhaupt keine Rechnungen oder Quittungen waren, sondern Aufzeichnungen über das Wetter oder kurze Notizen über den Garten, eben Dinge, die aufzuschreiben ihm in den Sinn gekommen waren.

25. Juni, neue Kartoffeln gegessen. Aufschreiben.
Düsterer Tag, 1880, nichts Übernatürliches. Asche-
wolken von Waldbrand.
16. Aug. 1938. Wahnsinniges Gewitter am Abd.,
Blitz schl. Pres. Kirche. Turberry Tsp. Gottes Wille?
Eingemachte Erdbeeren wegen Säure.
Alle Dinge sind lebendig. Spinoza.

Flo dachte, Spinoza müsse wohl eine neue Gemüsesorte
sein, die er anpflanzen wollte, wie Broccoli oder Auber-
ginen. Er hatte oft irgendwas Neues probiert. Sie zeigte
Rose den Zettel und fragte, ob sie wisse, was Spinoza sei.
Rose wusste es oder hatte doch eine Ahnung – sie war damals schon halb erwachsen –, aber sie antwortete, sie wisse es nicht. Sie war in einem Alter, dass sie glaubte, sie
könne es nicht ertragen, noch irgendetwas über ihren Vater oder über Flo zu erfahren; sie schob jede neue Ent-
deckung verwirrt und verschreckt beiseite.

In dem Schuppen standen ein Ofen und viele rohe Re-
gale mit Dosen voller Farbe und Firnis, Schellack und Terpentin, Krüge mit eingeweichten Pinseln und auch einige
dunkle klebrige Fläschchen mit Hustentropfen. Warum
mochte ein Mann, der ständig hustete, dessen Lungen im
Krieg eine Portion Gas abbekommen hatten (dieser Krieg
wurde in Roses frühester Kindheit nicht der Erste, sondern der Letzte Krieg genannt), seine Tage damit verbringen, die Ausdünstungen von Farbe und Terpentin einzua-
tmen? Damals wurden solche Fragen nicht so oft gestellt
wie heute. Auf der Bank vor Flos Laden saßen ein paar
alte Männer aus der Nachbarschaft, schwatzten und dös-
ten bei dem warmen Wetter, und einige von diesen Männern husteten ebenfalls die ganze Zeit. In Wirklichkeit

starben sie langsam und unauffällig an dem, was man ohne jeden klagenden Unterton die »Gießerei-Krankheit« nannte. Sie hatten ihr ganzes Leben lang in der Gießerei in der Stadt gearbeitet, nun saßen sie still da mit ihren verwüsteten gelben Gesichtern, husteten, kicherten, ergingen sich in ziellosen Obszönitäten über vorbeigehende Frauen oder ein junges Mädchen auf einem Fahrrad.

Aus dem Schuppen hörte man nicht nur Husten, sondern auch Reden, ein fortwährendes Murmeln, vorwurfsvoll oder ermutigend und gewöhnlich gerade noch unterhalb der Lautstärke, bei der man einzelne Worte unterscheiden konnte. Es wurde langsamer, wenn ihr Vater ein heikles Stück Arbeit vor sich hatte, und steigerte sich zu freudigem Tempo, wenn er etwas weniger Anspruchsvolles tat, wie Abschleifen oder Anstreichen. Hin und wieder brachen einige Worte durch und hingen klar und ohne Sinn in der Luft. Wenn er merkte, dass sie heraus waren, kam zur Tarnung ein schnelles kleines Husten, ein Schlucken, ein angespanntes, ungewohntes Schweigen.

»Makkaroni, Peperoni, Botticelli, Bohnen ...«

Was mochte das bedeuten? Rose wiederholte solche Dinge gern für sich. Sie konnte ihn nie fragen. Der Mensch, der diese Worte sprach, und der Mensch, der als ihr Vater zu ihr sprach, waren nicht derselbe, obwohl sie den gleichen Raum einzunehmen schienen. Es würde von allerschlechtestem Geschmack zeugen, eine Person zur Kenntnis zu nehmen, die angeblich nicht da war; das würde nicht verziehen werden. Trotzdem lungerte sie herum und horchte.

Die wolkengekrönten Türme, hörte sie ihn einmal sagen. »Die wolkengekrönten Türme, die prachtvollen Paläste.«

Das war, als schlüge eine Hand gegen Roses Brust, nicht um ihr wehzutun, sondern um sie in Erstaunen zu versetzen und ihr den Atem zu nehmen. Dann musste sie laufen, sie musste weg. Sie wusste, dass sie genug gehört hatte, und außerdem – wenn er sie erwischte? Es wäre schrecklich.

Das war wie die Geräusche aus dem Badezimmer. Flo hatte gespart und ein Badezimmer einbauen lassen, aber es war kein Platz da, wo man es einrichten konnte, außer einer Ecke der Küche. Die Tür schloss nicht richtig und die Wände waren nur aus Hartfaserplatten. Die Folge war, dass selbst das Abreißen eines Blattes Toilettenpapier oder das Verschieben einer Hüfte für die, die in der Küche arbeiteten oder sprachen oder aßen, deutlich hörbar war. Jeder kannte genau die intimsten Geräusche der anderen, nicht nur in ihren explosiveren Augenblicken, sie kannten auch ihre innersten Seufzer und ihr Gebrumme und ihre Entschuldigungen und Erklärungen. Und sie waren alle äußerst prüde Leute. So schien niemand etwas zu hören oder gar zu horchen, und es wurden keine Anspielungen gemacht. Die Person, die die Geräusche im Badezimmer verursacht hatte, stand in keiner Verbindung mit der Person, die dann herauskam.

Sie wohnten in einem armseligen Teil der Stadt. Es gab Hanratty und West-Hanratty und dazwischen den Fluss. Das hier war West-Hanratty. In Hanratty reichte die soziale Gliederung von Ärzten und Zahnärzten und Anwälten bis zu Gießereiarbeitern und Fabrikarbeitern und Bierkutschern; in West-Hanratty reichte sie von Fabrikarbeitern und Gießereiarbeitern bis zu den großen sorglosen Familien gelegentlicher Alkoholschmuggler und Prostituierter und erfolgloser Diebe. Rose stellte sich ihre Familie als auf beiden Seiten des Flusses stehend und so nirgendwohin gehörend vor, aber das stimmte nicht. West-Hanratty war da, wo der Laden war und wo sie waren, ganz am Ende der Hauptstraße. Gegenüber war die Werkstatt des Schmieds, die ungefähr zu Beginn des Krieges mit Brettern zugenagelt worden war, und ein Haus, das früher auch einmal ein Laden gewesen war. Das Schild für »Salada«-Tee war nicht aus dem Vorderfenster weggenommen worden; es blieb da als prächtige und interessante Dekoration, obwohl es drinnen keinen »Salada«-Tee zu kaufen gab. Es gab nur ein kleines Stückchen Gehsteig, das zu rissig und abschüssig zum Rollschuhlaufen war. Dabei sehnte Rose sich nach Rollschuhen und malte sich oft aus, wie sie gewandt und elegant in einem Schottenrock dahinsausen würde. Es gab eine einzige Straßenlampe, eine blecherne Blume; damit hörten die Reize auf, und es kamen schmutzige Straßen und morastige Plätze, Vorgärten voller Abfälle und seltsam aussehende Häuser. Die Häuser erhielten dieses seltsame Aussehen durch die Versuche, sie vor dem völligen Zusammenbrechen zu bewahren. Bei einigen hatte man das nie versucht. Die waren grau und verrottet und schief und bröckelten in eine Landschaft voller buschbestandener Senken, Froschtümpel, Schachtelhalme und Nesseln. Die meisten Häuser aber waren mit Dachpappe, ein paar frischen Brettern, Blechstücken, glatt gehämmerten Ofenrohren, ja selbst mit Pappe zusammengeflickt. Natürlich war das alles in den Tagen vor dem Krieg, Tagen, deren Armut in späteren Zeiten legendär wurde. Rose erinnerte sich nur an ganz unbedeutende Dinge – bedrohlich aussehende Ameisenhaufen und hölzerne Stufen und ein trübes, interessantes, fragwürdiges Licht über der Welt.

Anfangs bestand ein langer Waffenstillstand zwischen Flo und Rose. Roses Wesen entwickelte sich wie eine stachelige Ananas, aber langsam und ganz im Geheimen wurde es von einem harten Stolz und Misstrauen überdeckt, so dass etwas entstand, was sie selbst überraschte. Bevor sie alt genug war, um in die Schule zu gehen, und während Brian noch im Kinderwagen lag, hielt sich Rose mit den beiden im Laden auf. Flo saß auf dem hohen Stuhl hinter dem Ladentisch, Brian schlief vorn beim Fenster; Rose kniete oder lag auf den breiten knarrenden Dielen und malte mit Buntstiften auf Stücke von braunem Papier, das zu zerrissen oder zu formlos war, um zum Einwickeln noch brauchbar zu sein.

Die Leute, die in den Laden kamen, waren meist aus den Häusern in der Nähe. Auch ein paar Leute vom Land schauten auf dem Heimweg aus der Stadt herein und ein paar Leute aus Hanratty, die über die Brücke kamen. Einige Leute waren immer auf der Hauptstraße, in den Läden oder draußen, als ob es ihre Pflicht wäre, ständig sichtbar zu sein, und ihr Recht, willkommen geheißen zu werden. So zum Beispiel Becky Tyde.

Becky Tyde kletterte auf Flos Ladentisch und schaffte sich Platz neben einer offenen Schachtel voll krümeliger, mit Marmelade gefüllter Kuchen.

»Sind die eigentlich gut?«, sagte sie zu Flo und begann frech, einen zu essen. »Wann wirst du mir eine Stelle geben, Flo?«

»Du könntest ja in den Metzgerladen arbeiten gehen«, sagte Flo unschuldig. »Du könntest doch dort bei deinem Bruder arbeiten.«

»Roberta?«, sagte Becky mit gekünstelter Verachtung. »Du glaubst, ich würde für ihn arbeiten?« Ihr Bruder, der den Metzgerladen betrieb, hieß Robert, wurde aber oft Roberta genannt wegen seiner unterwürfigen und nervösen Art. Becky Tyde lachte. Ihr Lachen war laut und lärmend wie eine Maschine, die auf einen losfährt.

Sie war eine Zwergin mit großem Kopf und lauter Stimme, mit dem geschlechtslosen Gehabe eines Maskottchens, mit einer roten Schottenmütze aus Samt und einem schiefen Hals, der sie zwang, den Kopf immer zur Seite geneigt zu halten, so dass sie immer seitlich von unten schaute. Sie trug kleine, glänzend polierte Schuhe mit hohen Absätzen, richtige Damenschuhe. Rose betrachtete ihre Schuhe, während sie vor allem Übrigen an ihr, ihrem Lachen und ihrem Hals, Angst hatte. Sie wusste von Flo, dass Becky Tyde als kleines Mädchen Kinderlähmung gehabt hatte, deshalb war ihr Hals schief, und sie war nicht weiter gewachsen. Man konnte kaum glauben, dass sie anfangs anders gewesen war, dass sie jemals normal gewesen war. Flo sagte, sie sei nicht blöde, sie habe genauso viel Verstand wie die anderen, aber sie wisse, dass sie sich alles leisten könne.

»Weißt du, dass ich einmal hier draußen gewohnt habe?«, sagte Becky und bemerkte jetzt Rose. »He! Du da! Hab ich nicht hier draußen gewohnt, Flo?«

»Wenn das stimmt, dann war es vor meiner Zeit«, sagte Flo, als ob sie von nichts wüsste.

»Das war, bevor es mit der Nachbarschaft so bergab ging. Entschuldige, dass ich das sage. Mein Vater baute sein Haus hier draußen, und er baute sein Schlachthaus, und wir hatten einen Obstgarten von einem halben Morgen.«

»Ach ja?«, machte Flo in ihrer beschwichtigenden Stimme, die voll falscher Freundlichkeit, beinahe Unterwürfigkeit war. »Warum seid ihr dann weggezogen?«

»Ich habe dir gesagt, dass es mit der Nachbarschaft so bergab ging«, sagte Becky. Sie konnte ein ganzes Stück Kuchen auf einmal in den Mund stecken, so dass ihre Backen aufgebläht waren wie bei einem Frosch. Mehr sagte sie nie.

Flo wusste trotzdem Bescheid und alle andern auch. Jeder kannte das Haus aus roten Ziegeln mit der abgerissenen Veranda und dem Obstgarten, soweit er noch existierte; er war voll mit dem üblichen Gerümpel – Autositzen und Waschmaschinen und Sprungfedern und Schrott. Das Haus würde trotz dem, was darin passiert war, nie unheimlich aussehen, weil es von so viel Trümmern und Durcheinander umgeben war.

Nach Flos Ansicht war Beckys alter Vater ein ganz anderer Metzger als ihr Bruder. Ein schlecht gelaunter Engländer. Und ganz anders als Becky, was das Mundwerk anging. Er war nie freigebig. Ein Pfennigfuchser, ein Familientyrann. Nachdem Becky Kinderlähmung gehabt hatte, wollte er sie nicht mehr zur Schule gehen lassen. Man sah sie selten außerhalb des Hauses, nie außerhalb des Hofes. Er wollte nicht, dass die Leute schadenfroh starrten. Das sagte Becky dann vor Gericht. Ihre Mutter war damals schon tot und ihre Schwester verheiratet. Zu Hause waren nur Becky und Robert. Oft hielten die Leute Robert auf der Straße an und fragten ihn: »Was ist mit deiner Schwester, Robert? Geht es ihr denn jetzt besser?«

»Ja.«

»Arbeitet sie im Haus? Macht sie dir das Essen?«

»Ja.«

»Und ist dein Vater gut zu ihr, Robert?«

Man erzählte sich nämlich, dass der Vater sie beide schlug, dass er alle seine Kinder geschlagen hatte und seine

Frau auch, dass er Becky jetzt noch mehr schlug wegen ihrer Verwachsungen, von denen manche sogar glaubten, er habe sie verschuldet (sie hatten keine Ahnung von Kinderlähmung). Die Geschichten hielten sich hartnäckig und wurden weiter ausgeschmückt. Man nahm jetzt an, Becky sei versteckt gehalten worden wegen einer Schwangerschaft, und man glaubte, der Vater des Kindes sei ihr eigener Vater. Dann sagten die Leute, das Kind sei geboren worden, und man habe es weggeschafft.

»Was?«

»Weggeschafft«, sagte Flo. »Sie sagten immer, geh und hol dir deine Lammkoteletts bei Tyde, lass dir schöne zarte geben! Es war höchstwahrscheinlich alles erlogen«, sagte sie bedauernd.

Es konnte sein, dass Rose, die die Bewegung des Windes verfolgte, wie er die alte zerfetzte Markise entlangstrich und sich in den Rissen verfing, durch diesen Tonfall des Bedauerns und der Vorsicht in Flos Stimme aufmerksam wurde. Wenn Flo eine Geschichte erzählte – und diese war nicht die einzige, nicht einmal die unheimlichste, die sie kannte –, senkte sie den Kopf und gab ihrem Gesicht einen weichen und gedankenvollen, schmerzlichen und misstrauischen Ausdruck.

»Ich sollte dir diese Sachen eigentlich gar nicht erzählen.« Es sollte noch mehr kommen.

Drei nichtsnutzige junge Männer, die sich beim Mietstall herumtrieben, taten sich zusammen – oder wurden von recht einflussreichen und respektablen Männern aus der Stadt zusammengebracht – und planten, den alten Tyde im Interesse der öffentlichen Moral mit Reitpeitschen zu traktieren. Sie schwärzten ihre Gesichter. Sie hatten sich Peitschen besorgt und einen Viertelliter Whisky für jeden, zum Mut machen. Es waren: Jelly Smith, der Pferderennen besuchte und trank; Bob Temple, ein Ballspieler und Kraftmeier, und Hat Nettleton, der bei einem städtischen Transportunternehmen arbeitete und seinen Spitznamen Hat von dem Bowler hatte, den er aus Eitelkeit, aber auch wegen der komischen Wirkung trug. Er war immer noch dort angestellt; den Namen hatte er behalten, wenn auch nicht den Hut, und man konnte ihn häufig in der Öffentlichkeit sehen – fast so oft wie Becky Tyde –, wie er Kohlensäcke lieferte, die sein Gesicht und seine Arme schwärzten. Das hätte dazu führen müssen, dass man über seine Geschichte nachdachte, aber dazu kam es nicht. Die jetzige Zeit und die Vergangenheit, die anrüchige melodramatische Vergangenheit der Geschichten Flos, waren zwei ganz verschiedene Dinge, wenigstens für Rose.

Die Leute der Gegenwart passten nicht in die Vergangenheit. Becky selbst, das Wundertier der Stadt und der Liebling aller, harmlos und bösartig, so wie sie heute war, konnte doch niemals der Gefangenen des Metzgers ähnlich sein, der verkrüppelten Tochter, die nur ein weißer Fleck am Fenster war: stumm, geschlagen und geschwängert. Auch zu dem Haus ließ sich nur eine äußerliche Beziehung herstellen.

Die jungen Männer, die die Prügelattacke durchführen sollten, trafen sich spät vor Tydes Haus, nachdem alle schon zu Bett gegangen waren. Sie hatten ein Gewehr, aber sie verschossen ihre Munition im Garten. Sie schrien nach dem Metzger und schlugen an die Tür; schließlich brachen sie sie auf. Tyde vermutete, sie seien hinter seinem Geld her, also packte er einige Scheine in ein Taschentuch und schickte Becky damit hinunter, vielleicht weil er dachte, die Männer würden vom Anblick eines kleinen schiefhalsigen Mädchens, einer Zwergin, berührt oder erschreckt werden. Aber damit waren sie nicht zufrieden. Sie kamen die Treppe herauf und zogen den Metzger unter seinem Bett hervor. Er war noch im Nachthemd. Sie zerrten ihn nach draußen und stellten ihn in den Schnee. Es war vier Grad unter null, eine Tatsache, die später vor Gericht vermerkt wurde. Sie hatten vor, ein Scheingericht abzuhalten, aber sie wussten nicht mehr, wie man das machte. Also fingen sie an, ihn zu schlagen, und schlugen ihn immer weiter, bis er umfiel. Sie schrien auf ihn ein »Metzgers Fleisch« und schlugen weiter auf ihn los, während sich sein Nachthemd und der Schnee, auf dem er lag, rot färbten. Sein Sohn Robert sagte vor Gericht, er habe die Prügelei nicht mit angesehen. Becky sagte, Robert habe zuerst zugesehen, sei dann aber weggelaufen und habe sich versteckt. Sie selbst habe alles von Anfang bis Ende angesehen. Sie sah, wie die Männer schließlich weggingen und ihr Vater seinen mühsamen, blutigen Weg durch den Schnee und die Stufen der Veranda hinauf machte. Sie ging nicht hinaus, um ihm zu helfen, und sie öffnete die Tür erst, als er davor stand. Warum nicht?, fragte man sie bei Gericht, und sie sagte, sie sei nicht hinausgegangen, weil sie nur ihr Nachthemd angehabt habe, und sie habe die Tür nicht aufgemacht, weil sie die Kälte nicht ins Haus lassen wollte.

Der alte Tyde schien inzwischen seine Kräfte wiedergewonnen zu haben. Er schickte Robert weg, um das Pferd anzuschirren, und ließ sich von Becky Wasser heiß machen, damit er sich waschen konnte. Er zog sich an und nahm alles Geld mit sich und setzte sich ohne jede Erklärung an seine Kinder in den Schlitten, fuhr nach Belgrave, wo er das Pferd in der Kälte angebunden stehen ließ, und nahm den Frühzug nach Toronto. Im Zug benahm er sich auffällig, stöhnte und fluchte, als ob er betrunken wäre. Er wurde einen Tag später in den Straßen von Toronto aufgegriffen, besinnungslos vor Fieber, und ins Krankenhaus gebracht, wo er starb. Er hatte noch das ganze Geld bei sich. Als Todesursache wurde Lungenentzündung angegeben.

Aber die Behörden bekamen Wind davon, sagte Flo. Der Fall kam vor Gericht. Die drei Männer, die das getan hatten, wurden zu langen Gefängnisstrafen verurteilt. Ein Witz, sagte Flo. Innerhalb eines Jahres waren sie alle wieder frei, waren begnadigt worden, und man hatte ihnen Stellen besorgt. Und warum das? Weil zu viel Einflussreiche darin verwickelt waren. Und es schien, als ob Becky und Robert kein Interesse daran hatten, dass Gerechtigkeit geübt wurde. Sie blieben gut versorgt zurück. Sie kauften ein Haus in Hanratty. Robert übernahm den Laden. Becky begann nach der langen Zeit des Eingeschlossenseins ein vergnügtes und allen sichtbares Leben in der Gesellschaft zu führen.

Das war alles. Flo schloss diese Geschichte, als hätte sie genug davon. Sie zeigte niemanden in einem guten Licht.

»Stell dir das vor«, sagte Flo.

Flo musste damals Anfang dreißig gewesen sein. Eine junge Frau. Sie trug die gleichen Kleider, die eine Frau von fünfzig oder sechzig oder siebzig hätte tragen können: bedruckte Hauskleider, bequem um Hals und Arme wie um die Taille; Latzschürzen, ebenfalls bedruckt, die sie abnahm, wenn sie aus der Küche in den Laden ging. Das war damals die übliche Art Kleidung für eine arme, wenn auch nicht gänzlich verarmte Frau; es war aber in gewisser Weise auch eine absichtliche Wahl, die ihre Verachtung zeigen sollte. Flo verachtete Hosen, sie verachtete die Aufmachung von Leuten, die mit der Mode zu gehen versuchten, sie verachtete Lippenstift und Dauerwellen. Sie trug ihr schwarzes Haar gerade geschnitten und eben lang genug, dass sie es hinter die Ohren schieben konnte. Sie war groß, aber feingliedrig, mit schmalen Gelenken und Schultern, einem kleinen Kopf, einem blassen, sommersprossigen, beweglichen, affenähnlichen Gesicht. Wenn sie es der Mühe wert gehalten und das Geld dafür gehabt hätte, hätte sie eine schwarze und blasse, zerbrechliche, gepflegte Anmut haben können; Rose erkannte dies später. Aber sie hätte überhaupt eine ganz andere Person sein müssen; sie hätte lernen müssen, der Versuchung zu widerstehen, anderen und sich selber Grimassen zu schneiden.

Roses früheste Erinnerungen an Flo waren von ungewöhnlicher Weichheit und Härte. Das weiche Haar, die langen, blassen, weichen Wangen, der weiche, fast unsichtbare Flaum vor den Ohren und über dem Mund. Die Eckigkeit ihrer Knie, die Härte ihres Schoßes, die Flachheit ihrer Brust.

Wenn Flo sang:

Oh, das Summen der Bienen in den Zigarettenbäumen
Und der Sodawasser-Fontäne …

dachte Rose an Flos Leben vor der Heirat mit ihrem Vater, als sie im Café der Union Station als Kellnerin gearbeitet hatte und mit ihren Freundinnen Mavis und Irene nach Centre Island gefahren war, als ihr Männer in dunklen Straßen nachgingen und sie wusste, wie Münztelefone und Aufzüge funktionierten. Rose hörte in ihrer Stimme das unbekümmerte, gefährliche Leben der Städte, die scharfen Antworten aus gummikauenden Mündern.

Und wenn sie sang:

Und langsam, langsam stand sie auf,
nahm langsam seine Hände
und sagte nur: ›Du junger Mann,
bald gehts mit dir zu Ende‹

dachte Rose an ein Leben, das Flo jenseits des heutigen, früher, gehabt hatte, das ausgefüllt und märchenhaft war, in dem Barbara Allen und Becky Tydes Vater, Gewalttätigkeiten und Sorgen wirr zusammengewürfelt waren.

Die fürstliche Abreibung. Wie kam es dazu?

Vielleicht an einem Samstag im Frühling. Noch keine Blätter an den Bäumen, aber die Türen offen für die Sonne. Krähen. Gräben voll fließendem Wasser. Hoffnungsvolles Wetter. Samstags ließ Flo oft den Laden unter Roses Aufsicht – es ist schon ein paar Jahre her, das sind jetzt die Jahre, in denen Rose neun, zehn, elf, zwölf Jahre alt war –, während sie selbst über die Brücke nach Hanratty ging (in die Stadt raufgehen, nannten sie das), um einzukaufen und Leute zu treffen und ihnen zuzuhören. Unter den Leuten, denen sie zuhörte, waren die Frau von Rechtsanwalt Davies, die Frau des anglikanischen Rektors Henley-Smith und die Frau des Pferdedoktors McKay. Sie kam heim und machte ihre geschwätzigen Stimmen nach. Scheusale machte sie aus ihnen, voller Verrücktheit und Gespreiztheit und Selbstgerechtigkeit.

Wenn sie mit dem Einkaufen fertig war, ging sie in das Café des Queen's Hotels und aß ein Eis. Welche Sorte? Rose und Brian wollten das wissen, wenn sie heimkam, und sie waren enttäuscht, wenn es nur Ananas war oder Karamell, sie freuten sich, wenn es ein Eisbecher mit heißer oder kalter Schokoladensoße war. Sie rauchte dann eine Zigarette. Sie hatte ein paar fertige bei sich, so dass sie nicht in der Öffentlichkeit eine drehen musste. Rauchen war das Einzige, was sie sich leistete, obwohl sie es bei jedem anderen als Angeberei bezeichnet hätte. Es war eine Gewohnheit aus der Zeit ihrer Berufstätigkeit in Toronto. Sie wusste, dass es herausfordernd wirkte. Einmal, im Queen's Hotel, kam der katholische Priester direkt zu ihr herüber und zündete sein Feuerzeug an, bevor sie ihre Streichhölzer herausnehmen konnte. Sie dankte ihm, ließ sich aber auf kein Gespräch ein, damit er nicht versuchen konnte, sie zu bekehren.

Ein anderes Mal sah sie auf dem Heimweg am Ende der Brücke, nach der Stadt zu, einen Jungen in einer blauen Jacke stehen, der offenbar ins Wasser schaute. Achtzehn oder neunzehn Jahre alt. Keiner, den sie kannte. Mager, schwächlich aussehend. Sie merkte auf einmal, etwas war mit ihm los; sie sah es gleich. Ob er hineinspringen wollte? Als sie gerade auf gleicher Höhe mit ihm war, was tut er – er dreht sich einfach um und zeigt sich ihr, die Jacke und auch seine Hose offen. Wie musste er unter der Kälte gelitten haben, es war ein Tag, an dem Flo ihren Mantelkragen eng am Hals zusammenhielt.

Als sie sah, was er in der Hand hatte, sagte Flo, war alles, was sie zuerst denken konnte: Was tut er hier draußen mit einer Wurst?

Sie konnte so etwas sagen. Es kam ganz echt heraus, nicht komisch. Sie betonte immer, dass sie schmutziges Gerede nicht mochte. Es konnte sein, dass sie hinausging und die alten Männer, die vor dem Haus saßen, anschrie.

»Wenn ihr da bleiben wollt, wo ihr seid, solltet ihr lieber eure Mäuler sauber halten!«

Also, an einem Samstag. Aus irgendeinem Grund geht Flo nicht in die Stadt, sie hat beschlossen, daheim zu bleiben und den Küchenfußboden zu scheuern. Vielleicht ist sie deswegen schlecht gelaunt. Vielleicht war sie sowieso schlecht aufgelegt wegen säumiger Kunden oder vielleicht wegen der aufgewühlten Frühlingsgefühle. Die Streiterei mit Rose hat schon angefangen, dauerte schon eine Ewigkeit wie ein Traum, der wieder und wieder in anderen Träumen auftaucht, der über Berge und durch Tore führt, quälend unscharf und voller Personen und vertraut und zerfließend. Vor dem Putzen schleppen sie alle Stühle aus der Küche, sie müssen auch ein paar Vorräte zum Auffüllen für den Laden wegräumen, ein paar Kartons mit Konserven, Dosen mit Ahornsirup, Petroleumkannen, Essigkrüge. Sie bringen das alles hinaus zum Holzschuppen. Brian, der zu dieser Zeit fünf oder sechs ist, hilft ihnen die Dosen schleppen.

»Ja«, sagt Flo und fährt an unserem Ausgangspunkt fort, den wir etwas aus den Augen verloren hatten. »Ja, und diese schmutzigen Sachen, die du Brian beigebracht hast.«

»Was für schmutzige Sachen!«

»Und er weiß es ja doch nicht besser.«

Von der Küche zum Holzschuppen geht es eine Stufe hinunter, ein Stück Teppich liegt darauf, so abgetreten, dass Rose sich nicht erinnern kann, je das Muster gesehen zu haben. Brian verschiebt ihn beim Büchsenschleppen.

»Zwei Vancouvers«, sagt sie leise.

Flo ist wieder in der Küche. Brian schaut von Flo zu Rose, und Rose sagt wieder mit ein bisschen lauterer Stimme, in einem aufmunternden Singsang: »Zwei Vancouvers …«

»In Rotz gesotten«, ergänzt Brian, der sich nicht mehr beherrschen kann.

»Zwei saure Arschlöcher …«

»… geschlungen zu Knoten!«

Das also. Die schmutzigen Sachen.

Zwei Vancouvers in Rotz gesotten,
Zwei saure Arschlöcher geschlungen zu Knoten!

Rose kannte das schon jahrelang, sie lernte es an ihrem ersten Schultag. Sie kam nach Hause und fragte Flo, was ist ein Vancouver?

»Eine Stadt. Weit weg von hier.«

»Was noch außer einer Stadt?«

Flo fragte, was sie damit meine – was noch? Wie konnte man sie kochen, sagte Rose, die sich dem gefährlichen Augenblick, dem köstlichen Augenblick näherte, in dem sie das Ganze herausbringen musste.

»Zwei Vancouvers in Rotz gesotten! / Zwei saure Arschlöcher geschlungen zu Knoten!«

»Du fängst gleich eine!«, schrie Flo in der zu erwartenden Wut. »Sag das noch mal, und du kriegst eine gescheuert!«

Rose konnte sich nicht bremsen. Sie summte leise, versuchte, die harmlosen Wörter laut zu sagen, summte über die anderen weg. Es waren nicht so sehr die Wörter Rotz und Arschloch, die ihr Spaß machten, obwohl sie natürlich schon komisch waren. Es war das Sauer-Einlegen und das Verschlingen und diese unvorstellbaren Vancouvers. Sie sah sie vor sich, sie sahen aus wie Tintenfische, die in der Pfanne zucken. Das Taumeln der Vernunft; der Funke des Wahnsinns.

Es ist ihr erst kürzlich wieder eingefallen, und sie hat es Brian beigebracht, um zu sehen, ob es die gleiche Wirkung auf ihn hätte, und das war natürlich der Fall.

»Oh, ich hab dich gehört!«, sagte Flo. »Ich hab das gehört! Und ich warne dich!«

So ist sie. Brian begreift die Warnung. Er rennt weg, hinaus aus dem Schuppen, um zu tun, was ihm Spaß macht. Er ist ja ein Junge, dem es freisteht zu helfen oder nicht, dabei zu sein oder nicht. Nicht in den häuslichen Kampf verwickelt. Sie brauchen ihn ohnehin nicht, außer um ihn gegeneinander einzusetzen, sie merken kaum, dass er geht. Sie machen weiter, müssen weitermachen, können einander nicht in Ruhe lassen. Wenn sie aufgegeben haben, warten sie in Wirklichkeit nur und laden sich neu auf.

Flo holt den Putzeimer und die Bürste und den Lappen und die Matte für ihre Knie, eine schmutzige rote Gummimatte. Sie fängt an, den Fußboden zu bearbeiten. Rose sitzt auf dem Küchentisch, dem einzigen Platz, auf dem man noch sitzen kann, und baumelt mit den Beinen. Sie fühlt das kühle Wachstuch, weil sie Shorts trägt, die engen verwaschenen Shorts vom letzten Sommer, die sie aus dem Sack mit den Sommersachen ausgegraben hat. Sie riechen ein bisschen muffig, weil sie den Winter über weggepackt waren. Flo kriecht unter den Tisch, schrubbt mit der Bürste, wischt mit dem Lappen. Ihre Beine sind lang, weiß und muskulös, bedeckt mit blauen Venen, als ob jemand mit Tintenstift Flüsse darauf gezeichnet hätte. Eine ungewöhnliche Energie, ein heftiger Widerwille drückt sich im gleichmäßigen Scheuern der Bürste auf dem Linoleum, dem wischenden Geräusch des Lappens aus.

Was haben sie einander zu sagen? Es ist eigentlich ganz unwichtig. Flo redet von Roses vorlauter und frecher Art, ihrer Schlampigkeit und Hochnäsigkeit. Ihrer Neigung, anderen Arbeit zu machen, ihrem Mangel an Dankbarkeit. Sie erwähnt Brians Unschuld, Roses Verkommenheit. Oh, denk nur nicht, dass du jemand bist, sagt Flo, und einen Augenblick später: Was denkst du denn, wer du bist? Rose widerspricht und argumentiert mit einer ausgesprochen giftigen Sachlichkeit und Sanftmut, sie spielt theatralische Uninteressiertheit. Flo verliert ihre übliche Haltung und Selbstbeherrschung und wird selbst verblüffend theatralisch, sie sagt, sie opfere ihr Leben nur für Rose. Sie habe ihren Vater mit einem kleinen Mädchen dasitzen sehen und gedacht, was wird der Mann nun machen? Also habe sie ihn geheiratet, und nun sei sie hier, hier auf den Knien.

In diesem Augenblick läutet die Glocke und meldet einen Kunden im Laden. Da der Kampf im Gange ist, darf Rose nicht in den Laden gehen und den Kunden bedienen. Flo steht auf und wirft die Schürze von sich, sie stöhnt – aber nicht versöhnlich, es ist ein Stöhnen, dessen Verzweiflung Rose nicht teilen darf – und geht hinaus und bedient. Rose hört, dass sie mit normaler Stimme spricht.

»Ist wohl auch Zeit! Sicher doch!«

Sie kommt zurück und bindet die Schürze um und ist bereit, wieder anzufangen.

»Du denkst nie an jemand außer an dich selbst! Du denkst nie daran, was ich tue.«

»Ich hab dich auch nie gebeten, irgendwas zu tun. Hättest du nur nie was getan. Ich wäre sehr viel besser dran.«

Rose sagt es und grinst dabei Flo ins Gesicht, die sich noch nicht wieder niedergekniet hat. Flo sieht das Lächeln, packt den Putzlappen, der am Eimerrand hängt, und wirft ihn nach ihr. Vielleicht wollte sie ihr Gesicht treffen, aber er schlägt gegen Roses Bein, und sie hebt den Fuß und erwischt ihn und schlägt ihn lässig gegen den Knöchel.

»Also gut«, sagt Flo. »Jetzt reicht es.«

Rose sieht ihr nach, wie sie zur Tür des Holzschuppens geht, hört sie durch den Schuppen stampfen, im Durchgang anhalten, wo das Fliegengitter noch nicht eingehängt ist und die Windfangtür offen steht, die mit einem Stück Ziegel festgeklemmt ist. Sie ruft Roses Vater. Sie ruft ihn mit einer warnenden, auffordernden Stimme, als müsste sie ihn gegen ihren Willen auf eine schlechte Nachricht vorbereiten. Er wird schon wissen, was los ist.

Der Linoleumfußboden in der Küche hat fünf oder sechs verschiedene Muster. Es sind Reste, die Flo umsonst bekommen und erfinderisch zurechtgeschnitten und zusammengefügt und mit Blechstreifen und Reißzwecken am Rand befestigt hat. Während Rose wartend auf dem Tisch sitzt, schaut sie auf den Boden, auf dieses hübsche Muster von Rechtecken, Dreiecken und irgendeiner anderen Form, an deren Namen sie sich zu erinnern versucht. Sie hört, wie Flo aus dem Holzschuppen zurückkommt, wie sie über das knarrende Brett geht, das über den schmutzigen Boden gelegt ist. Sie geht langsam und wartet auch. Sie und Rose können so nicht weitermachen.

Rose hört ihren Vater hereinkommen. Sie erstarrt, ein Zucken läuft durch ihre Beine, sie fühlt, wie sie auf dem Wachstuch zittern. Ihr Vater, der von einer friedlichen, befriedigenden Aufgabe weggerufen wurde, weg von den Worten, die ihm durch den Kopf gehen, weg von sich selbst, ihr Vater muss jetzt etwas sagen. Er sagt: »Also. Was ist los?«

Jetzt hört man eine andere Stimme von Flo. Stark, verletzt, entschuldigend, scheint sie hier und jetzt entstanden zu sein. Es tue ihr Leid, ihn von seiner Arbeit weggerufen zu haben. Nie hätte sie das getan, wenn Rose sie nicht zum Wahnsinn getrieben hätte. Wieso zum Wahnsinn? Mit ihren Widerworten und ihrer Unverschämtheit und ihrem schrecklichen Mundwerk. Was Rose zu Flo gesagt habe, sei derart, dass ihr eigener Vater, hätte sie, Flo, das je zu ihrer Mutter gesagt, sie nach Strich und Faden verprügelt hätte.

Rose versucht sich einzumischen, zu sagen, das sei nicht wahr.

Was ist nicht wahr?

Ihr Vater hebt die Hand, schaut sie nicht an, sagt: »Sei ruhig!«

Wenn Rose sagt, es sei nicht wahr, meint sie, nicht sie habe hier angefangen, sie habe nur geantwortet, sie sei von Flo gereizt worden, die jetzt, wie sie glaube, die gröbsten Lügen erzähle und alles so verdrehe, wie es ihr passe. Rose schiebt ihr besseres Wissen darüber beiseite, dass alles, was Flo gesagt oder getan hat, alles, was sie selbst gesagt oder getan hat, tatsächlich überhaupt nichts bedeutet. Es geht um den Kampf selbst, und der kann nicht aufhören, kann niemals aufhören, außer, wenn es so weit gekommen ist wie jetzt.

Flos Knie sind schmutzig trotz der Matte. Der Putzlappen hängt noch immer über Roses Fuß.

Ihr Vater wischt sich die Hände ab, während er Flo zuhört. Er lässt sich Zeit. Er begreift nur langsam den Sinn der Dinge, kommt mühsam vorwärts, ist vielleicht drauf und dran, die Rolle zurückzuweisen, die er zu spielen hat. Er mag Rose nicht ansehen, aber bei jedem Geräusch oder jeder Bewegung von ihr hebt er die Hand hoch.

»Hierbei brauchen wir keine Zuschauer, das ist mal sicher«, sagt Flo, und sie geht hinaus, um die Ladentür zu schließen, und hängt ins Schaufenster das Schild, auf dem steht: »Bin gleich zurück«, ein Schild, das Rose mit viel Fantasie für sie gemacht hat, mit schön geschwungenen und abgetönten Buchstaben in Schwarz und Rot. Beim Zurückkommen macht sie die Tür zum Laden zu, dann die Tür zur Treppe, dann die Tür zum Holzschuppen.

Ihre Schuhe haben Spuren auf dem sauberen, noch nassen Teil des Fußbodens hinterlassen.

»Ach, ich weiß nicht«, sagt sie jetzt mit einer nach dem Gefühlsausbruch abgeschwächten Stimme. »Ich weiß nicht, was man mit ihr anfangen soll.« Sie schaut nach unten und sieht ihre schmutzigen Knie (sie folgt Roses Augen) und reibt sie heftig mit den bloßen Händen, so dass sie den Schmutz noch mehr verschmiert.

»Sie demütigt mich«, sagt sie und richtet sich auf. Nun hat sie sie, die Erklärung. »Sie demütigt mich«, wiederholt sie mit Genugtuung. »Sie hat keinen Respekt.«

»Das stimmt nicht!«

»Sei still, du!«, sagt ihr Vater.

»Wenn ich nicht deinen Vater gerufen hätte, würdest du immer noch dasitzen, mit diesem Feixen im Gesicht! Wie soll man anders mit dir fertig werden?«

Rose spürt bei ihrem Vater eine Abneigung gegen Flos Redeschwall, ein bisschen Verlegenheit und Zögern. Sie irrt sich, und sie müsste wissen, dass sie sich irrt, wenn sie glaubt, dass sie sich darauf verlassen kann. Die Tatsache, dass sie Bescheid weiß, und dass er weiß, dass sie es weiß, kann die Dinge keinesfalls besser machen. Langsam wird er warm. Er wirft ihr einen Blick zu. Es ist zunächst ein kalter und herausfordernder Blick, der sie von dem Urteil unterrichtet, von der Hoffnungslosigkeit ihrer Lage. Dann wird sein Blick klar. Er füllt sich mit etwas anderem, wie eine Quelle sich auffüllt, wenn man das Laub wegschiebt. Er füllt sich mit Hass und Genuss. Rose sieht das und weiß das. Ist das nur eine Beschreibung des Ärgers, sollte sie sehen, wie seine Augen sich mit Ärger füllen? Nein. Hass ist richtig. Genuss ist richtig. Sein Gesicht entspannt sich und verändert sich und wird jünger, und jetzt hebt er die Hand hoch, um Rose zum Schweigen zu bringen.

»Sehr gut«, sagt er und meint, es ist genug, mehr als genug, dieser Teil ist zu Ende, es kann weitergehen. Er fängt an, seinen Gürtel zu lockern.

Flo hat sowieso aufgehört. Sie hat die gleiche Schwierigkeit wie Rose, die Schwierigkeit, zu glauben, dass das, wovon man weiß, es muss geschehen, nun tatsächlich geschehen wird, dass ein Augenblick kommt, wo man nicht mehr zurück kann.

»Also, ich weiß nicht, sei nicht zu streng mit ihr.« Sie geht nervös umher, als denke sie daran, einen Ausweg zu öffnen. »Du sollst nicht den Gürtel nehmen. Musst du denn den Gürtel nehmen?«

Er antwortet nicht. Der Gürtel wird abgenommen, nicht übereilt. Er wird an der richtigen Stelle gepackt. *Jetzt wirst du sehen.* Er geht zu Rose hinüber. Er stößt sie vom Tisch. Sein Gesicht, seine Stimme auch sind ganz fremd geworden. Er gleicht einem schlechten Schauspieler, der seine Rolle ins Groteske verdreht. Als ob er gerade das genießen und betonen müsste, was beschämend und schrecklich ist. Das heißt nicht, dass er nur vorgibt zu spielen, ohne es eigentlich zu meinen. Er spielt, aber er meint es auch ernst. Rose weiß das, sie weiß alles über ihn.

Sie hat seitdem über Mord nachgedacht und über Mörder. Muss die Sache schließlich zum Teil wegen der Wirkung ausgeführt werden, um einer Ein-Mann-Zuschauerschaft – die nicht in der Lage sein würde, die Lehre weiterzugeben, nur sie zu registrieren – zu beweisen, dass so etwas geschehen kann, dass es nichts gibt, was nicht geschehen kann, dass auch die entsetzlichste Posse gerechtfertigt ist und Gefühle möglich sind, die ihr entsprechen?

Sie versucht wieder, auf den Küchenboden zu schauen, auf dieses durchdachte und beruhigend regelmäßige Muster, statt zu ihm oder dem Gürtel zu sehen. Wie kann das geschehen angesichts solcher Zeugnisse der Alltäglichkeit – des Linoleums, des Kalenders mit der Mühle und dem Bach und den Herbstbäumen, der alten vertrauten Töpfe und Pfannen?

Streck deine Hand aus!

Diese Gegenstände werden ihr nicht helfen, nichts kann sie retten. Sie werden tot und nutzlos, sogar feindlich. Töpfe können Bosheit zeigen, die Linoleummuster können zu einem heraufgrinsen, Verrat ist die Kehrseite der Alltäglichkeit.

Beim ersten, vielleicht auch erst beim zweiten Zubiss des Schmerzes weicht sie zurück. Sie will es nicht hinnehmen. Sie rennt in der Küche herum, versucht, die Türen zu erreichen. Ihr Vater versperrt ihr den Weg. Kein bisschen Mut oder Gleichmut ist in ihr, so möchte es scheinen. Sie läuft, sie schreit, sie fleht. Ihr Vater ist hinter ihr her, zieht ihr den Gürtel über, wenn er kann, dann lässt er ihn fallen und gebraucht seine Hände. Ein Schlag auf das Ohr, dann einer auf das andere Ohr. Links und rechts, ihr Kopf dröhnt. Ein Schlag ins Gesicht. Gegen die Wand gedrängt, und noch ein Schlag ins Gesicht. Er schüttelt sie und stößt sie gegen die Wand, er tritt ihr gegen die Beine. Sie ist außer sich, wahnsinnig, sie kreischt. *Verzeih mir! Oh, bitte, verzeih mir!*

Flo schreit auch. *Halt! Halt!*

Noch nicht. Er wirft Rose zu Boden. Oder vielleicht lässt sie sich auch fallen. Er tritt ihr wieder gegen die Beine. Sie weiß keine Worte mehr, aber sie stößt Laute aus, auf die hin Flo unweigerlich schreit: *Wenn jemand sie hört!* Dies ist der äußerste mögliche Ton der Erniedrigung und der Niederlage, denn es scheint, dass Rose ihre Rolle mit der gleichen Grobheit, der gleichen Übertreibung spielen muss, die ihr Vater bei seiner Rolle zeigt. Sie spielt das Opfer mit einem Selbstmitleid, das seine endgültige, angeekelte Verachtung hervorruft, ja vielleicht hervorrufen soll.

Sie tun, so scheint es, alles, was nötig ist. Sie gehen bis zum Äußersten.

Nicht ganz. Er hat es nie fertig gebracht, sie wirklich zu verletzen, obwohl es natürlich Zeiten gibt, in denen sie betet, er möchte es doch tun. Er schlägt sie mit der flachen Hand, und auch in seinen Fußtritten liegt eine gewisse Zurückhaltung.

Jetzt hört er auf, er ist außer Atem. Flo wird wieder einbezogen, er reißt Rose hoch und versetzt ihr einen Stoß in Flos Richtung und gibt einen Ton des Widerwillens von sich. Flo packt sie, öffnet die Tür zur Treppe, drängt sie die Stufen hinauf.

»Geh jetzt rauf in dein Zimmer! Schnell!«

Rose geht die Treppe hinauf, sie taumelt, sie lässt sich taumeln, lässt sich gegen die Stufen fallen. Sie schlägt ihre Tür nicht zu, weil ein solches Verhalten ihn noch einmal auf sie hetzen könnte, und sie ist schon so schwach. Sie liegt auf dem Bett. Sie kann durch das Loch fürs Ofenrohr hören, wie Flo aufschnupft und protestiert, wie ihr Vater ärgerlich sagt, dann hätte Flo eben ruhig sein müssen; wenn sie nicht wollte, dass Rose bestraft würde, hätte sie es nicht vorschlagen sollen. Flo sagt, sie habe nie eine solche Prügelei vorgeschlagen.

Sie streiten darüber hin und her. Flos erschrockene Stimme wird kräftiger, sie gewinnt ihr Vertrauen zurück. Stufenweise werden sie im Verlauf des Streites in ihr eigenes Selbst zurückgeführt. Bald spricht nur noch Flo; er will überhaupt nichts mehr sagen. Rose muss ihr lautes Schluchzen niederkämpfen, um ihnen zuhören zu können, und wenn sie das Interesse am Zuhören verloren hat und weiterschluchzen will, merkt sie, dass sie es nicht mehr kann. Sie hat einen Zustand der Ruhe erreicht, in dem Gewalttätigkeit als vollständig und endgültig erscheint. In diesem Zustand bekommen Ereignisse und Möglichkeiten eine wunderbare Einfachheit. Entschlüsse sind von einer angenehmen Klarheit. Die Worte, die ihr in den Sinn kommen, sind nicht spitzfindig, selten einschränkend. »Nie« ist ein Wort, das auf einmal zu seinem Recht kommt. Sie wird nie mehr mit ihnen sprechen, sie wird sie nie mehr ohne Ekel ansehen, sie wird ihnen nie verzeihen. Sie wird sie bestrafen; sie wird sie fertig machen. Eingeschlossen in dieser Endgültigkeit und in ihren körperlichen Schmerzen, lässt sie sich in einem seltsamen Behagen treiben, außerhalb ihrer selbst, außerhalb der Verantwortlichkeit.

Wenn sie nun sterben würde? Wenn sie Selbstmord beginge? Wenn sie wegliefe? Jede dieser Handlungen wäre angemessen. Es ist nur eine Frage der Wahl, der Entscheidung, wie es zu machen sei. Sie treibt in ihrem klaren Überlegenheitsbewusstsein wie in einem angenehmen Rausch.

Und so wie ein Augenblick kommt, wenn man berauscht ist, in dem man sich völlig heil, sicher, unerreichbar fühlt, und wie dann ohne Warnung und unmittelbar darauf ein Augenblick kommt, in dem man weiß, dass der ganze Schutz unrettbar zerbrochen ist, auch wenn es noch so aussieht, als hielte er fest zusammen, gibt es da einen Augenblick – und es ist der Augenblick, in dem Rose Flos Schritte auf der Treppe hört –, der für sie ebenso Frieden und Freiheit in der Gegenwart birgt wie auch das sichere Wissen, dass sich der Gang der Dinge von nun an wie eine Spirale nach unten richten wird.

Flo kommt ins Zimmer, ohne anzuklopfen, aber mit einem Zögern, das zeigt, dass sie es fast getan hätte. Sie bringt einen Topf mit Kühlsalbe. Rose nimmt ihren Vorteil wahr, solange sie kann, liegt mit dem Gesicht nach unten auf dem Bett, weigert sich zu reagieren oder zu antworten.

»Ach, nun komm«, sagt Flo unsicher. »So schlimm ist es doch nicht, oder? Jetzt tust du ein bisschen davon drauf, dann wird es dir besser gehen.«

Sie blufft. Sie weiß nicht genau, was für ein Schaden angerichtet wurde. Sie nimmt den Deckel von der Salbe. Rose kann sie riechen. Es ist der vertraute, kindliche, erniedrigende Geruch. Sie will ihn nicht in ihrer Nähe haben. Aber um ihm aus dem Weg zu gehen, diesem großen Klumpen, bereit in Flos Hand, muss sie sich bewegen. Sie kämpft, widersteht, verliert an Haltung und lässt Flo erkennen, dass wirklich nicht viel passiert ist.

»Na gut«, sagt Flo. »Du hast gewonnen. Ich lasse das hier, und du kannst es drauftun, wann du willst.«

Später dann wird ein Tablett kommen. Flo wird es wortlos absetzen und wieder gehen. Ein großes Glas Schokoladenmilch, Vitamalz aus dem Laden. Unten im Glas noch ein paar fette Streifen Vitamalz. Kleine belegte Brote, hübsch und verlockend. Dosenlachs der besten Qualität und vom dunkelsten Rot, viel Mayonnaise. Ein paar Butterkekse aus der Packung, Schokoladenbiskuits mit Pfefferminzfüllung. Roses Favoriten bei belegten Broten, Keks und Kuchen. Sie wird sich abwenden, sich weigern, hinzusehen, aber nachdem man sie mit diesen Leckereien allein gelassen hat, wird sie in elender Verlockung und Beunruhigung, durch den Duft des Lachses, die Vorahnung von knackiger Schokolade, von ihren Gedanken an Selbstmord oder Flucht abgebracht; dann wird sie einen Finger ausstrecken, um damit um ein Sandwich zu fahren (die Krusten sind abgeschnitten!), das Heruntergelaufene abzuwischen, mal zu probieren. Dann wird sie sich entschließen, eines davon zu essen, um sich für den Verzicht auf den Rest zu stärken. Eines wird nicht auffallen. Und bald wird sie in ihrer heillosen Verderbtheit alle aufessen. Sie wird die Schokoladenmilch trinken, die Kekse, den Kuchen essen. Mit den Fingern wird sie den Malzsirup unten aus dem Glas herausholen, obwohl sie vor Beschämung schluchzen wird. Zu spät.

Flo wird heraufkommen und das Tablett holen. Sie sagt dann wohl: »Ich sehe, der Appetit ist dir nicht vergangen« oder: »Mochtest du die Schokoladenmilch, war genug Sirup drin?«, je nachdem, wie sehr sie sich selbst gestraft fühlt. Auf alle Fälle wird jeglicher Vorteil verspielt sein. Rose wird dann begreifen, dass das Leben wieder angefangen hat, dass sie alle wieder beim Essen um den Tisch herum sitzen und die Nachrichten im Radio hören werden. Das kann morgen früh sein, vielleicht auch schon heute Abend. So unpassend und unwahrscheinlich es auch sein mag. Sie werden verlegen sein, aber doch weniger, als man erwarten könnte, wenn man bedenkt, wie sie sich benommen haben. Sie werden sich sonderbar schlaff fühlen, träge wie Rekonvaleszente, fast zufrieden.

Nach einer solchen Szene waren sie alle eines Abends in der Küche. Es muss Sommer gewesen sein oder wenigstens warmes Wetter, denn ihr Vater sprach von den alten Männern, die auf der Bank vor dem Laden saßen.

»Wisst ihr, wovon sie jetzt reden?«, fragte er und deutete mit dem Kopf zum Laden, um zu zeigen, wen er meinte, obwohl sie jetzt natürlich nicht dort waren; sie gingen heim, wenn es dunkel wurde.

»Diese alten Trottel«, sagte Flo. »Worüber?«

Zwischen den beiden war eine Herzlichkeit, die nicht gerade falsch war, aber doch etwas betonter als sonst, wenn sie allein waren.

Da erzählte ihnen Roses Vater, die alten Männer hätten irgendwo die Idee aufgeschnappt, dass das, was wie ein Stern am westlichen Himmel aussah, der erste Stern, der nach dem Sonnenuntergang herauskam, der Abendstern, in Wirklichkeit ein Luftschiff sei, das über Bay City in Michigan auf der anderen Seite des Huronsees schwebe. Eine amerikanische Erfindung, die man hatte aufsteigen lassen, um mit den Himmelskörpern zu konkurrieren. Sie waren alle der gleichen Meinung, dass diese Idee genau zu ihnen passte. Sie glaubten, das Ding werde von zehntausend elektrischen Birnen beleuchtet. Ihr Vater hatte ihnen rücksichtslos widersprochen und ihnen erklärt, was sie sähen, sei der Planet Venus, der schon lange vor der Erfindung der elektrischen Glühbirne am Himmel erschienen sei. Sie hatten noch nie vom Planeten Venus gehört.

»Nichtswisser«, sagte Flo. Worauf Rose wusste – und wusste, dass auch ihr Vater es wusste –, dass auch Flo noch nie vom Planeten Venus gehört hatte. Um sie von der Sache abzulenken oder gar um sich dafür zu entschuldigen, stellte Flo ihre Teetasse ab, streckte sich aus, wobei sie den Kopf auf den Stuhl legte, auf dem sie gesessen hatte, und die Füße auf einen anderen (irgendwie brachte sie es fertig, gleichzeitig ihr Kleid sittsam zwischen den Beinen zurechtzulegen), und lag steif wie ein Brett da, so dass Brian vor Entzücken aufschrie: »Mach es! Mach es!«

Flo hatte Gummigelenke und war sehr stark. In feierlichen oder gefährlichen Augenblicken konnte sie Kunststücke machen.

Sie blieben reglos, während sie sich herumdrehte, ohne die Arme zu gebrauchen, nur mit ihren kräftigen Beinen und Füßen. Dann schrien sie alle triumphierend auf, obwohl sie das früher schon gesehen hatten.

Als Flo sich herumdrehte, kam Rose ein Bild von diesem Luftschiff in den Sinn, es war eine längliche, durchscheinende Blase mit Ketten von diamantenen Lichtern, die in dem märchenhaften amerikanischen Himmel schwebte.

»Der Planet Venus!«, sagte ihr Vater und klatschte Flo Beifall. »Zehntausend elektrische Lichter!«

Es war ein Gefühl der Erleichterung, der Entspannung, ja fast ein Hauch von Glück im Zimmer.

Jahre später, viele Jahre später, drehte Rose eines Sonntagmorgens das Radio an. Sie lebte damals allein in Toronto.

Ja also. Das sah hier ganz anders aus zu unserer Zeit. Ja sicher. Da hatte man's nur mit Pferden. Pferde und zweirädrige Karren. Wettrennen die Hauptstraße rauf und runter am Samstagabend.

»So ähnlich wie die Wagenrennen«, sagte die ruhige, ermutigende Stimme des Ansagers oder Interviewers.

Hab ich nie eins gesehn.

»Nein, ich meinte die Wagenrennen der alten Römer. Das war vor Ihrer Zeit.«

Muss schon vor meiner Zeit gewesen sein. Ich bin hundertundzwei Jahre alt.

»Das ist ein wunderbares Alter, wissen Sie.«

Ja, das stimmt.

Sie ließ das Radio an, während sie in der Küche hin und her ging und sich Kaffee machte. Sie hatte den Eindruck, dass dies ein gestelltes Interview war, eine Szene aus irgendeinem Stück, und sie wollte herausfinden, was es war. Die Stimme des alten Mannes war so großspurig und kriegerisch, die des Interviewers so unsicher und beunruhigt, trotz seiner vorgeblichen Freundlichkeit und Ungezwungenheit. Es sollte ganz offensichtlich so wirken, als sähe man ihn, wie er das Mikrofon einem zahnlosen, gedankenlosen, großmäuligen Hundertjährigen vorhielt und sich dabei fragte, was um Gottes willen er hier eigentlich tat und was er denn als Nächstes fragen sollte.

»Das muss ganz schön gefährlich gewesen sein.«

Was war gefährlich?

»Diese Wagenrennen.«

Das warnse. Gefährlich. Waren meist Durchgänger, die Gäule. Gab massenweise Unfälle. Manche Kerle wurden über den Kies geschleift und ihr Gesicht aufgerissen. War auch nich so schlimm, wenn sie hin waren. Heh!

Ein paar von den Gäulen waren Hochtraber, 'n paar müssen Senf unterm Schwanz gehabt haben. Manche wollten mit aller Gewalt nicht laufen. So is das halt mit den Rössern, 's gibt welche, die schuften und ziehen, bis sie tot umfallen, und andere, die würden dir nich deinen Schwanz aus einem Eimer voll Schmalz rausziehn. Hehe.

Es musste doch ein echtes Interview sein. Sonst hätten sie das nicht gebracht, sie hätten es nicht gewagt. Wenn es der alte Mann sagt, ist es schon in Ordnung. Lokalkolorit. Die hundert Jahre machen alles harmlos und reizvoll.

Unfälle gab's damals dauernd. In der Fabrik. In der Gießerei. Gab ja keine Schutzmaßnahmen.

»Es gab damals nicht so viele Streiks, nehme ich an? Man hatte auch nicht so viele Gewerkschaften?«

Heutzutage nehmen's alle leicht. Wir haben geschafft, und wir waren froh, dass wir's hatten. Geschafft und war'n froh, dass wir's hatten.

»Sie hatten kein Fernsehen damals.«

Hatten kein Fernsehn. Hatten kein Radio. Keine Filme.

»Sie machten sich Ihre Unterhaltung selbst.«

Ja, so war's.

»Sie haben eine Menge Erfahrungen gemacht, die die jungen Männer von heute nie machen werden.«

Erfahrungen.

»Erinnern Sie sich an eine, die Sie uns erzählen können?«

Murmeltierfleisch hab ich mal gegessen. In einem Winter. Da würdste dir nix draus machen. Heh.

Es entstand eine Pause, wie als Anerkennung, dann kam die Stimme des Ansagers, der erklärte, das Vorhergehende sei ein Interview mit Mr Wilfred Nettleton aus Hanratty in Ontario gewesen, das im letzten Frühjahr aufgenommen worden sei, zwei Wochen vor seinem Tod. Ein lebendes Verbindungsglied zu unserer Vergangenheit. Mr Nettleton sei im Altersheim des Bezirks Wawanash interviewt worden.

Hat Nettleton.

Vom Schlägertyp zum Hundertjährigen. An seinem Geburtstag fotografiert, von den Schwestern heftig umsorgt und sicherlich von einer jungen Reporterin geküsst. Von Blitzlichtern umstrahlt. Tonbandgeräte, die den Klang einer Stimme einsaugen. Ältester Einwohner. Lebendiges Verbindungsglied zu unserer Vergangenheit.

Während Rose aus dem Küchenfenster über den kalten See hinaussah, wünschte sie sich, das jemand erzählen zu können. Flo würde es sicher gern hören. Sie dachte an sie, wie sie sagte: »Stell dir das mal vor!«, auf eine Art, die zu verstehen gab, dass ihre schlimmsten Erwartungen glänzend bestätigt worden waren. Aber Flo war auch dort, wo Hat Nettleton gestorben war, und Rose konnte sie auf keinen Fall erreichen. Sie war wohl schon dort gewesen, als dieses Interview aufgezeichnet wurde, obwohl sie es sicher nicht gehört und nichts davon erfahren hatte. Vor ein paar Jahren, als Rose sie in das Heim gebracht hatte, hatte sie das Sprechen aufgegeben. Sie hatte sich in sich selbst zurückgezogen und saß die meiste Zeit in einer Ecke ihres winzigen Zimmers, schaute listig und unwirsch vor sich hin, antwortete niemandem, zeigte aber immerhin ihre Gefühle, indem sie gelegentlich eine Schwester biss.

Unverletzbarkeit

Rose kannte eine Menge Leute, die sich wünschten, arm auf die Welt gekommen zu sein, und es doch nicht waren. So konnte sie sich ihnen überlegen fühlen, wenn sie ihnen verschiedene Skandal- und kleine Schmutzgeschichten aus ihrer Kindheit erzählte. Die Jungentoilette und die Mädchentoilette. Der alte Mr Burns in seiner Toilette. Shortie McGill und Franny McGill im Eingang zur Jungentoilette. Sie erwähnte nicht absichtlich immer wieder die Toilette als Schauplatz und war ein wenig überrascht, wie sie immer wieder auftauchte. Sie wusste, dass diese kleinen dunklen oder gestrichenen Hüttchen als komisch galten – im ländlichen Humor war es immer so gewesen –, aber sie sah sie als Kulisse für unsagbare Scham und Gewalt.

Vor der Mädchentoilette und der Jungentoilette war jeweils eine Bretterwand, die das Anbringen einer Tür ersparte. Der Schnee wehte aber durch die Spalten zwischen den Brettern und die Astlöcher, die zum Durchgucken da waren. Schnee häufte sich auf dem Sitz und auf dem Boden. Viele schienen das Sitzloch nicht gern zu benutzen. In dem angehäuften Schnee waren unter einer glatten Eisschicht, wo der Schnee geschmolzen und wieder gefroren war, Kothäufchen, eng zusammen oder vereinzelt, wie unter Glas konserviert, hell wie Senf oder dunkel wie Holzkohle und in allen Schattierungen dazwischen. Roses Magen drehte sich um bei dem Anblick; Verzweiflung ergriff sie. Sie blieb im Eingang stehen, konnte sich nicht überwinden und beschloss, dass sie noch warten könne. Zwei- oder dreimal machte sie sich auf dem Heimweg nass, als sie von der Schule zum Laden rannte, der nicht sehr weit weg lag. Flo ekelte sich. »Nasse Höschen, nasse Höschen«, sang sie, um Rose zu verspotten. »Kommt heim und hat nasse Höschen!«

Flo freute sich aber auch ganz schön, weil sie gern andere Leute gedemütigt sah, bei natürlichen Dingen; sie gehörte zu den Frauen, die öffentlich erzählen, was sie in ihrem Wäschesack gefunden haben. Rose war tödlich gekränkt, gab aber das Geheimnis nicht preis. Warum nicht? Sie befürchtete wahrscheinlich, Flo würde mit Eimer und Schippe in der Schule auftauchen und putzen und obendrein noch alle anderen heruntermachen.

Sie glaubte, die Verhältnisse in der Schule seien unveränderlich, die Regeln dort seien ganz anders als alles, was Flo verstehen konnte, die Rohheit sei unberechenbar. Gerechtigkeit und Sauberkeit sah sie jetzt als unschuldige Begriffe aus einem früheren Abschnitt ihres Lebens an. Sie stellte die erste Sammlung von Geschichten zusammen, die sie niemals würde erzählen können.

Sie konnte nie von Mr Burns erzählen. Kurz nachdem sie in die Schule gekommen war und ehe sie überhaupt eine Vorstellung davon hatte, was sie zu sehen bekommen würde – oder richtiger, was dort zu sehen war –, lief Rose mit ein paar anderen Mädchen am Schulzaun entlang, mitten durch roten Ampfer und Goldruten, und hockte sich hinter Mr Burns' Toilette hin, die gleich hinter dem Schulhof lag. Irgendjemand hatte durch den Zaun gegriffen und die unteren Bretter herausgerissen, so dass man hineinsehen konnte. Der alte Mr Burns, halb blind, dickbäuchig, schmutzig und fröhlich, kam über den Hinterhof, sprach mit sich selbst, sang und schlug mit seinem Stock auf das hoch gewachsene Unkraut. Auch in der Toilette hörte man nach einigen Augenblicken des Pressens und der Stille seine Stimme wieder.

Ein grüner Hügel draußen steht
Vor der Stadt mit ihrem Wall,
Wo der gute Herr gekreuzigt ward,
der starb und erlöste uns all.

Mr Burns' Gesang war nicht fromm, sondern großsprecherisch, als ob er sogar jetzt gern kämpfen würde. Die Religion zeigte sich hierzulande meist in Kämpfen. Die Leute waren Katholiken oder strenggläubige Protestanten, und es war Ehrensache, sich gegenseitig zu ärgern. Viele von den Protestanten – oder doch ihre Familien – waren Anglikaner, Presbyterianer gewesen. Aber sie waren zu arm geworden, um sich in diesen Kirchen sehen zu lassen, so waren sie zur Heilsarmee oder zur Pfingstbewegung abgewandert. Andere waren völlige Heiden gewesen, bis sie errettet wurden. Ein paar waren immer noch Heiden, aber beim Kampf Protestanten. Flo sagte, die Anglikaner und Presbyterianer seien Snobs und die übrigen Sektenbrüder, während die Katholiken sich jede Falschheit und Verderbtheit gefallen ließen, solange sie von den Leuten Geld für den Papst bekamen. Rose brauchte also überhaupt in keine Kirche zu gehen.

Alle die kleinen Mädchen kauerten, um sehen zu können, sie spähten hinein auf den Teil von Mr Burns, der durch das Sitzloch hing. Jahrelang dachte Rose, sie habe Hoden gesehen, aber genau genommen glaubte sie, dass es nur der Hintern war. Etwas Ähnliches wie ein Kuheuter, das eine stachlige Oberfläche zu haben schien, so wie das Stück Zunge, ehe Flo es kochte. Sie wollte diese Zunge nicht essen, und nachdem sie Brian erzählt hatte, was das wirklich war, wollte er auch nicht mehr, so dass Flo zornig wurde und sagte, sie könnten ja von heißen Würstchen leben.

Die älteren Mädchen kauerten sich nicht hin, um zu schauen, sondern standen daneben, und einige machten Geräusche, als müssten sie sich erbrechen. Ein paar von den kleinen Mädchen sprangen auf und stellten sich zu ihnen und machten es ihnen eifrig nach, aber Rose blieb hocken, erstaunt und gedankenvoll. Sie hätte gern noch mehr beobachtet, aber Mr Burns stand auf und kam heraus, während er sich zuknöpfte und sang. Die Mädchen schlichen an den Zäunen entlang und riefen: »Mr Burns! Guten Morgen! Mr Burns seine Eier!«

Er kam brüllend zum Zaun und schlug mit dem Stock nach ihnen, als wenn sie Küken wären.

Die Jüngeren und Älteren, die Jungen und Mädchen, überhaupt alle – außer der Lehrerin natürlich, die in der Pause die Tür abschloss und in der Schule blieb und es sich wie Rose verkniff, bis sie heimkam, wobei sie Zwischenfälle riskierte und Todesängste ausstand –, alle liefen zusammen, um in den Vorraum der Jungentoilette zu schauen, als der Satz umging: Shortie McGill vögelt Franny McGill!

Bruder und Schwester.

Geschwister bei einer Nummer.

Das war Flos Wort dafür: *Nummer*. Draußen auf dem

Land, draußen auf den Berghöfen, von denen sie kam, sagte Flo, seien Leute verrückt geworden, man wisse, dass sie gekochtes Heu gegessen hätten und dass sie sich mit ihren Blutsverwandten eingelassen hätten. Solange Rose nicht verstand, was gemeint war, stellte sie sich immer eine Art Behelfsbühne vor, eine Bühne in einer baufälligen alten Scheune, auf die Mitglieder einer Familie stiegen und alberne Lieder und Rezitationen vorbrachten. *Was für eine Nummer!*, sagte Flo dann voller Ekel und stieß den Rauch aus, dabei meinte sie nicht einen einzelnen Akt, sondern einfach alles in der Richtung, Vergangenes und Gegenwärtiges und Zukünftiges, das sich irgendwo auf der Welt abspielte. Die Vergnügungen der Leute ebenso wie ihre Wünsche setzten sie immer wieder in Erstaunen.

Wer war auf die Idee mit Franny und Shortie gekommen? Wahrscheinlich hatten ein paar von den großen Jungen Shortie herausgefordert, oder er hatte angegeben, und sie nahmen ihn jetzt beim Wort. Eins war sicher: Es konnte nicht Frannys Idee gewesen sein. Man musste sie dazu eingefangen oder eingesperrt haben. Eingefangen konnte man eigentlich nicht sagen, weil sie nicht wegrennen würde, weil sie nicht an ein Entkommen glaubte. Aber sie zeigte Widerstand, sie musste an den Platz, an dem sie sie haben wollten, gezerrt und dann dort niedergeworfen werden. Wusste sie, was kommen würde? Zumindest würde sie wissen, dass nichts, was andere mit ihr vorhatten, sich jemals als angenehm erweisen würde.

Franny McGill war als Säugling von ihrem betrunkenen Vater gegen die Wand geworfen worden. Das sagte Flo. Nach einer anderen Geschichte war Franny betrunken aus einem Schlitten gefallen und von einem Pferd getreten worden. Auf jeden Fall, sie war kaputt. Ihr Gesicht hatte es am schlimmsten erwischt. Ihre Nase war schief, so dass jeder Atemzug, den sie tat, zu einem langen, scheußlichen Schnaufen wurde. Ihre Zähne standen so durcheinander, dass sie den Mund nicht zumachen und nie ihre viele Spucke zurückhalten konnte. Sie war bleich, knochig, schwerfällig, ängstlich, genau wie eine alte Frau. Sie war in Klasse zwei oder drei versetzt worden und konnte ein bisschen lesen und schreiben, sie wurde selten dazu aufgerufen. Sie war vielleicht gar nicht so dumm, wie alle dachten, sondern einfach betäubt und verwirrt wegen der ständigen Angriffe. Und trotz allem hatte sie etwas Hoffnungsvolles an sich. Sie ging mit jedem, der sie nicht sofort angriff und beschimpfte; oft bot sie Bleistiftstummel an oder Kaugummiklümpchen, die sie sich unter Sitzen und Tischen suchte. Man musste sie unbedingt scharf abwehren und böse schauen, sobald sie einen Blick von einem erhaschte.

Geh weg, Franny. Geh weg, oder ich hau dich. Ich tu es. Ich tu es wirklich.

Was Shortie mit ihr machte, was noch andere mit ihr machten, sollte sich wiederholen. Sie würde schwanger werden, fortgebracht werden, zurückkommen und wieder schwanger werden, fortgebracht werden, zurückkommen, schwanger werden, wieder fortgebracht werden. Man würde davon sprechen, sie sterilisieren zu lassen, den Lions Club für die Bezahlung der Unkosten zu gewinnen, man würde davon sprechen, sie wegzusperren, als sie plötzlich an einer Lungenentzündung starb und damit das Problem löste. Später musste Rose an Franny denken, wenn ihr in einem Buch oder einem Film die Gestalt einer schwachsinnigen, frommen Hure begegnete. Die Männer, die Bücher und Filme machten, schienen eine Vorliebe für diese Figur zu haben, obwohl sie sie geläutert darstellten. Sie logen, dachte sie, wenn sie das Schnaufen und die Spucke und die Zähne wegließen; sie wollten nicht das aphrodisische Prickeln des Ekels mit hereinnehmen in ihrem eiligen Bemühen, sich selbst mit der Vorstellung einer wohltuenden Leere und eines undifferenzierten Behagens zu erfreuen.

Das Willkommen, das Franny Shortie bot, war allerdings nicht so fromm. Sie stieß Schreie aus, die wegen ihrer Atemschwierigkeiten gedämpft und schleimig klangen, eins ihrer Beine zuckte. Entweder hatte sie den Schuh verloren, oder sie hatte von Anfang an keine angehabt. Da lag ihr weißes Bein und ihr bloßer Fuß mit den schmutzigen Zehen – sie sahen zu normal, zu kräftig und zu anständig aus, um Franny McGill zu gehören. Das war alles, was Rose von ihr sehen konnte. Sie war klein und war nach hinten gedrängt worden. Große Jungen standen um die beiden herum und feuerten sie mit Geschrei an, große Mädchen kichernd weiter hinten. Rose war interessiert, aber nicht beunruhigt. Eine Tat, verübt an Franny, hatte keine allgemeine Bedeutung, keine Auswirkung auf Dinge, die jemand anderem geschehen konnten. Es war nur ein weiterer Missbrauch.

Wenn Rose in späteren Jahren davon erzählte, war die Wirkung beachtlich. Sie musste schwören, dass es wahr war, dass sie nicht übertrieb. Und es war wahr, nur der Eindruck war falsch. Ihre Schulzeit erschien beklagenswert. Es sah aus, als müsste sie unglücklich gewesen sein, und das stimmte nicht. Sie hatte gelernt. Sie lernte, wie man sich in den großen Kämpfen zu verhalten hatte, die die Klassen zwei- oder dreimal im Jahr auseinander rissen. Sie neigte dazu, neutral zu bleiben, und das war ein schlimmer Fehler; es konnte beide Seiten gegen einen aufbringen.

Das Wichtigste war, sich mit denen zusammenzutun, die nahe bei einem wohnten, so dass man auf dem Heimweg nicht in zu große Gefahr geriet. Sie wusste nie recht, was für Kämpfe im Gange waren, und sie hatte keinen sicheren Instinkt für Kämpfe, sie verstand nicht recht, warum sie sein mussten. Immer traf sie ein Schneeball, ein Stein, ein Stock unvorbereitet von hinten. Sie wusste, dass sie nie erfolgreich sein, nie eine gesicherte Stellung – wenn es so etwas überhaupt gab – in der Welt der Schule haben würde. Aber sie war nicht unglücklich, abgesehen davon, dass sie nicht auf die Toilette gehen konnte. Wenn man überleben lernt, ganz gleich mit welcher Feigheit und Vorsicht, mit welchen Erschütterungen und Vorahnungen, ist das nicht das Gleiche, wie wenn man unglücklich ist. Es ist zu interessant.

Sie lernte, sich Franny vom Leib zu halten. Sie lernte, nie in die Nähe des Kellergeschosses der Schule zu gehen, das lauter zerschlagene Fenster hatte und dunkel und nass wie eine Höhle war; die dunkle Stelle unter der Treppe und den Platz zwischen den Holzstößen zu meiden; in keiner Weise die Aufmerksamkeit der großen Jungen auf sich zu lenken, die ihr wie wilde Hunde vorkamen, ebenso schnell und stark, unberechenbar und heftig im Angriff.

Ein Fehler, den sie früh machte und später nicht mehr gemacht hätte, war, Flo die Wahrheit statt irgendwelcher Lügen zu sagen, als ein großer Junge, einer von den Moreys, sie, während sie die Feuertreppe herunterkletterte, schubste und festhielt und ihr dabei den Ärmel des Regenmantels an der Schulter ausriss. Flo kam in die Schule, um Krach zu schlagen (ihre erklärte Absicht), und hörte Augenzeugen schwören, Rose sei an einem Nagel hängen geblieben. Die Lehrerin war mürrisch und wollte nicht viel sagen, sie ließ merken, dass Flos Besuch nicht erwünscht war. In West-Hanratty kamen Eltern einfach nicht in die Schule. Die Mütter nahmen bei Kämpfen energisch Partei, sie lehnten sich über die Gartentore und schrien; manche liefen sogar hinaus, um jemand an den Haaren zu zerren oder selbst Latten zu schwingen. Sie machten die Lehrerin hinter ihrem Rücken herunter und schickten ihre Kinder in die Schule mit der Anweisung, sich nichts von ihr gefallen zu lassen. Aber sie hätten es nie gemacht wie Flo, nie hätten sie einen Fuß auf das Schulgrundstück gesetzt, nie ihre Klage auf dieser Ebene vorgebracht. Sie hätten nie geglaubt, was Flo zu glauben schien (und hier sah Rose, wie sie zum ersten Mal den Boden unter den Füßen verlor und im Irrtum war), dass Übeltäter gestehen oder ausgeliefert würden, dass die Gerechtigkeit eine andere Form annehmen könnte, als ein heimlicher Racheakt in der Garderobe, bei dem ein Moreyscher Mantel zerfetzt wurde.

Flo sagte, die Lehrerin verstehe nichts von ihrem Beruf.

Im Gegenteil. Sie verstand sehr viel davon. In der Pause schloss sie die Tür ab und ließ alles, was geschehen mochte, draußen geschehen. Sie versuchte nie durchzusetzen, dass die großen Jungen aus dem Keller herauf- oder von der Feuertreppe hereinkamen. Sie ließ sie Kleinholz für den Ofen machen und den Trinkwasserkrug auffüllen; ansonsten hatten sie ihre Freiheit. Das Holzhacken oder das Pumpen machte ihnen nichts aus, wenn sie auch die Leute mit eiskaltem Wasser begossen und mit der Axt fast einen ermordet hätten. Sie waren nur in der Schule, weil es sonst keinen Platz für sie gab. Sie waren alt genug zum Arbeiten, aber es gab keine Stellen für sie. Die älteren Mädchen konnten unterkommen, zumindest als Dienstmädchen; sie blieben deshalb nicht in der Schule, es sei denn, sie wollten die Aufnahmeprüfung für die höhere Schule machen, um vielleicht eines Tages eine Anstellung in einem Laden oder einer Bank zu bekommen. Ein paar schafften das tatsächlich. An Orten wie West-Hanratty kommen Mädchen leichter nach oben als Jungen.

Die Lehrerin hielt die großen Mädchen – außer denen in der Aufstiegsklasse – damit beschäftigt, die kleineren Kinder zu beaufsichtigen, sie zu streicheln oder zu knuffen, ihre Rechtschreibung zu korrigieren und alles Interessante an Bleistiftdosen, Farbstiften oder falschem Schmuck zum eigenen Gebrauch zu behalten. Was in der Garderobe vorging, ob Frühstücksdosen geklaut, Mäntel zerrissen oder Hosen heruntergezogen wurden, hielt die Lehrerin nicht für ihre Angelegenheit.

Sie war überhaupt nicht engagiert, großzügig oder sympathisch. Sie kam jeden Tag zu Fuß über die Brücke von Hanratty, wo sie einen kranken Mann hatte. Sie hatte in mittleren Jahren wieder angefangen zu unterrichten. Wahrscheinlich war das die einzige Arbeit, die sie bekommen konnte. Sie musste dabeibleiben, und sie blieb dabei. Sie hängte nie Scherenschnitte an die Fenster oder klebte Goldsterne in die Arbeitshefte. Sie machte nie Zeichnungen mit farbiger Kreide an die Tafel. Sie hatte keine Goldsterne, und es gab keine bunte Kreide. Sie zeigte keine Zuneigung zu dem, was sie lehrte, und auch zu keinem Menschen. Sie muss sich gewünscht haben, falls sie sich überhaupt etwas wünschte, man möchte ihr eines Tages sagen, sie könne nach Hause gehen, sie brauche niemand mehr wiederzusehen, nie mehr ein Lesebuch aufzuschlagen.

Aber sie brachte ihnen etwas bei. Sie musste den Kindern etwas beigebracht haben, die dann die Aufnahmeprüfung machten, denn einige bestanden sie. Sie musste versucht haben, jedem, der in diese Schule kam, Lesen und Schreiben und einfaches Rechnen beizubringen. Die Treppengeländer waren demoliert, die Pulte aus dem Fußboden gerissen, der Ofen qualmte, und die Rohre waren mit Draht zusammengeflickt; es waren keine Bücher oder Landkarten da, und nie gab es genug Kreide; sogar der Maßstock war schmutzig und an einem Ende zersplittert. Kämpfe und Sex und Klauereien waren die wichtigen Dinge, die sich abspielten. Trotzdem. Tatsachen und Tabellen wurden vorgeführt.

Angesichts all dieser Zerrüttung, dieses Unbehagens, dieser Ohnmacht wurde doch eine Art normaler Schulroutine aufrechterhalten; ein Angebot. Einige lernten korrekt zu schreiben.

Sie schnupfte. Sie war der einzige Mensch, bei dem Rose das je gesehen hatte. Sie schüttete sich ein bisschen Schnupftabak auf den Handrücken, hob die Hand ans Gesicht und schniefte diskret. Mit zurückgeneigtem Kopf und gerecktem Hals sah sie einen Augenblick lang verachtungsvoll und herausfordernd aus. Sonst war sie nicht im Mindesten auffällig. Sie war unförmig, grau und schäbig.

Flo sagte, wahrscheinlich habe sie sich mit dem Schnupftabak das Hirn vernebelt. Wie bei einer Sucht. Zigaretten gingen nur an die Nerven.

Eins war in der Schule bezaubernd und wunderschön. Die Vogelbilder. Rose wusste nicht, ob die Lehrerin hinaufgestiegen war und sie über der Tafel angenagelt hatte, wo sie für eine mutwillige Schändung zu hoch hingen, ob sie ihr erster und letzter hoffnungsvoller Versuch gewesen waren, oder ob sie aus einer früheren, erfreulicheren Zeit in der Geschichte der Schule stammten. Wo waren sie her, wie waren sie hierher gekommen, wo es doch sonst nichts an Schmuck und Bildern gab?

Ein rotköpfiger Specht; ein Pirol; ein Eichelhäher; eine Kanadagans. Leuchtende und beständige Farben. Im Hintergrund fleckenloser Schnee, blühende Zweige, strahlender Sommerhimmel. Da hingen sie, leuchtend und ausdrucksvoll, so völlig anders als alles Übrige, dass sie nicht eigentlich diese Vögel, diesen Himmel und diesen Schnee darzustellen schienen, sondern eine andere Welt der gesicherten Unschuld, der freigebigen Mitteilungen, der selbstverständlichen Fröhlichkeit. Da gab es keine gestohlenen Frühstücksdosen, keine zerfetzten Mäntel, keine heruntergezogenen Hosen und keine schmerzhaften Attacken mit den Stöcken; keine Nummer; keine Franny.

In der Aufstiegsklasse waren drei große Mädchen. Die eine hieß Donna; die andere Cora; die dritte Bernice. Diese drei waren die Aufstiegsklasse, sonst war da niemand. Drei Königinnen. Aber wenn man näher hinsah, waren es eine Königin und zwei Prinzessinnen. Das dachte Rose über sie. Sie gingen Arm in Arm im Schulhof umher oder hatten sich gegenseitig die Arme um die Taille gelegt. Cora in der Mitte. Sie war die größte. Donna und Bernice lehnten sich an sie und blickten zu ihr auf.

Es war Cora, die Rose liebte.

Cora lebte bei den Großeltern. Die Großmutter ging über die Brücke nach Hanratty, um zu putzen oder zu bügeln. Ihr Großvater war der »Honigkipper«. Das bedeutete, dass er herumging, um die Toiletten auszuleeren. Das war sein Beruf.

Als Flo noch nicht genug Geld gespart hatte, um ein richtiges Badezimmer einrichten zu lassen, hatte sie ein Trockenklosett gekauft, das man in eine Ecke des Holzschuppens stellen konnte. Das war eine bessere Lösung als das Außenklo, besonders im Winter. Coras Großvater war nicht einverstanden. Er sagte zu Flo: »Viele haben diese chemischen angeschafft, und viele wären froh, sie hätten's nicht.«

Er sprach das »ch« in chemisch wie das »ch« in Chance aus.

Cora war unehelich. Ihre Mutter arbeitete irgendwo oder war verheiratet. Vielleicht arbeitete sie als Dienstmädchen und konnte abgelegte Sachen schicken. Cora hatte massenweise Kleider. Sie kam in rehfarbenem Satin in die Schule, der sich über den Hüften kräuselte; in königsblauem Samt, mit einer Rose aus dem gleichen Stoff, die über die Schulter baumelte; in altrosa Krepp mit vielen Fransen. Diese Kleider waren zu alt für sie (Rose fand das nicht), aber nicht zu groß. Sie war groß, kräftig, fraulich. Manchmal trug sie das Haar zu einer Schnecke auf dem Kopf zusammengerollt und ließ es über ein Auge herunterhängen. Sie und Donna und Bernice trugen das Haar oft wie Erwachsene, schminkten sich reichlich die Lippen, puderten sich die Wangen mehlweiß. Coras Gesichtszüge waren massig. Sie hatte eine fettige Stirn, träge bräunliche Augenlider, eine reife und lässige Selbstzufriedenheit, die bald hart und matronenhaft sein würde. Aber im Augenblick war sie herrlich, wie sie mit ihrem Gefolge (tatsächlich war Donna mit ihrem blassen ovalen Gesicht und ihrem blonden Kraushaar am ehesten hübsch zu nennen) über den Schulhof ging, Arm in Arm und in ernsthaftem Gespräch. Sie verschwendete keinerlei Aufmerksamkeit auf die Jungen in der Schule, das tat keins von diesen Mädchen. Sie warteten auf richtige Freunde, vielleicht hatten sie sich schon welche angeschafft. Manche Jungen riefen ihnen von der Kellertür her begehrliche Beschimpfungen zu, und Cora drehte sich um und schrie sie an: »Zu alt für die Wiege, zu jung fürs Bett!« Rose hatte keine Ahnung, was das bedeutete, aber sie war voller Bewunderung für die Art, wie Cora sich in den Hüften drehte, für den höhnischen, grausamen und doch trägen und unbeirrten Klang ihrer Stimme, den blitzenden Blick. Wenn sie einmal allein war, würde sie das nachspielen, die ganze Szene, wie die Jungen riefen, und Rose würde Cora sein. Genau wie Cora würde sie sich zu ihren imaginären Peinigern umdrehen, sie würde die gleiche herausfordernde Achtung ausstrahlen. *Zu alt für die Wiege, zu jung fürs Bett!*

Rose ging im Hof hinter dem Laden umher und malte sich das sinnliche Gekräusel des Satins über ihren eigenen Hüften, ihr eigenes hochgerolltes und herunterwippendes Haar, ihre geschminkten Lippen aus. Wenn sie erwachsen war, wollte sie genau wie Cora sein. Sie wollte nicht einmal warten, bis sie erwachsen war. Sie wollte Cora sein, jetzt gleich.

Cora kam mit hohen Absätzen in die Schule. Sie war nicht leichtfüßig. Wenn sie in ihren prächtigen Kleidern durch das Schulzimmer ging, konnte man spüren, wie der Raum zitterte, und hören, wie die Scheiben klirrten. Man konnte sie auch riechen. Ihren Körperpuder und ihre Kosmetika, ihre warme dunkle Haut und ihr Haar.

Die drei saßen oben auf der Feuertreppe beim ersten warmen Wetter. Sie lackierten sich die Nägel. Der Lack roch nach Bananen, hatte aber eine seltsame chemische Schärfe. Rose hatte beabsichtigt, über die Feuertreppe in die Schule hineinzugehen wie gewöhnlich und so die tägliche Bedrohung im Haupteingang zu vermeiden, aber als sie die Mädchen dort sah, drehte sie um, sie traute sich nicht, sie zum Wegrücken zu veranlassen.

Cora rief herunter: »Du kannst raufkommen, wenn du willst. Los, komm rauf!« Sie neckte sie und ermutigte sie wie einen jungen Hund.

»Möchtest du die Nägel gerichtet haben?«

»Dann wollen sie's alle«, sagte das Mädchen namens Bernice, der der Nagellack gehörte, wie sich herausstellte.

»Bei denen machen wir's nicht«, sagte Cora, »wir machen's nur bei ihr. Wie heißt du? Rose? Wir machen's nur bei Rose. Los, komm rauf, Schätzchen.«

Sie ließ Rose die Hand ausstrecken. Rose sah mit Schrecken, wie fleckig sie war und wie schmierig. Und sie war kalt und zittrig, ein kleines ekelhaftes Ding. Rose hätte sich nicht gewundert, wenn Cora sie hätte fallen lassen.

»Spreiz die Finger auseinander. So. Nicht so krampfhaft. Guck nur, wie deine Hand wackelt. Ich werd dich doch nicht beißen. Oder meinst du? Halt still wie ein braves Mädchen. Du willst doch nicht, dass ich alles daneben schmiere, oder?«

Sie tauchte den Pinsel in die Flasche. Die Farbe war tiefrot wie Himbeeren. Rose mochte den Geruch gern. Coras eigene Finger waren groß, glänzend, ruhig, warm.

»Ist das nicht hübsch? Werden deine Nägel nicht hübsch aussehen?«

Sie lackierte sie in der schwierigen, längst vergessenen Art von damals, indem sie die Möndchen und das Nagelweiß freiließ.

»Er ist rosa, das passt zu deinem Namen. Rose, das ist ein hübscher Name. Mir gefällt er. Ich mag ihn lieber als Cora. Ich hasse Cora. Deine Finger sind eiskalt an einem so warmen Tag. Sind sie nicht eiskalt gegen meine?«

Sie kokettierte, sie gab sich huldvoll, wie es bei Mädchen in dem Alter so ist. Sie probieren ihren Charme an allem aus, an Hunden oder Katzen oder ihrem eigenen Gesicht im Spiegel. Rose war im Augenblick zu überwältigt, um sich zu freuen. Sie war schwach und verwirrt, erschreckt von so viel hoher Gunst.

Von diesem Tag an war Rose wie besessen. Sie verbrachte ihre Zeit mit Versuchen, zu gehen und auszusehen wie Cora, sie wiederholte jedes Wort, das sie sie je hatte sagen hören. Sie versuchte, sie zu sein. Für Rose lag ein Zauber über jeder Bewegung, die Cora machte, wie sie einen Bleistift in ihr dickes, grobes Haar steckte, wie sie manchmal in der Schule seufzte wie in erhabener Langeweile. Wie sie einen Finger anleckte und ihre Augenbrauen glatt strich. Rose leckte an ihrem Finger und strich sich die Brauen glatt, und sie wünschte sich sehnlich, sie möchten dunkel sein und nicht so sonnengebleicht und fast unsichtbar.

Nachahmen war nicht genug. Rose ging noch weiter. Sie stellte sich vor, sie wäre krank, und Cora würde auf irgendeine Weise geholt, um sich um sie zu kümmern. Nachts sich anschmiegen, streicheln, in den Schlaf wiegen. Sie dachte sich Geschichten von Gefahr und Rettung, Unfällen und Dankbarkeit aus. Manchmal rettete sie Cora, manchmal rettete Cora sie. Dann gab es nur noch Wärme, Wohlbehagen, neue Offenbarungen.

Das ist ein hübscher Name.

Los, komm rauf, Schätzchen.

Der Beginn, die Steigerung, die Flut der Liebe. Sexuelle Liebe, noch unsicher, worauf sie sich konzentrieren sollte. Sie musste von Anfang an da sein wie der harte, helle Honig im Topf, bereit zu schmelzen und flüssig zu werden. Es fehlte eine gewisse Schärfe, ein gewisses Drängen; es gab wohl die zufälligen Geschlechtsunterschiede bei der erwählten Person; sonst war es genau das Gleiche, die gleiche Sache, die seitdem immer wieder über Rose gekommen war. Die hohe Flut; der unzerstörbare Wahnsinn; der leuchtende Strom.

Als es draußen blühte – Flieder, Apfelbäume, Weißdorn längs der Straße –, spielten sie das Beerdigungsspiel, das von den älteren Mädchen inszeniert wurde. Diejenige, die als tot galt – ein Mädchen, denn nur Mädchen spielten dieses Spiel –, lag ausgestreckt oben auf der Feuertreppe. Die Übrigen reihten sich langsam auf, sangen eine Hymne und warfen Arme voll Blumen auf sie hinunter. Sie beugten sich vor, als ob sie schluchzten (manchen gelang es wirklich) und warfen einen letzten Blick auf sie. Das war alles, was geschah. Jede sollte die Chance haben, tot zu sein, aber so kam es dann doch nicht. Nachdem die großen Mädchen alle dran gewesen waren, ließen sie sich durch nichts dazu bringen, bei den Beerdigungen der jüngeren Mädchen untergeordnete Rollen zu spielen. Die, die noch übrig waren, merkten bald, dass das Spiel seine ganze Bedeutung und seinen Reiz verloren hatte, sie verzogen sich und ließen nur die Stumpfsinnigsten zurück, um die Sache zu Ende zu bringen. Rose gehörte zu den Zurückgelassenen. Sie blieb, in der Hoffnung, Cora würde vielleicht bei ihrer Prozession die Treppe heraufkommen, aber Cora beachtete sie nicht.

Diejenige, die die Tote spielte, durfte wählen, welche Hymne bei der Prozession gesungen wurde. Cora hatte sich »Wie herrlich muss es im Himmel sein« ausgesucht. Sie lag da, mit Blumen überhäuft, die meisten waren Fliederblüten, und trug ihr rosa Kreppkleid. Dazu auch irgendwelche Glasperlen, eine Brosche, auf der ihr Name in grünen Pailletten stand; das Gesicht dick gepudert. Der Puder zitterte in den weichen Härchen um die Mundwinkel. Ihre Augenlider bewegten sich unruhig. Ihr Ausdruck war konzentriert, finster, abschreckend tot. Rose sang traurig, während sie Flieder niederlegte, und war jetzt nahe genug, um ihr irgendeinen Akt der Verehrung darzubringen, aber es fiel ihr nichts ein. Sie konnte nur Einzelheiten sammeln, über die sie später nachdenken würde. Die Farbe von Coras Haar. Die unteren Strähnen glänzten, wo sie über den Ohren hochgesteckt waren. Ein helleres Braun, wärmer als die Haare oben auf dem Kopf. Ihre Arme waren nackt, braun, ausgebreitet, die schweren Arme einer Frau, mit Flaum bedeckt. Wie war ihr Geruch wirklich? Was war die finstere und selbstgefällige Botschaft ihrer gezupften Brauen? Rose dachte dann später, als sie allein war, angestrengt über diese Dinge nach, sie bemühte sich, sich ihrer zu erinnern, sie zu wissen, sie endgültig zu besitzen. Wofür war das gut? Wenn sie an Cora dachte, empfand sie etwas wie einen glühenden dunklen Fleck, einen geschmolzenen Kern, spürte einen Geruch und einen Geschmack wie gebrannte Schokolade, unerreichbar.

Was kann in der Liebe geschehen, wenn sie diesen Punkt einer solchen Machtlosigkeit und Hoffnungslosigkeit und wahnsinnigen Intensität erreicht? Irgendetwas muss sie zerbrechen.

Sie machte bald einen schlimmen Fehler. Sie stahl ein paar Süßigkeiten aus Flos Laden, um sie Cora zu geben. Es war ein idiotisches, sinnloses Unterfangen und kindisch dazu, wie sie damals auch wusste. Der Fehler lag nicht im Stehlen selbst, obwohl schon das dumm war und gar nicht leicht. Flo bewahrte die Süßigkeiten hinter dem Ladentisch auf einem schrägen Brett auf, in offenen Dosen, außerhalb der Reichweite, aber nicht der Blicke der Kinder. Rose musste eine Gelegenheit abpassen, dann auf den Stuhl steigen und eine Tüte mit dem füllen, was sie eben grapschen konnte – Gummibonbons, Fruchtdragees, Lakritzenallerlei, Ahornknospen, Lutschstangen. Sie selbst aß nichts davon. Sie musste die Tüte in die Schule kriegen; dies gelang ihr, indem sie sie, unter dem Rock, in das Gummiband des Schlüpfers einklemmte. Sie drückte den Arm leicht gegen die Taille, um alles an seinem Platz zu halten. Flo sagte: »Was ist los, hast du Bauchschmerzen?«, war aber glücklicherweise zu beschäftigt, um weiter nachzuforschen.

Rose versteckte die Tüte in ihrem Pult und wartete auf eine Gelegenheit, die sich nicht so leicht ergab, wie sie erwartet hatte.

Selbst wenn sie die Süßigkeiten gekauft, wenn sie sie rechtmäßig erworben hätte, wäre das Ganze ein Fehler gewesen. Zu Beginn wäre es richtig gewesen, aber jetzt nicht mehr. Jetzt brauchte sie zu viel Dankbarkeit und Anerkennung, war aber nicht imstande, etwas davon anzunehmen. Ihr Herz hämmerte, ihr Mund füllte sich mit dem sonderbaren kupfrigen Geschmack der Sehnsucht und Verzweiflung, wenn Cora auch nur mit ihrem schweren, gewichtigen Gang in einer Wolke von hautwarmen Gerüchen zufällig an ihrer Bank vorbeiging. Keine Geste konnte ausdrücken, was Rose fühlte, keine Erfüllung war möglich, und sie wusste, was sie tat, war närrisch und unheilvoll.

Sie schaffte es nicht, das Geschenk anzubieten, es war nie der richtige Augenblick, also beschloss sie nach ein paar Tagen, die Tüte in Coras Pult zu legen. Selbst das war schwierig. Sie musste nach Schulschluss so tun, als hätte sie etwas vergessen, musste in die Schule zurücklaufen in dem Wissen, dass sie später wieder hinausgehen und allein an den großen Jungen bei der Kellertür vorbei musste.

Die Lehrerin war noch da und setzte gerade den Hut auf. Jeden Tag setzte sie für diesen Gang über die Brücke ihren alten grünen Hut auf, an dem eine kleine Feder steckte. Coras Freundin Donna putzte die Tafeln. Rose versuchte, die Tüte in Coras Pult zu stopfen.

Es fiel etwas heraus. Die Lehrerin kümmerte sich nicht darum, aber Donna drehte sich um und schrie sie an: »He, was machst du in Coras Pult?«

Rose ließ die Tüte auf den Sitz fallen und rannte hinaus.

Was sie nun überhaupt nicht vorausgesehen hatte, war, dass Cora in Flos Laden kommen und die Süßigkeiten umtauschen würde. Aber genau das tat Cora. Sie tat es nicht, um Rose Ärger zu machen, sondern einfach zu ihrem Vergnügen. Sie freute sich über ihre Wichtigkeit und Achtbarkeit und genoss den Spaß, wie eine Erwachsene etwas umzutauschen.

»Ich weiß nicht, warum sie mir das geben wollte«, sagte sie, beziehungsweise Flo sagte, sie habe es gesagt. Flos Nachahmungsgabe ließ sie dieses Mal im Stich; es klang Rose überhaupt nicht nach Coras Stimme. Flo ließ sie kläglich und weinerlich klingen.

Ich dachte, es ist besser, ich komm und sag's Ihnen.

Die Bonbons waren sowieso nicht mehr in einem genießbaren Zustand. Sie waren zerdrückt und verklebt, so dass Flo sie wegwerfen musste.

Flo war sprachlos. Sagte sie. Nicht wegen des Diebstahls. Sie war natürlich gegen Stehlen, aber sie schien zu begreifen, dass es in diesem Fall das kleinere Vergehen war.

»Was hast du damit gemacht? Sie ihr gegeben? Warum hast du sie ihr gegeben? Bist du in sie verliebt oder was?«

Sie sagte das als Beleidigung und als Spaß. Rose antwortete nein, weil sie mit Liebe den Gedanken an das Ende von Filmen, an Küsse und Heiraten verband. Ihre Gefühle waren in diesem Augenblick verletzt und preisgegeben, und obwohl sie es nicht wusste, begannen sie schon zu welken. Flo war wie ein austrocknender Sturm.

»So bist du«, sagte Flo, »du bist zum Kotzen.«

Flo sprach nicht von späterer Homosexualität. Wenn sie davon gewusst oder daran gedacht hätte, wäre es ihr wohl noch mehr wie ein Witz vorgekommen, wie etwas Fremdartiges und unverständlicher als das normale Verhalten. Es war Liebe, die sie krank machte. Es war die Versklavung, die Selbsterniedrigung, die Selbsttäuschung. Das erschreckte sie; sie sah die Gefahr, sicherlich; sie erkannte den schwachen Punkt. Überstürzte Hoffnung, Bereitschaft, Verlangen. »Was ist so fabelhaft an ihr?«, fragte Flo und antwortete gleich selbst. »Nichts. Sie sieht nicht im Mindesten gut aus. Sie wird zu einem fetten Monstrum werden. Ich kenne die Anzeichen. Einen Schnurrbart wird sie auch kriegen. Sie hat ja schon einen. Wo hat sie ihre Kleider her? Ich vermute, sie findet, dass sie ihr stehen.«

Rose antwortete nichts darauf, und Flo sagte noch, Cora habe keinen Vater, man könnte sich fragen, was ihre Mutter treibe, und wer war ihr Großvater? Der »Honigkipper«!

Später kam Flo gelegentlich auf das Thema Cora zurück.

»Dort geht dein Idol!«, sagte sie manchmal, wenn sie Cora am Laden vorbeigehen sah, als sie bereits auf die höhere Schule ging.

Rose tat, als erinnerte sie sich an nichts.

»Du kennst sie!« Flo ließ nicht nach. »Du wolltest ihr mal Bonbons schenken! Du hast diese Bonbons für sie gestohlen! Hab ich vielleicht gelacht!«

Roses Verstellung war nicht gänzlich gespielt. Sie erinnerte sich an die Vorgänge, aber nicht an die Gefühle. Cora wurde ein großes, dunkles, mürrisch blickendes Mädchen mit runden Schultern, das seine Schulbücher trug. Die Bücher halfen ihr nichts, sie schaffte die Schule nicht. Sie trug gewöhnliche Blusen und einen marineblauen Rock, in dem sie dick aussah. Vielleicht konnte ihre Persönlichkeit den Verlust ihrer eleganten Kleider nicht verwinden. Sie ging fort, sie bekam eine Stelle beim Militär. Sie trat in die Luftwaffe ein und erschien zu Hause auf Urlaub, in diese scheußliche Uniform gezwängt. Sie heiratete einen Flieger.

Rose machte dieser Verlust, diese Veränderung nicht viel aus. Das ganze Leben war, soweit sie erfahren konnte, eine Reihe von überraschenden Entwicklungen. Sie dachte nur, dass Flo viel zu spät dran war, wenn sie diese Geschichte immer wieder wiederholte, in der Cora immer schlimmer dargestellt wurde – dunkelhäutig, haarig, angeberhaft, fett. Nach so langer Zeit, und noch dazu vergeblich, erkannte Rose, dass Flo sie zu warnen und zu ändern versuchte.

Die Schule wurde während des Krieges anders. Sie kam herunter, verlor ihre Bedrohung, ihren anarchistischen Geist, ihren Stil. Die wilden Jungen gingen zur Armee. West-Hanratty änderte sich auch. Es zogen Leute weg, um beim Militär zu arbeiten, und auch die, die dablieben, arbeiteten gegen eine bessere Bezahlung, als sie jemals erträumt hatten. Wohlanständigkeit kam auf, von besonders hartnäckigen Fällen abgesehen. Dächer wurden völlig neu gedeckt und nicht nur geflickt. Häuser wurden gestrichen oder mit imitierten Ziegeln verkleidet. Kühlschränke wurden gekauft, und die Leute gaben damit an. Wenn Rose an West-Hanratty vor dem Krieg und während des Krieges zurückdachte, dann waren diese beiden Zeitabschnitte so verschieden, als hätte man sie völlig anders ausgeleuchtet oder als hätte man den Film, auf dem alles festgehalten war, unterschiedlich entwickelt, so dass einmal alles klar und sauber und anständig und normal aussah und einmal finster, grobkörnig, zufällig, beunruhigend.

Die Schule selbst wurde in Ordnung gebracht. Fenster wurden ersetzt, Tische wieder festgeschraubt, schmutzige Inschriften verschwanden unter Mengen stumpfroter Farbe. Die Jungentoilette und die Mädchentoilette wurden abgerissen und die Gruben aufgefüllt. Die Regierung und die Schulbehörde sahen sich in der Lage, in dem erneuerten Kellergeschoss Toiletten mit Wasserspülung einzurichten.

Alle machten es so. Mr Burns starb im Sommer, und die Leute, die sein Grundstück kauften, bauten ein Badezimmer ein. Sie zogen einen hohen Zaun aus Maschendraht, so dass niemand mehr vom Schulhof herübergreifen und ihren Flieder abreißen konnte. Flo hatte in dieser Zeit ebenfalls ein Badezimmer einrichten lassen. Sie sagte, sie könnten eigentlich auch etwas machen lassen, es war der Aufschwung der Kriegszeit.

Coras Großvater musste seinen Beruf aufgeben, und es gab nie wieder einen »Honigkipper«.

Eine halbe Grapefruit

Rose machte die Aufnahmeprüfung, sie ging über die Brücke, sie ging auf die Oberschule.

Es gab vier große saubere Fenster an der Längswand. Es gab neue Leuchtröhren. Der Kursus behandelte Gesundheit und Lebensführung, ein neuer Gedanke. Die Klassen waren gemischt bis nach Weihnachten, als das Familienleben drankam. Die Lehrerin war jung und optimistisch. Sie trug ein knallrotes Kostüm, das sich an den Hüften bauschte. Sie ging auf und ab, auf und ab in den Reihen, und jeder musste sagen, was er zum Frühstück bekommen hatte, so dass man wusste, ob er sich an die Staatlichen Kanadischen Ernährungsvorschriften hielt.

Unterschiede zwischen Stadt und Land traten bald zu Tage.

»Bratkartoffeln.«

»Brot und Maissirup.«

»Tee und Haferbrei.«

»Tee und Brot.«

»Tee und Spiegeleier und Landwurst.«

»Rosinenkuchen.«

Es gab Gelächter, und die Lehrerin machte ein unwilliges Gesicht, das aber keine Wirkung hatte. Sie kam auf die städtische Seite des Klassenzimmers. In der Klasse wurde freiwillig eine lose Art von Trennung eingehalten. Auf dieser Seite behaupteten die Schüler, sie hätten Toast und Marmelade, Speck und Eier, Cornflakes, ja sogar Waffeln und Sirup gegessen. Orangensaft, sagten einige.

Rose hatte sich hinten in eine Reihe der Stadtseite gesetzt. West-Hanratty war nur durch sie vertreten. Sie wünschte sehnlichst, sich den Städtern anzuschließen, trotz ihres Herkunftsortes, sie wollte zu diesen Waffeln essenden und Kaffee trinkenden gebildeten Eigentümern von Frühstücksecken gehören.

»Eine halbe Grapefruit«, sagte sie kühn. Niemand sonst hatte daran gedacht.

Dabei hätte Flo geglaubt, es sei ebenso schlimm, Grapefruit zum Frühstück zu essen wie Champagner zu trinken. Sie verkauften nicht einmal Grapefruit im Laden. Sie hatten mit frischem Obst nicht viel im Sinn. Ein paar fleckige Bananen, kleine reizlose Orangen. Wie viele Leute vom Land glaubte auch Flo, alles, was nicht gründlich gekocht sei, schade dem Magen. Auch bei ihnen gab es zum Frühstück Tee und Haferbrei. Puffreis gab es im Sommer. Der erste Morgen, an dem der Puffreis leicht wie Blütenstaub in die Schale rieselte, war ein so festlicher und hoffnungsvoller Anlass wie der erste Tag, an dem man ohne Gummischuhe über die feste Straße gehen konnte, oder der erste Tag, an dem man in der kurzen herrlichen Zeit zwischen Frost und Fliegen die Tür offen lassen konnte.

Rose war zufrieden mit sich, weil sie an die Grapefruit gedacht hatte und wie sie darüber gesprochen hatte, mit einer kühnen und doch natürlichen Stimme. Manchmal trocknete ihre Stimme in der Schule ganz aus, manchmal ballte sich ihr Herz zu einem klopfenden Klumpen zusammen und saß ihr in der Kehle, der Schweiß klebte die Bluse an die Arme, obwohl sie ein Deo nahm. Ihre Nerven waren miserabel.

Ein paar Tage später ging sie über die Brücke nach Hause, da hörte sie jemand rufen. Nicht ihren Namen, aber sie wusste, dass sie gemeint war, also verlangsamte sie ihre Schritte auf den Bohlen und horchte. Die Stimmen waren unter ihr, wie es schien, dabei konnte sie durch die Ritzen hinunterschauen, sah aber nichts als schnellfließendes Wasser. Jemand musste sich unten bei den Pfeilern versteckt haben. Die Stimmen klangen dumpf und waren so geschickt verstellt, dass sie nicht sagen konnte, ob es die von Jungen oder von Mädchen waren. »Eine halbe Grapefruit!«

Sie sollte diesen Ruf immer wieder hören, jahrelang, er kam aus einer Allee oder einem dunklen Fenster. Sie würde sich nie anmerken lassen, dass sie etwas hörte, aber jedes Mal würde sie kurz darauf ihr Gesicht berühren müssen, um die Schweißperlen auf der Oberlippe wegzuwischen. Wir schwitzen für unsere Prahlereien.

Es hätte schlimmer kommen können. Nichts stellte sich so rasch ein wie Schande. Das Leben an der Oberschule war gefährlich unter dem grellen, klaren Licht, und nichts wurde jemals vergessen. Rose hätte das Mädchen mit der Camelia sein können. Wahrscheinlich war es ein Mädchen vom Land, das die Camelia in der Tasche oder hinten in ihrem Notizbuch gehabt hatte, weil sie sie später brauchte. Jeder, der weiter entfernt wohnte, hätte es so gemacht. Rose hatte es auch so gemacht. Es gab einen Automaten für Binden im Mädchenwaschraum, aber er war immer leer, schluckte die Groschen und spuckte nichts dafür aus. Da gab es zwar den berühmten Entschluss von zwei Landmädchen, in der Essenspause den Pförtner aufzusu-

chen und ihn zu bitten, den Automaten aufzufüllen. Nutzlos.

»Wer von euch braucht denn eine?«, sagte er. Sie flohen.
Sie sagten, in seinem Zimmer unter der Treppe sei eine alte
dreckige Couch und ein Katzenskelett. Sie schworen es.

Diese Camelia musste auf den Boden gefallen sein, vielleicht in der Garderobe, wurde dann aufgehoben und
irgendwie in den Schaukasten in der großen Halle prak-
tiziert. Hier sahen sie nun alle. Sie war zusammengefaltet
und herumgeschleppt worden und sah deshalb nicht mehr
unbenutzt aus, die Oberfläche war aufgeraut, so dass man
sich vorstellen konnte, es habe sie jemand am Körper ge-
wärmt. Ein großer Skandal. Bei der Morgenversammlung
spielte der Rektor auf einen abscheulichen Gegenstand an.
Er versprach, den Verbrecher, der ihn ans Licht gebracht
habe, zu entdecken, bloßzustellen, zu verprügeln und hi-
nauszuwerfen. Jedes Mädchen in der Schule leugnete,
etwas davon zu wissen. Wilde Vermutungen kursierten.
Rose fürchtete, dass man sie in erster Linie verdächtige,
und war dann erleichtert, als die Schuld auf ein großes,
mürrisches Landmädchen namens Muriel Mason fiel, das
in der Schule Hauskleider aus grober Baumwolle trug und
Körpergeruch hatte.

»Hast du heute die Binde an, Muriel?«, sagten die Jungen von da ab zu ihr, sie riefen es ihr sogar nach.

»Wenn ich Muriel Mason wär, würd ich mich umbrin-
gen«, hörte Rose ein älteres Mädchen auf der Treppe zu
einem anderen sagen. »Ich würde mich wirklich umbrin-
gen.« Es klang nicht mitleidig, sondern ungeduldig.

Jeden Tag, wenn sie heimkam, erzählte Rose Flo, was
in der Schule los war. Flo gefiel die Geschichte mit der Camelia, und sie fragte ständig nach weiteren Einzelheiten.

Von der halben Grapefruit bekam sie nie etwas zu hören. Rose hätte ihr nichts erzählt, wobei sie nicht die Rolle des Überlegenen oder des Zuschauers gespielt hatte. Blamagen waren für die anderen bestimmt, darin waren Flo und Rose sich einig. Die Veränderung bei Rose, wenn sie erst einmal den Schauplatz verlassen, die Brücke überschritten und sich selbst zur Chronistin gemacht hatte, war bemerkenswert. Keinerlei Nerven mehr. Eine laute, skeptische Stimme, ein bisschen Hüftenschwenken in einem rot und gelb karierten Rock, mehr als eine Andeutung von Angeberei.

Flo und Rose hatten die Rollen getauscht. Jetzt war Rose diejenige, die Geschichten mit heimbrachte, Flo war die, die die Namen der Darsteller kannte und neugierig wartete.

Horse Nicholson, Del Fairbridge, Runt Chesterton. Florence Dodie, Shirley Pickering, Ruby Carruthers. Flo wartete täglich auf Neuigkeiten von ihnen. Sie nannte sie Spaßvögel.

»Na, was haben die Spaßvögel denn heute angestellt?«

Sie saßen dann in der Küche, die Tür zum Laden stand weit offen, falls Kunden kämen, und die Tür zur Treppe auch, falls ihr Vater rufen sollte. Er lag im Bett. Flo machte Kaffee oder sagte zu Rose, sie solle zwei Cola aus dem Eisschrank nehmen.

Dies ist eine von den typischen Geschichten, die Rose heimbrachte:

Ruby Carruthers war ein schlampiges Mädchen, rothaarig, das entsetzlich schielte. (Einer der wesentlichen Unterschiede zwischen damals und heute, jedenfalls auf dem Land und in Ortschaften wie West-Hanratty, war, dass man nichts gegen Augenfehler oder gegen Schielen unternahm, dass die Zähne vorstehen oder schiefsitzen konnten, wie sie wollten.) Ruby Carruthers arbeitete bei den Bryants, die eine Eisenhandlung hatten; für ihren Unterhalt machte sie die Hausarbeit und blieb im Haus, wenn sie wegfuhren, wie es oft der Fall war, entweder zu Pferderennen oder Hockeyspielen oder nach Florida. Einmal, als sie allein war, kamen drei Jungen vorbei, um sie zu besuchen. Del Fairbridge, Horse Nicholson, Runt Chesterton.

»Um zu sehen, was sie kriegen können«, warf Flo ein. Sie schaute zur Decke und sagte, Rose solle leise sprechen. Ihr Vater würde derartige Geschichten nicht dulden.

Del Fairbridge war ein gut aussehender Junge, eingebildet und nicht sehr klug. Er sagte, er werde ins Haus gehen und Ruby überreden, es mit ihm zu machen, und wenn er sie dazu bringen könne, es mit allen dreien zu machen, würde er es tun. Was er nicht wusste, war, dass Horse Nicholson schon mit Ruby verabredet hatte, ihn unter der Veranda zu treffen.

»Sicher sind da Spinnen«, sagte Flo. »Ich denke, das stört die nicht.«

Während Del um das dunkle Haus herumging, um Ruby zu suchen, war sie mit Horse unter der Veranda, und Runt, der in die ganze Sache eingeweiht war, saß auf den Verandastufen und passte auf, und zweifellos horchte er aufmerksam auf das Stoßen und Schnaufen.

Bald darauf kroch Horse hervor und sagte, er gehe ins Haus, um Del zu suchen, nicht, um ihm Bescheid zu sagen, sondern um zu sehen, wie der Spaß sich anließ, denn das, jedenfalls was Horse betraf, war das Wichtigste an der Geschichte. Er fand Del in der Speisekammer, wo er Negerküsse aß, und sagte, Ruby Carruthers sei es nicht einmal wert, dass man sie anpinkle, er könne jeden Tag was Besseres bekommen, und er selbst gehe jetzt nach Hause. Inzwischen war Runt unter die Veranda gekrochen und hatte sich über Ruby hergemacht. »Jessesmaria!«, sagte Flo.

Dann kam Horse aus dem Haus, und Runt und Ruby hörten, wie er über ihnen über die Veranda ging. Ruby fragte, wer ist das? Und Runt sagte, oh, das ist nur Horse Nicholson. *Wer zum Teufel bist dann du?*, sagte Ruby. *Jessesmaria!*

Rose interessierte der Rest der Geschichte nicht weiter, der so ablief, dass Ruby mürrisch wurde, sich mit dem ganzen Dreck von da unten auf den Kleidern und in den Haaren auf die Verandastufen setzte, es ablehnte, eine Zigarette zu rauchen oder ein Päckchen Keks zu teilen (inzwischen wahrscheinlich ziemlich zerdrückt), das Runt aus dem Lebensmittelgeschäft geklaut hatte, wo er nach der Schule arbeitete. Sie drängten sie, sie sollte sagen, was denn los sei, und schließlich sagte sie: »Ich meine, ich hab wenigstens das Recht zu wissen, mit wem ich es mache.«

»Die wird kriegen, was sie verdient«, sagte Flo weise. Andere Leuten dachten ebenso. Wenn man versehentlich irgendwas von Rubys Sachen angefasst hatte, besonders ihren Gymnastikanzug oder ihre Turnschuhe, war es normal, dass man sich die Hände waschen ging, damit man nicht den Tripper riskierte.

Oben hatte Roses Vater einen Hustenanfall. Diese Anfälle waren furchtbar, aber sie hatten sich daran gewöhnt. Flo stand auf und stellte sich an den Fuß der Treppe. Sie hörte zu, bis der Anfall vorbei war.

»Diese Medizin hilft ihm nicht die Spur«, sagte sie. »Dieser Doktor könnte nicht einmal ein Heftpflaster richtig aufkleben.« Schließlich schob sie alle Krankheiten von Roses Vater auf die Arzneien und die Ärzte.

»Wenn du jemals so was mit einem Jungen anfängst, ist das dein Ende«, sagte sie. »Das ist mir ernst.«

Rose wurde rot vor Zorn und sagte, eher würde sie sterben. »Das hoffe ich«, sagte Flo.

Hier eine der Geschichten, die Flo Rose erzählte:

Als ihre Mutter starb, war Flo zwölf, und ihr Vater gab sie fort. Er gab sie zu einer wohlhabenden Farmersfamilie, die sie für ihren Unterhalt arbeiten ließ und zur Schule schickte. Aber die meiste Zeit schickten sie sie nicht in die Schule. Es gab viel zu viel zu tun. Es waren harte Leute.

»Wenn man Äpfel gepflückt und einen einzigen am Baum gelassen hatte, musste man zurück und noch einmal alle Bäume vornehmen. Genauso, wenn man auf dem Acker Steine gelesen hatte. Ließ man einen liegen, musste man noch einmal den ganzen Acker absuchen.«

Die Frau war die Schwester eines Bischofs. Sie war immer sehr auf ihre Haut bedacht und rieb sie mit Hinds Honig- und Mandelcreme ein. Sie war hochmütig gegen jeden und sarkastisch und glaubte, sie habe unter ihrem Stand geheiratet.

»Aber sie sah gut aus«, sagte Flo, »und sie hat mir ein Geschenk gemacht. Es war ein Paar lange Satinhandschuhe, sie hatten eine hellbraune Farbe. Rehfarben. Sie waren herrlich. Ich hätte nie gedacht, dass ich sie verlieren würde, aber ich hab sie doch verloren.«

Flo musste das Essen für die Männer weit hinausbringen ins Feld. Der Mann machte es auf und sagte: »Warum ist denn kein Kuchen bei dem Essen?«

»Wenn du Kuchen willst, kannst du ihn dir selber machen«, sagte Flo genau mit den Worten und dem Tonfall, den ihre Chefin beim Einpacken des Essens gebraucht hatte. Es war nicht erstaunlich, dass sie diese Frau so gut nachmachen konnte; sie tat das immer und probierte sogar vor dem Spiegel. Aber es war überraschend, dass sie es jetzt zeigte.

Der Mann war erstaunt, erkannte aber die Nachahmung. Er schickte Flo zum Haus zurück und fragte seine Frau, ob sie genau das gesagt habe. Er war ein großer Mann und sehr leicht gereizt. Nein, es ist nicht wahr, sagte die Bischofsschwester, dieses Mädchen ist nichts als eine Unruhestifterin und Lügnerin. Sie konnte ihn täuschen, und als sie Flo allein erwischte, versetzte sie ihr einen solchen Schlag, dass Flo über das ganze Zimmer weg gegen den Geschirrschrank flog. Ihre Kopfhaut war aufgerissen. Es heilte mit der Zeit, ohne genäht zu werden (die Bischofsschwester ließ keinen Arzt kommen, sie wollte kein Gerede), und Flo hatte die Narbe heute noch.

Danach ging sie nie mehr zur Schule.

Kurz bevor sie vierzehn wurde, lief sie weg. Sie gab ein falsches Alter an und bekam eine Stelle in der Handschuhfabrik in Hanratty. Aber die Bischofsschwester bekam heraus, wo sie war, und kam immer wieder einmal und besuchte sie. Wir verzeihen dir, Flo. Du bist weggelaufen und hast uns verlassen, aber wir denken immer noch an dich als unsere Flo und unsere Freundin. Du bist eingeladen, rauszukommen und einen Tag bei uns zu bleiben. Würde dir ein Tag auf dem Lande gefallen? Das ist nicht sehr gesund in der Handschuhfabrik, besonders für jemand Junges. Du brauchst frische Luft. Warum kommst du uns nicht besuchen? Warum kommst du nicht heute?

Und jedes Mal, wenn Flo diese Einladung annahm, stellte sich dann heraus, dass man gerade Obst einmachte oder Chilisoße kochte oder tapezierte oder gründlich putzte oder die Drescher erwartete. Alles, was sie vom Land zu sehen bekam, war die Stelle, wo sie das Spülwasser über den Zaun goss. Sie konnte nie begreifen, warum sie hinging und warum sie dablieb. Es war ein langer Weg zurück in die Stadt. Und sie waren auf ihre Weise eine so hilflose Gesellschaft. Die Bischofsschwester stellte ihre Einmachtöpfe schmutzig beiseite. Wenn man sie dann aus dem Keller heraufholte, waren sie verschimmelt, und verfaulte Fruchtreste klumpten auf dem Boden. Was konnte man anderes tun, als solche Leute bedauern?

Als die Bischofsschwester kurz vor ihrem Tod im Krankenhaus lag, lag Flo zufällig auch dort. Sie war wegen ihrer Gallenoperation dort, an die Rose sich gerade noch erinnern konnte. Die Bischofsschwester hörte, dass Flo im Haus sei, und wollte sie sehen. Also ließ Flo sich in einen Rollstuhl setzen und rollte durch den Flur, und sowie sie die Frau im Bett erblickte – die große Frau mit der weichen Haut, die jetzt ganz knochig und fleckig, halb betäubt und krebszerfressen war –, bekam sie ein wahnsinniges Nasenbluten, das erste und letzte, das sie in ihrem Leben gehabt hatte. Das rote Blut schoss aus ihr heraus, sagte sie, wie ein Strom.

Die Schwestern mussten zu Hilfe laufen. Es schien, als könne die Blutung durch nichts gestillt werden. Wenn sie den Kopf hob, schoss es direkt auf das Bett der kranken Frau, wenn sie den Kopf hinlegte, tropfte es auf den Boden. Schließlich musste man ihr Eispackungen machen. Sie konnte der Frau im Bett nicht mehr Lebewohl sagen.

»Ich habe ihr nie Lebewohl gesagt.«

»Hättest du das wollen?«

»Doch, ja«, sagte Flo, »ach ja, das hätte ich schon.«

Rose brachte jeden Abend einen Stoß Bücher nach Hause. Latein, Algebra, Alte und Mittelalterliche Geschichte, Französisch, Erdkunde. »Der Kaufmann von Venedig«, »Eine Geschichte aus zwei Städten«, »Kürzere Gedichte«, »Macbeth«. Flo zeigte ihnen gegenüber Feindseligkeit wie auch sonst gegen alle Bücher. Diese Feindseligkeit schien sich mit dem Gewicht und Umfang, der Dunkelheit und Freudlosigkeit der Einbände und der Länge und Schwierigkeit der Wörter in den Titeln zu steigern. »Kürzere Gedichte« ärgerte sie, weil sie das Buch aufmachte und ein Gedicht fand, das fünf Seiten lang war.

Sie verunstaltete die Titel. Rose glaubte, dass sie sie absichtlich falsch aussprach. Ode hörte sich an wie Ott, und in Ulysses kam ein langes *Sch* vor, als wäre der Held betrunken. Roses Vater musste die Treppe herunterkommen, wenn er ins Bad wollte. Er stützte sich schwer auf das Geländer und bewegte sich langsam, aber ohne eine Pause zu machen. Er trug einen braunen wollenen Morgenrock mit Troddeln am Gürtel. Rose vermied es, ihm ins Gesicht zu sehen. Sie tat das nicht wegen der Veränderungen, die die Krankheit hinterlassen haben mochte, sondern wegen der schlechten Meinung über sich selbst, die sie fürchtete, dort ausgedrückt zu finden. Für ihn brachte sie die Bücher mit, das war ganz klar, um sich vor ihm aufzuspielen. Und er schaute sie an, er konnte an keinem Buch auf der Welt vorbeigehen, ohne es in die Hand zu nehmen und auf den Titel zu schauen. Aber er sagte nur: »Sieh zu, dass du nicht zu schlau wirst, es ist besser für dich.«

Rose glaubte, er sage das, um Flo zu gefallen, falls sie zuhören sollte. Sie war gerade im Laden. Aber Rose glaubte, er würde, ganz gleich, wo Flo war, so sprechen, als ob sie zuhören könnte. Er war sehr darauf bedacht, Flo zu gefallen, ihre Einwände vorwegzunehmen. Er hatte offenbar einen Entschluss gefasst. Flo gab ihm Sicherheit.

Rose gab keine Widerrede. Wenn er sprach, senkte sie mechanisch den Kopf und presste die Lippen zusammen mit einem Ausdruck, der verschlossen, aber bewusst nicht unhöflich war. Sie war vorsichtig. Aber all ihr Bedürfnis, sich aufzuspielen, ihre hochfliegenden Hoffnungen für sich selbst, ihr übertriebener Ehrgeiz blieben ihm nicht verborgen. Er kannte das alles wohl, und Rose schämte sich, auch nur in einem Zimmer mit ihm zu sein. Sie war sich darüber klar, dass sie ihm Schande machte, dass sie ihm irgendwie vom Augenblick ihrer Geburt an Schande gemacht hatte und dass sie ihm in der Zukunft noch viel mehr Schande machen würde. Aber es tat ihr nicht Leid. Sie kannte ihre eigene Hartnäckigkeit; sie wollte sich nicht ändern.

Flo war für ihn der Inbegriff dessen, wie eine Frau sein sollte. Rose wusste das, und er sagte es ja auch oft genug. Eine Frau sollte energisch sein, praktisch, tüchtig im Geldverdienen und -sparen; sie sollte scharfsinnig sein, kräftig feilschen und anschaffen können und die Anmaßung der Leute durchschauen. Gleichzeitig sollte sie intellektuell naiv und kindhaft sein, voll Verachtung für Landkarten und lange Wörter und alles, was in Büchern stand, dabei voll von allerhand reizend durcheinander gewürfelten Ideen, Aberglauben und althergebrachten Meinungen.

»Die Köpfe der Frauen sind anders«, sagte er während einer der ruhigen, fast freundlichen Zeiten, als sie noch ein bisschen jünger war, zu Rose. Vielleicht dachte er nicht daran, dass Rose eine Frau war oder doch eine sein würde. »Sie glauben, was sie glauben müssen. Man kann ihren Gedanken nicht folgen.« Er sagte das im Zusammenhang mit Flos Meinung, dass man blind werde, wenn man im Haus

Gummischuhe trage. »Aber irgendwie werden sie mit dem Leben fertig, das ist ihre Begabung, sie haben es nicht im Kopf, in manchen Dingen sind sie schlauer als ein Mann.«

Ein Teil von Roses Schande war also, dass sie weiblich war, aber versehentlich, und nicht die richtige Sorte Frau werden würde. Aber das war nicht alles. Das eigentliche Problem lag darin, dass sie alles in sich vereinigte und weitertrug, was er selbst für seine schlechtesten Eigenschaften gehalten haben musste. Alle die Dinge, die er in sich selbst niedergekämpft und erfolgreich unterdrückt hatte, waren in ihr wieder zum Vorschein gekommen, und sie zeigte keine Bereitschaft, sie zu bekämpfen. Sie trödelte herum und träumte mit offenen Augen, sie war eitel und darauf erpicht, sich aufzuspielen; ihr ganzes Leben lag in ihrem Kopf. Sie hatte das nicht geerbt, worauf er stolz war und worauf er sich verließ – seine Handfertigkeit, seine Sorgfalt und Gewissenhaftigkeit bei jeder Arbeit; sie war wirklich ungewöhnlich ungeschickt, schlampig und oberflächlich. Ihr Anblick, wie sie mit den Händen in der Spülwanne herumplantschte, während ihre Gedanken tausend Meilen weit weg waren, ihr Hintern, der schon dicker war als der von Flo, ihr wildes buschiges Haar – der Anblick dieses großen und trägen und in sich selbst versunkenen Wesens, das sie war, schien ihn mit Verwirrung, mit Schwermut, fast mit Ekel zu erfüllen.

All das wusste Rose. Sie verhielt sich völlig ruhig, bis er den Raum durchquert hatte, sie sah sich selbst mit seinen Augen. Auch sie konnte den Raum hassen, den sie einnahm. Aber kaum war er gegangen, erholte sie sich wieder. Sie kehrte zu ihren Gedanken zurück oder zum Spiegel, vor dem sie sich in diesen Tagen oft beschäftigte, indem sie ihr Haar oben auf dem Kopf zusammenknäuelte, sich halb herumdrehte, um den Umriss ihrer Brust zu sehen, oder die Haut nach oben zog, um zu sehen, wie sie mit schrägen, ein ganz klein wenig schrägen Augen aussehen würde.

Sie wusste aber auch sehr gut, dass er noch eine Reihe anderer Gefühle für sie hatte. Sie wusste, dass er ihr gegenüber ebenso auch Stolz empfand wie diese unkontrollierbare Verwirrung und Sorge; die Wahrheit, die letzte Wahrheit war, dass er sie nicht anders haben wollte und sie sich wünschte, wie sie war. Wenigstens galt das für einen Teil von ihm. Natürlich musste er das ständig leugnen. Er musste es aus Demut – und aus Widerborstigkeit. Widerborstige Demut. Und er musste ausreichende Übereinstimmung mit Flo an den Tag legen.

Rose durchdachte all das nicht völlig, und sie wollte es auch nicht. Die Art, wie ihre Saiten zusammenklangen, war ihr ebenso unbehaglich wie ihm.

Als Rose aus der Schule nach Hause kam, sagte Flo zu ihr: »Na gut, dass du da bist. Du musst im Laden bleiben.«

Ihr Vater sollte nach London gehen ins Veteranenheim.

»Warum?«

»Frag mich nicht. Der Doktor sagt's.«

»Geht's ihm schlechter?«

»Ich weiß es nicht. Ich weiß gar nichts. Dieser nichtsnutzige Doktor meint nein. Er kam heute Morgen und untersuchte ihn und sagte, er muss gehen. Wir haben Glück, dass wir Billy Pope haben, um ihn hinzufahren.«

Billy Pope war ein Vetter von Flo, der im Metzgerladen arbeitete. Er wohnte auch normalerweise im Schlachthaus in zwei Zimmern mit Zementfußboden, in denen es natürlich nach Kutteln und Innereien und lebenden Schweinen roch. Aber er musste wohl einen häuslichen Charakter gehabt haben; er zog Geranien in alten Tabakbüchsen, die auf den breiten Fenstersimsen aus Zement standen. Nun hatte er die kleine Wohnung über dem Laden, und er sparte Geld und kaufte ein Auto, ein Oldsmobile. Das war kurz nach dem Krieg, als neue Autos besonderes Aufsehen erregten. Wenn er zu Besuch kam, ging er immer wieder ans Fenster, warf einen Blick auf den Wagen und sagte etwas, um Aufmerksamkeit zu erregen, etwa: »Er braucht nicht viel Heu, aber man kriegt keinen Dünger.«

Flo war stolz auf ihn und den Wagen.

»Siehst du, Billy Pope hat einen breiten Rücksitz, falls dein Vater sich hinlegen muss.«

»Flo!«

Roses Vater rief nach ihr. Als er im Bett liegen musste, rief er anfangs sehr selten nach ihr, und dann nur vorsichtig, beinahe entschuldigend. Aber darüber war er hinaus, er rief sie oft, erfand Gründe, wie sie sagte, um sie nach oben zu jagen. »Was meint er wohl, wie er dort ohne mich zurechtkommt?«, sagte sie. »Er kann mich ja nicht fünf Minuten in Ruhe lassen.« Sie schien stolz darauf zu sein, obwohl sie ihn oft warten ließ; manchmal ging sie auch bis zum Fuß der Treppe und zwang ihn so, weitere Einzelheiten über das, was er von ihr wollte, herunterzurufen. Sie erzählte den Leuten im Laden, dass er sie keine fünf Minuten in Ruhe lasse und dass sie seine Bettwäsche zweimal am Tag wechseln müsse. Das stimmte. Seine Laken waren mit Schweiß durchtränkt. Spät in der Nacht noch war sie oder Rose, oder auch beide, bei der Waschmaschine im Schuppen. Rose sah, dass die Unterwäsche ihres Vaters manchmal verdreckt war. Sie wollte nicht hinschauen, aber Flo hielt das Stück hoch, wedelte damit fast unter Roses Nase herum, schrie: »Guck dir das mal an!« und machte glucksende Geräusche, die in possenhafter Weise Missbilligung ausdrücken sollten.

Rose hasste sie zu jener Zeit, sie hasste auch ihren Vater; seine Krankheit; die Armut oder Sparsamkeit, die es für sie undenkbar machte, die Sachen in die Wäscherei zu geben; den Zustand, in dem es nichts in ihrem Leben gab, vor dem sie geschützt war. Flo musste für alles sorgen.

Rose blieb im Laden. Niemand kam. Es war ein windiger Tag, die Zeit des Schnees schon vorbei, obwohl es keinen Schnee gegeben hatte. Sie konnte Flo oben umhergehen hören, schimpfend und antreibend, wahrscheinlich während sie ihren Vater anzog, seinen Koffer packte, sich um alles kümmerte. Rose hatte ihre Schulbücher auf dem Ladentisch und las, um sich gegen die Geräusche des Hauses abzuschirmen, eine Geschichte in ihrem Englischbuch. Es war eine Geschichte von Katherine Mansfield »Das Gartenfest«. In der Geschichte kamen arme Leute vor. Sie wohnten an einem Weg am Ende des Gartens. Sie wurden mit Mitgefühl geschildert. Alles gut und schön. Aber Rose war irgendwie zornig, weil die Geschichte nichts mit ihr zu tun hatte. Sie konnte nicht richtig verstehen, warum sie sich ärgerte, aber es hatte etwas damit zu tun, dass sie überzeugt war, Katherine Mansfield habe nie verdreckte Unterwäsche anschauen müssen; ihre Verwandten mochten grausam und leichtsinnig sein, aber ihre Sprache war bestimmt angenehm; ihr Mitgefühl trieb auf Wolken von Glück dahin, ohne Zweifel von ihr selbst beklagt, von Rose aber verachtet. Rose entwickelte sich zu einem Snob der Armut, und sie sollte das noch lange Zeit bleiben.

Sie hörte Billy Pope in die Küche kommen und fröhlich rufen: »Na, ich denk, nu möchste wissen, wo ich war.«

Katherine Mansfield hatte kein Verwandten, die »nu« sagten.

Rose hatte die Geschichte zu Ende gelesen. Sie nahm »Macbeth« zur Hand. Sie hatte einige Abschnitte daraus auswendig gelernt. Sie lernte Stellen aus Shakespeare auswendig und Gedichte, die anders waren als das, was sie für die Schule auswendig lernen musste. Während sie sie aufsagte, stellte sie sich nicht vor, sie sei eine Schauspielerin, die Lady Macbeth auf der Bühne spielte, sie stellte sich vor, sie sei sie selbst, diese Lady Macbeth.

»Ich komm zu Fuß«, rief Billy Pope die Treppe hinauf. »Ich musste ihn einstellen.« Er nahm an, jeder würde wissen, dass er den Wagen meinte. »Ich weiß nich, was los ist. Ich krieg ihn nich in Gang, er bleibt mir stehen. Ich wollte nich in die Stadt fahren, wenn da was nicht in Ordnung is. Is Rose da?« Billy Pope hatte Rose immer gern gehabt, schon seit sie ein kleines Kind war. Er gab ihr immer ein Zehncentstück und sagte: »Spar es und kauf dir mal Korsetts dafür.« Damals war sie flach und mager. Ein Scherz von ihm.

Er betrat den Laden.

»Na. Rose, bist 'n braves Mädel?«

Sie sprach kaum mit ihm.

»Biste an deinen Schulbüchern? Willste Schullehrerin werden?«

»Ich möchte schon.« Sie hatte gar nicht vor, Lehrerin zu werden. Aber es war verblüffend, wie die Leute einen in Ruhe ließen, wenn man ein solches Ziel einmal zugegeben hatte.

»Das is 'n trauriger Tag für euch Leute hier«, sagte Billy Pope mit leiserer Stimme.

Rose hob den Kopf und sah ihn kalt an.

»Ich mein, weil dein Papa in das Krankenhaus da hingeht. Sie werden ihn schon hinkriegen, trotzdem. Sie haben da ja die ganze Einrichtung dafür. Die haben gute Dokters.«

»Das bezweifle ich«, sagte Rose. Das hasste sie auch, diese Art, wie die Leute auf etwas anspielten und sich dann zurückzogen, diese Hinterhältigkeit. Das taten sie immer, wenn es um Tod oder Sex ging.

»Sie kriegen ihn hin und lassen ihn im Frühjahr wieder heim.«

»Nicht, wenn er Lungenkrebs hat«, sagte Rose energisch. Sie hatte das nie vorher gesagt, und Flo hatte es sicher auch nicht gesagt.

Billy Pope sah so kläglich und beschämt ihretwegen aus, als hätte sie etwas sehr Schmutziges gesagt.

»Das is nu aber keine Art nich von dir, so zu reden. So darfste nich reden. Gleich kommt er die Treppe runter, und er könnt was hören.«

Es ist nicht abzustreiten, dass die Situation Rose gelegentlich Spaß machte. Es war ein bitteres Vergnügen, wenn sie nicht zu sehr darin verwickelt war, wenn sie gerade Bettlaken wusch oder einem Hustenanfall zuhörte. Sie dramatisierte ihre eigene Rolle, sah sich selbst klaren Blicks und gefasst alle Täuschungen von sich weisen, jung an Jahren, aber alt nach den bitteren Erfahrungen des Lebens. In solcher Stimmung hatte sie »Lungenkrebs« gesagt.

Billy Pope rief die Werkstatt an. Es stellte sich heraus, dass der Wagen nicht vor dem Abendessen fertig sein würde. Also würde Billy Pope nicht mehr weggehen, sondern die Nacht über bleiben und auf dem Sofa in der Küche schlafen. Er und Roses Vater würden dann morgens früh zum Krankenhaus fahren.

»Es muss gar nicht so besonders eilig sein, ich spring nicht seinetwegen«, sagte Flo, die den Arzt meinte. Sie war in den Laden gekommen, um eine Dose Lachs zu holen und ein bisschen zu trödeln. Obwohl sie nicht fortging und das auch nicht vorhatte, hatte sie Strümpfe, eine saubere Bluse und einen Rock angezogen.

Sie und Billy Pope führten in der Küche ein lautes Gespräch, während sie das Essen machte. Rose saß auf dem hohen Schemel und rezitierte im Kopf, während sie durch das Vorderfenster auf West-Hanratty, den treibenden Staub auf der Straße und die ausgetrockneten Pfützen schaute.

Kommt an die Weibesbrust,
Trinkt Galle statt der Milch, ihr Morddämonen!

Das würde ihnen einen Schlag versetzen, wenn sie das laut in die Küche hineinriefe.

Um sechs Uhr machte sie den Laden zu. Als sie in die Küche kam, war sie überrascht, ihren Vater dort zu sehen. Sie hatte ihn nicht gehört. Er hatte weder gesprochen noch gehustet. Er trug seinen guten Anzug, der eine ungewöhnliche Farbe hatte – einen dunklen, ölig wirkenden Grünton. Vielleicht war er billig gewesen.

»Guck mal, er ist richtig angezogen«, sagte Flo. »Er glaubt, er sieht schick aus. Er ist so mit sich zufrieden, dass er nicht wieder ins Bett wollte.«

Roses Vater lächelte unnatürlich und gehorsam.

»Wie fühlst du dich jetzt?«, fragte Flo.

»Ich fühl mich gut.«

»Du hast jedenfalls keinen Hustenanfall gehabt.«

Das Gesicht ihres Vaters war frisch rasiert, glatt und

fein wie die Tiere, die sie einmal in der Schule aus gelber Kernseife gemacht hatten.

»Vielleicht brauchte ich nur aufzustehen und aufzubleiben.«

»Das ist das Wahre«, sagte Billy Pope lärmend. »Keine Müdigkeit vorschützen, aufstehen und aufbleiben. Wieder an die Arbeit gehn.«

Auf dem Tisch stand eine Flasche Whisky. Billy Pope hatte sie gebracht. Die Männer tranken aus kleinen Gläsern, in denen vorher Rahmkäse gewesen war. Sie füllten ihn mit etwa einem Fingerbreit Wasser auf.

Brian, Roses Halbbruder, war vom Spielen hereingekommen; er war laut und schmutzig und hatte den kalten Geruch von frischer Luft um sich.

Gerade als er hereinkam, sagte Rose: »Kann ich ein bisschen haben?« und nickte zu der Whiskyflasche hin.

»Mädchen trinken so was nich«, sagte Billy Pope.

»Gib ihr was, und gleich wird Brian uns auch anquengeln«, sagte Flo.

»Kann ich welchen haben?«, sagte Brian quengelnd, und Flo lachte schallend und schob ihr Glas hinter den Brotkorb. »Seht ihr?«

»In früheren Zeiten hat's doch immer Leute hier herum gegeben, die heilen konnten«, sagte Billy Pope beim Abendessen. »Aber da hörste von keinem nix mehr.«

»Zu dumm, dass wir nicht grad jetzt einen von ihnen finden können«, sagte Roses Vater, der einen Hustenanfall niederkämpfte.

»Da gab's den einen Gesundbeter, von dem ich meinen Papa immer reden gehört hab«, sagte Billy Pope. »Der hatte eine Art zu reden, der redete wie die Bibel. Da ging doch dieser taube Bursche zu ihm hin und besuchte ihn, und er heilte ihn von seiner Taubheit. Und dann sagte er zu ihm: ›Höret du?‹«

»Hörest du?«, schlug Rose vor. Sie hatte Flos Glas ausgetrunken, während sie das Brot fürs Abendessen holte, und fühlte sich allen ihren Verwandten gegenüber freundlicher gesinnt.

»Ja, richtig. *Hörest du?* Und der Bursche sagt ja. Also sagte der Gesundbeter: *Glaubest du?* Nun hat der vielleicht nicht verstanden, was er meinte. Und er sagt: Woran? Da wurde aber der Gesundbeter sauer, und er nahm dem Burschen das Gehör wieder weg, einfach so, und er ging genauso taub heim, wie er gekommen war.«

Flo sagte, draußen, wo sie wohnte, als sie klein war, sei eine Frau gewesen, die das zweite Gesicht hatte. Sonntags hätten immer Karren und später dann Autos bis ans Ende ihrer Gasse gestanden. Das war der Tag, an dem die Leute von weither kamen, um sie zu befragen. Meist kamen sie, um nach verloren gegangenen Sachen zu fragen. »Wollten sie nicht Verbindung mit ihren Verwandten aufnehmen?«, fragte Roses Vater, um Flo zu ermuntern, wie er es gern tat, wenn sie eine Geschichte erzählte. »Ich dachte, sie konnte die Leute mit den Toten in Verbindung bringen.«

»Na, die meisten hatten grad genug von ihrer Verwandtschaft gesehen, solang sie gelebt hat.«

Ringe waren es und Testamente und Vieh, wonach sie sich erkundigten; wo waren die Sachen hingekommen?

»Ein Bursche, den ich kannte, ging zu ihr, und der hatte seine Brieftasche verloren. Es war einer, der bei der Eisenbahn arbeitete. Und sie sagte zu ihm, nun, erinnerst du dich, vor ungefähr einer Woche hast du an den Schienen gearbeitet, und du bist an einem Obstgarten vorbeigekom-

men und hattest Lust auf einen Apfel? Also bist du über
den Zaun gesprungen, und grad dabei hast du deine Brieftasche verloren, grad in dem Moment und dort in dem hohen Gras. Aber es kam ein Hund, sagt sie, ein Hund packte sie und ließ sie ein Stück weiter am Zaun fallen; und da
wirst du sie finden. Nun, er hatte nicht mehr an den Obstgarten gedacht und nicht an den Zaun, und er war so
platt, dass er ihr einen Dollar gab. Und dann ging er hin
und fand seine Brieftasche genau an der Stelle, die sie be-
schrieben hatte. Das ist wahr, ich hab ihn gekannt. Aber
das Geld war alles zerbissen, es war alles in Fetzen, und als
er das gesehen hatte, war er so wütend, dass er wünschte,
er hätte ihr nicht so viel Geld gegeben!«

»Nun ja, aber du bist nie zu ihr gegangen«, sagte Roses
Vater. »Du würdest doch an so was nicht glauben?« Wenn
er mit Flo sprach, benutzte er oft geläufige Anspielungen
und bediente sich des ländlichen Brauchs, jemand aufzu-
ziehen, indem er das Gegenteil von dem sagte, was wahr
war oder was er für wahr hielt.

»Nein, ich bin wirklich nie zu ihr gegangen, um sie was
zu fragen«, sagte Flo. »Aber einmal bin ich doch gegangen. Ich musste da rübergehen und grüne Zwiebeln holen.
Meine Mutter war krank und hatte es an den Nerven, und
diese Frau ließ uns sagen, sie habe da grüne Zwiebeln, die
seien gut für die Nerven. Es waren gar nicht die Nerven,
sie hatte Krebs, und ich weiß nicht, was ihr da hätte nützen können.«

Flos Stimme wurde höher und hastiger, sie war verlegen, weil ihr das rausgerutscht war.

»Ich musste gehen und sie holen. Sie hatte sie schon
herausgezogen und gewaschen und für mich zusammenge-
bunden, und sie sagte, geh noch nicht, komm in die Küche

und schau, was ich für dich habe. Na, ich wusste nicht was tun und traute mich nicht zu gehen. Ich dachte, sie ist eine Hexe. Das dachten wir alle. Wir in der Schule dachten das alle. Also setzte ich mich in der Küche hin, und sie ging in die Speisekammer und holte einen großen Schokoladenkuchen, und sie schnitt ein Stück ab und gab es mir. Ich musste dasitzen und es essen. Sie saß da und schaute mir zu beim Essen. Alles, woran ich mich erinnere, sind ihre Hände. Es waren große, dicke, rote Hände mit dicken Adern drauf, und sie rang sie die ganze Zeit in ihrem Schoß. Ich habe seitdem oft gedacht, sie hätte die grünen Zwiebeln selber essen sollen, sie hatte auch keine so arg guten Nerven.

Dann schmeckte ich was Komisches. In dem Kuchen. Es war merkwürdig. Ich hab aber nicht aufgehört mit Essen. Ich hab gegessen und gegessen, und wie ich ganz fertig war, sagte ich danke, und ich kann euch sagen, ich bin da raus. Den ganzen Weg runter bin ich im Schritt gegangen, weil ich dachte, sie schaut mir nach, und wie ich auf die Straße kam, bin ich losgerannt. Aber ich hatte immer noch schrecklich Angst, dass sie hinter mir her war, unsichtbar oder so was, und dass sie lesen konnte, was sich in meinem Kopf tat und mich packen und mir den Kopf auf den Boden hauen würde. Als ich heimkam, konnte ich nur noch die Tür aufreißen und schreien *Gift*. Das hab ich nämlich gedacht. Ich dachte, sie hätte mir einen vergifteten Kuchen zu essen gegeben.

Dabei war er nur schimmlig. Das hat dann meine Mutter gesagt. Die Feuchtigkeit bei ihr im Haus, und dann waren tagelang keine Leute zu Besuch, um ihn zu essen, trotz der Massen, die sie manchmal da hatte. Sie hatte den Kuchen einfach zu lange rumstehen lassen.

Aber ich glaubte es nicht. Nein. Ich dachte, ich hätte Gift gegessen, und es sei aus mit mir. Ich ging weg und setzte mich auf meinen Platz in einer Ecke des Kornspeichers. Niemand wusste, dass ich dort meinen Platz hatte. Ich hob da allen möglichen Kram auf. Ich hatte da ein paar Porzellanscherben und ein paar Samtblumen. Ich erinnere mich daran, sie waren von einem Hut, der in den Regen gekommen war. So hab ich eben dagesessen und hab gewartet.«

Billy Pope lachte über sie. »Sind sie gekommen und haben dich rausgeholt?«

»Ich hab's vergessen. Ich glaub nicht. Es wär ihnen schwer gefallen, mich zu finden, ich war ja hinter all den Futtersäcken. Nein. Ich weiß nicht. Wahrscheinlich ging es so, dass ich das Warten satt hatte und von selbst rauskam.«

»... und weiterlebte, um die Geschichte zu erzählen«, sagte Roses Vater, der das letzte Wort verschluckte, weil er von einem anhaltenden Hustenanfall gepackt wurde. Flo sagte, er sollte nicht länger aufbleiben, aber er sagte, er werde sich einfach auf das Küchensofa legen, und das tat er auch. Flo und Rose räumten den Tisch ab und spülten das Geschirr, und nur um irgendwas zu tun, saßen sie dann alle – Flo und Billy Pope und Brian und Rose – um den Tisch herum und spielten Karten. Ihr Vater döste. Rose dachte daran, wie Flo in einer Ecke des Speichers saß mit den Porzellanstückchen und den welken Samtblumen und allem, was sonst noch wertvoll für sie war, in einem Zustand allmählich nachlassenden Schreckens und der Aufregung – mit dem Wunsch, zu sehen, wie der Tod den Tag zerteilen würde.

Ihr Vater wartete. Sein Schuppen war verschlossen, seine

Bücher würden nie mehr geöffnet werden, nicht von ihm, und morgen war der letzte Tag, an dem er Schuhe tragen würde. Sie hatten sich alle an diesen Gedanken gewöhnt, und in gewisser Weise hätte es sie mehr beunruhigt, wenn sein Tod nicht stattfinden würde, als wenn er wirklich einträte. Keiner konnte fragen, was er davon hielt. Er würde eine solche Nachfrage als Unverschämtheit, als theatralisch, als Zumutung angesehen haben. Rose glaubte fest, dass er das getan hätte. Sie glaubte, er sei auf das Westminster Hospital vorbereitet, dieses Krankenhaus für alte Soldaten mit seiner maskulinen Unfreundlichkeit, den vergilbenden Vorhängen, die um das Bett zugezogen waren, seinen fleckigen Becken. Und vorbereitet auf das, was dann kam. Sie begriff, dass er nie mehr enger mit ihr zusammen sein würde als in diesem Augenblick. Die bevorstehende Überraschung bestand darin, dass er auch nie mehr weniger bei ihr sein würde.

Während Rose Kaffee trank und bei der Hundertjahrfeier in den schäbigen grünen Fluren der neuen Oberschule umherging – sie war nicht deshalb gekommen, war sozusagen zufällig hereingeplatzt, als sie nach Hause kam, um zu sehen, was mit Flo geschehen sollte –, traf sie Leute, die sagten: »Wusstest du, dass Ruby Carruthers tot ist? Sie haben ihr die eine Brust abgenommen und dann die andere, aber sie hatte es schon überall, sie ist gestorben.«

Und sie traf Leute, die sagten: »Ich hab dein Bild in der Zeitschrift gesehen, wie hieß sie noch, ich habe sie zu Hause.«

Die neue Oberschule hatte eine Autowerkstatt, um Automechaniker auszubilden, und einen Schönheitssalon, um Kosmetikerinnen auszubilden; eine Bibliothek, einen Hör-

saal, eine Turnhalle, eine Schwindel erregende Brunnen-
anlage zum Händewaschen in der Damentoilette. Und
auch einen funktionierenden Camelia-Automaten.

Del Fairbridge war Leichenbestatter geworden.

Runt Chesterton war Buchhalter geworden.

Horse Nicholson hatte als Unternehmer eine Menge
Geld gemacht und hatte das Geschäft aufgegeben, um in
die Politik zu gehen. Er hatte eine Rede gehalten, in der er
sagte, was sie brauchten, sei, dass man in den Klassenzim-
mern eine Menge mehr von Gott und eine Menge weniger
Französisch höre.

Wilde Schwäne

Flo sagte, man müsse sich vor Mädchenhändlern hüten. Sie sagte, sie stellten es so an: Eine alte Frau von der mütterlichen oder omahaften Sorte mache sich mit einem bekannt, während sie im Bus oder im Zug neben einem sitze. Sie biete einem Süßigkeiten an, in denen Betäubungsmittel seien. Man werde ganz schnell müde, murmle nur noch und sei nicht mehr in der Lage, für sich selbst zu sprechen. Oh, Hilfe, sage dann die Frau, meiner Tochter (Enkelin) ist schlecht, kann mir bitte jemand helfen, sie hier rauszubringen, damit sie sich in der frischen Luft erholen kann. Schon stehe ein höflicher Herr auf, der sich als Fremder ausgebe, und biete seine Hilfe an. Auf der nächsten Station drängten sie einen dann aus dem Zug oder Bus, und das sei das Letzte, was die normale Welt von einem gesehen habe. Sie hielten einen in dem Ort für weiße Sklaven gefangen (wohin sie einen unter Drogeneinfluss und gefesselt gebracht hatten, so dass man nicht einmal wusste, wo man war), bis man gründlich heruntergekommen und verzweifelt war, kaputt gemacht von betrunkenen Männern und krank, das Gehirn von Drogen zerstört und ohne Haare und Zähne. Es dauerte ungefähr drei Jahre, bis man in diesem Zustand war. Man würde dann nicht mehr nach Hause gehen wollen, könnte sich vielleicht nicht einmal daran erinnern oder den Weg nicht finden, wenn man es noch wüsste. So schickten sie einen einfach auf die Straße.

Flo nahm zehn Dollar und steckte sie in einen kleinen Stoffbeutel, den sie an dem Gummiband von Roses Slip festnähte. Etwas anderes, das leicht passieren konnte, war, dass Rose der Geldbeutel gestohlen würde.

Pass auch auf, sagte Flo noch, auf Leute, die wie Geistliche angezogen sind. Das sind die schlimmsten. Das war die Verkleidung, in der Mädchenhändler gewöhnlich auftraten, ebenso wie die, die einem das Geld abluchsen wollten.

Rose sagte, ihr sei nicht klar, wie sie sagen könne, wer verkleidet sei.

Flo hatte früher in Toronto gearbeitet. Sie hatte als Kellnerin in dem Café in der Union Station gearbeitet. Von dort wusste sie alles, was sie wusste. Damals sah sie nie das Tageslicht, außer an ihren freien Tagen. Aber sie sah dafür eine Menge anderer Dinge. Sie sah einen Mann, der einem anderen mit einem Messer den Bauch aufschlitzte, er zog ihm einfach das Hemd aus und machte einen glatten Schnitt, als wäre es eine Wassermelone und kein Bauch. Der Mann mit dem Bauch saß einfach da und schaute erstaunt nach unten, er hatte keine Zeit zu protestieren. Flo ließ durchblicken, dass das überhaupt nichts war, dort in Toronto. Sie sah zwei schlechte Frauen (so nannte Flo die Huren und ließ dabei die beiden Wörter ineinander fließen, als hieße es Schläferinnen) in eine Schlägerei geraten, und ein Mann lachte über sie, andere Männer blieben stehen und lachten und feuerten sie an, und ihre Fäuste waren voller Haare, die sie einander ausgerissen hatten. Schließlich kam die Polizei und nahm sie mit, sie heulten und kreischten immer noch.

Sie sah auch ein Kind, das an einem Anfall starb. Sein Gesicht war schwarz wie Tinte.

»Ach, ich hab keine Angst«, sagte Rose, »schließlich gibt es doch die Polizei.«

»Oh, die! Die sind die Ersten, die einen reinlegen!«

Sie glaubte nichts von dem, was Flo über Sex sagte. Man brauchte nur an den Leichenbestatter zu denken.

Ein kleiner kahler Mann, sehr adrett gekleidet, kam manchmal in den Laden und sprach in einem sanften Ton mit Flo. »Ich wollte nur eine Tüte Bonbons. Und vielleicht ein paar Päckchen Kaugummi. Und einen oder zwei Riegel Schokolade. Würden Sie so freundlich sein, mir alles einzupacken?«

Flo versicherte in ihrem Ton gespielter Ehrerbietung, das tue sie selbstverständlich. Sie wickelte die Sachen in dickes weißes Papier, so dass sie fast wie Geschenke aussahen. Er nahm sich Zeit mit dem Aussuchen, summte und schwatzte, trödelte eine Weile herum. Er fragte auch manchmal, wie Flo sich fühle. Und wie es Rose ging, falls sie da war.

»Du siehst blass aus. Junge Mädchen brauchen frische Luft.« Zu Flo sagte er etwa: »Sie arbeiten zu schwer. Sie haben Ihr Leben lang schwer gearbeitet.«

»Keine Ruhe für die Gottlosen«, antwortete Flo dann liebenswürdig.

Wenn er ging, lief sie schnell ans Fenster. Da war er – der alte schwarze Leichenwagen mit den violetten Vorhängen.

»Der wird heute hinter ihnen her sein!«, sagte Flo, wenn der Leichenwagen dann langsam, fast wie bei einem Begräbnis davonrollte. Der kleine Mann war Leichenbestatter gewesen, hatte sich aber jetzt zur Ruhe gesetzt.

Auch der Leichenwagen war außer Dienst. Seine Söhne hatten das Geschäft übernommen und einen neuen gekauft. Er zog mit dem alten Leichenwagen weit über Land und schaute nach Frauen aus. So sagte Flo. Rose konnte es nicht glauben. Flo sagte, ihnen gebe er den Kaugummi und die Bonbons. Rose sagte, wahrscheinlich esse er sie selbst auf. Flo sagte, man habe ihn gesehen, man habe ihn gehört. Bei mildem Wetter fuhr er mit heruntergelassenen Fenstern und sang und sang, entweder nur für sich selbst oder für jemanden, der hinten saß und nicht zu sehen war.

Ihre Brauen sind wie Schneedrift
Ihr Hals ist wie der Schwan,

ahmte Flo seinen Gesang nach. Er überholte gemütlich ein paar Frauen, die auf der Straße gingen oder sich an einer Kreuzung vor der Stadt ausruhten. Nun kamen Komplimente und Höflichkeiten und Schokoladenriegel, und er lud zu einer Fahrt ein. Natürlich sagte jede Frau, die erzählte, dass er sie eingeladen habe, sie habe ihn abgewiesen. Er belästigte nie jemand, fuhr artig weiter. Er machte auch Besuche in den Häusern, und wenn der Mann daheim war, schien es ihm auch recht zu sein, sich hinzusetzen und zu schwatzen. Die Frauen sagten, er tue sowieso nichts anderes, aber Flo glaubte das nicht.

»Einige Frauen sind hereingefallen«, sagte sie. »Eine Menge.« Sie dachte gern darüber nach, wie der Leichenwagen wohl innen aussah. Plüsch. Plüsch an den Wänden und an der Decke und auf dem Boden. Sanftes Violett wie die Farbe der Vorhänge, wie die Farbe von dunklem Flieder.

Alles Unsinn, dachte Rose. Wer konnte das von einem so alten Mann glauben?

Rose fuhr zum ersten Mal allein mit dem Zug nach Toronto. Sie war vorher schon einmal dort gewesen, aber mit Flo, lange bevor ihr Vater starb. Sie nahmen ihre eigenen belegten Brote mit und kauften Milch bei dem Verkäufer im Zug. Sie war sauer. Saure Schokoladenmilch. Rose trank immer wieder winzige Schlückchen, sie konnte nicht zugeben, dass etwas so sehr Ersehntes eine Enttäuschung war. Flo roch daran und jagte dann im Zug hin und her, bis sie den zahnlosen alten Mann mit dem umgehängten Bauchladen fand. Sie forderte ihn auf, die Schokoladenmilch zu probieren. Sie forderte die Leute in der Nähe auf, daran zu riechen. Er gab ihr kostenlos etwas Ingwerbier. Es war ein bisschen warm.

»Ich hab ihm Bescheid gesagt«, sagte Flo, als er weg war. »Man muss ihnen Bescheid sagen.«

Eine Frau stimmte ihr zu, aber die meisten Leute schauten aus dem Fenster. Rose trank das warme Ingwerbier. Entweder war das der Grund oder die Szene mit dem Verkäufer, oder das Gespräch, in das Flo jetzt mit der zugänglichen Frau geriet – woher sie kamen, warum sie nach Toronto fuhren und von Roses morgendlicher Verstopfung –, dass sie blass wurde, oder es kam von der kleinen Menge Schokoladenmilch, die sie zu sich genommen hatte, dass sie sich in der Toilette des Zuges erbrechen musste. Den ganzen Tag lang hatte sie Angst, jemand in Toronto könnte das Erbrochene auf ihrem Mantel riechen.

Diesmal leitete Flo die Reise ein, indem sie zum Schaffner sagte: »Haben Sie ein Auge auf sie, sie ist bis jetzt noch nie von zu Hause weg gewesen«, dann sah sie sich um und lachte, um zu zeigen, dass das nur ein Witz sein sollte. Dann musste sie gehen. Es sah so aus, als ob dem Schaffner genauso wenig an Witzen lag wie Rose, und dass er nicht die Absicht hatte, ein Auge auf irgendjemand zu haben. Er sprach mit Rose nur, um sie um ihre Fahrkarte zu bitten. Sie hatte einen Fensterplatz und war bald außerordentlich glücklich. Sie fühlte, wie Flo zurückblieb, wie West-Hanratty von ihr wegflog, wie ihr eigenes anstrengendes Selbst ebenso leicht wie alles andere von ihr abfiel. Sie liebte die immer fremder werdenden Städte. Eine Frau stand im Nachthemd an ihrer Hintertür, es war ihr einerlei, ob jemand sie vom Zug aus sah. Sie fuhren nach Süden, heraus aus der Schneeregion, hinein in einen zeitigeren Frühling, eine weichere Landschaft. Die Leute dort konnten in den Gärten hinter den Häusern Pfirsichbäume pflanzen.

Rose überlegte sich, was sie in Toronto besorgen wollte. Zuerst, was Flo brauchte. Spezialstrümpfe für ihre Krampfadern. Einen Spezialzement, um die Henkel wieder an die Töpfe zu kleben. Und ein vollständiges Dominospiel.

Für sich selbst wollte Rose Haarentferner für ihre Arme und Beine kaufen und wenn möglich eine Garnitur aufblasbarer Kissen, die angeblich Hüften und Schenkel schlanker machten. Sie dachte daran, dass es in der Drogerie in Hanratty wohl auch Haarentferner gab, aber die Frau in dem Laden war mit Flo befreundet und erzählte alles herum. Sie erzählte Flo, wer Haarfärbemittel und Schlankheitspillen und Kondome kaufte. Was die Sache mit den Kissen anging, so konnte man sie sich schicken lassen, aber sicher würde es Bemerkungen auf dem Postamt geben, und Flo kannte die Leute dort auch. Sie hatte außerdem vor, ein paar Armreifen zu kaufen und einen Angorapullover. Sie hoffte sehr, silberne Armreifen und einen Pullover in zartem Hellblau zu finden. Sie dachte, all das könne sie verändern, könne sie sicher und schlank machen und die Krause aus ihrem Haar wegbringen, ihre Achseln trocken und ihre Haut perlweiß werden lassen.

Das Geld für diese Dinge und auch für die Reise stammte aus einem Preis, den Rose für einen Aufsatz über »Kunst und Wissenschaft in der Welt von morgen« gewonnen hatte. Zu ihrer Überraschung fragte Flo, ob sie ihn lesen dürfe, und während sie ihn las, bemerkte sie, die hätten wohl gedacht, sie müssten Rose den Preis dafür geben, weil sie das ganze Lexikon verschlungen habe. Dann sagte sie schüchtern: »Es ist sehr interessant.«

Die Nacht würde sie bei Cela McKinney verbringen. Cela McKinney war eine Kusine ihres Vaters. Sie hatte den Geschäftsführer eines Hotels geheiratet und gedacht, sie habe es jetzt in der Welt zu etwas gebracht. Aber der Geschäftsführer kam eines Tages nach Hause, setzte sich im Esszimmer zwischen zwei Stühlen auf den Boden und sagte: »Ich werde dieses Haus nie mehr verlassen.« Es war nichts Besonderes geschehen, er hatte nur einfach beschlossen, nicht mehr aus dem Haus zu gehen, und er blieb dabei, bis er starb. Das hatte Cela McKinney wunderlich und nervös gemacht. Sie schloss ihre Türen um acht Uhr ab. Sie war auch sehr geizig. Zum Abendessen gab es gewöhnlich Haferbrei mit Rosinen. Ihr Haus war düster und eng und roch wie eine Bank.

Der Zug wurde voller. In Brantford fragte sie ein Mann, ob er sich neben sie setzen dürfe.

»Es ist kühler draußen, als man meinen möchte«, sagte er. Er bot ihr einen Teil seiner Zeitung an. Sie sagte danke, nein.

Dann sagte sie, um nicht unhöflich zu erscheinen, es sei wirklich kühler. Sie schaute weiter aus dem Fenster in den Frühlingsmorgen hinaus. Hier unten lag kein Schnee mehr.

Die Bäume und Büsche schienen eine hellere Rinde zu haben als zu Hause. Selbst das Sonnenlicht sah anders aus. Es war hier alles so verschieden von zu Hause, wie es die Mittelmeerküste oder die Täler Kaliforniens sein mochten.

»Schmutzige Fenster, man sollte meinen, sie kümmerten sich mehr darum«, sagte der Mann. »Reisen Sie oft mit der Bahn?«

Sie sagte nein.

Auf den Feldern stand Wasser. Er nickte hinüber und sagte, es sei dieses Jahr sehr viel.

»Schwere Schneefälle.«

Ihr fiel auf, dass er Schneefälle sagte, es klang poetisch. Jeder zu Hause hätte einfach Schnee gesagt.

»Ich hatte kürzlich ein ungewöhnliches Erlebnis. Ich fuhr hinaus aufs Land. Ich war gerade auf dem Weg, eines meiner Pfarrkinder zu besuchen, eine Dame mit einem Herzleiden –«

Sie blickte schnell auf seinen Kragen. Er trug ein normales Hemd und eine Krawatte und einen dunkelblauen Anzug.

»O ja«, sagte er. »Ich bin Geistlicher bei der United Church. Aber ich trage meine Tracht nicht immer. Ich trage sie zum Predigen. Heute bin ich nicht im Dienst.

Also, wie ich sagte, ich fuhr durchs Land und sah ein paar Kanadagänse auf einem Teich schwimmen, und ich schaute noch einmal hin, und da waren auch ein paar Schwäne dabei. Ein ganz großer Schwarm Schwäne. Wie wunderschön das aussah. Ich nehme an, sie waren wohl auf ihrem Zug nach Norden. Was für ein Schauspiel. Ich habe noch nie so etwas gesehen.«

Rose war außerstande, sich für wilde Schwäne zu interessieren, weil sie fürchtete, er würde das Gespräch von ihnen auf die Natur im Allgemeinen und dann auf Gott lenken, wozu sich ein Geistlicher wohl verpflichtet fühlte. Das tat er aber nicht. Er hörte bei den Schwänen auf.

»Ein wunderschöner Anblick. Sie hätten sich darüber gefreut.«

Er musste zwischen fünfzig und sechzig Jahre alt sein, dachte Rose. Er war klein und sah energisch aus, sein Gesicht war breit und rosig, und die grauen Haare waren in hellen Wellen von der Stirn steil nach oben gekämmt. Als ihr klar wurde, dass er nicht von Gott sprechen würde, meinte sie, sie sollte ihre Dankbarkeit merken lassen.

Sie sagte, das müsse wirklich wunderschön gewesen sein.

»Es war eigentlich gar kein richtiger Teich, es war einfach Wasser, das auf einem Feld stand. Es war reines Glück, dass das Wasser dort stand und dass die Vögel herunterkamen und dass ich im richtigen Augenblick vorbeikam. Reines Glück. Sie kommen am Ostende des Eriesees herein, glaube ich. Aber ich hatte vorher nie das Glück, sie zu sehen.«

Sie wandte sich langsam zum Fenster, und er nahm seine Zeitung wieder auf. Sie lächelte immer noch ein bisschen, um nicht unhöflich zu erscheinen und so zu wirken, als lehnte sie ein Gespräch überhaupt ab. Der Morgen war wirklich kühl, und sie hatte ihren Mantel vom Haken genommen, an den sie ihn gehängt hatte, als sie in den Zug gestiegen war; sie hatte ihn wie eine Reisedecke über sich gelegt. Sie hatte ihre Handtasche auf den Boden gestellt, als der Geistliche sich hinsetzte, um ihm Platz zu machen. Er nahm die Teile der Zeitung einzeln vor, schüttelte sie und raschelte damit in einer gemächlichen, aber etwas auffälligen Weise. Die Art eines Geistlichen. Er schob die Teile, die er im Augenblick nicht wollte, beiseite. Eine Ecke der Zeitung berührte ihr Bein, genau am Rand ihres Mantels.

Sie dachte eine Zeit lang, es sei die Zeitung. Dann sagte sie zu sich selbst: Und wenn es eine Hand ist? Das war etwas, was sie sich vorstellen konnte. Sie schaute oft auf die Hände von Männern, auf den Flaum an ihren Unterarmen, ihre kräftigen Umrisse. Sie dachte dann daran, was sie alles tun könnten. Sogar die Dummen. Zum Beispiel der Lieferant, der das Brot für Flos Laden brachte. Die Reife und Ruhe seines Verhaltens, die gelassene Mischung aus Ungezwungenheit und Frische, in der er mit dem Brotwagen umging. Die Bauchfalte des gereiften Mannes über dem Gürtel missfiel ihr keineswegs. Ein anderes Mal hatte sie ein Auge auf den Französischlehrer in der Schule geworfen. Er war in Wirklichkeit gar kein Franzose, er hieß McLaren, aber Rose dachte, der Französischunterricht habe auf ihn abgefärbt, so dass er wie ein Franzose aussah. Agil und bleich; eckige Schultern; gebogene Nase und traurige Augen. Sie sah ihn, wie er sich seinen Weg durch niedrige Vergnügungen bahnte, ein vollkommener Beherrscher der Genüsse. Sie sehnte sich heftig danach, jemandes Opfer zu sein. Zerschlagen, entzückt, bezwungen, erschöpft.

Wenn es aber eine Hand war? Wenn es nun wirklich eine Hand war? Sie rutschte ein wenig, rückte, so weit sie konnte, ans Fenster. Ihre Fantasie schien diese Wirklichkeit geschaffen zu haben, eine Wirklichkeit, auf die sie keineswegs vorbereitet war. Sie fand sie beunruhigend. Sie konzentrierte sich auf dieses Bein, auf dieses Stückchen Haut, das der Strumpf bedeckte. Sie brachte es nicht fertig, hinzusehen. War da ein Druck oder nicht? Sie rückte noch einmal. Ihre Beine waren und blieben fest geschlossen. Es stimmte. Es war eine Hand. Es war der Druck einer Hand.

Bitte nicht. Das versuchte sie zu sagen. Sie formte die Worte in ihrem Kopf, probierte sie und konnte sie dann nicht über die Lippen bringen. Warum nicht? War es die Verlegenheit, die Angst, die Leute könnten es hören? Es waren überall Leute um sie herum, alle Plätze waren besetzt.

Es war nicht nur das.

Sie brachte es tatsächlich über sich, ihn anzuschauen, nicht, indem sie den Kopf hob, sondern, indem sie ihn vorsichtig drehte. Er hatte seinen Sitz zurückgekippt und die Augen geschlossen. Da war der Ärmel seines dunkelblauen Anzugs, der unter der Zeitung verschwand. Er hatte die Zeitung so hingelegt, dass sie Roses Mantel etwas überdeckte. Seine Hand lag darunter, lag einfach da, als hätte er sie im Schlaf ausgestreckt.

Nun, Rose hätte die Zeitung wegschieben und ihren Mantel zurückschlagen können. Wenn er nicht schlief, würde er gezwungen sein, seine Hand zurückzuziehen. Wenn er schlief, wenn er sie nicht zurückzog, hätte sie *entschuldigen Sie* flüstern können und seine Hand entschlossen auf sein eigenes Knie zurücklegen können. Diese Lösung, so nahe liegend und kinderleicht sie war, fiel ihr nicht ein. Und sie sollte sich später fragen, warum nicht? Die Hand des Geistlichen war ihr überhaupt nicht, oder noch nicht, angenehm. Sie fühlte sich ihretwegen unbehaglich, verärgert, leicht angeekelt, in der Falle und auf der Hut. Aber sie konnte es nicht über sich bringen, sie zurückzuschieben. Sie konnte nicht darauf beharren, dass sie da war, während er darauf zu beharren schien, dass sie nicht da war. Wie konnte sie ihn für verantwortlich erklären, während er da so harmlos und vertrauensvoll lag und sich von seinem geschäftigen Tag ausruhte, mit einem so zufriedenen und gesunden Gesicht? Ein Mann, der älter war, als ihr Vater wäre, wenn er noch lebte, ein Mann, der an Ehrerbietung gewöhnt war, ein Naturliebhaber, ein Bewunderer weißer Schwäne? Wenn sie wirklich *bitte nicht* sagte, würde er sie ganz sicher nicht beachten, als ob er eine Albernheit oder Unhöflichkeit von ihr übersähe. Sie wusste, sobald sie es gesagt hätte, würde sie wünschen, er hätte es nicht gehört.

Aber es war noch mehr im Spiel. Neugier. Beständiger, gebieterischer als alle Lust. Sie war eine Lust in sich selbst, die einen dazu bringt, sich zurückzuziehen und zu warten, zu lange zu warten, fast alles zu wagen, nur um zu sehen, was geschehen wird. *Zu sehen, was geschehen wird.*

Während der nächsten Meilen begann die Hand äußerst zart, äußerst schüchtern zu drücken und zu suchen. Er schlief nicht. Oder wenn er schlief, dann schlief seine Hand nicht. Es ekelte sie. Sie spürte eine leichte, ziehende Übelkeit. Sie dachte an Fleisch: Fleischklumpen, rosa Schnauzen, dicke Zungen, plumpe Finger, die sich alle bewegten und herumkrochen und sich ausstreckten und rieben und ihr Vergnügen suchten. Sie dachte an brünstige Katzen, die sich an den oberen Brettern der Zäune rieben und an ihr jämmerlich heulendes Klagen. Es war erbärmlich und kindisch, dieses Verlangen und Stoßen und Drängen. Feuchte Gewebe, erhitzte Membranen, gequälte Nervenenden, beschämende Gerüche; Erniedrigung.

Alles das begann. Seine Hand, die sie nie hätte halten mögen, die sie nicht zurückgeschoben haben wollte, seine hartnäckige, geduldige Hand war dennoch imstande, die Dinge in Fluss und die Ströme zum Fließen zu bringen, ein geheimes Gefühl der Üppigkeit zu erwecken.

Trotzdem, sie wollte es lieber nicht. Noch wollte sie es lieber nicht. Bitte nimm das weg, sagte sie zum Fenster hinaus. Hör auf, bitte, sagte sie zu den Bäumen und den Scheunen. Die Hand glitt an ihrem Bein hinauf über den Strumpfrand auf ihre bloße Haut, war schon höher gekommen, bis unter ihren Strumpfhalter, erreichte ihren Schlüpfer und den unteren Teil ihres Bauches. Ihre Beine waren immer noch gekreuzt und fest zusammengepresst. Solange ihre Beine gekreuzt blieben, konnte sie immer noch für unschuldig gelten, sie hatte noch nichts zugestanden. Sie konnte noch glauben, dass sie diese Sache in einer Minute abbrechen könnte. Nichts würde geschehen, nichts weiter. Ihre Beine würden sich nie öffnen.

Aber sie taten es doch. Sie taten es. Als der Zug über den Niagara-Kamm oberhalb Dundas fuhr, als sie in das voreiszeitliche Tal hinuntersahen, auf die kleinen Hügel mit den silbrigen Wäldern, als sie zu den Ufern des Ontariosees hinunterglitten, gab sie doch diese langsame und schweigende und endgültige Erklärung ab, mit der sie den Besitzer der Hand vielleicht ebenso enttäuschte wie befriedigte. Er hob die Augenlider nicht, sein Gesicht veränderte sich nicht, seine Finger zögerten nicht, sondern gingen kraftvoll und umsichtig ans Werk. Ein Einbruch und ein Willkommen und blitzendes Sonnenlicht weit und fern auf dem Wasser des Sees; meilenweit um Burlington bewegte kahle Obstgärten. Das war Schande, das war Bettelei. Aber was ist Schlimmes daran, sagen wir uns in solchen Augenblicken, was ist überhaupt schlimm, je schlimmer, desto besser, wenn wir auf der kalten Woge der Gier, der gierigen Zustimmung treiben. Die Hand eines Fremden oder Wurzeln oder gewöhnliche Küchengeräte, über die die Leute Witze erzählten; die Welt wimmelt von unschuldig

aussehenden Gegenständen, die bereit sind, sich als glit-
schig und gefällig zu erweisen. Sie achtete auf ihren Atem.
Sie konnte das nicht glauben. Als Opfer und Komplizin
wurde sie an Glasscos Marmeladen- und Konfitürenfabrik
vorbeigefahren, vorbei an den großen pulsierenden Rohren der Ölraffinerien. Sie glitten in Vororte hinein, wo
Bettlaken und Handtücher, die zum Wegwischen der intimsten Flecken benutzt wurden, lüstern auf den Wäscheleinen flatterten, wo sogar die Kinder in den Schulhöfen
unzüchtig zu jubeln schienen und selbst die Lastwagenfah-
rer, die vor den Bahnschranken hielten, sicherlich ihre Dau-
men freudig in die hohle Hand stießen. So durchtriebene
Possen waren das jetzt, so alltägliche Bilder. Die Tore und
Türme des Ausstellungsgeländes kamen in Sicht, die farbi-
gen Kuppeln und Pfeiler schwebten wundersam gegen den
rosigen Himmel ihrer Augenlider. Dann flogen sie vorbei
wie ein Fest. Es hätte ein solcher Vogelschwarm sein können, sogar wilde Schwäne, die unter einer einzigen großen
Kuppel gleichzeitig erwachten und aus ihr heraus in den
Himmel hinaufschossen.

Sie biss sich auf die Zungenspitze. Sehr bald ging der
Schaffner durch den Zug, um die Reisenden zu wecken,
sie ins Leben zurückzurufen.

In der Dunkelheit unter dem Bahnhof öffnete der
Geistliche der United Church erfrischt die Augen und fal-
tete seine Zeitung zusammen, dann fragte er sie, ob er ihr
in den Mantel helfen dürfe. Seine Höflichkeit war selbstzufrieden und distanziert. Nein, sagte Rose mit wunder
Zunge. Er stieg schnell vor ihr aus dem Zug. Auf dem
Bahnhof sah sie ihn nicht. Sie sah ihn nie mehr in ihrem
Leben. Aber viele Jahre lang blieb er auf Abruf gegenwär-
tig, wenn man so sagen kann, stets bereit, in einem kriti-

schen Augenblick auf seinen Platz zu schlüpfen, auch später noch, ohne Rücksicht auf Ehemann oder Liebhaber. Was machte ihn so anziehend? Sie konnte es nie begreifen. Seine Einfalt, seine Anmaßung, sein pervers aufreizender Mangel an gutem Aussehen, ja an ganz gewöhnlicher erwachsener Männlichkeit? Als er aufstand, sah sie, dass er noch kleiner war, als sie gedacht hatte, dass sein Gesicht rosig und glänzend war, dass er etwas Unreifes und Streberhaftes und Kindisches an sich hatte.

War er wirklich ein Geistlicher, oder sagte er das nur? Flo hatte von Leuten gesprochen, die keine Geistlichen waren, aber sich wie solche anzogen. Nicht von wirklichen Geistlichen, die angezogen waren, als seien sie keine. Oder, merkwürdiger noch, von Männern, die keine echten Geistlichen waren und behaupteten, sie seien es, die aber gekleidet waren, als seien sie keine. Aber dass sie so nahe an das herangekommen war, was hätte geschehen können, war peinlich. Rose ging durch die Union Station und fühlte den kleinen Beutel mit den zehn Dollar, der an ihr scheuerte, und wusste, sie würde ihn den ganzen Tag über spüren, als Erinnerung auf ihrer Haut.

Sie konnte nicht aufhören, Flos Botschaften zu empfangen, nicht einmal hierbei. Da sie in der Union Station war, erinnerte sie sich, dass dort in dem Geschenkladen ein Mädchen namens Mavis gearbeitet hatte, als Flo im Café arbeitete. Mavis hatte Warzen auf den Augenlidern, die aussahen, als würden Gerstenkörner draus, es wurden aber keine, sie verschwanden. Vielleicht hatte sie sie wegmachen lassen, Flo fragte nicht. Sie sah sehr gut aus ohne sie. Es gab einen Filmstar zu der Zeit, dem sie recht ähnlich sah. Der Name des Filmstars war Frances Farmer.

Frances Farmer. Rose hatte nie von ihr gehört.

Das war der Name. Und Mavis ging hin und kaufte sich einen großen Hut, der über ein Auge heruntergezogen wurde, und ein Kleid ganz aus Spitze. Sie ging übers Wochenende nach Georgian Bay, um sich dort zu erholen. Sie buchte unter dem Namen Florence Farmer. Alle sollten glauben, sie sei wirklich die andere, Frances Farmer, nenne sich aber Florence, weil sie Urlaub habe und nicht erkannt werden wolle. Sie hatte eine kleine Zigarettenspitze in Schwarz und Perlmutt. Sie hätte verhaftet werden können, sagte Flo. Aber wie nervenaufreibend!

Rose wäre fast zu dem Geschenkladen hinübergegangen, um zu sehen, ob Mavis noch dort war und ob sie sie erkennen würde. Sie dachte, es müsse etwas ganz besonders Schönes sein, eine solche Umwandlung zu bewerkstelligen. Es zu wagen, damit durchzukommen, sich in der eigenen, aber neu benannten Haut in ausgefallene Abenteuer einzulassen.

Das Bettlermädchen

Patrick Blatchford war in Rose verliebt. Das war eine fixe, fast wahnsinnige Idee bei ihm. Für sie – eine ständige Überraschung. Er wollte sie heiraten. Er wartete nach den Unterrichtsstunden auf sie, kam herein und ging neben ihr her, so dass jeder, mit dem sie sprach, mit seiner Gegenwart rechnen musste. Er sprach nie, wenn diese Freunde oder Klassenkameradinnen in ihrer Nähe waren, aber er versuchte immer, ihren Blick aufzufangen, so dass er durch einen kalten, ungläubigen Blick merken lassen konnte, was er von ihrem Gespräch hielt. Rose fühlte sich geschmeichelt, war aber nervös. Ein Mädchen namens Nancy Falls, eine ihrer Freundinnen, sprach in seiner Gegenwart den Namen Metternich falsch aus. Er sagte später zu ihr: »Wie kannst du mit solchen Leuten befreundet sein?«

Nancy und Rose waren zusammen ins Victoria Hospital gegangen, um Blut zu spenden. Jede bekam 15 Dollar. Den größten Teil des Geldes gaben sie für Abendschuhe aus, sündig aussehende Silbersandalen. Und da sie sicher waren, durch das Blutspenden an Gewicht verloren zu haben, aßen sie bei Bloomer einen Krokanteisbecher mit heißer Soße. Warum war Rose außerstande, Nancy Patrick gegenüber zu verteidigen?

Patrick war vierundzwanzig Jahre alt, graduierter Student und wollte Geschichtsprofessor werden. Er war groß, schlank, blond und sah gut aus, obwohl er ein längliches, blassrotes Muttermal hatte, das wie eine Träne über seine Schläfe und Wange herunterzutropfen schien. Er entschuldigte sich deswegen, sagte aber, es werde mit dem Alter blasser. Wenn er vierzig sei, werde es ganz verschwunden sein. Es war nicht das Muttermal, das sein gutes Aussehen beeinträchtigte, dachte Rose. (Irgendetwas beeinträchtigte es oder verminderte es wenigstens in ihren Augen; sie musste sich immer wieder daran erinnern, dass er wirklich gut aussah.) Es war etwas Gereiztes, Sprunghaftes, Beunruhigendes an ihm. Seine Stimme brach leicht unter Anspannung – bei ihr schien er immer unter Anspannung zu stehen; er stieß Teller und Tassen vom Tisch, warf Gläser und Schalen mit Erdnüssen um wie ein Komiker. Er war kein Komiker; nichts konnte seinen Absichten ferner liegen. Er kam aus Britisch Columbien. Seine Familie war reich.

Er kam zu früh, um Rose abzuholen, als sie ins Kino gehen wollten. Er wollte nicht klopfen, er wusste, dass er zu früh dran war. Er setzte sich auf die Treppe vor der Tür von Dr. Henshawe. Das war im Winter, es war dunkel draußen, aber eine kleine Kutscherlaterne hing neben der Tür.

»Oh, Rose, komm und schau!«, rief Dr. Henshawe mit ihrer sanften, belustigten Stimme, und sie schauten zusammen aus dem dunklen Fenster des Arbeitszimmers. »Der arme junge Mann«, sagte Dr. Henshawe mitleidig. Dr. Henshawe war in den Siebzigern. Sie war früher Professorin für Englisch gewesen, war anspruchsvoll und lebhaft. Sie hatte ein gelähmtes Bein, aber einen noch immer jugendlich wirkenden Kopf, den sie zierlich zur Seite geneigt hielt und den weiße Zöpfe umrahmten. Sie nannte Patrick arm, weil er verliebt war, und vielleicht auch, weil er ein Mann und als solcher zum Vorwärtskommen und Stolpern verurteilt war. Sogar von hier oben sah er verbissen und jämmerlich, entschlossen und verletzbar aus, wie er so dort draußen in der Kälte saß.

»Bewacht die Tür«, sagte Dr. Henshawe. »Oh, Rose!«

Ein anderes Mal sagte sie zu ihrer Verwirrung: »Oh, meine Liebe, ich fürchte, er ist hinter dem falschen Mädchen her.«

Rose mochte nicht, dass sie das sagte. Sie mochte es nicht, dass sie über Patrick lachte. Sie mochte es auch nicht, dass Patrick da draußen auf den Stufen saß. Er reizte einen dazu, über ihn zu lachen. Er war der verwundbarste Mensch, den Rose je gekannt hatte; er machte sich selbst dazu; er wusste überhaupt nicht, wie man sich schützen konnte. Aber er war auch voller grausamer Urteile, er war voller Verachtung.

»Du bist Stipendiatin, Rose«, sagte Dr. Henshawe gelegentlich. »Das wird dich interessieren.« Dann las sie laut etwas aus der Zeitung vor oder, was wahrscheinlicher war, aus dem »Canadian Forum« oder dem »Atlantic Monthly«. Dr. Henshawe hatte früher einmal den Schulausschuss der Stadt geleitet, sie war Gründungsmitglied der Sozialistischen Partei Kanadas. Sie saß immer noch in Ausschüssen, schrieb Briefe an die Zeitung, rezensierte Bücher. Ihre Eltern waren beide Missionsärzte gewesen; sie selbst war in China zur Welt gekommen. Ihr Haus war klein und tadellos. Gebohnerte Fußböden, leuchtende Teppiche, chinesische Vasen, Schalen und Landschaftsbilder, schwarze geschnitzte Wandschirme. Vieles, was Rose zu dieser Zeit noch nicht würdigen konnte. Sie konnte nicht wirklich zwischen den kleinen Jadetieren auf Dr. Henshawes Kaminsims und dem Schmuck im Schaufenster des Juweliers in Hanratty unterscheiden, obwohl sie nun schon zwischen diesen beiden Dingen und den Sachen, die Flo im Billigladen kaufte, zu unterscheiden vermochte. Sie konnte sich nicht recht entscheiden, ob sie gern bei Dr. Henshawe wohnte. Manchmal war sie ganz entmutigt, wenn sie im Esszimmer saß, eine Leinenserviette auf dem Schoß hatte und von dünnen weißen Tellern aß, die auf blauen Platzdeckchen standen. Fest stand, dass es nie genug zu essen gab, und sie hatte sich angewöhnt, Krapfen und Schokolade zu kaufen und in ihrem Zimmer zu verstecken. Der Kanarienvogel schaukelte auf seiner Sitzstange im Esszimmerfenster hin und her, und Dr. Henshawe leitete das Gespräch. Sie sprach über Politik, über Schriftsteller. Sie erwähnte Frank Scott und Dorothy Livesay. Sie sagte, Rose müsse sie lesen. Rose kam zu dem missmutigen Entschluss, es nicht zu tun. Sie las Thomas Mann. Sie las Tolstoi.

Bevor sie zu Dr. Henshawe zog, hatte Rose noch nie von Arbeiterklasse gehört. Sie brachte dieses Wort mit nach Hause. »Das wird der letzte Teil der Stadt sein, wo sie eine Kanalisation legen«, sagte Flo.

»Natürlich«, sagte Rose kühl. »Das hier ist der Stadtteil der Arbeiterklasse.«

»Arbeiterklasse?«, sagte Flo. »Nicht wenn die hier in der Gegend etwas dagegen tun können.«

Eins hatte Dr. Henshawes Haus bewirkt. Es hatte die Unbefangenheit, den als selbstverständlich genommenen Hintergrund ihres Zuhauses zerstört. Dorthin zurückgehen, hieß ganz buchstäblich, in ein nacktes Licht zurückzugehen. Flo hatte Leuchtröhren im Laden und in der Küche anbringen lassen. In einer Ecke der Küche gab es auch eine Bodenlampe, die Flo beim Bingo gewonnen hatte; der Schirm war ständig mit breiten Cellophanstreifen umwickelt. Das Wichtigste, was sich von Dr. Henshawes Haus und von Flos Haus nach Roses Ansicht sagen ließ, war, dass sie sich gegenseitig unglaubwürdig machten. In Dr. Henshawes reizenden Räumen lag in Rose immer das bittere Wissen um ihr Zuhause wie ein unverdaulicher Klumpen, und zu Hause brachte ihr jetzt ihr Gefühl für die Ordnung und Harmonie in Dr. Henshawes Haus eine schrecklich verwirrende und traurige Armut bei Menschen, die sich selbst nie für arm gehalten hatten, zu Bewusstsein. Armut war nicht einfach Ärmlichkeit, wie Dr. Henshawe zu denken schien, war nicht einfach Entbehrung. Sie bedeutete, dass man diese scheußlichen Röhrenlampen hatte und noch stolz auf sie war. Sie bedeutete ständiges Reden über Geld und bösartiges Reden über Sachen, die andere Leute gekauft hatten, und ob sie wohl bezahlt waren. Sie bedeutete Stolz und Neid, die sich an Dingen wie den beiden Plastikvorhängen in Spitzenimitation entzündeten, die Flo für das Vorderfenster gekauft hatte. Das und ebenso die Tatsache, dass man seine Kleider an Nägeln hinter der Tür aufhängte und dass man jedes Geräusch aus dem Badezimmer hören konnte. Armut bedeutete auch, dass man seine Wände mit einer Anzahl von Merksprüchen schmückte, mit frommen und fröhlichen und leicht unanständigen.

Der Herr ist mein Hirte
Glaube an den Herrn Jesus, und du wirst
gerettet werden!

Weshalb hatte Flo so etwas, da sie doch nicht einmal fromm war? Das hatte man eben, es war so gebräuchlich wie ein Kalender.

Das ist meine Küche, und ich werde verflixt noch
mal hier tun, was ich mag

Mehr als zwei Personen in einem Bett, das ist
gefährlich und gesetzwidrig

Das hatte Billy Pope mitgebracht. Was würde Patrick dazu sagen? Was würde jemand, der durch die falsche Aussprache von Metternich aufgebracht war, von Billy Popes Geschichten denken?

Billy Pope arbeitete in Tydes Metzgerei. Sein Hauptgesprächsthema war jetzt der Emigrant, der Belgier, der dort arbeitete und Billy auf die Nerven ging, weil er frech französische Lieder sang und naive Vorstellungen darüber hatte, wie er in diesem Land vorwärts kommen und eine eigene Metzgerei kaufen wollte.

»Glaub nur nicht, du kannst hier rüberkommen und größenwahnsinnig werden«, sagte Billy Pope zu dem Emigranten. »Ihr arbeitet für uns, und glaub ja nicht, dass es so weit kommt, dass wir für euch arbeiten.« Da war er dann still, sagte Billy Pope.

Patrick sagte von Zeit zu Zeit, da Rose nur fünfzig Meilen entfernt wohne, müsse er einmal vorbeikommen und Roses Familie kennen lernen.

»Da ist nur noch meine Stiefmutter.«

»Es ist zu schade, dass ich deinen Vater nicht mehr kennen gelernt habe.«

Voreilig hatte sie Patrick ihren Vater als Leser von Geschichtswerken, als Privatgelehrten dargestellt. Das war nicht gerade eine Lüge, aber es gab auch kein wahrheitsgemäßes Bild der Verhältnisse.

»Ist deine Stiefmutter dein Vormund?«

Rose musste zugeben, dass sie es nicht wusste.

»Aber dein Vater muss doch in seinem Testament einen Vormund für dich benannt haben. Wer verwaltet seinen Besitz?«

Seinen Besitz. Rose dachte, ein Besitz sei ein Landgut, so wie ihn die Leute in England haben.

Patrick fand, sie sei ganz entzückend, so etwas zu glauben.

»Nein, sein Geld und seine Wertpapiere und so weiter. Was er hinterlassen hat.«

»Ich glaube nicht, dass er überhaupt etwas hinterlassen hat.«

»Sei nicht albern«, sagte Patrick.

Und manchmal sagte Dr. Henshawe auch: »Na, du bist Stipendiatin, das wird dich nicht interessieren.« Gewöhnlich sprach sie dann von einer Veranstaltung im College; einer schmissigen Party, einem Fußballspiel, einer Tanzerei. Und gewöhnlich hatte sie Recht. Es interessierte Rose nicht. Aber es lag ihr nichts daran, das zuzugeben. Diese Charakterisierung ihres Wesens erstrebte sie nicht und mochte sie nicht.

An der Wand neben der Treppe hingen die Examensfotos all der anderen Mädchen, der Stipendiatinnen, die bei Dr. Henshawe gewohnt hatten. Die meisten von ihnen waren Lehrerinnen geworden, dann Mütter. Eine war Ernährungswissenschaftlerin, zwei waren Bibliothekarinnen, eine war Professorin für Englisch wie Dr. Henshawe. Rose machte sich nichts aus ihnen, aus ihrer sichtbar-sanften, lammfromm lächelnden Dankbarkeit, ihren großen Zähnen und ihren mädchenhaften Locken. Es schien ihr, als drängten sie einem ihre tödliche irdische Frömmigkeit auf.

Es waren keine Schauspielerinnen darunter, keine aufdringlichen Journalistinnen von Zeitschriften; keine von ihnen hatte sich Zugang zu einem Leben verschafft, wie Rose es sich wünschte. Sie wollte in der Öffentlichkeit auftreten. Sie glaubte, sie wolle Schauspielerin werden, aber sie versuchte nie zu spielen, sie hatte Angst, in die Nähe der Theaterinszenierungen im College zu kommen. Sie wusste, dass sie nicht singen und tanzen konnte. Sie hätte wirklich gern Harfe spielen wollen, aber sie hatte kein Ohr für Musik. Sie wünschte sich, bekannt und beneidet, schlank und gewandt zu sein. Sie erzählte Dr. Henshawe, wenn sie ein Mann wäre, würde sie Auslandskorrespondent werden wollen.

»Dann musst du das auch werden«, sagte Dr. Henshawe beunruhigenderweise. »Die Zukunft wird den Frauen weit offen stehen. Du musst dich auf Sprachen konzentrieren. Du musst Kurse in Politikwissenschaft belegen. Und Volkswirtschaft. Vielleicht kannst du im Sommer bei der Zeitung arbeiten. Ich habe Freunde dort.«

Rose erschrak bei dem Gedanken, bei einer Zeitung zu arbeiten, und sie hasste den Einführungskurs in die Wirtschaftswissenschaften; sie überlegte, wie sie ihn aufgeben könnte. Es war gefährlich, Dr. Henshawe gewisse Dinge zu sagen.

Sie war durch Zufall zu Dr. Henshawe gekommen. Ein anderes Mädchen hatte dort einziehen sollen, aber sie wurde krank; sie hatte Tb und kam stattdessen in ein Sanatorium. Dr. Henshawe erschien am zweiten Anmeldungstag im Büro des Colleges, um sich die Namen einiger anderer Stipendiatinnen geben zu lassen.

Rose war gerade kurz vorher in dem Büro gewesen, um

zu fragen, wo das Treffen der Stipendiaten stattfinden sollte. Sie hatte ihre Einladung verloren. Der Quästor hielt
vor den neuen Stipendiaten eine Rede, unterrichtete sie darüber, wie man Geld verdienen und billig leben konnte,
und erläuterte ihnen den hohen Leistungsstandard, den
man hier von ihnen erwartete, wenn sie wollten, dass ihre
Gelder auch weiterhin einträfen.

Rose erfuhr die Nummer des Zimmers und stieg die
Treppe zum ersten Stock hinauf. Ein Mädchen ging neben
ihr und sagte: »Bist du auch auf dem Weg nach Drei-Null-
Zwölf?«

Sie gingen zusammen und unterhielten sich über die
Einzelheiten ihres Stipendiums. Rose hatte noch kein Zimmer gefunden, sie wohnte noch im CVJM-Heim. Eigentlich hatte sie überhaupt nicht genug Geld, um hier sein zu
können. Die Vorlesungen waren für sie kostenlos, ihre
Heimatprovinz gab ihr einen Zuschuss für die Lehrbücher,
und dazu bekam sie ein Stipendium von dreihundert
Dollar; das war alles.

»Du wirst dir einen Job suchen müssen«, sagte das andere Mädchen. Sie hatte ein höheres Stipendium, weil sie
bei den Naturwissenschaften war (da ist das Geld wirklich, das ganze Geld ist bei den Naturwissenschaften, sagte
sie ernsthaft), aber sie hoffte, eine Stelle in der Cafeteria
zu bekommen. Sie hatte ein Zimmer bei irgendjemand im
Kellergeschoss. Wie viel kostet dein Zimmer? Wie viel kostet ein warmes Essen? Rose fragte sie, und ihr schwirrte
der Kopf vor ängstlichen Berechnungen.

Dieses Mädchen trug ihr Haar aufgerollt. Sie trug eine
Kreppbluse, die vom Waschen und Bügeln vergilbt und
glänzend aussah. Ihre Brüste waren groß und schlaff.
Wahrscheinlich trug sie einen schmutzigrosa, an der Seite

zugehakten Büstenhalter. Sie hatte einen schuppigen Fleck auf der einen Wange.

»Hier muss es sein«, sagte sie.

In der Tür war ein kleines Fenster. Sie konnten die anderen Stipendiaten mustern, die schon da waren und warteten. Rose meinte, vier oder fünf Mädchen vom gleichen gebeugten und matronenhaften Typ zu sehen wie das Mädchen neben ihr, und mehrere helläugige, selbstzufriedene und kindisch aussehende Jungen. Es schien die Regel zu sein, dass weibliche Stipendiaten wie vierzig aussahen und männliche wie zwölf. Natürlich war es nicht möglich, dass alle so aussahen. Es war unmöglich, dass Rose mit einem einzigen Blick durch die Scheibe in der Tür Spuren von Ekzemen, fleckige Achseln, Schuppen, schmierige Zahnbeläge und verkrustete Körnchen in den Augenwinkeln entdecken konnte. Aber es lag wie eine Wolke über ihnen, da irrte sie sich nicht, wie eine schreckliche Wolke von Strebsamkeit und Fügsamkeit. Wie hätten sie wohl sonst so viele richtige Antworten liefern können, wie hätten sie sich sonst auszeichnen und es bis hierher schaffen können? Und Rose hatte das Gleiche getan.

»Ich muss mal aufs Klo«, sagte sie.

Sie sah sich bereits in der Cafeteria arbeiten. Ihre Figur, die schon jetzt breit genug war, sah in der grünen Baumwolltracht noch breiter aus, ihr Gesicht war rot und die Haare strähnig von der Hitze. Sie servierte Eintopf und Brathähnchen für die Leute mit geringerer Intelligenz und großzügigeren Mitteln. Eingeengt von Warmhaltetischen, von der Arbeitsuniform, ausgeschlossen durch die schwere Arbeit, deren sich niemand zu schämen braucht, durch die öffentlich gemachte Begabung und Armut. Jungen konnten damit gerade noch durchkommen. Für Mädchen war es schlimm. Armut bei Mädchen ist nicht anziehend, es sei denn zusammen mit einer gewissen Nachlässigkeit, mit Dummheit. Begabung ist nicht anziehend, es sei denn zusammen mit einer gewissen Eleganz, mit Klasse. War das wahr, und war sie närrisch genug, es wichtig zu nehmen? Es stimmte, und sie nahm es wichtig.

Sie kehrte in den ersten Stock zurück, wo die Gänge von normalen Studenten bevölkert waren, die nicht mit einem Stipendium studierten, von denen man nicht erwartete, dass sie Einser bekamen und dankbar waren und billig lebten. Beneidenswert und unbefangen drängten sie sich um die Anmeldetische in ihren neuen roten und weißen Collegeblazern; ihren roten Erstsemestermützen, riefen sich gegenseitig Ermahnungen zu, wirre Informationen, sinnlose Beschimpfungen. Sie ging zwischen ihnen durch mit einem bitteren Gefühl von Überlegenheit und Verzagtheit. Der Rock ihres grünen Cordkostüms legte sich ihr beim Gehen zwischen die Beine. Das Material war dünn; sie hätte mehr ausgeben und den schweren Stoff nehmen sollen. Sie dachte jetzt auch, die Jacke sei nicht richtig geschnitten, obwohl sie zu Hause völlig normal ausgesehen hatte. Ihre Kleider waren von einer Schneiderin in Hanratty, einer Freundin von Flo, gemacht worden, deren Hauptinteresse darin bestand, keinerlei Andeutungen ihrer Figur erkennen zu lassen. Als Rose fragte, ob man den Rock nicht enger machen könne, hatte diese Frau gesagt: »Du möchtest doch wohl nicht, dass man deine vier Buchstaben sieht, oder?«, und Rose hatte nicht sagen wollen, es sei ihr gleich.

Noch etwas anderes hatte die Schneiderin gesagt: »Ich dachte, jetzt, wo du aus der Schule raus bist, würdest du anfangen zu arbeiten und zu Hause helfen.«

Eine Frau, die den Flur entlangkam, hielt Rose an.

»Bist du nicht eine von den Stipendiatinnen?«

Es war die Sekretärin des Registrators. Rose dachte, sie würde jetzt getadelt, weil sie nicht bei der Versammlung gewesen war, und wollte schon sagen, ihr sei schlecht. Sie stellte ihr Gesicht auf diese Lüge ein. Aber die Sekretärin sagte: »Komm mal eben mit. Ich habe da jemand, den du kennen lernen solltest.«

Dr. Henshawe machte sich in dem Büro auf charmante Weise lästig. Sie liebte arme Mädchen, kluge Mädchen, aber es mussten einigermaßen gut aussehende Mädchen sein.

»Ich glaube, das könnte dein Glückstag sein«, sagte die Sekretärin, als sie Rose hereinführte. »Wenn du ein freundlicheres Gesicht machen würdest.«

Rose hasste es, so etwas gesagt zu bekommen, aber sie lächelte gehorsam.

Innerhalb einer Stunde war sie von Dr. Henshawe mitgenommen, in dem Haus mit den chinesischen Wandschirmen und Vasen untergebracht und davon unterrichtet worden, dass sie keine Miete zu zahlen habe.

Sie bekam eine Stelle in der Bücherei des College, nicht in der Cafeteria. Dr. Henshawe war mit dem Leiter der Bibliothek befreundet. Sie arbeitete samstagnachmittags. Sie arbeitete im Magazin, stellte Bücher ein. Im Herbst war die Bibliothek samstagnachmittags fast leer wegen der Fußballspiele. Die schmalen Fenster auf das belaubte Schulgelände, den Fußballplatz und das trockene herbstliche Land standen offen. Singen und Geschrei kamen aus der Ferne herein.

Die Gebäude des College waren gar nicht alt, aber sie waren so gebaut, dass sie alt aussahen. Sie waren aus Stein. Der geisteswissenschaftliche Trakt hatte einen Turm, und die Bibliothek hatte schmale, hohe Flügelfenster, die beinahe wie Schießscharten wirkten. Am besten gefielen Rose hier am College die Gebäude und die Bücher in der Bibliothek. Das Leben, das das Gebäude normalerweise erfüllte und das jetzt abströmte, sich rings um das Fußballfeld sammelte und diesen Lärm verursachte, erschien ihr unpassend und störend. Die Anfeuerungsrufe und Lieder waren dumm, wenn man auf die Worte achtete. Wofür baute man so würdevolle Gebäude, wenn dann solche Lieder gesungen wurden?

Sie war klug genug, solche Ansichten nicht zu äußern. Wenn jemand zu ihr sagte: »Ist ja scheußlich, dass du am Samstag arbeiten musst und zu keinem von den Spielen gehen kannst«, stimmte sie immer eifrig zu.

Einmal packte ein Mann ihr nacktes Bein zwischen ihrem Strumpf und ihrem Rock. Es war in der Abteilung Landwirtschaft, ganz hinten im Magazin. Nur der Lehrkörper, die graduierten Studenten und die Angestellten hatten Zugang zum Magazin, obwohl jemand, der dünn war, sich durch ein Fenster im Erdgeschoss hätte durchquetschen können. Sie hatte einen Mann gesehen, ein Stück entfernt, der sich zu den Büchern auf den unteren Regalbrettern niederbeugte. Als sie sich emporreckte, um ein Buch an seinen Platz zu stellen, ging er hinter ihr vorbei. Er bückte sich und packte ihr Bein in einer einzigen geschmeidigen und überraschenden Bewegung, dann war er weg. Sie konnte noch eine ganze Weile spüren, wo sich seine Finger eingegraben hatten. Es erschien ihr nicht als sexuelle Berührung, es war eher eine Art Spaß, wenn auch keineswegs ein freundlicher. Sie hörte ihn weglaufen, oder sie fühlte, wie er lief; die Metallregale zitterten. Dann war es vorbei. Es kam kein Geräusch von ihm. Sie ging zwischen den Regalen umher, schaute in die Lesekabinen. Angenommen, sie sah ihn oder rannte an einer Ecke in ihn hinein, was sollte sie tun? Sie wusste es nicht. Sie musste einfach nach ihm sehen wie in einem spannenden kindlichen Spiel. Sie betrachtete ihre stämmigen rosigen Waden. Erstaunlich, dass jemand sie ohne Grund beschmutzen und bestrafen wollte.

Gewöhnlich arbeiteten ein paar graduierte Studenten in den Lesekabinen, auch am Samstagnachmittag. Seltener ein Professor. Alle Kabinen, in die sie schaute, waren leer, bis sie zu einer in der Ecke kam. Sie steckte ungeniert den Kopf hinein und erwartete auch diesmal, niemand zu sehen. Dann musste sie sich entschuldigen.

Da saß ein junger Mann mit einem Buch auf dem Schoß, Büchern auf dem Fußboden, Papieren überall um ihn verstreut. Rose fragte ihn, ob er jemand habe vorbeilaufen sehen. Er sagte nein.

Sie erzählte ihm, was passiert war. Sie erzählte es ihm nicht, weil sie erschrocken oder angeekelt war, sondern einfach weil sie es jemand erzählen musste; es war so merkwürdig. Sie war ganz und gar nicht auf seine Antwort vorbereitet. Sein langer Hals und sein Gesicht wurden rot, und die Röte überdeckte völlig ein Muttermal unten an seiner Wange. Er stand auf, ohne an das Buch auf seinem Schoß oder die Papiere, die vor ihm lagen, zu denken. Das Buch fiel zu Boden. Ein großer Stoß Papiere rutschte über den Tisch und warf das Tintenfass um.

»Wie gemein«, sagte er.

»Halt das Tintenfass fest«, sagte Rose. Er beugte sich vor, um das Tintenfass zu retten, und stieß es auf den Boden. Zum Glück war der Deckel drauf und es zerbrach nicht.

»Hat er dir wehgetan?«

»Nein, nicht richtig.«

»Komm mit nach oben. Wir werden das melden.«

»Oh, nein.«

»Er darf nicht so davonkommen. Das sollte man nicht zulassen.«

»Es ist niemand da, dem man es melden könnte«, sagte Rose erleichtert. »Der Bibliothekar geht samstags immer um zwölf Uhr weg.«

»Es ist widerlich«, sagte er mit einer hohen, nervösen Stimme. Rose tat es jetzt Leid, dass sie ihm überhaupt etwas gesagt hatte, und sie sagte, sie gehe wieder an die Arbeit.

»Bist du wirklich in Ordnung?«

»Aber ja.«

»Ich bleibe hier. Ruf mich, wenn er noch mal kommt.«

Das war Patrick. Wenn sie versucht hätte, ihn in sich verliebt zu machen, hätte sie keine bessere Methode wählen können. Er hatte viele Anwandlungen von Ritterlichkeit, über die er sich angeblich lustig machte, indem er bestimmte Worte und Sätze aussprach, als stünden sie in Anführungszeichen. *Das schöne Geschlecht*, sagte er manchmal oder *Jungfer im Unglück*. Weil sie mit ihrer Geschichte in seine Kabine gekommen war, hatte Rose sich in eine »Jungfer im Unglück« verwandelt. Die angebliche Ironie würde niemand täuschen; es war klar, dass er wirklich wünschte, in einer Welt von Rittern und Damen zu leben; Gewalt; Hingabe.

In der folgenden Zeit sah sie ihn samstags immer in der Bibliothek, und oft traf sie ihn, wenn er über den Campus oder in die Cafeteria ging. Er grüßte sie betont höflich und anteilnehmend und sagte »Wie geht es dir?« auf eine Art, die vermuten ließ, sie sei erneut angefallen worden oder müsse sich noch vom ersten Mal erholen. Er wurde immer tiefrot, wenn er sie sah, und sie dachte, das komme daher, dass die Erinnerung an ihre Geschichte ihn so verlegen machte. Später merkte sie dann, dass er verliebt war.

Er fand heraus, wie sie hieß und wo sie wohnte. Er rief sie in Dr. Henshawes Haus an und lud sie ins Kino ein. Als er beim ersten Mal sagte: »Hier spricht Patrick Blatchford«, konnte Rose sich nicht denken, wer das war, aber sie erkannte bald die hohe, fast gekränkt klingende und nervöse Stimme. Sie sagte, sie werde kommen. Sie tat es zum Teil, weil Dr. Henshawe immer sagte, sie sei froh, dass Rose ihre Zeit nicht damit vertue, mit Jungen herumzulaufen.

Schon bald nachdem sie angefangen hatte, mit ihm auszugehen, sagte sie zu Patrick: »Wäre es nicht komisch, wenn du es gewesen wärst, der an dem Tag in der Bibliothek mein Bein gepackt hat?«

Er fand das nicht komisch. Er war entsetzt, dass sie so etwas denken konnte.

Sie sagte, sie mache ja nur Spaß. Sie sagte, sie habe gemeint, das wäre ein guter Einfall für eine Geschichte, vielleicht für eine Geschichte von Maugham oder für einen Hitchcock-Film. Sie waren eben in einem Hitchcock-Film gewesen.

»Weißt du, wenn Hitchcock aus so etwas einen Film macht, könntest du zur einen Hälfte deines Wesens ein wilder, unersättlicher Beingreifer sein und zur anderen ein schüchterner Student.«

Das gefiel ihm auch nicht.

»Komme ich dir so vor, so wie ein schüchterner Student?« Es schien ihr, als ob er seine Stimme tiefer klingen ließ, als ob er ein paar grollende Klänge hineinlegte, das Kinn zurücknahm, als mache er einen Scherz. Aber er scherzte selten mit ihr; er glaubte, scherzen sei unpassend, wenn man verliebt war.

»Ich habe doch nicht gesagt, dass du ein schüchterner Student oder ein Beingreifer bist. Es war nur so eine Idee.«

Nach einer Weile sagte er: »Ich wirke wohl nicht sehr männlich.«

Sie war bestürzt und verwirrt über eine derartige Enthüllung. Er setzte sich solchen Gefahren aus; hatte er denn nicht gelernt, sich nicht solchen Gefahren auszusetzen? Aber vielleicht war es genau genommen gar nicht so. Er wusste, sie würde ihm jetzt etwas Beruhigendes sagen müssen. Obwohl sie es wirklich nicht wollte, hätte sie am liebsten verständnisvoll gesagt: »Also nein. Wirklich nicht.«

Aber das träfe auch nicht zu. Er erschien ihr tatsächlich männlich. Weil er solche Risiken auf sich nahm. Nur ein Mann konnte so sorglos und fordernd sein.

»Wir kommen aus zwei verschiedenen Welten«, sagte sie zu ihm bei einer anderen Gelegenheit. Sie kam sich vor wie eine Figur in einem Theaterstück, als sie das sagte. »Meine Leute sind arme Leute. Für dich wäre der Ort, wo ich wohne, ein Loch.«

Nun war sie es, die unaufrichtig war, indem sie vorgab, sich seinem Mitleid anheim zu geben, denn sie rechnete natürlich nicht damit, dass er sagen würde, na also, wenn du von armen Leuten stammst und in einem Loch lebst, muss ich mein Angebot zurückziehen.

»Aber ich bin froh«, sagte Patrick. »Ich bin froh, dass

du arm bist. Du bist so süß. Du bist wie das Bettler-mädchen.«

»Wer?«

»König Cophetua und das Bettlermädchen. Du weißt doch. Das Bild. Kennst du das Bild nicht?«

Patrick hatte einen Trick – nein, es war kein Trick, Patrick hatte keine Tricks – Patrick hatte eine Art, Überraschung zu zeigen, eine etwas spöttische Überraschung, wenn jemand etwas nicht wusste, was er wusste, und einen ähnlichen Spott, eine ähnliche Überraschung, wenn jemand sich erlaubte, etwas zu wissen, was er nicht wusste. Seine Anmaßung wie seine Demut waren seltsam übersteigert. Seine Anmaßung, so entschied Rose schon bald, musste davon kommen, dass er reich war, obwohl Patrick sich gerade darauf nichts einbildete. Als sie seine Schwestern traf, stellte sich heraus, dass sie genauso waren, angewidert von jedem, der sich nicht mit Pferden oder Segelsport auskannte, und ebenso angewidert von jedem, der etwas von Musik oder auch Politik verstand. Patrick und die beiden konnten gemeinsam nicht viel mehr tun, als Unwillen um sich zu verbreiten. Aber war Billy Pope und war Flo nicht ebenso schlimm, was ihre Anmaßung anging? Vielleicht. Aber es war doch ein Unterschied, und der Unterschied bestand darin, dass Billy Pope und Flo nicht beschützt waren. Es gab Dinge, die sie betroffen machten: Emigranten; Leute, die im Radio französisch sprachen; Veränderungen. Patrick und seine Schwestern benahmen sich, als ob nichts sie betroffen machen könnte. Wenn sie bei Tisch herummäkelten, waren ihre Stimmen erstaunlich kindisch; ihre Forderungen nach dem Essen, das sie mochten, ihr Ärger, wenn sie etwas auf dem Tisch sahen, das sie nicht mochten, waren wie bei Kindern. Sie hatten nie nachgeben und sich einschmeicheln und die Gunst der Welt erringen müssen; sie würden es auch nie müssen, und das kam daher, dass sie reich waren.

Rose hatte zu Anfang keine Vorstellung davon, wie reich Patrick war. Niemand glaubte das. Alle glaubten, sie sei berechnend und schlau gewesen, und sie war so weit davon entfernt, schlau zu sein, dass es ihr wirklich nichts ausmachte, wenn die Leute das annahmen. Es stellte sich heraus, dass andere Mädchen es versucht und nicht wie sie den richtigen Ton getroffen hatten. Ältere Mädchen, Mädchen aus der Studentenverbindung, die sie vorher nie zur Kenntnis genommen hatten, begannen sie mit Staunen und Respekt zu betrachten. Und als Dr. Henshawe sah, dass die Sache ernster war, als sie vermutet hatte, und sich mit Rose zu einem Gespräch darüber zusammensetzte, nahm sogar sie an, es gehe ihr um das Geld.

»Es ist kein geringer Sieg, die Aufmerksamkeit des Erben eines Wirtschaftsimperiums auf sich zu lenken«, sagte Dr. Henshawe und meinte es ironisch und ernst zugleich. »Ich verachte Geld und Gut nicht«, sagte sie. »Manchmal wünsche ich mir, etwas davon zu haben.« (Glaubte sie wirklich, sie hätte nichts?) »Ich bin sicher, dass du lernen wirst, einen guten Gebrauch davon zu machen. Aber was ist mit deinem Ehrgeiz, Rose? Was ist mit deinem Studium und deinem Examen? Wirst du das alles so schnell vergessen?«

Wirtschaftsimperium war ein reichlich großsprecherischer Ausdruck. Patricks Familie besaß eine Kaufhauskette in Britisch Columbien. Alles, was Patrick Rose erzählt hatte, war, dass sein Vater ein paar Geschäfte besitze. Als sie zu ihm von »zwei verschiedenen Welten« sprach, dachte sie, er wohne wahrscheinlich in einem recht ansehnlichen Haus, ähnlich den Häusern in Dr. Henshawes Nachbarschaft. Sie dachte an die wohlhabendsten Geschäftsleute in Hanratty. Sie konnte sich nicht vorstellen, was für einen Coup sie gemacht hatte, weil es für sie ein Coup gewesen wäre, wenn der Sohn des Metzgers oder des Juweliers sich für sie interessiert hätte; die Leute würden sagen, sie habe sich verbessert.

Sie sah sich dieses Bild an. Sie suchte es in einem Kunstbuch in der Bibliothek heraus. Sie studierte das Bettlermädchen, es war demütig und sinnlich mit seinen scheuen weißen Füßen. Ihre sanfte Ergebenheit, die Hilflosigkeit und Dankbarkeit. Sah Patrick Rose so? Konnte sie so sein? Sie würde diesen König brauchen, so wachsam und dunkelhäutig wie er aussah, selbst in der Verzückung der Leidenschaft noch klug und barbarisch. Er konnte sie mit seinem kühnen Verlangen völlig verwirren. Bei ihm würde es keine Entschuldigungen geben, nichts von diesem Zurückweichen, diesem Mangel an Vertrauen, das in allen Unterhaltungen mit Patrick zu Tage trat.

Sie konnte Patrick nicht abweisen. Sie konnte es wirklich nicht. Was sie nicht ignorieren konnte, war nicht die Menge Geld, sondern die Stärke seiner Liebe. Sie glaubte, sie bedaure ihn, sie müsse ihm behilflich sein. Es war, als sei er in einer Menschenmenge auf sie zugekommen und habe einen großen, einfachen, glänzenden Gegenstand getragen – ein riesiges Ei vielleicht, aus massivem Silber, etwas von zweifelhaftem Nutzen und ungeheurem Gewicht – und habe ihn ihr angeboten, ja ihn ihr geradezu zugeworfen, und sie gebeten, ihm etwas von seinem Gewicht abzunehmen. Wenn sie ihn zurückwarf, wie würde er ihn tragen können? Aber in dieser Erklärung fehlte etwas. Ihr eigener Hunger fehlte, der nicht Reichtum, sondern Verehrung suchte. Die Stärke, das Gewicht, der Glanz dessen, was er Liebe nannte (und sie zweifelte nicht an ihm), mussten sie beeindrucken, auch wenn sie eigentlich nie danach verlangt hatte. Es war sehr unwahrscheinlich, dass ein solches Geschenk noch einmal auf sie zukommen würde. Patrick selbst war sogar, wenn auch voll Verehrung, in einer indirekten Weise für ihr Glück dankbar. Sie hatte immer gedacht, es würde so kommen, jemand würde sie ansehen und völlig und maßlos lieben. Gleichzeitig hatte sie gedacht, dass niemand sie mochte, niemand sie überhaupt haben wollte, und bis jetzt war es auch so gewesen. Was einen begehrenswert machte, war nicht etwas, das man tat, es war etwas, das man hatte, und wie konnte man jemals wissen, ob man es hatte? Sie betrachtete sich manchmal im Spiegel und dachte: *Frau, Liebling.* So sanfte, reizende Worte. Wie konnten sie für sie gelten? Es war ein Wunder; es war ein Irrtum. Es war etwas, wovon sie geträumt hatte; es war nicht, was sie wollte.

Sie wurde sehr müde, reizbar, schlaflos. Sie versuchte, mit Bewunderung an Patrick zu denken. Sein mageres, hellhäutiges Gesicht sah wirklich sehr gut aus. Er musste eine Menge wissen. Er benotete Arbeiten, überwachte Prüfungen; er war dabei, seine Dissertation abzuschließen. Um ihn war ein Geruch von Pfeifentabak und rauer Wolle, den sie mochte. Er war vierundzwanzig. Kein anderes ihr bekanntes Mädchen, das einen Freund hatte, hatte einen, der so alt war.

Dann dachte sie auf einmal unvermutet daran, wie er gesagt hatte: »Ich glaube, ich wirke nicht sehr männlich.« Sie dachte daran, wie er sagte: »Liebst du mich? Liebst du mich wirklich?« Er schaute sie dabei besorgt und drohend an. Wenn sie dann ja sagte, sagte er, wie glücklich er sei, wie glücklich sie seien, er sprach von Freunden, die er hatte, und ihren Mädchen und verglich deren Liebesgeschichten zu ihrem Nachteil mit seiner eigenen und der von Rose. Rose schauderte vor Erbitterung und Elend. Sie hatte sich selbst ebenso satt wie ihn, sie hatte das Bild satt, das sie in diesem Augenblick boten, als sie durch einen verschneiten Park in der Stadt gingen, ihre bloße Hand in die Patricks geschmiegt, beide in seiner Tasche. Empörende und grausame Stimmen wurden in ihr laut. Sie musste etwas tun, um sie nicht herauszulassen. Sie begann ihn zu kitzeln und zu necken.

Vor Dr. Henshawes Haustür im Schnee küsste sie ihn, versuchte ihn dazu zu bringen, dass er seinen Mund aufmachte, sie tat schändliche Dinge mit ihm. Wenn er sie küsste, waren seine Lippen sanft; seine Zunge war scheu; er brach fast über ihr zusammen, statt sie zu halten, sie konnte keine Kraft in ihm entdecken.

»Du bist so süß. Du hast eine süße Haut. So hübsche Augenbrauen. Du bist so zart.«

Sie hörte es gern, jeder würde das gern hören. Aber sie sagte warnend: »Ich bin nicht so zart. Ich bin ganz schön robust.«

»Du weißt nicht, wie ich dich liebe. Es gibt da ein Buch, das ich ›Die weiße Göttin‹ genannt habe. Jedes Mal, wenn ich den Titel sehe, muss ich an dich denken.«

Sie machte sich von ihm los. Sie bückte sich und nahm eine Hand voll Schnee von dem Haufen neben den Stufen und klatschte sie ihm auf den Kopf.

»Mein weißer Gott.«

Er schüttelte den Schnee ab. Sie raffte noch mehr zusammen und bewarf ihn damit. Er lachte nicht, er war überrascht und beunruhigt. Sie streifte den Schnee aus seinen Brauen und leckte ihn von seinen Ohren. Sie lachte, obwohl sie eher verzweifelt als fröhlich war. Sie wusste nicht, was sie dazu brachte, das alles zu tun.

»Dr. Henshawe«, zischte Patrick ihr zu. Die zarte, poetische Stimme, die er gebrauchte, um sie zu preisen, konnte völlig verschwinden, konnte in Protest und Ärger umschlagen, ohne jeden Übergang.

»Dr. Henshawe wird dich hören!«

»Dr. Henshawe sagt, du seist ein ehrenwerter junger Mann«, sagte Rose träumerisch. »Ich glaube, sie ist in dich verliebt.« Es stimmte. Dr. Henshawe hatte das gesagt. Und es stimmte auch tatsächlich. Er konnte es nicht ertragen, dass Rose so sprach. Sie blies auf den Schnee in seinen Haaren. »Warum gehst du nicht und deflorierst sie? Ich bin sicher, sie ist noch Jungfrau. Das ist ihr Fenster. Warum tust du es nicht?« Sie strich über seine Haare, dann steckte sie ihre Hand unter seinen Mantel, rieb an der Vorderseite seiner Hose. »Er steht dir!«, sagte sie triumphierend. »Ach, Patrick! Du hast einen Ständer für Dr. Henshawe!« Nie vorher hatte sie etwas Derartiges gesagt, nie hatte sie sich auch nur annähernd so benommen.

»Halt den Mund!«, sagte Patrick gequält. Aber sie konnte es nicht. Sie hob den Kopf und tat so, als spreche sie mit lautem Flüstern nach oben zu einem Fenster: »Dr. Henshawe! Kommen Sie und sehen Sie, was Patrick für Sie hat!« Ihre grausame Hand machte sich an seinem Hosenschlitz zu schaffen. Um sie zu bremsen, um sie zur Ruhe zu bringen, musste Patrick mit ihr kämpfen. Er legte ihr eine Hand über den Mund, mit der anderen Hand wehrte er sie von seinem Reißverschluss ab. Die großen weiten Ärmel seines Mantels schlugen wie schlaffe Flügel. Sobald er anfing zu kämpfen, war sie erleichtert – das hatte sie von ihm gewollt, irgendeine Art von Aktivität. Aber sie musste weiter Widerstand leisten, bis er sich wirklich als stärker erwiesen hatte. Sie hatte Angst, dass er das nicht könnte.

Aber er konnte es. Er zwang sie nieder, auf die Knie, mit dem Gesicht in den Schnee. Er riss ihr die Arme nach hinten und rieb ihr Gesicht im Schnee. Dann ließ er sie los, und fast hätte er das Ganze verdorben.

»Bist du in Ordnung? Wirklich? Es tut mir Leid. Rose?«

Sie taumelte hoch und drängte ihr schneebedecktes Gesicht an seines. Er wich zurück.

»Küss mich! Küss den Schnee! Ich liebe dich.«

»Wirklich?«, sagte er traurig und streifte den Schnee aus ihrem Mundwinkel und küsste sie in begreiflicher Verwirrung. »Wirklich?«

Dann ging ein Licht an; es überflutete sie und den zertrampelten Schnee, und Dr. Henshawe rief über ihren Köpfen: »Rose! Rose!«

Sie rief mit einer geduldigen, ermutigenden Stimme, als habe Rose sich in der Nähe im Nebel verirrt und man müsse ihr den Weg nach Hause zeigen.

»Liebst du ihn, Rose?«, fragte Dr. Henshawe. »Nein, denk darüber nach. Liebst du ihn?« Ihre Stimme war von Zweifel und Ernst erfüllt. Rose atmete tief ein und antwortete, als sei sie voll ruhiger Gelassenheit: »Ja, ich liebe ihn.«

»Nun, dann ist es gut.«

Mitten in der Nacht wachte Rose auf und aß Schokolade. Sie gierte nach Süßigkeiten. Oft begann sie während des Unterrichts oder mitten in einem Film an Fondants oder Nusskuchen oder an einen anderen Kuchen zu denken, den Dr. Henshawe in der Europäischen Bäckerei kaufte; er war mit köstlicher bitterer Schokolade gefüllt, die herausquoll und auf den Teller lief. Immer, wenn sie an sich und Patrick zu denken versuchte, immer, wenn sie sich entschloss, nun zu entscheiden, wie ihre Gefühle wirklich waren, kam ihr dieses Verlangen dazwischen.

Sie nahm zu, und sie bekam ein ganzes Nest von Pickeln zwischen den Brauen.

Ihr Schlafzimmer war kalt, es lag über der Garage und hatte Fenster nach drei Seiten. Sonst war es hübsch. Über dem Bett hingen gerahmte Fotos von griechischen Landschaften und Ruinen, die Dr. Henshawe selbst auf ihrer Mittelmeerreise aufgenommen hatte.

Sie schrieb einen Aufsatz über die Stücke von Yeats. In einem der Stücke wird eine junge Braut von Feen aus ihrer vernünftigen, aber unerträglichen Ehe weggelockt.

»Komm fort, o Menschenkind ...«, las Rose, und ihre Augen füllten sich mit Tränen über sich selbst, als sei sie diese scheue zurückweichende Jungfrau, die zu edel ist für die ratlosen Bauern, die sie eingefangen haben. Im wirklichen Leben war sie der Bauer, der den großherzigen Patrick erschreckte, aber er versuchte nicht zu entkommen.

Sie nahm eine der griechischen Fotografien herunter und verdarb die Tapete, indem sie den Anfang eines Gedichts darauf schrieb, der ihr eingefallen war, während sie im Bett Schokolade aß und der Wind von Gibbons Park gegen die Garagenwände prallte.

Unbedacht in meinem dunklen Schoß
Trag ich eines Irren Kind ...

Sie schrieb es nie weiter und überlegte manchmal, ob sie nicht unbedeckt gemeint hatte. Sie radierte es aber auch nicht aus.

Patrick teilte eine Wohnung mit zwei anderen graduierten Studenten. Er lebte bescheiden, hatte keinen Wagen und gehörte auch keiner Verbindung an. Seine Kleider waren von der üblichen akademischen Schäbigkeit. Seine Freunde waren Söhne von Lehrern und Geistlichen. Er sagte, sein Vater habe ihn um ein Haar verstoßen, weil er ein Intellektueller werde. Er sagte, er werde nie ins Geschäft einsteigen.

Sie kamen am frühen Nachmittag in die Wohnung zurück, da sie wussten, dass die beiden anderen Studenten dann fort waren. Die Wohnung war kalt. Sie zogen sich schnell aus und legten sich in Patricks Bett. Nun war der Augenblick gekommen. Sie klammerten sich aneinander, zitterten und kicherten. Rose kicherte. Sie hatte das Bedürfnis, ständig heiter zu sein. Sie hatte schreckliche Angst, dass sie es nicht zu Stande bringen würden, dass eine große Erniedrigung bevorstand, eine völlige Enthüllung ihrer armseligen Tricks und Kniffe. Aber die Tricks und Kniffe waren nur auf Roses Seite vorhanden. Patrick war nie ein Schwindler; er schaffte es trotz wahnsinniger Verlegenheit und vielen Entschuldigungen; er kam nach einigem erstaunten Keuchen und Wühlen zur Ruhe. Rose war keine Hilfe, statt ehrlicher Passivität wand sie sich in flatternder Begierde, es war eine ungeschickte Nachahmung der Leidenschaft. Sie war froh, als es vorbei war; das brauchte sie nicht zu spielen. Sie hatten getan, was andere auch taten, sie hatten getan, was Liebespaare taten. Sie dachte an eine Feier. Was ihr einfiel, war etwas Delikates zum Essen, ein

Fruchteis bei Boomer, Apfelkuchen mit Zimtsoße. Sie war ganz und gar nicht auf Patricks Vorschlag gefasst, sie sollten dableiben und es noch mal versuchen.

Als sich dann der Genuss einstellte, es war beim fünften oder sechsten Mal, dass sie zusammen waren, verlor sie völlig den Kopf; ihr leidenschaftliches Verhalten war zur Ruhe gekommen.

Patrick sagte: »Was ist los?«

»Nichts!«, sagte Rose und drehte sich noch einmal strahlend und hellwach um. Aber sie nahm ihn weiter nicht zur Kenntnis, die neuen Ereignisse kamen dazwischen, und sie musste schließlich in diesem Kampf nachgeben, mehr oder weniger ohne auf Patrick Rücksicht zu nehmen. Als sie ihn wieder wahrnehmen konnte, überschüttete sie ihn mit Dankbarkeit; sie war jetzt wirklich dankbar, und sie wollte Vergebung, obwohl sie es so nicht ausdrücken konnte, für all ihre unechte Dankbarkeit, ihre Gönnerhaftigkeit, ihre Zweifel.

Warum sollte sie so viele Zweifel haben, dachte sie, als sie behaglich im Bett lag, während Patrick hinausging, um Pulverkaffee zu kochen. Könnte es nicht möglich sein, dass sie so empfand, wie sie vorgab? Wenn diese sexuelle Überraschung möglich war, warum nicht alles andere auch? Patrick war keine große Hilfe; seine Ritterlichkeit und Selbsterniedrigung in unmittelbarer Nähe seiner Schimpfereien entmutigten sie. Aber lag der wirkliche Fehler nicht bei ihr? In ihrer Gewissheit, dass jeder, der sich in sie verlieben konnte, hoffnungslos verrückt sein musste, sich schließlich als Spinner erweisen musste? Sie nahm ja alles wahr, was an Patrick närrisch war, selbst wenn sie dachte, sie suche nach Dingen, die meisterhaft und bewundernswert waren. In diesem Augenblick, in seinem Bett, in seinem Zimmer, umgeben von seinen Büchern und Kleidern, seinen Schuhbürsten und seiner Schreibmaschine und ein paar aufgehängten Zeichnungen – sie setzte sich im Bett auf, um sie zu betrachten, und sie waren wirklich ganz sonderbar, er ließ wohl alles sonderbar werden, wenn sie nicht hier war –, konnte sie ihn als einen liebenswerten, intelligenten, ja selbst humorvollen Menschen ansehen; kein Held; kein Narr. Vielleicht konnten sie ganz normal sein. Wenn er nur beim Hereinkommen jetzt nicht anfing, ihr zu danken, sie zu streicheln und anzubeten. Sie mochte eigentlich diese Anbetung nicht; sie mochte nur die Vorstellung davon. Andererseits mochte sie es nicht, wenn er anfing, sie zu korrigieren und zu kritisieren. Es gab vieles, was er ändern wollte.

Patrick liebte sie. Was liebte er? Nicht ihre Aussprache, die er energisch zu verbessern suchte, obwohl sie oft widerspenstig und unvernünftig war und entgegen allem Augenschein erklärte, sie spreche gar nicht wie vom Land, jeder spreche so wie sie. Nicht ihre zappelige sexuelle Dreistigkeit (seine Erleichterung über ihre Jungfräulichkeit entsprach der ihrigen über seine Leistung). Sie konnte ihn durch ein vulgäres Wort, einen affektierten Ton zurückschrecken lassen. In Bewegung und Sprache zerstörte sie sich die ganze Zeit für ihn, er aber schaute einfach durch sie hindurch, durch all die Verwirrung, die sie stiftete, und liebte irgendein harmloses Bild, das sie selbst nicht sehen konnte. Und seine Hoffnungen waren hochgespannt. Ihre Aussprache konnte man bessern, ihre Freunde konnte man zweifelhaft erscheinen und verschwinden lassen, ihre Vulgarität konnte man einzuschränken versuchen.

Und was war mit all dem Übrigen an ihr? Energie, Trägheit, Unzufriedenheit, Ehrgeiz? Sie verheimlichte das alles. Er hatte keine Ahnung. Bei all ihren Zweifeln an ihm wollte sie keinesfalls, dass er aufhörte, sie zu lieben.

Sie machten zwei Reisen.

Sie fuhren während der Osterferien mit der Bahn nach Britisch Columbien. Patricks Eltern schickten ihm das Geld für seine Fahrkarte. Er bezahlte für Rose, indem er alles aufbrauchte, was er auf der Bank hatte und noch bei einem seiner Zimmergenossen borgte. Er sagte ihr, sie solle seine Eltern nicht merken lassen, dass sie ihre Fahrkarte nicht selbst bezahlt hatte. Sie begriff, dass er meinte, sie solle nicht merken lassen, dass sie arm war. Er verstand nichts von Frauenkleidung, sonst hätte er das nicht für möglich gehalten. Dabei hatte sie getan, was sie konnte. Sie hatte sich Dr. Henshawes Regenmantel für das Wetter an der Küste ausgeliehen. Er war ein bisschen lang, aber sonst dank Dr. Henshawes jugendlich-klassischem Geschmack passend. Sie hatte noch mehr Blut gespendet und einen flauschigen Angorapullover gekauft, pfirsichfarben, der höchst unsauber aussah und wirkte wie das, was sich ein Kleinstadtmädchen unter feiner Kleidung vorstellte. Sie bemerkte solche Dinge immer erst, wenn der Kauf getätigt war, vorher nicht.

Patricks Eltern wohnten auf Vancouver Island, in der Nähe von Sidney. Etwa ein halber Morgen kurz geschorener grüner Rasen – grün mitten im Winter; der März schien Rose mitten im Winter zu liegen – erstreckte sich bis zu einer Steinmauer und einer schmalen kiesigen Bucht und dem Meer hinunter. Das Haus war halb aus Stein, halb aus Fachwerk. Es war im Tudorstil und in anderen Stilarten gebaut. Die Fenster des Wohnzimmers, des Esszimmers, der Halle gingen alle auf das Meer hinaus, und wegen der heftigen Winde, die manchmal von der Küste her wehten, waren sie aus dickem Glas, Kristallglas, vermutete Rose, wie die Schaufenster des Autosalons in Hanratty. Die Wand des Esszimmers nach der Seeseite bestand nur aus Fenstern, die leicht gekrümmt waren; man schaute durch das dicke gewölbte Glas wie durch den Boden einer Flasche. Auch die Anrichte hatte eine gebogene, spiegelnde Wölbung und schien groß wie ein Boot. Größe war überall spürbar und vor allem Dicke. Die Dicke der Handtücher und Teppiche, der Griffe von Messern und Gabeln – und des Schweigens. Es war eine schreckliche Ansammlung von Luxus und Unbehagen. Nachdem Rose etwa einen Tag dort gewesen war, wurde sie so mutlos, dass ihr ihre Hand- und Fußgelenke schwach vorkamen. Messer und Gabel aufzunehmen war Schwerarbeit; das tadellose Roastbeef zu schneiden und zu kauen ging fast über ihre Kräfte; beim Treppensteigen geriet sie außer Atem. Sie hatte nie vorher gewusst, dass manche Orte einen ersticken, einem tatsächlich das Leben abwürgen können. Sie hatte das nicht gewusst, trotz einer ganzen Anzahl unerfreulicher Orte, an denen sie gewesen war.

Am ersten Morgen nahm Patricks Mutter sie zu einem Spaziergang über das Grundstück mit, sie zeigte ihr das Gewächshaus, das Häuschen, in dem »das Ehepaar« wohnte: ein reizendes, efeuberanktes Landhaus mit Fensterläden, das größer war als Dr. Henshawes Haus. Das Ehepaar, die Diener waren gebildeter, taktvoller und würdiger als irgendjemand, den Rose in Hanratty kannte, und in dieser Hinsicht waren sie auch Patricks Familie wirklich überlegen. Patricks Mutter zeigte ihr den Rosengarten, den Küchengarten. Dort gab es viele niedrige Steinmauern.

»Patrick hat sie gebaut«, sagte seine Mutter. Sie erklärte alles mit einer Gleichgültigkeit, die an Widerwillen grenzte. »Er hat all diese Mauern gebaut.«

Roses Stimme war voll gekünstelter Zustimmung, eifrig und unpassend enthusiastisch.

»Er muss ein richtiger Schotte sein«, sagte sie. Patrick war ein Schotte trotz seines Namens. Die Blatchfords waren aus Glasgow gekommen. »Waren die besten Steinmetzen nicht immer Schotten?« Sie hatte erst vor ganz kurzer Zeit gelernt, nicht »Scotch« zu sagen. »Vielleicht waren Vorfahren von ihm Steinmetzen.«

Später wand sie sich, wenn sie an diese Bemühungen dachte, diese vorgegebene Ungezwungenheit und Fröhlichkeit, die ebenso billig und unecht waren wie ihre Kleider.

»Nein«, sagte Patricks Mutter. »Nein. Ich glaube nicht, dass sie Steinmetzen waren.« Etwas wie ein Nebel ging von ihr aus: Beleidigung, Ablehnung, Schrecken. Rose dachte, sie sei vielleicht gekränkt durch ihre Andeutung, dass man in der Familie ihres Mannes mit den Händen gearbeitet habe. Als sie sie besser kennen gelernt hatte – oder sie länger beobachtet hatte; es war unmöglich, sie kennen zu lernen –, begriff sie, dass Patricks Mutter alles Fantasievolle, Spekulative, Abstrakte im Gespräch ablehnte. Jegliches Interesse, das über die sachliche Betrachtung vorliegender Fragen hinausging – Essen, Wetter, Einladungen, Möbel, Dienerschaft –, schien ihr verschwommen, ungehörig und gefährlich. Es war schon recht, wenn man sagte: »Ein warmer Tag heute«, aber nicht: »Dieser Tag erinnert mich daran, wie wir …« Sie hasste Leute, die sich *erinnert* fühlten.

Sie war das einzige Kind eines der ersten Holzmagnaten von Vancouver Island. Sie war in einer aufgelassenen Siedlung im Norden geboren. Aber immer, wenn Patrick sie dazu bringen wollte, von früher zu erzählen, immer, wenn er auch nur nach den einfachsten Tatsachen fragte – was für Dampfer die Küste heraufkamen, in welchem Jahr die Siedlung aufgegeben wurde, wie die Trasse der ersten Holzbahn verlief –, sagte sie gereizt: »Ich weiß es nicht. Wie sollte ich etwas davon wissen?« Diese Gereiztheit war der stärkste Ausdruck, der je aus ihren Worten klang.

Auch Patricks Vater kümmerte sich nicht um sein Interesse an der Vergangenheit. Vieles an Patrick, ja das meiste an ihm, schien ihm ein schlechtes Vorzeichen.

»Wozu willst du das alles wissen?«, rief er über den Tisch hinweg. Er war ein kleiner Mann mit breiten Schultern und rotem Gesicht und erstaunlich kampflustig. Patrick sah seiner Mutter ähnlich, die groß war und blond und elegant in der dezentesten Weise, die man sich denken konnte, als ob ihre Kleider, ihr Make-up, ihr ganzer Stil mit der Absicht ausgewählt worden seien, vollkommene Ausdruckslosigkeit zu schaffen.

»Weil ich mich für Geschichte interessiere«, sagte Patrick mit ärgerlicher, lauter, aber nervös überkippender Stimme.

»Weil-ich-mich-für-Geschichte-interessiere«, äffte ihn seine Schwester Marion treffend nach. »Geschichte!«

Die Schwestern Joan und Marion waren jünger als Patrick und älter als Rose. Ganz anders als Patrick zeigten sie keine Nervosität, keine Sprünge in ihrer Selbstsicherheit. Bei einem früheren Essen hatten sie Rose ausgefragt.

»Reitest du?«

»Nein.«

»Segelst du?«

»Nein.«

»Tennis? Golf? Badminton?«

Nein. Nein. Nein.

»Vielleicht ist sie ein intellektuelles Genie wie Patrick«, sagte der Vater. Und zu Roses Schrecken und Verlegenheit fing Patrick an, eine Aufzählung ihrer Stipendien und Preise über den ganzen Tisch weg zu brüllen. Was erwartete er? War er töricht genug zu glauben, eine solche Prahlerei würde sie zum Schweigen bringen, würde etwas anderes als weiteren Spott einbringen? Gegen Patrick, gegen sein lautstarkes Prahlen, seine Verachtung für Sport und Fernsehen, seine so genannten intellektuellen Interessen schien die Familie einig zu sein. Aber dieses Bündnis war nur zeitweilig vorhanden. Die Abneigung des Vaters gegen seine Töchter war nur gering im Vergleich zu der Ablehnung Patricks. Er schimpfte auch auf sie, wenn er einen Augenblick Zeit hatte; er spottete über die viele Zeit, die sie bei ihrem Sport vertaten, klagte über die Kosten ihrer Ausrüstung, ihrer Boote, ihrer Pferde. Und sie zankten miteinander über unverständliche Fragen von Schulden und Krediten und Schadenersatz. Alle beklagten sich bei der Mutter über das Essen, das reichhaltig und ausgezeichnet war. Die Mutter sprach so wenig wie möglich mit ihnen allen, und, um die Wahrheit zu sagen, Rose konnte sie verstehen. Sie hatte sich nie so viel echte Bosheit auf einmal vorstellen können. Billy Pope war ein Frömmler und ein Meckerer, Flo war launenhaft, ungerecht und geschwätzig, ihr Vater, als er noch lebte, war kalter Urteile und unwiderruflicher Ablehnung fähig; aber verglichen mit Patricks Familie waren Roses eigene Leute allesamt wohlwollend und zufrieden.

»Sind sie immer so?«, fragte sie Patrick. »Ist es meinetwegen? Sie mögen mich nicht.«

»Sie mögen dich nicht, weil ich dich ausgesucht habe«, sagte Patrick mit einer gewissen Befriedigung.

Sie lagen abends im Dunkeln in ihren Regenmänteln an der steinigen Bucht, umarmten und küssten sich und versuchten – unbequem und erfolglos – noch etwas mehr. Rose bekam Seetangflecken auf Dr. Henshawes Regenmantel. Patrick sagte: »Siehst du, warum ich dich brauche? Ich brauche dich so sehr!«

Sie nahm ihn mit nach Hanratty. Es war genauso schlimm, wie sie es sich vorgestellt hatte. Flo hatte sich große Mühe gegeben und Pellkartoffeln, Rüben und dicke Landwürste gekocht, die ein besonderes Geschenk von Billy Pope aus dem Metzgerladen waren. Patrick verabscheute deftiges Essen und gab auch gar nicht vor, etwas davon zu mögen. Der Tisch war mit einem Plastiktuch gedeckt, sie aßen im Licht der Neonröhre. Der Tafelaufsatz war neu und besonders für diese Gelegenheit gedacht. Ein Plastikschwan von kalkig-grüner Farbe mit Schlitzen in den Flügeln, in denen gefaltete farbige Papierservietten steckten. Billy Pope wurde erinnert, eine zu nehmen, er brummte und nahm keine. Im Übrigen war sein Benehmen ungeheuer gut. Er hatte davon gehört, sie beide hatten davon gehört, von Roses Eroberung. Es war von den Bessergestellten in Hanratty erzählt worden; sonst hätten sie es nicht geglaubt. Kundinnen in der Metzgerei – gewaltige Damen, die Frau des Zahnarztes, die Frau des Tierarztes – hatten Billy Pope gesagt, Rose habe einen Millionär aufgegabelt. Rose wusste, dass Billy Pope morgen mit Geschichten über den Millionär wieder zur Arbeit gehen würde, und dass alle diese Geschichten in seinem – Billy Popes – forschen und furchtlosen Verhalten in dieser Situation gipfeln würden.

»Wir setzen ihn einfach hin und geben ihm ein paar Würste, ganz egal, wo der herkommt!«

Sie wusste, auch Flo würde ihre Bemerkungen machen, Patricks Nervosität würde ihr nicht entgehen, sie würde seine Stimme nachmachen können und seine tapsigen Hände, die die Ketchupflasche umgestoßen hatten. Aber im Augenblick saßen sie beide in erbärmlich düsterer Stimmung über den Tisch gebeugt. Rose versuchte, ein Gespräch in Gang zu bringen, sie sprach fröhlich, unnatürlich, fast als sei sie ein Interviewer, der versucht, zwei einfache Leute aus dem Ort zum Sprechen zu bringen. Sie schämte sich über mehr, als sie aufzählen konnte. Sie schämte sich wegen des Essens und des Schwans und des Plastiktischtuchs; sie schämte sich über Patrick, den misslaunigen Snob, der eine erschreckte Grimasse schnitt, als Flo ihm den Ständer mit den Zahnstochern zuschob; sie schämte sich für Flo mit ihrer Schüchternheit und Heuchelei und ihrem Getue; am meisten schämte sie sich über sich selbst. Sie konnte ja nicht einmal sprechen und dabei natürlich wirken. In Patricks Beisein konnte sie nicht zu einer Sprache zurückkehren, die der von Flo, Billy Pope und Hanratty ähnlich war. Dieser Akzent beleidigte jetzt jedenfalls ihre Ohren. Es war nicht nur die andere Aussprache, sondern eine völlig andere Einstellung zum Sprechen selbst. Sprechen hieß hier schreien; die Worte wurden auseinander gerissen und betont, so dass die Leute sich gegenseitig damit bombardieren konnten. Und was die Leute sagten, klang wie Zeilen aus den abgedroschensten ländlichen Lustspielen. *Na, un wenn's nu 'n Kerl spitzkriegt?*, sagten sie. Sie sagten das tatsächlich. Wenn Rose sie mit Patricks Augen sah, mit seinen Ohren hörte, musste auch sie bestürzt sein.

Sie versuchte, sie zu einem Gespräch über die Geschichte des Ortes zu bringen, über Dinge, von denen sie glaubte, sie könnten Patrick interessieren. Sofort begann Flo zu erzählen, sie ließ sich nicht länger zurückhalten, trotz aller bösen Ahnungen. Das Gespräch nahm eine ganz andere Richtung, als Rose beabsichtigt hatte.

»Die Zeile, in der ich wohnte, als ich noch jung war«, sagte Flo, »das war der schlimmste Platz, um sich umzubringen.«

»Eine Zeile ist eine Straße mit gepachteten Häusern. Auf dem Dorf«, sagte Rose zu Patrick. Sie war skeptisch, was das jetzt Kommende anging, und das mit Recht, denn nun bekam Patrick etwas über einen Mann zu hören, der sich die Kehle durchgeschnitten hatte, *seine eigene Kehle*, von einem Ohr zum andern, von einem Mann, der erst auf sich selbst schoss und nicht genug damit erreichte, also noch einmal lud und schoss und es dann schaffte, von einem andern Mann, der sich aufhängte, und zwar mit einer Kette, es war so eine Kette, mit der man den Traktor festmacht, da war es ein Wunder, dass ihm der Kopf nicht abgerissen wurde.

»Rausgerissen«, sagte Flo.

Sie kam auf eine Frau zu sprechen, die, obwohl es kein Selbstmord war, eine Woche lang tot in ihrem Haus lag, ehe man sie fand, und das im Sommer. Sie forderte Patrick auf, sich das mal vorzustellen. Das alles passierte, so sagte Flo, in einem Umkreis von fünf Meilen um den Ort, wo sie geboren war. Sie legte Beweise vor, sie wollte Patrick nicht erschrecken, wenigstens nicht mehr, als in freundschaftlicher Weise annehmbar war; sie wollte ihn nicht aus der Fassung bringen. Wie konnte er das verstehen?

»Du hattest Recht«, sagte Patrick, als sie Hanratty im

Bus verließen. »Es ist ein Loch. Du musst froh sein, wegzukommen.«

Rose hatte sofort das Gefühl, dass er das nicht hätte sagen sollen.

»Natürlich ist sie nicht deine richtige Mutter«, sagte Patrick. »Deine richtigen Eltern können nicht so gewesen sein.« Rose gefiel auch nicht, dass er das sagte, obwohl es das war, was sie selbst glaubte. Sie sah, dass er versuchte, ein vornehmeres Milieu für sie zu schaffen, vielleicht etwas wie das Zuhause seiner armen Freunde: ein paar Bücher irgendwo, ein Teetablett, geflickte Wäsche, abgenutzter guter Geschmack; stolze, müde, gebildete Menschen. Was für ein Feigling er war, dachte sie ärgerlich, aber sie wusste, dass sie selbst der Feigling war, dass sie doch keine Möglichkeit fand, mit ihren eigenen Leuten oder ihrer Küche oder überhaupt mit allem zurechtzukommen. Jahre später sollte sie lernen, wie man damit umging, da sollte sie imstande sein, bei Einladungen zum Abendessen aufrechte Leute mit Schlaglichtern auf ihr früheres Zuhause zu amüsieren oder zu verschrecken. Im Augenblick spürte sie nur Verwirrung und Elend.

Dennoch begann ihre Loyalität sich zu regen. Nachdem sie jetzt sicher war, dort wegzukommen, festigte sich eine Schicht von Loyalität und Beschützerwillen um jede Erinnerung, die sie hatte, um den Laden und die Stadt, die flache, etwas kümmerliche und wenig bemerkenswerte Landschaft. Sie würde dies heimlich Patricks Aussichten auf Berge und Meer, seinem Herrenhaus aus Stein und Holz gegenüberstellen. Ihre Anhänglichkeit war sehr viel stolzer und hartnäckiger als die seine.

Aber es zeigte sich, dass Patrick überhaupt nichts hinter sich ließ.

Patrick schenkte ihr einen Brillantring und kündigte an, er werde ihretwegen seine Laufbahn als Historiker aufgeben. Er werde in das Geschäft seines Vaters eintreten.

Sie sagte, sie habe geglaubt, er hasse das Geschäft seines Vaters. Er sagte, er könne es sich nicht leisten, einen solchen Standpunkt einzunehmen, da er jetzt eine Frau zu versorgen habe.

Es sah so aus, als werde Patricks Wunsch zu heiraten, ja selbst Rose zu heiraten, von seinem Vater als Zeichen geistiger Gesundung betrachtet. Breite Strähnen der Großmut mischten sich in all die Böswilligkeit der Familie. Sein Vater bot ihm auf einmal eine Stelle in einem seiner Kaufhäuser an, erbot sich, ihnen ein Haus zu kaufen. Patrick war außerstande, dieses Angebot zurückzuweisen, ebenso wie Rose seines nicht zurückzuweisen vermochte, und seine Gründe waren ebenso wenig selbstsüchtig wie die ihren.

»Werden wir ein Haus haben wie das deiner Eltern?«, fragte Rose. Sie glaubte wirklich, sie müssten in diesem Stil anfangen.

»Nun, vielleicht nicht gleich. Nicht ganz so.«

»Ich will kein solches Haus haben! Ich will so nicht leben!«

»Wir werden genauso leben, wie du es willst. Wir werden genauso ein Haus haben, wie du es magst.«

Vorausgesetzt, es ist kein Loch, dachte sie böse.

Mädchen, die sie kaum kannte, blieben stehen und wollten ihren Ring sehen, bewunderten ihn, wünschten ihr Glück. Als sie einmal übers Wochenende nach Hanratty fuhr, allein diesmal, gottlob, traf sie auf der Hauptstraße die Frau des Zahnarztes.

»Oh, Rose, ist das nicht wunderbar! Wann kommst du

wieder einmal her? Wir wollen einen Tee für dich geben, die Damen der Stadt wollen alle einen Tee für dich geben!«

Diese Frau hatte noch nie mit Rose gesprochen, sie hatte früher nie merken lassen, dass sie wusste, wer sie war. Wege öffneten sich jetzt, Schranken wichen zurück. Und Rose – ach, das war das Schlimmste, das war das Beschämende daran –, statt die Frau des Zahnarztes zu schneiden, errötete und blitzte fröhlich mit ihrem Brillanten und sagte, ja, das sei eine herrliche Idee. Wenn die Leute sagten, wie glücklich sie sein müsse, hielt sie sich selbst für glücklich. So einfach war das. Sie spielte sich auf und strahlte und wurde zu einer Verlobten, die keinerlei Sorgen hatte. Wo werdet ihr wohnen, sagten die Leute, und sie sagte, ach, in Britisch Columbien! Das gab der Geschichte noch mehr Reiz. Ist es wirklich so schön dort, sagten sie, ist dort wirklich nie Winter?

»Aber ja«, schrie Rose. »Aber nein!«

Sie wachte früh auf, stand auf und zog sich an und schlich sich durch die Seitentür von Dr. Henshawes Garage hinaus. Es war zu früh, die Busse fuhren noch nicht. Sie ging durch den Stadtpark zu Patricks Wohnung. Sie ging quer durch den Park. Beim Denkmal für den Südafrikanischen Krieg sprangen und spielten zwei Windhunde, eine alte Frau stand dabei und trug die Leinen. Die Sonne ging eben auf und schien auf ihr fahles Fell. Das Gras war nass. Osterglocken und Narzissen blühten.

Patrick kam in seinem grau und kastanienbraun gestreiften Schlafanzug an die Tür, zerzaust und mürrisch, verschlafen.

»Rose! Was ist los?«

Sie konnte nichts sagen. Er zerrte sie in die Wohnung. Sie legte die Arme um ihn und versteckte ihr Gesicht an seiner Brust und sagte mit theatralischer Stimme: »Bitte, Patrick, bitte lass mich dich nicht heiraten.«

»Bist du krank? Was ist denn los?«

»Bitte, lass mich dich nicht heiraten«, sagte sie noch einmal mit noch weniger Überzeugungskraft.

»Du bist verrückt.«

Sie war ihm nicht böse, weil er das dachte. Ihre Stimme klang so unnatürlich, schmeichlerisch, albern. Schon als er die Tür aufmachte und sie ihn wirklich vor sich sah, mit seinen verschlafenen Augen und im Schlafanzug, sah sie ein, dass das, was sie hier vorhatte, ungeheuerlich und unmöglich war. Sie müsste ihm alles erklären, und das konnte sie natürlich nicht. Sie konnte ihm ihre Zwangslage nicht klarmachen. Sie konnte keinen Tonfall ihrer Stimme, keinen Ausdruck ihres Gesichts finden, der ihr helfen würde.

»Ist dir nicht gut?«, fragte Patrick. »Was ist passiert?«

»Nichts.«

»Wie bist du überhaupt hergekommen?«

»Zu Fuß.«

Sie hatte das Bedürfnis, auf die Toilette zu gehen, niedergekämpft. Es schien ihr, wenn sie ins Bad ginge, würde sie die Wirksamkeit ihrer Gründe beeinträchtigen. Aber sie musste gehen. Sie machte sich los. Sie sagte: »Warte eine Minute, ich geh mal aufs Klo.«

Als sie wieder herauskam, hatte Patrick den elektrischen Kocher eingeschaltet und maß Pulverkaffee ab. Er sah nett und bestürzt aus.

»Ich bin noch nicht richtig wach«, sagte er. »So. Setz dich hin. Also, erst mal, bekommst du deine Tage?«

»Nein.« Aber es wurde ihr mit Schrecken klar, dass das

ja stimmte und dass er es nachrechnen konnte, weil sie sich letzten Monat Sorgen gemacht hatten.

»Ja, wenn du nicht deine Tage kriegst und wenn nichts passiert ist, was dich durcheinander gebracht hat, was soll dann das alles?«

»Ich will nicht verheiratet sein«, sagte sie, und sie wich damit vor dem grausamen *Ich will dich nicht heiraten* aus.

»Wann bist du zu dem Entschluss gekommen?«

»Schon lange. Heute Morgen.«

Sie sprachen nur flüsternd. Rose schaute auf die Uhr. Es war kurz nach sieben.

»Wann stehen die anderen auf?«

»Ungefähr um acht.«

»Ist Milch für den Kaffee da?« Sie ging zum Kühlschrank.

»Sei leise mit der Tür«, sagte Patrick, zu spät.

»Tut mir Leid«, sagte sie mit ihrer merkwürdigen albernen Stimme.

»Gestern Abend sind wir spazieren gegangen, und alles war in Ordnung. Heute Morgen kommst du und sagst mir, dass du nicht heiraten willst. *Warum* willst du nicht heiraten?«

»Ich will eben nicht. Ich will nicht heiraten.«

»Was willst du denn dann?«

»Ich weiß es nicht.«

Patrick sah sie streng an, während er seinen Kaffee trank. Er, der sonst immer bei ihr bettelte, *liebst du mich, liebst du mich wirklich?*, sprach jetzt nicht davon.

»Ja, ich weiß schon.«

»Was?«

»Ich weiß, wer mit dir gesprochen hat.«

»Niemand hat mit mir gesprochen.«

»O nein. Also, ich wette: Es war Dr. Henshawe.«

»Nein.«

»Manche Leute haben keine sehr hohe Meinung von ihr. Sie meinen, sie habe Einfluss auf Mädchen. Sie mag es nicht, wenn Mädchen, die bei ihr wohnen, einen Freund haben. Oder? Du selbst hast es mir auch gesagt. Sie mag es nicht, wenn sie normal sind.«

»Das ist es nicht.«

»Was hat sie zu dir gesagt, Rose?«

»Sie hat gar nichts gesagt.« Rose fing an zu weinen.

»Ganz sicher?«

»Ach, Patrick, hör mir zu, bitte, ich kann dich nicht heiraten, bitte, ich weiß nicht warum, ich kann nicht, bitte, es tut mir Leid, glaub es mir, ich kann nicht!« Rose redete weinend auf ihn ein, und Patrick sagte: »Pst, du wirst sie aufwecken!«, hob sie oder zerrte sie vom Küchenstuhl hoch und nahm sie mit in sein Zimmer, wo sie sich auf das Bett setzte. Er machte die Tür zu. Sie hielt die Arme über dem Bauch gekreuzt und schaukelte vor und zurück.

»Was ist es, Rose? Was ist los? Bist du krank?«

»Es ist einfach so schwer, es dir zu sagen.«

»Mir was zu sagen?«

»Was ich dir eben gesagt habe!«

»Ich meine, ob du gemerkt hast, dass du Tb oder irgendwas hast?«

»Nein.«

»Ist es irgendwas in deiner Familie, was du mir nicht gesagt hast? Geisteskrankheit?«

»Nein«, sagte Rose und schaukelte weiter und weinte.

»Also, was ist?«

»Ich liebe dich nicht!«, sagte sie. »Ich liebe dich nicht. Ich liebe dich nicht.«

Sie ließ sich auf das Bett fallen und wühlte den Kopf ins Kissen. »Es tut mir so Leid. Es tut mir so Leid. Ich kann nichts dafür.«

Nach einer kleinen Weile sagte Patrick: »Gut, wenn du mich nicht liebst, dann liebst du mich nicht. Ich zwinge dich nicht dazu.« Seine Stimme klang angespannt und böse, obwohl er etwas ganz Vernünftiges gesagt hatte. »Ich überlege mir nur«, sagte er, »ob du weißt, was du willst. Ich glaube das nicht. Ich glaube nicht, dass du die leiseste Vorstellung davon hast, was du willst. Du bist einfach aufgeregt.«

»Ich brauche nicht zu wissen, was ich will oder was ich nicht will!«, sagte Rose und drehte sich um. Er ließ sie los. »Ich habe dich nie geliebt.«

»Pst! Du wirst sie aufwecken. Wir müssen jetzt aufhören.«

»Ich habe dich nie geliebt. Ich wollte es auch nie. Es war ein Irrtum.«

»Schon gut. Schon gut. Du hast gewonnen.«

»Warum soll ich dich lieben müssen? Warum tust du so, als ob etwas nicht in Ordnung wäre, wenn ich es nicht tue? Du verachtest mich. Du verachtest meine Familie und mein Milieu, und du denkst, du erweist mir eine große Gnade ...«

»Ich habe mich in dich verliebt«, sagte Patrick. »Ich verachte dich nicht. Ach, Rose, ich bete dich an.«

»Du bist ein Schlappschwanz«, sagte Rose. »Und du bist prüde.« Sie sprang mit großer Erleichterung vom Bett auf, als sie das sagte. Sie fühlte sich voller Energie. Es kam noch mehr. Es kamen schreckliche Dinge.

»Du kannst es nicht einmal richtig im Bett. Ich wollte schon von Anfang an damit nichts zu tun haben. Du hast mir Leid getan. Du schaust nicht, wohin du gehst, immer schmeißt du Sachen um, nur weil es dir zu mühsam ist, auf irgendwas zu achten, du bist in dich selbst eingesponnen, und immer gibst du an, es ist so blöd, du kannst ja noch nicht einmal richtig angeben, wenn du wirklich Eindruck auf die Leute machen willst, dann schaffst du es nicht, so wie du es machst, bringst du sie nur zum Lachen!«

Patrick saß auf dem Bett und sah zu ihr auf, sein Gesicht war offen für alles, was sie noch sagen mochte. Sie hatte den Wunsch, ihn zu schlagen, immer wieder, immer schlimmere Dinge zu sagen, immer gemeinere und grausamere. Sie atmete tief, sog die Luft ein, um das, was sie in sich aufsteigen fühlte, aufzuhalten.

»Ich will dich nicht mehr sehen, nie!«, sagte sie böse. Aber an der Tür drehte sie sich um und sagte mit normaler und reumütiger Stimme: »Auf Wiedersehen.«

Patrick schickte ihr einen Zettel: »Ich verstehe nicht, was neulich passiert ist, und ich möchte mit dir darüber sprechen. Aber ich meine, wir sollten zwei Wochen warten und uns weder treffen noch sprechen und dann sehen, wie es nach dieser Zeit mit uns steht.«

Rose hatte völlig vergessen, ihm seinen Ring zurückzugeben. Als sie aus dem Apartmenthaus herauskam, trug sie ihn immer noch. Sie konnte nicht zurückgehen, und er schien ihr zu wertvoll, um ihn mit der Post zu schicken. Sie trug ihn weiterhin, vor allem weil sie Dr. Henshawe nicht erklären wollte, was geschehen war. Sie war erleichtert, als sie Patricks Nachricht bekam. Sie dachte, sie könnte ihm den Ring ja dann zurückgeben.

Sie dachte nach über das, was Patrick über Dr. Henshawe gesagt hatte. Zweifellos war manches Wahre daran, warum sonst sollte es ihr so widerstreben, Dr. Henshawe zu erzählen, dass sie ihr Verlöbnis gebrochen hatte, warum würde sie so ungern ihre einfühlsame Zustimmung, ihre zurückhaltenden, erleichterten Glückwünsche entgegennehmen?

Sie sagte Dr. Henshawe, sie treffe Patrick nicht, weil sie für ihre Prüfung arbeite. Rose konnte erkennen, dass sogar das sie freute.

Sie erzählte niemand, dass ihre Lage sich geändert hatte. Nicht nur Dr. Henshawe sollte es nicht wissen. Sie wollte nicht darauf verzichten, beneidet zu werden; die Erfahrung war so neu für sie.

Sie versuchte zu überlegen, was als Nächstes geschehen musste. Sie konnte nicht mehr bei Dr. Henshawe wohnen. Es schien selbstverständlich, dass sie, wenn sie sich von Patrick trennte, sich auch von Dr. Henshawe trennen musste. Und sie wollte nicht an diesem College bleiben, wo man von ihrer aufgelösten Verlobung wusste, wo Mädchen waren, die sie jetzt beglückwünschten und sagten, sie hätten schon immer gewusst, dass es ein Glücksfall sei, dass sie Patrick erwischt habe. Sie würde eine Arbeit annehmen müssen.

Der Leiter der Bibliothek hatte ihr für den Sommer einen Job angeboten, aber das war vielleicht ein Vorschlag von Dr. Henshawe. Wenn sie erst ausgezogen war, würde das Angebot vielleicht nicht mehr gelten. Sie wusste, dass sie, statt für ihre Prüfungen zu arbeiten, unten in der Stadt hätte sein sollen, um sich bei Versicherungsbüros zu bewerben oder bei Bell's Telefondienst oder in Kaufhäusern. Der Gedanke erschreckte sie. Sie studierte weiter. Das war ja das Einzige, was sie wirklich konnte. Schließlich war sie eine Stipendiatin.

Eines Samstagnachmittags, als sie in der Bibliothek arbeitete, sah sie Patrick. Sie sah ihn nicht zufällig. Sie ging ins Untergeschoss und versuchte dabei, auf der metallenen Wendeltreppe keinen Lärm zu machen. Im Magazin gab es eine Stelle, wo sie fast im Dunkeln stehen und in seine Lesekabine hineinsehen konnte. Sie sah seinen langen rosigen Nacken und das alte karierte Hemd, das er samstags trug. Sein langer Hals. Seine knochigen Schultern. Sie war jetzt nicht mehr erzürnt über ihn, sie war nicht mehr verschreckt; sie war frei. Sie konnte ihn anschauen wie jeden andern auch. Sie konnte ihn achten. Er hatte sich anständig benommen. Er hatte nicht versucht, ihr Mitleid zu erwecken, er hatte sie nicht gequält, er hatte sie nicht mit jämmerlichen Telefonanrufen und Briefen belästigt. Er war nicht gekommen, um sich auf Dr. Henshawes Vortreppe zu setzen. Er war ein anständiger Mensch, und er würde nie wissen, wie sehr sie das anerkannte, wie dankbar sie ihm dafür war. Sie schämte sich jetzt der Dinge, die sie ihm gesagt hatte. Und es war ja auch nicht einmal wahr. Jedenfalls nicht alles. Er wusste, wie man es im Bett macht. Sie war so bewegt und wurde so weich und wehmütig bei seinem Anblick, dass sie ihm etwas schenken wollte, irgendeine überraschende Gabe, sie wollte sein Unglück ungeschehen machen.

Dann überkam sie ein überwältigendes Bild von sich selbst. Sie lief leise in Patricks Kabine, sie warf die Arme von hinten um ihn, sie gab ihm alles zurück. Würde er es von ihr annehmen, würde er es noch wollen? Sie sah sie beide, lachend und weinend, erklärend, vergebend. *Ich liebe dich! Ich liebe dich wirklich, es ist schon gut. Ich war schrecklich, ich habe es nicht so gemeint, ich war einfach verrückt. Ich liebe dich, es ist alles gut!* Das war eine heftige Versuchung für sie; sie konnte sie kaum bezwingen. Sie spürte einen Impuls, sich vorwärts zu werfen. Sie konnte wirklich nicht sagen, ob sie sich von einer Klippe herab oder in ein warmes Bett von wohligem Gras und Blumen werfen wollte.

Es war schließlich einfach unbezwingbar. Sie tat es.

Wenn Rose später Rückschau hielt und über diesen Augenblick ihres Lebens sprach – denn sie machte, wie die meisten Menschen heutzutage, eine Zeit durch, in der sie offen mit Freunden und Liebhabern und Partybekanntschaften, die sie vielleicht nie wieder sehen würde, über ihre intimsten Entschlüsse sprach –, dann sagte sie, kameradschaftliches Mitleid habe sie überwältigt, sie konnte dem Anblick eines bloßen gebeugten Nackens nicht widerstehen. Dann ging sie näher darauf ein und sagte Gier, Gier. Sie sagte, sie habe einfach zu ihm hinrennen müssen und habe sich an ihn geklammert und sein Misstrauen überwunden und ihn geküsst und habe geweint und sich wieder eingedrängt, weil sie einfach nicht wusste, wie sie ohne seine Liebe und ohne sein Versprechen, sich um sie zu kümmern, zurechtkommen sollte; sie hatte Angst vor der Welt, und sie war nicht imstande gewesen, irgendeinen anderen Lebensplan für sich zu schaffen. Wenn sie das Leben unter wirtschaftlichen Gesichtspunkten betrachtete, oder mit Leuten zusammen war, die dies taten, sagte sie, nur Leute der Mittelklasse hätten wirklich eine Wahl, und wenn sie das Geld für eine Fahrkarte nach Toronto gehabt hätte, wäre ihr Leben ganz anders verlaufen.

Unsinn, konnte sie dann später auch wieder sagen, denk nicht mehr dran, in Wirklichkeit war es Eitelkeit, es war die reine und einfache Eitelkeit, ihn wieder aufzurichten, ihm sein Glück zurückzugeben. Zu sehen, ob sie das konnte. Sie konnte einer solchen Kraftprobe nicht widerstehen. Sie erklärte dann, sie habe dafür bezahlt. Sie sagte, sie und Patrick seien zehn Jahre lang verheiratet gewesen, und während dieser Zeit hätten sich die Szenen des ersten Bruchs und der Versöhnung regelmäßig wiederholt, wobei sie alles wiederholt habe, was sie beim ersten Mal gesagt habe, und das, was sie zurückgehalten habe, und viele andere Dinge, die ihr einfielen. Sie hofft, dass sie den Leuten nicht gesagt hat (glaubt aber, sie hat es doch getan), dass sie dann immer den Kopf gegen den Bettpfosten schlug, dass sie eine Soßenschüssel durch ein Esszimmerfenster warf; dass sie so verschreckt, so krank war von dem, was sie getan hatte, dass sie zitternd im Bett lag und wieder und wieder um seine Verzeihung bettelte. Die er auch gewährte. Manchmal floh sie zu ihm; manchmal schlug er sie. Am nächsten Morgen standen sie dann früh auf und machten ein besonders gutes Frühstück, sie saßen da und aßen Speck und Eier und tranken Filterkaffee, erschöpft und verwirrt, und behandelten einander mit kleinlauter Freundlichkeit.

Was meinst du, was die Reaktion ausgelöst hat?, fragten sie dann.

Meinst du, wir sollten Urlaub machen? Urlaub zusammen? Urlaub allein?

Sinnlos, reine Heuchelei waren diese Bemühungen, wie sich herausstellte. Aber sie taten im Augenblick ihre Wirkung. Wieder beruhigt, sagten sie dann, dass wahrscheinlich die meisten Leute in einer Ehe die gleichen Dinge durchmachten, und tatsächlich schienen sie hauptsächlich Leute zu kennen, bei denen es zutraf. Sie konnten sich nicht trennen, ehe genug Schaden angerichtet war, um sich voneinander fern zu halten. Und ehe Rose eine Stelle finden und ihr eigenes Geld verdienen konnte, so dass es vielleicht schließlich doch ein ganz banaler Grund war.

Was sie niemals erzählte, nie beichtete, war die Tatsache, dass sie manchmal dachte, es sei nicht Mitleid oder Gier oder Feigheit oder Eitelkeit gewesen, sondern etwas ganz anderes, etwas wie eine Vision des Glücks. Angesichts all des anderen, was sie erzählt hatte, konnte sie das kaum sagen. Es erscheint sehr seltsam; sie kann es nicht begründen. Sie glaubt nicht, dass sie völlig normale, erträgliche Zeiten in ihrer Ehe hatten, Strecken mit Tapezieren und Urlaub machen und Essen und Einkaufen und Sorgen wegen eines kranken Kindes, aber manchmal konnte, ohne Grund oder Vorwarnung, das Glück, die Möglichkeit des Glücks, sie überraschen. Dann war es, als lebten sie in einer anderen und doch gleich aussehenden Haut, als lebten da eine Rose und ein Patrick, strahlend, lieb und unschuldig, die im Schatten ihres gewöhnlichen Selbst sonst kaum zu sehen waren. Vielleicht war es dieser Patrick, den sie sah, als sie frei von ihm und unsichtbar für ihn war, während sie in seine Lesekabine schaute. Vielleicht war es so. Dort hätte sie ihn verlassen sollen.

Sie wusste, so hatte sie ihn gesehen; sie weiß es, weil es wieder geschah. Sie war auf dem Flughafen von Toronto, mitten in der Nacht. Das war etwa neun Jahre nachdem sie und Patrick geschieden worden waren. Zu dieser Zeit war sie schon recht gut bekannt, ihr Gesicht war vielen Menschen im Land vertraut. Sie machte ein Fernsehprogramm, in dem sie Politiker, Schauspieler, Schriftsteller, *Persönlichkeiten* interviewte, auch viele einfache Leute, die sich über etwas ärgerten, was die Regierung oder die

Polizei oder eine Gewerkschaft ihnen angetan hatten. Manchmal sprach sie mit Leuten, die seltsame Erscheinungen gesehen hatten: Ufos oder Seeungeheuer, oder die ungewöhnliche Fertigkeiten oder Sammlungen besaßen oder einen aufgegebenen Brauch noch ausübten.

Sie war allein. Niemand holte sie ab. Sie war eben mit einem verspäteten Flug aus Yellowknife gekommen. Sie war müde und verschwitzt. Sie sah Patrick mit dem Rücken zu ihr an der Kaffeebar stehen. Er trug einen Regenmantel. Er war schwerer geworden als früher, aber sie erkannte ihn sofort. Und wieder hatte sie das Gefühl, das sei ein Mensch, an den sie gebunden sei, durch einen gewissen magischen und doch im Bereich des Möglichen liegenden Trick könnten sie sich finden und einander vertrauen, und um das zu erreichen, brauche sie nur hinzugehen und seine Schulter zu berühren, ihn mit seinem Glück zu überraschen.

Sie tat es natürlich nicht, aber sie blieb stehen. Sie stand noch da, als er sich umdrehte und auf einen der kleinen Plastiktische mit den geschwungenen Stühlchen zuging, die vor der Kaffeetheke standen. Seine ganze Magerkeit und akademische Schäbigkeit war verschwunden, auch sein Ausdruck gezierten Autoritätswillens. Er war glatter und voller geworden, er war einer dieser modischen und angenehmen, verantwortungsvollen, leicht selbstgefällig dreinschauenden Männer geworden. Sein Muttermal war verblasst. Sie dachte daran, wie hager und trübselig sie aussehen musste in ihrem zerdrückten Trenchcoat, mit ihren langen ergrauenden Haaren, die ihr nach vorn ins Gesicht gefallen waren, mit der verschmierten Wimperntusche.

Er schnitt ein Gesicht. Es war ein wahrhaft hasserfülltes, finster warnendes Gesicht; kindisch, voller Selbstmitleid, aber absichtsvoll; es war ein berechneter Ausbruch von Ablehnung und Widerwillen. Es war kaum zu glauben. Aber sie sah es.

Manchmal, wenn Rose mit jemand vor den Fernsehkameras sprach, fühlte sie den Wunsch des andern, ein Gesicht zu schneiden. Sie konnte das bei allen Leuten fühlen, bei gewandten Politikern, bei geistreichen liberalen Bischöfen und geachteten Menschenfreunden, bei Hausfrauen, die Naturkatastrophen erlebt hatten, und bei Arbeitern, die eine heroische Rettungstat vollbracht hatten oder die man um ihre Invalidenrente betrogen hatte. Sie verlangten danach, sich selbst zu zerstören, ein Gesicht zu schneiden oder ein schmutziges Wort zu sagen. War es dies Gesicht, das sie alle machen wollten? Um es jemand zu zeigen, um es allen zu zeigen? Sie würden es allerdings nicht tun; sie würden keine Gelegenheit bekommen. Es brauchte besondere Umstände dazu. Es musste ein greller, unwirklicher Ort sein, mitten in der Nacht, es brauchte eine taumelnde, schwere Müdigkeit, das plötzliche, wie geisterhafte Auftauchen des wahren Feindes.

Sie eilte also weiter, den langen vielfarbigen Gang entlang, sie zitterte. Sie hatte Patrick gesehen; Patrick hatte sie gesehen; er hatte dieses Gesicht gemacht. Aber sie konnte nicht wirklich verstehen, wieso sie ein Feind sein konnte. Wie konnte jemand Rose so sehr hassen und gerade in dem Augenblick, in dem sie bereit war, ihm mit ihrem guten Willen, dem lächelnden Geständnis der Erschöpftheit, dem sichtbaren schüchternen Glauben an zivilisierte Umgangsformen zu begegnen?

Oh, Patrick konnte das. Patrick schon.

Pech

Rose verliebte sich in Clifford auf einer Party, die Clifford und Jocelyn gaben und bei der auch Patrick und Rose waren. Damals waren sie etwa drei Jahre verheiratet, Clifford und Jocelyn ungefähr ein Jahr länger.

Clifford und Jocelyn lebten außerhalb von West-Vancouver in einem jener halbwegs winterfest gemachten Sommerhäuschen, die an den kurzen gewundenen Straßen zwischen Küstenstraße und Meer standen. Die Party war im März, an einem regnerischen Abend. Rose war unsicher, ob sie gehen sollten. Sie fühlte sich gar nicht gut, als sie durch West-Vancouver fuhren, die Neonlampen, die sich in den Pfützen spiegelten, betrachtete, dem hoffnungslosen Ticktack der Scheibenwischer zuhörte. Sie würde später noch oft daran zurückdenken und sich neben Patrick sitzen sehen in ihrer tief ausgeschnittenen schwarzen Bluse und dem schwarzen Samtrock, die, wie sie hoffte, sich als die richtige Kleidung erweisen würden; sie wünschte, sie würden nur einfach ins Kino gehen. Sie hatte keine Ahnung, dass ihr Leben vor einer Veränderung stand.

Patrick war ebenfalls nervös, obwohl er es nicht zugegeben hätte. Das gesellschaftliche Leben war für sie beide eine verwirrende und oft unangenehme Angelegenheit. Als sie in Vancouver ankamen, kannten sie dort keinen Menschen. Sie richteten sich nach Leitbildern. Rose war nicht sicher, ob sie wirklich Freunde haben wollten oder nur glaubten, sie müssten welche haben. Sie machten sich fein und gingen aus, um Leute zu besuchen, oder sie richteten das Wohnzimmer her und warteten auf die Leute, die sie eingeladen hatten. In einigen Fällen stellten sie feste Besuchsprogramme auf. Sie nahmen ein paar Drinks während dieser Abende, und etwa um elf oder halb zwölf – die Zeit verging selten schnell genug – ging Rose in die Küche und machte Kaffee und etwas zu essen. Das Essen bestand gewöhnlich aus Toast mit einer Tomatenscheibe, einer Ecke Käse und ein bisschen Schinken, das Ganze überbacken und mit einem Zahnstocher zusammengehalten. Etwas anderes wollte ihr nicht einfallen.

Es war leichter für sie beide, sich mit Leuten anzufreunden, die Patrick gern hatte, als mit Leuten, die Rose gern hatte, weil Rose sehr anpassungsfähig, richtig gesagt: hinterhältig war, und Patrick sich fast überhaupt nicht anpassen konnte. Aber in diesem Fall, bei Jocelyn und Clifford, waren es Roses Freunde. Jocelyn jedenfalls. Jocelyn und Rose waren klug genug gewesen, keine Ehepaar-Besuche einzuführen. Patrick mochte Clifford nicht, ohne ihn zu kennen, weil Clifford Geiger war; zweifellos mochte Clifford Patrick nicht, weil Patrick in einer Kaufhausfiliale seiner Familie arbeitete. In jenen Tagen waren die Schranken zwischen den Menschen noch stark und zuverlässig; zwischen Künstlern und Geschäftsleuten; zwischen Männern und Frauen.

Rose kannte niemand von Jocelyns Freunden, wusste aber, dass es Musiker waren und Journalisten und Dozenten von der Universität und sogar eine Schriftstellerin, von der ein Hörspiel im Rundfunk gesendet worden war. Sie erwartete, dass sie intelligent, geistreich und ein bisschen eingebildet sein würden. Es schien ihr, dass in der ganzen Zeit, die sie und Patrick in Wohnzimmern saßen und Besuche machten oder empfingen, die wirklich klugen und anregenden Leute, die ein Recht hatten, sie zu verachten, anderswo ihr ungeregeltes Leben führten und ihre Partys gaben. Nun kam die Gelegenheit, mit solchen Leuten zusammen zu sein, aber ihr Magen rebellierte dagegen; ihre Hände schwitzten.

Jocelyn und Rose hatten sich in der Wöchnerinnenstation des Allgemeinen Krankenhauses von Nord-Vancouver kennen gelernt. Das Erste, was Rose sah, als sie, nachdem sie Anna bekommen hatte, auf die Station zurückgebracht wurde, war Jocelyn, die im Bett saß und die Tagebücher von André Gide las. Rose erkannte das Buch an seinen Farben, sie hatte es in den Regalen des Drugstore gesehen. Gide stand auf der Liste der Schriftsteller, die sie durcharbeiten wollte. Zur damaligen Zeit las sie nur große Schriftsteller.

Was Rose an Jocelyn augenblicklich überraschte und freute, war die Tatsache, dass Jocelyn so sehr wie eine Studentin wirkte, dass sie sich so wenig von der Wöchnerinnenstation hatte beeinflussen lassen. Jocelyn hatte lange schwarze Zöpfe, ein kräftiges, blasses Gesicht, eine dicke Brille, keine Spur von Reiz und den Anschein einer behaglichen Konzentriertheit.

Eine Frau im Bett neben Jocelyn beschrieb die Anordnung ihrer Küchenschränke. Manchmal vergaß sie zu sagen, wo sie etwas aufgehoben hatte – Reis vielleicht oder braunen Zucker –, und dann musste sie noch mal ganz von vorn anfangen, um sicher zu sein, dass die Zuhörer ihr auch folgten, wenn sie sagte: »Erinnert euch, auf dem obersten rechten Brett neben dem Herd, da hebe ich die Suppenpäckchen auf, aber nicht die Suppendosen, ja und gleich rechts davon –«

Andere Frauen versuchten, sie zu unterbrechen und zu erzählen, wo sie die Sachen hinlegten, aber sie hatten keinen Erfolg, oder doch nicht lange. Jocelyn saß da und las und zwirbelte die Enden eines Zopfes zwischen den Fingern, als wäre sie in einer Bibliothek im College, als suche sie einen bestimmten Aufsatz und als hätte diese Welt der anderen Frauen sich nie um sie geschlossen. Rose wünschte, sie könnte das auch so gut.

Sie war noch betäubt von der Geburt. Sobald sie die Augen schloss, sah sie etwas wie eine Sonnenfinsternis, einen großen schwarzen Ball in einem Feuerkreis. Das war der Kopf des Kindes, von Schmerzen umgeben, in dem Augenblick, bevor sie es herauspresste. Über dieses Bild hin gingen in störenden Schüben die Küchenregale der sprechenden Frau, die sich unter dem funkelnden Gewicht von Dosen und Päckchen bogen. Aber sie konnte die Augen aufmachen und Jocelyn sehen, schwarz und weiß, schwarze Zöpfe, die über das Krankenhaushemd fielen. Jocelyn war die einzige Person, die sie sah, die ruhig und ernst genug wirkte, um mit dem Anlass fertig zu werden.

Bald stand Jocelyn dann auf, zeigte lange, weiße, unrasierte Beine und einen Bauch, der noch durch die Schwangerschaft überdehnt war. Sie zog einen gestreiften Bademantel an. Statt einer Kordel hatte sie einen Männerschlips um die Taille gebunden. Sie tappte auf bloßen Füßen über das Krankenhauslinoleum. Eine Schwester kam gelaufen, mahnte sie, Hausschuhe anzuziehen.

»Ich hab gar keine Hausschuhe.«

»Haben Sie denn Schuhe?«, fragte die Schwester mürrisch.

»O ja, Schuhe hab ich.«

Jocelyn ging zurück zu dem kleinen Metallschrank neben ihrem Bett und nahm ein Paar große, schmutzige, verlatschte Mokassins heraus. Sie ging hinaus und machte dabei einen ebenso platschenden und unverschämten Lärm wie vorher.

Rose wünschte sehr, sie kennen zu lernen.

Am nächsten Tag hatte Rose ihr eigenes Buch zum Lesen herausgeholt. Es war »Der letzte Puritaner« von George Santayana, aber unglücklicherweise war es ein Exemplar aus der Leihbücherei; der Titel auf der Vorderseite war verschabt und blass, es war also unmöglich, dass Jocelyn Roses Lesestoff bewundern konnte, wie Rose den ihren bewundert hatte. Rose wusste nicht, wie sie mit ihr ins Gespräch kommen sollte.

Die Frau, die erklärt hatte, wie sie es mit den Küchenschränken hielt, redete nun darüber, wie sie den Staubsauger handhabe. Sie sagte, es sei von größter Wichtigkeit, alle Zusatzgeräte zu gebrauchen, weil sie doch einen Zweck hätten und weil man ja schließlich dafür bezahlt habe. Viele Leute machten von ihnen keinen Gebrauch. Sie beschrieb, wie sie die Vorhänge in ihrem Wohnzimmer saugte. Eine andere Frau sagte, sie habe es auch probiert, aber der Stoff habe sich immer wieder gebauscht. Die Frau, die alles wusste, sagte, das komme daher, dass sie es nicht richtig gemacht habe.

Rose fing Jocelyns Blick hinter dem Rand ihres Buchs auf. »Ich hoffe, Sie polieren Ihre Herdknöpfe«, sagte sie ruhig.

»Natürlich tu ich das«, sagte Jocelyn. »Polieren Sie sie jeden Tag?«

»Ich habe sie immer zweimal am Tag poliert, aber jetzt, wo ich noch ein Kind habe, weiß ich nicht recht, ob ich das schaffen werde.«

»Benutzen Sie diese spezielle Herdknopfpolitur?«

»Aber sicher. Und ich benutze die Spezial-Herdknopftücher, die es in diesen Spezialpackungen gibt.«

»Das ist gut. Es gibt Leute, die das nicht tun.«

»Manche Leute nehmen einfach irgendwas.«

»Alte Spüllappen.«

»Alte Rotzlappen.«

»Alten Rotz.«

Danach blühte ihre Freundschaft im Nu auf. Es war eine jener überschwänglichen Vertraulichkeiten, wie sie in Anstalten aufschießt, in Schulen, im Zeltlager, im Gefängnis. Sie gehorchten den Schwestern nicht und gingen in den Gängen umher. Sie ärgerten und foppten die anderen Frauen. Wenn sie sich gegenseitig laut vorlasen, wurden sie darüber hysterisch wie Schulmädchen. Sie lasen nicht Gide und Santayana, sondern Romane wie »Wahre Liebe« und »Erlebte Romanzen«, die sie im Wartezimmer gefunden hatten.

»Hier heißt es, dass man falsche Waden kaufen kann«, las Rose. »Ich sehe allerdings nicht, wie man sie geheim halten könnte. Ich nehme an, man schnallt sie an den Beinen fest. Oder vielleicht sind sie schon in den Strümpfen drin, aber meinst du nicht, man würde sie sehen?«

»An die Beine?«, sagte Jocelyn. »Man schnallt sie an die Beine? Ach so, falsche Waden! Falsche Waden! Ich dachte, du sprichst von falschen Eisbeinen! Falschen fetten Eisbeinen!« Alles konnte sie aus dem Häuschen bringen.

»Falsche fette Eisbeine!«

»Falsche Titten, falsche Hintern, falsche fette Eisbeine!«

»Worauf die Leute nur alle kommen!«

Die Frau mit dem Staubsauger sagte, sie würden sich dauernd einmischen und störten die Unterhaltung anderer Leute, und sie könne nicht einsehen, was so komisch sei an einer ordinären Sprache. Sie sagte, wenn sie nicht aufhörten, würde ihnen die Milch sauer werden.

»Ich habe mir schon überlegt, ob meine nicht wirklich sauer ist«, sagte Jocelyn. »Sie hat eine furchtbar unappetitliche Farbe.«

»Was für eine Farbe?«, fragte Rose.

»Na. So eine Art Blau.«

»Guter Gott, vielleicht ist es Tinte!«

Die Frau mit dem Staubsauger sagte, sie werde der Schwester von ihren unanständigen Reden berichten. Sie sagte, sie sei nicht prüde, aber. Sie frage sich, ob sie als Mütter überhaupt geeignet seien. Wie sollte Jocelyn mit dem Windelwaschen zurechtkommen, wo doch jeder sehen konnte, dass sie ihren Morgenrock nie wusch?

Jocelyn sagte, sie habe vor, Moos zu benutzen, sie sei eine Indianerin.

»Das glaube ich Ihnen aufs Wort«, sagte die Frau.

Von da an leiteten Jocelyn und Rose viele Bemerkungen mit *Ich bin nicht prüde, aber* ein.

»Ich bin nicht prüde, aber sieh dir mal diesen Pudding an!«

»Ich bin nicht prüde, aber es fühlt sich an, als hätte dieses Baby ein komplettes Gebiss.«

Die Schwester sagte, sie sollten endlich erwachsen werden. Beim Spazierengehen in den Gängen erzählte Jocelyn Rose, sie sei fünfundzwanzig, ihr Kind solle Adam heißen,

sie habe einen Jungen von zwei Jahren zu Hause, er heiße
Jerome, ihr Mann heiße Clifford, und er sei Geiger von
Beruf. Er spiele im Symphonie-Orchester von Vancouver.
Sie seien arm. Jocelyn käme aus Massachusetts und sei im
Wellesley-College gewesen. Ihr Vater sei Psychiater und
ihre Mutter Kinderärztin. Rose erzählte Jocelyn, sie komme aus einer kleinen Stadt in Ontario, und Patrick komme
von Vancouver Island, und seine Eltern seien mit der Ehe
nicht einverstanden.

»In der Stadt, aus der ich komme«, sagte Rose mit etwas Übertreibung, »sagt jeder: wollens. Was wollens haben? Wie wollenses machen?«

»Wollens?«

»Sie. Das ist der Plural von du.«

»Ach, wie in Brooklyn. Und James Joyce. Wo arbeitet
Patrick?«

»Im Kaufhaus seiner Familie. Seine Familie hat ein
Kaufhaus.«

»Dann bist du jetzt doch reich? Bist du nicht zu reich,
um in der allgemeinen Station zu sein?«

»Wir haben gerade unser ganzes Geld für ein Haus ausgegeben, das Patrick haben wollte.«

»Wolltest du es nicht?«

»Nicht so sehr wie er.«

So etwas hatte Rose nie vorher gesagt.

Sie ergingen sich in eher zufälligen Enthüllungen.

Jocelyn hasste ihre Mutter. Ihre Mutter hatte sie in einem Zimmer mit weißen Organdyvorhängen schlafen lassen und hatte sie dazu angehalten, Enten zu sammeln. Im
Alter von dreizehn Jahren hatte Jocelyn die wahrscheinlich größte Sammlung der Welt an Gummienten, Keramik-
enten, Holzenten, Entenbildern, gestickten Enten. Sie hatte

auch etwas geschrieben, was sie als grässlich frühreife Geschichte bezeichnete, »Die Wunderbaren Abenteuer der Großen Ente Oliver«, und was ihre Mutter drucken ließ und zur Weihnachtszeit an Freunde und Verwandte verteilte.

»Sie gehört zu den Leuten, die aber auch alles mit einer Art schmierigen Schicht belegen. Sie trieft geradezu über alles hin. Sie spricht nie mit normaler Stimme, niemals. Sie ist zurückhaltend. Sie ist so schauderhaft zurückhaltend. Natürlich hat sie einen Riesenerfolg als Kinderärztin. Sie benutzt all diese verdammten euphemistischen kleinen Bezeichnungen für alle Körperteile.«

Rose, die über Organdyvorhänge entzückt gewesen wäre, bemerkte die feinen Grenzen, die Möglichkeiten, zu verletzen, die in Jocelyns Welt bestanden. Es schien eine sehr viel weniger raue und unfertige Welt als die ihre zu sein. Sie war nicht sicher, ob sie Jocelyn von Hanratty erzählen sollte, aber sie wollte es versuchen. Sie betonte die Armut. Das war eigentlich gar nicht nötig. Die wirklichen Tatsachen ihrer Kindheit waren für Jocelyn exotisch genug und, vor allem, beneidenswert.

»Es scheint wirklicher zu sein«, sagte Jocelyn. »Ich weiß, das ist eine romantische Vorstellung.«

Sie sprachen von ihren jugendlichen Zielen. Sie glaubten wirklich, ihre Jugend sei vorbei. Rose sagte, sie habe Schauspielerin werden wollen, obwohl sie viel zu feige sei, jemals eine Bühne zu betreten. Jocelyn hatte Schriftstellerin werden wollen, hatte das aber aus Beschämung über die »Große Ente« gelassen.

»Dann lernte ich Clifford kennen«, sagte sie. »Als ich sah, was wirkliches Talent ist, wusste ich, dass ich wahrscheinlich nur eben herumspielen würde, wenn ich zu schreiben versuchte, und dass ich besser daran täte, ihn zu umsorgen oder was immer es ist, das ich für ihn tue. Er ist wirklich begabt. Manchmal ist er eine armselige Gestalt. Er kommt aber damit durch, weil er wirklich begabt ist.«

»Ich glaube, *das* ist eine romantische Vorstellung«, sagte Rose fest und mit Eifersucht. »Dass begabte Menschen mit allem durchkommen sollten.«

»Meinst du? Aber bei großen Künstlern war es immer so.«

»Nicht bei Frauen.«

»Aber Frauen sind gewöhnlich keine großen Künstler, jedenfalls nicht in der gleichen Art.«

Das waren die Gedanken der meisten gebildeten, nachdenklichen, ja selbst unkonventionellen oder politisch radikalen jungen Frauen jener Zeit. Einer der Gründe, warum Rose sie nicht teilte, lag darin, dass sie nicht gebildet war. Jocelyn sagte ihr viel später im Verlauf ihrer Freundschaft, einer der Gründe, warum sie es von Anfang an so interessant fand, mit Rose zu sprechen, sei gewesen, dass Rose Ideen hatte, aber ungebildet war. Rose war erstaunt darüber und erwähnte das College in Ontario, das sie besucht hatte. Dann sah sie an einem verlegenen Rückzug oder Bedauern, an der fehlenden Offenheit in Jocelyns Gesicht – was sehr ungewöhnlich bei ihr war –, dass Jocelyn genau das gemeint hatte.

Nach dem Meinungsaustausch über Künstler und über männliche und weibliche Künstler schaute sich Rose Clifford eingehend an, als er abends zu Besuch kam. Sie dachte, er sehe blass und anspruchsvoll und sehr neurotisch aus. Weitere Entdeckungen hinsichtlich des Takts, der Anstrengung, der rein physischen Kraft, die Jocelyn in diese Ehe einbrachte (sie war es, die die undichten Wasserhähne reparierte und die verstopften Ablaufrohre wieder frei machte), überzeugten Rose davon, dass Jocelyn sich wegwarf; das war ein Irrtum. Sie hatte das Gefühl, dass Jocelyn auch nicht viel Erfreuliches in einer Ehe mit Patrick sah.

Zuerst war die Party gemütlicher, als Rose erwartet hatte. Sie hatte Angst gehabt, zu feierlich angezogen zu sein. Sie hätte am liebsten ihre Torero-Hose getragen, aber Patrick hätte das nie zugelassen. Aber nur ein paar Mädchen waren in Hosen. Die übrigen trugen Strümpfe, Ohrringe, eine Aufmachung ganz ähnlich wie die ihre. Wie bei jeder Zusammenkunft junger Frauen zu jener Zeit waren drei oder vier sichtlich schwanger. Und die meisten Männer kamen in Anzügen und Hemden und Krawatten – wie Patrick. Rose war erleichtert. Sie wollte nicht nur, dass Patrick in die Gesellschaft passte; sie wollte, dass er die Leute dort gelten ließ und sich überzeugte, dass sie nicht alle Spinner waren. Als Patrick noch Student war, hatte er sie in Konzerte und ins Theater mitgenommen und schien nicht übermäßig misstrauisch gegenüber den Leuten, die daran teilnahmen; tatsächlich hatte er eher eine Neigung zu diesen Dingen, weil sie von seiner Familie verabscheut wurden, und zu jener Zeit – der Zeit, in der er Rose auserwählte – rebellierte er gerade kurz gegen seine Familie. Einmal waren Rose und er nach Toronto gefahren, saßen im Museum in dem chinesischen Tempelsaal und betrachteten die Fresken. Patrick erzählte ihr, wie sie in kleinen Stücken aus der Provinz Shansi hergebracht worden waren; er schien ganz stolz auf seine Kenntnisse und doch zugleich entwaffnend und in seiner Art bescheiden, als er zugab, das alles bei einer Führung gelernt zu haben.

Erst seit er zu arbeiten begonnen hatte, hatte er strenge Ansichten entwickelt und äußerte Pauschalurteile. Moderne Kunst war ein Schwindel. Avantgarde-Stücke waren scheußlich. Patrick hatte eine besondere gequetschte und näselnde Art, Avantgarde zu sagen, mit der er die Wörter unangenehm aufgeblasen erscheinen ließ. Das waren sie auch, dachte Rose. Auf eine gewisse Weise sah sie wohl, was er meinte. Sie konnte die Dinge von zu vielen Seiten her sehen; Patrick hatte dieses Problem nicht.

Abgesehen von einigen großen, periodisch auftretenden Kämpfen war sie Patrick gegenüber sehr fügsam; sie versuchte, sich seine Gunst zu erhalten. Das war nicht leicht. Schon bevor sie verheiratet waren, hatte er die Gewohnheit, als Antwort auf eine einfache Frage oder Bemerkung belehrende Vorträge zu halten. Zu jener Zeit fragte sie ihn manchmal etwas, in der Hoffnung, er würde ein überlegenes Wissen ausbreiten, damit sie ihn deswegen bewundern könnte, aber gewöhnlich tat es ihr Leid, gefragt zu haben, die Antwort war so lang und hatte einen so aggressiven Ton, und mit dem Wissen war es wohl auch nicht so weit her. Sie wollte ihn wirklich bewundern und achten; es schien, als sei sie ständig im Begriff, einen Sprung zu tun.

Später dachte sie, dass sie Patrick wirklich achtete, aber nicht in der Weise, in der er geachtet werden wollte, und dass sie ihn liebte, nur nicht in der Art, wie er geliebt sein wollte. Sie wusste es damals nicht. Sie dachte, sie wisse etwas über ihn, sie dachte, sie wisse, dass er nicht wirklich das sein wollte, wozu er sich doch so eifrig zu machen suchte. Diese Arroganz konnte man Achtung nennen, diese Anmaßung Liebe. Es trug nicht dazu bei, ihn glücklich zu machen.

Ein paar Männer trugen Jeans und Rollkragenpullover

oder Strickhemden. Clifford gehörte dazu, er war ganz in Schwarz. Es war die Zeit der Beatniks in San Francisco. Jocelyn hatte Rose angerufen und ihr aus »Howl« vorgelesen. Cliffords Haut sah sehr braun aus gegen das Schwarz, sein Haar war lang und von heller Farbe fast wie ungebleichte Baumwolle; auch seine Augen waren von sehr heller Farbe, ein lichtes Grau-Blau. Er erschien Rose klein und katzenhaft, fast weibisch; sie hoffte, Patrick würde nicht zu sehr von ihm abgestoßen.

Es gab Bier und Weinpunsch. Jocelyn, die eine ausgezeichnete Köchin war, rührte in einem Topf Yambalaya. Rose ging ins Badezimmer, um einmal von Patrick wegzukommen, der sich anscheinend an sie klammern wollte (sie dachte, er sei ein Wachhund, sie vergaß, dass er vielleicht schüchtern sein könnte). Als sie wiederkam, war er weitergegangen. Sie trank drei Gläser Punsch rasch nacheinander und wurde der Frau vorgestellt, die das Stück geschrieben hatte. Zu Roses Überraschung war sie einer der trübsinnigsten, am wenigsten zuversichtlich wirkenden Menschen im Zimmer.

»Ihr Stück hat mir gefallen«, sagte Rose zu ihr. In Wirklichkeit hatte sie es verwirrend gefunden, und Patrick hatte gemeint, es sei abstoßend. Es schien von einer Frau zu handeln, die ihre eigenen Kinder aß. Rose wusste, dass das symbolisch gemeint war, konnte aber nicht recht herausfinden, was es symbolisierte.

»Ach, aber die Inszenierung war schrecklich!«, sagte die Frau. In ihrer Verlegenheit, ihrer Aufregung und ihrem Eifer bespritzte sie Rose mit Punsch. »Sie machten es so nüchtern. Ich fürchtete schon, es würde so grausig herauskommen, und ich wollte doch delikat sein, es sollte ganz anders sein, als sie es machten.« Sie begann Rose alles zu erzählen, was schief gegangen war, die falsche Auffassung, das Zerhacken der wichtigsten – der *entscheidenden* – Zeilen. Rose fühlte sich geschmeichelt, während sie diese Einzelheiten anhörte, und versuchte unauffällig, die Spritzer wegzuwischen.

»Aber haben Sie begriffen, was ich meinte?«, fragte die Frau.

»Oh, ja!«

Clifford goss Rose ein neues Glas Punsch ein und lächelte ihr zu.

»Rose, du siehst köstlich aus.«

Köstlich schien ein seltsames Wort aus Cliffords Mund. Vielleicht war er betrunken. Oder vielleicht hatte er, der, wie Jocelyn sagte, Partys hasste, sich eine Rolle zurechtgelegt: Er war einer von den Männern, die einem Mädchen sagen, es sehe köstlich aus. Er könnte erfahren sein im Verstellen, wie Rose es selbst glaubte zu werden. Sie unterhielt sich weiter mit der Schriftstellerin und einem Mann, der englische Literatur des siebzehnten Jahrhunderts lehrte. Sie hätte auch arm und klug, sie hätte radikal und respektlos sein können, wer weiß das schon.

Ein Mann und ein Mädchen küssten sich leidenschaftlich in dem engen Flur. Jedes Mal, wenn jemand durchgehen wollte, mussten die beiden sich trennen, aber sie schauten sich weiter an und machten nicht einmal den Mund zu. Der Anblick dieser feuchten offenen Münder ließ Rose erschauern. So war sie nie in ihrem Leben geküsst worden, so hatte sie nie ihren Mund geöffnet. Patrick meinte, der französische Kuss sei ekelhaft.

Ein kleiner kahler Mann namens Cyril hatte sich vor der Badezimmertür aufgestellt und küsste jedes Mädchen, das herauskam, und sagte: »Willkommen, Schätzchen, freu

mich, dass du kommen konntest, freu mich so, dass du gekommen bist.«

»Cyril ist schauderhaft«, sagte die Schriftstellerin. »Cyril meint, er müsse sich wie ein Dichter benehmen. Etwas
Besseres fällt ihm nicht ein, als vor der Klotür herum-
zulungern und die Leute aufzuregen. Er hält sich für zügel-
los.«

»Ist er ein Dichter?«, fragte Rose.

Der Dozent für englische Literatur sagte: »Mir hat er
erzählt, er habe alle seine Gedichte verbrannt.«

»Wie feurig von ihm«, sagte Rose. Sie freute sich über
sich selbst, weil sie das sagte, und über die anderen, weil
sie lachten.

Dem Dozenten fiel eine Fernsehserie ein.

»Ich kann nie an so was denken«, sagte die Schriftstellerin bedauernd, »mir ist die Sprache zu wichtig.«

Laute Stimmen drangen aus dem Wohnzimmer. Rose
erkannte Patricks Stimme, die alle anderen übertönte. Sie
machte den Mund auf, um etwas zu sagen, irgendetwas,
um ihn zum Schweigen zu bringen – sie wusste, dass eine
Katastrophe kommen würde –, aber gerade da kam ein
großer, kraushaariger Mann in gehobener Stimmung über
den Flur, stieß das leidenschaftliche Paar ohne weiteres zur
Seite und hob die Hände, um die Aufmerksamkeit auf sich
zu lenken.

»Hört euch das an«, sagte er. »Da ist ein Bursche im
Wohnzimmer, ihr würdet nicht glauben, was der sagt.
Hört nur.«

Im Wohnzimmer musste ein Gespräch über die Indianer im Gange sein. Jetzt sprach Patrick.

»Nehmt sie weg«, sagte Patrick. »Nehmt sie ihren Eltern weg, sobald sie geboren sind, und bringt sie in eine

zivilisierte Umgebung und bildet sie aus, und sie werden sich allemal als ebenso gut wie die Weißen erweisen.« Zweifellos glaubte er, liberale Ansichten auszusprechen. Wenn sie das für erstaunlich hielten, hätten sie ihn erst auf die Hinrichtung der Rosenbergs oder den Prozess gegen Alger Hiss oder die Notwendigkeit der Atomversuche bringen müssen.

Ein Mädchen sagte freundlich: »Na ja, wissen Sie, sie haben ihre eigene Kultur.«

»Mit ihrer Kultur ist es aus«, sagte Patrick. »Kaputt.« Das war ein Wort, das er gerade jetzt sehr häufig gebrauchte. Er konnte bestimmte Wörter, Klischees, Pressephrasen mit solchem Genuss und einer so starren Autorität gebrauchen, dass man meinte, er sei ihr Urheber, oder doch die Tatsache, dass er sie gebrauchte, gebe ihnen erst Gewicht und Glanz.

»Sie wollen zivilisiert werden«, sagte er. »Die Klügeren wollen es schon.«

»Nun, vielleicht sind sie gar nicht der Meinung, dass sie eigentlich unzivilisiert sind«, sagte das Mädchen mit einer eisigen Zurückhaltung, die Patrick gar nicht wahrnahm.

»Manche Leute brauchen einen Anstoß.«

Der selbstgefällige Ton, der Absolutheitsanspruch veranlasste den Mann in der Küche, die Hände in die Höhe zu werfen und amüsiert und ungläubig den Kopf zu schütteln. »Der muss ein Socred-Politiker sein.«

Patrick wählte tatsächlich die Social-Credit-Partei.

»Na ja, gut, ob's euch gefällt oder nicht«, sagte er jetzt, »man muss sie mit Tritten und Gebrüll ins zwanzigste Jahrhundert schleifen.«

»Mit Tritten und Gebrüll?«, wiederholte jemand.

»Mit Tritten und Gebrüll ins zwanzigste Jahrhundert«, sagte Patrick, der sich nie scheute, etwas zu wiederholen.

»Was für ein interessanter Ausdruck. Und so menschenfreundlich.«

Würde er denn jetzt nicht begreifen, dass man ihn in die Enge trieb, dass man ihn reizte und auslachte? Aber ein in die Enge getriebener Patrick konnte nur noch rabiater werden. Rose konnte es nicht mehr mit anhören. Sie ging nach hinten, wo Jocelyn und Clifford wegen der Party die Stiefel, Mäntel, Flaschen, Eimer und Spielsachen hingeräumt hatten. Gottlob waren dort keine Leute. Sie ging durch die Hintertür hinaus und stand erhitzt und zitternd in der kühlen, nassen Nacht.

Ihre Gefühle waren so durcheinander wie nur möglich. Sie fühlte sich erniedrigt, sie schämte sich Patricks. Aber sie wusste, dass es sein Auftreten war, was sie am meisten erniedrigte, und das brachte sie auf den Verdacht, dass in ihr selbst etwas Unredliches und Oberflächliches war. Sie war böse auf die anderen Leute dort, die klüger oder wenigstens schneller waren als er. Sie wollte schlecht von ihnen denken. Was kümmerten sie die Indianer wirklich? Wenn es darum ginge, sich einem Indianer gegenüber anständig zu verhalten, wäre Patrick ihnen wahrscheinlich überlegen. Das war ein kühner Gedanke, aber sie musste jetzt daran glauben. Patrick war ein guter Mensch. Seine Ansichten waren nicht gut, aber er selbst war es. Im Kern war Patrick, wie Rose glaubte, einfach, sauber und vertrauenswürdig. Aber wie sollte sie diesen Kern erreichen, um sich selbst zu beruhigen oder gar ihn anderen sichtbar zu machen?

Sie hörte, wie die Hintertür geschlossen wurde, und fürchtete, Jocelyn sei gekommen, um nach ihr zu sehen.

Jocelyn gehörte nicht zu denen, die an Patricks Kern glauben konnten. Sie hielt ihn für hartnäckig, dickschädelig und im Grunde dumm.

Es war nicht Jocelyn. Es war Clifford. Rose wollte nicht gern mit ihm sprechen. Leicht angetrunken, wie sie war, tieftraurig, mit regennassem Gesicht schaute sie ihn unfreundlich an. Aber er legte seine Arme um sie und wiegte sie hin und her.

»Ach Rose. Kleine Rose. Mach dir nichts draus. Rose.«

Das war also Clifford.

Fünf Minuten etwa standen sie da, küssten sich, murmelten, zitterten, drückten sich aneinander, fassten sich an. Dann gingen sie durch die Vordertür zurück. Cyril stand da. Er sagte: »Hallo, Donnerwetter, wo seid ihr beiden gewesen?«

»Im Regen rumgelaufen«, sagte Clifford kühl. Es war die gleiche leichte, vielleicht etwas feindselige Stimme, mit der er Rose gesagt hatte, sie sehe köstlich aus. Die Hetze gegen Patrick hatte aufgehört. Die Unterhaltung war lockerer, betrunkener geworden, ohne Verantwortlichkeit jetzt. Jocelyn servierte Yambalaya. Rose ging ins Bad, um sich die Haare zu trocknen und auf ihren abgeküssten Mund wieder Lippenstift aufzulegen. Sie war verwandelt, unverletzbar. Der Erste, den sie traf, als sie herauskam, war Patrick. Der Wunsch überkam sie, ihn glücklich zu machen. Es war ihr jetzt gleichgültig, was er gesagt hatte oder noch sagen würde.

»Ich glaube kaum, dass wir uns kennen, Sir«, sagte sie mit der kleinen koketten Stimme, die sie ihm gegenüber manchmal gebrauchte, wenn sie sich beide wohl fühlten.

»Aber Sie dürfen mir die Hand küssen.«

»Das kannst du laut sagen«, sagte Patrick herzlich, und

er drückte sie und küsste sie mit lautem Schmatzen auf die Wange. Er schmatzte immer beim Küssen. Und seine Ellbogen schafften es immer, sich irgendwo einzubohren und ihr wehzutun.

»Hast du Spaß?«, sagte Rose.

»Nicht schlecht. Nicht schlecht.«

Während des restlichen Abends betrieb sie natürlich das Spiel, Clifford zu beobachten, während sie vorgab, ihn nicht zu beobachten, und es kam ihr vor, als tue er das Gleiche, und ihre Augen trafen sich ein paar Mal, ausdruckslos, aber mit einer völlig klaren Botschaft, die ihr die Beine zittern ließ. Sie sah ihn jetzt ganz anders. Sein Körper, der ihr klein und eindruckslos vorgekommen war, sah jetzt leicht und glatt und energiegeladen aus; er war wie ein Luchs oder eine Wildkatze. Seine Bräune kam vom Skilaufen. Ein teures Hobby, aber eines, das man ihm nach Jocelyns Meinung nicht abschlagen konnte wegen der Probleme, die er mit seinem Image hatte. Sein männliches Image als Geiger in dieser Gesellschaft. Das sagte Jocelyn. Jocelyn hatte Rose alles über Cliffords Herkunft erzählt: der arthritische Vater, der kleine Lebensmittelladen in einer kleinen Stadt im hintersten Winkel des Staates New York, die ärmliche, heruntergekommene Nachbarschaft. Sie hatte über die Probleme seiner Kinderzeit gesprochen; die unpassende Begabung, die unzufriedenen Eltern, die höhnenden Schulkameraden. Seine Kindheit habe ihn verbittert gemacht, sagte Jocelyn. Aber Rose glaubte nicht mehr, dass Jocelyn über Clifford Bescheid wusste.

Die Party war an einem Freitagabend. Am nächsten Morgen klingelte das Telefon, als Patrick und Anna am Tisch saßen und ihre Eier aßen.

»Wie geht's dir?«, sagte Clifford.

»Gut.«

»Ich wollte dich nur anrufen. Ich dachte, du könntest meinen, ich sei nur betrunken gewesen. Ich war es nicht.«

»Aber nein.«

»Ich habe die ganze Nacht an dich gedacht. Ich habe auch vorher schon an dich gedacht.«

»Ja.« Die Küche war plötzlich hell. Die ganze Szene, Patrick und Anna am Tisch, die Kaffeekanne mit den heruntergelaufenen Tropfen, der Marmeladentopf, alles zersprang fast vor Freude und Hoffnung und Gefahr. Roses Mund war so trocken, dass sie kaum sprechen konnte.

»Es ist ein herrlicher Tag«, sagte sie. »Patrick und Anna und ich möchten ins Gebirge fahren.«

»Ist Patrick zu Hause?«

»Ja.«

»Oh, Gott, das war blöd von mir. Ich dachte nicht daran, dass andere Leute samstags nicht arbeiten. Ich bin hier bei einer Probe.«

»Ja.«

»Kannst du so tun, als wäre es jemand anders? Tu, als wär ich Jocelyn.«

»Sicher.«

»Ich liebe dich, Rose«, sagte Clifford und legte auf.

»Wer war das?«, fragte Patrick.

»Jocelyn.«

»Muss sie anrufen, wenn ich daheim bin?«

»Sie hat nicht daran gedacht. Clifford ist bei einer Probe, da hat sie vergessen, dass andere Leute nicht arbeiten.« Rose freute sich, Cliffords Namen auszusprechen. Falschheit und Heimlichtuerei schienen ihr wunderbar leicht zu fallen; das allein konnte schon eine Freude sein.

»Es war mir nicht klar, dass sie samstags arbeiten müssen«, sagte sie, um beim Thema zu bleiben. »Sie müssen schrecklich lang arbeiten.«

»Sie arbeiten nicht mehr Stunden als andere Leute, es ist nur eine andere Einteilung. Er sieht nicht sehr leistungsfähig aus.«

»Es heißt, er sei recht gut. Als Geiger.«

»Er sieht aus wie ein Ekel.«

»Findest du?«

»Du nicht?«

»Ich glaube, ich habe ihn nicht richtig angesehen.«

Jocelyn rief am Montag an und sagte, sie wisse nicht, warum sie Partys gebe; sie wate immer noch im Dreck.

»Hat Clifford nicht aufräumen geholfen?«

»Du machst Witze. Ich habe ihn das ganze Wochenende über kaum gesehen. Am Samstag hatte er Probe, und gestern musste er spielen. Er sagt, Partys sind meine Idee, da kann ich auch die Folgen auf mich nehmen. Es ist wahr. Ich bekomme irgendwie Anfälle von Geselligkeit, und eine Party ist das einzige Heilmittel. Patrick war interessant.«

»Sehr.«

»Er ist ein umwerfender Typ, wirklich, findest du nicht?«

»Es gibt massenweise Leute wie ihn, du kriegst sie nur nicht zu sehen.«

»Weh mir!«

Es war ganz wie jedes andere Gespräch mit Jocelyn. Ihre Gespräche, ihre Freundschaft konnten in der gewohnten Weise weitergehen. Rose fühlte sich zu keinerlei Treue gegenüber Jocelyn verpflichtet, weil sie Clifford aufgeteilt hatte. Es gab den Clifford, den Jocelyn kannte, eben den, den sie Rose immer gezeigt hatte; es gab aber auch den Clifford, den Rose jetzt kannte. Sie dachte, Jocelyn sehe ihn falsch. Zum Beispiel wenn sie sagte, seine Kindheit habe ihn verbittert. Was Jocelyn Verbitterung nannte, schien Rose etwas Komplexeres und Normaleres zu sein; es war einfach der Überdruss, die Willfährigkeit, die Verwirrtheit, die Ärmlichkeit, die in einer bestimmten Klasse normal waren. Normal in Cliffords Klasse und auch in Roses. Jocelyn war in gewisser Weise abgesondert gewesen, sie war ernst und harmlos geblieben. In gewisser Weise war sie wie Patrick.

Von nun an betrachtete Rose Clifford und sich selbst als eine bestimmte Art Menschen und Jocelyn und Patrick, obwohl sie so verschieden wirkten und sich so wenig mochten, als eine andere. Sie waren heil und berechenbar. Sie nahmen das Leben, das sie führten, völlig ernst. Verglichen mit ihnen waren Clifford und Rose raffiniert.

Wenn Jocelyn sich in einen verheirateten Mann verliebte, was würde sie dann tun? Ehe sie auch nur seine Hand berührte, würde sie wahrscheinlich eine Konferenz einberufen. Clifford würde eingeladen und der Mann selbst und die Frau des Mannes und höchstwahrscheinlich Jocelyns Psychiater. (Trotz der Ablehnung ihrer Familie glaubte Jocelyn, dass Besuche beim Psychiater etwas waren, was jeder in Stadien der Entwicklung oder Festigung machen sollte, und sie selbst ging jede Woche einmal hin.) Jocelyn würde die Folgen bedenken; sie würde den Dingen ins Gesicht sehen. Niemals versuchen, sich ihr Vergnügen zu erschleichen. Sie hatte ja nie gelernt, sich Dinge zu erschleichen. Darum war es auch unwahrscheinlich, dass sie sich jemals in einen anderen Mann verlieben würde. Sie war nicht gierig. Und Patrick war jetzt auch nicht gierig, zumindest nicht nach Liebe.

Wenn Liebe zu Patrick bedeutete, etwas Gutes und auch etwas Unschuldiges in seinem Innersten zu begreifen, so war es etwas ganz anderes, in Clifford verliebt zu sein. Rose brauchte nicht zu glauben, dass Clifford gut sei, und zweifellos wusste sie, dass er nicht unschuldig war. Keine Enthüllung seiner Falschheit oder Herzlosigkeit gegenüber anderen Personen hätte für sie gezählt. In was war sie dann also verliebt, was wollte sie von ihm? Sie wünschte sich Raffinessen, ein glitzerndes Geheimnis, zärtliche Feste der Lust, eine regelrechte Feuersbrunst des Ehebruchs. All das nach fünf Minuten im Regen.

Etwa sechs Monate nach dieser Party lag Rose nachts wach. Patrick schlief neben ihr in ihrem Haus aus Stein und Zedernholz, das in einem Vorort namens Capilano Heights lag, an der Flanke des Grouse Mountain. Für die nächste Nacht war abgemacht, dass Clifford neben ihr schlafen würde in Powell River, wo er in dem Tournee-Orchester spielen musste. Sie konnte nicht glauben, dass das wirklich geschehen würde. Das heißt, sie setzte alle ihre Hoffnung in dieses Ereignis, konnte es aber nicht in der ihr vertrauten Ordnung der Dinge unterbringen.

Während all dieser Monate waren Clifford und Rose niemals zusammen ins Bett gegangen. Sie hatten sich auch sonst nirgends geliebt. Die Lage war so: Jocelyn und Clifford hatten keinen eigenen Wagen. Patrick und Rose hatten einen, aber Rose fuhr ihn nicht. Cliffords Arbeit hatte den Vorteil, dass sie unregelmäßig war, aber wie konnte er es einrichten, Rose zu treffen? Konnte er mit dem Bus über die Lions Gate-Brücke fahren und dann am helllichten Tag

vor den Panoramafenstern der Nachbarn ihre Vorort-
straße heraufkommen? Konnte Rose einen Babysitter nehmen, behaupten, sie gehe zum Zahnarzt, den Bus in die
Stadt nehmen, Clifford in einem Restaurant treffen, mit
ihm in ein Hotelzimmer gehen? Aber sie wussten nicht, in
welches Hotel sie gehen sollten; sie hatten Angst, ohne
Gepäck würden sie wieder auf die Straße geschickt oder
der Sittenpolizei gemeldet, müssten auf dem Polizeirevier
sitzen, während Jocelyn und Patrick gerufen würden, um
sie abzuholen. Zudem hatten sie nicht genug Geld.

Immerhin war Rose schon nach Vancouver hinüberge-
fahren, mit dem Zahnarzt als Vorwand, und sie hatten in
einem Café gesessen, Seite an Seite in einer Nische im Hintergrund, sie hatten sich geküsst und gestreichelt, und das
in aller Öffentlichkeit an einem Ort, der häufig von Cliffords Studenten und Kollegen besucht wurde; was für ein
Risiko! Auf dem Heimweg im Bus schaute Rose an ihrem
Kleid herunter, auf den süßen Flaum zwischen ihren Brüs-
ten und hätte über ihre Schönheit ebenso wie über das ein-
gegangene Risiko in Ohnmacht fallen mögen. Ein anderes
Mal, an einem sehr heißen Nachmittag im August, wartete
sie in einer Gasse hinter dem Theater, während Clifford
Probe hatte, im Schatten versteckt tatschte sie dann fieber-
haft und unbefriedigend mit ihm herum. Sie sahen eine andere Tür offen stehen und schlüpften hinein. In dem Raum
waren Schachteln gestapelt. Sie suchten nach einem Platz,
um sich niederzulassen, als ein Mann sie ansprach.

»Kann ich etwas für Sie tun?«

Sie waren in den hinteren Lagerraum eines Schuh-
geschäftes geraten. Die Stimme des Mannes war eisig,
erschreckend. Die Sittenpolizei. Das Polizeirevier. Roses
Kleid war bis zur Taille heruntergezogen.

Einmal trafen sie sich in einem Park, in dem Rose oft mit Anna spazieren ging, und ließen sie schaukeln. Sie saßen auf einer Bank und hielten sich unter Roses weitem Baumwollrock die Hände. Sie verschränkten die Finger ineinander und drückten sie, dass es schmerzte. Dann überraschte sie Anna, die hinter der Bank stand und rief: »Ätsch! Ich hab euch erwischt!« Clifford wurde schrecklich blass. Auf dem Heimweg sagte sie zu Anna: »Das war lustig, als du hinter der Bank rausgesprungen bist. Ich dachte, du wärst noch auf der Schaukel.«

»Ich weiß«, sagte Anna.

»Was meintest du damit, du hättest uns erwischt?«

»Ich *hab* euch erwischt«, sagte Anna und kicherte in einer Weise, die Rose verwirrend schnippisch und wissend erschien.

»Möchtest du ein Eis am Stiel? Ich möcht eines!«, sagte Rose fröhlich, während sie an Erpressung und Verhandlungen dachte, an Anna, die das in zwanzig Jahren für *ihren* Psychiater gespeichert haben würde. Durch den Zwischenfall fühlte sie sich zittrig und schlecht, und sie überlegte, ob sie deswegen einen Widerwillen gegen Clifford hatte. So war es auch, aber nur für kurze Zeit.

Sobald es hell wurde, stand sie auf und schaute nach dem Wetter, um zu sehen, ob es zum Fliegen günstig sei. Der Himmel war klar; kein Anzeichen des Nebels, der um diese Jahreszeit die Flugzeuge oft behinderte. Niemand außer Clifford wusste, dass sie nach Powell River fuhr. Sie hatten das sechs Wochen lang geplant, seitdem sie wussten, dass er auf Tournee gehen würde. Patrick glaubte, sie fahre nach Victoria, wo sie eine Freundin aus ihrer College-Zeit hatte. Sie hatte während der letzten Wochen vorgegeben, mit dieser Freundin wieder in Verbindung zu stehen. Sie hatte gesagt, sie würde morgen Abend zurück sein. Heute war Samstag. Patrick war zu Hause und konnte sich um Anna kümmern.

Sie ging ins Esszimmer, um das Geld nachzuzählen, das sie von der Kinderzulage gespart hatte. Es lag unten in der silbernen Brotschale. Dreizehn Dollar. Sie wollte es mit dem zusammenlegen, was Patrick ihr für die Reise nach Victoria gegeben hatte. Patrick gab ihr immer Geld, wenn sie es verlangte, aber er wollte wissen, wie viel und wofür. Als sie einmal spazieren gingen, wollte sie in einen Drugstore gehen; sie bat ihn um Geld, und er sagte nur mit seinem üblichen Ernst: »Wofür?«, und Rose fing an zu weinen, weil sie Vaginalcreme kaufen wollte. Sie hätte ebenso gut lachen können, und jetzt hätte sie das auch getan. Seitdem sie sich in Clifford verliebt hatte, stritt sie sich nie mehr mit Patrick. Sie rechnete noch einmal nach, wie viel Geld sie brauchen würde. Die Flugkarte, das Geld für den Flughafenbus von Vancouver und für den Bus oder das vielleicht nötige Taxi nach Powell River hinein, etwas musste für Essen und Kaffee übrig bleiben. Clifford würde das Hotel bezahlen. Der Gedanke erfüllte sie mit sexuellem Vergnügen, mit Ergebenheit, obwohl sie wusste, dass Jerome eine neue Brille brauchte und Adam neue Gummistiefel. Sie dachte an das neutrale, weiche, üppige Bett, das schon da war und auf sie wartete. Vor langer Zeit, als sie noch ein junges Mädchen war (sie war jetzt dreiundzwanzig), hatte sie oft mit so überschwänglichen Hoffnungen an weiche, gemietete Betten gedacht, und sie dachte jetzt wieder daran, obwohl eine Zeit lang vor und nach ihrer Heirat alles, was mit Sex zusammenhing, sie störte, etwa in der Art, in der moderne Kunst Patrick störte.

Sie ging leise im Haus umher und plante ihren Tag als eine Abfolge von Handlungen. Ein Bad nehmen, sich eincremen und pudern, ihr Pessar und das Vaginalgel in die Handtasche packen. An das Geld denken. Schminke, Hautcreme, Lippenstift. Sie stand oben auf den beiden Stufen, die zum Wohnzimmer führten. Die Wände des Wohnzimmers waren moosgrün, der Kamin war weiß, die Gardinen und Überzüge hatten ein seidiges Muster von grauen und grünen und gelben Blättern auf weißem Grund. Auf dem Kaminsims standen zwei Wedgewood-Vasen, weiß, mit einem Kranz von grünen Blättern. Patrick liebte diese Vasen sehr. Manchmal, wenn er von der Arbeit kam, ging er geradewegs ins Wohnzimmer und schob sie ein wenig auf dem Sims hin und her, weil er dachte, ihre symmetrische Anordnung sei gestört worden.

»Hat jemand mit diesen Vasen herumgespielt?«

»Ja, natürlich. Sobald du zur Arbeit gegangen bist, stürze ich hinein und jongliere damit.«

»Ich meinte Anna. Du lässt sie sie nicht anfassen, ja?«

Patrick mochte es nicht hören, wenn sie in unernstem Ton von den Vasen sprach. Er glaubte, sie wisse das Haus nicht zu schätzen. Er wusste nicht, aber er konnte sich wohl denken, was sie zu Jocelyn gesagt hatte, als Jocelyn zum ersten Mal herkam und sie da standen, wo Rose jetzt stand, und in das Wohnzimmer hinunterschauten.

»Der Traum des Warenhauserben von Eleganz.«

Bei dieser Gemeinheit sah selbst Jocelyn verlegen aus. Es stimmte nicht genau. Patrick träumte davon, noch viel eleganter zu werden. Und es stimmte auch nicht in dem Sinn, dass alles Patricks Wahl gewesen war und dass Rose sich dabei zurückgehalten hatte. Es war Patricks Wahl gewesen, aber es waren viele Dinge da, die ihr einmal gefallen hatten. Sie stieg oft hinauf und polierte die Glasperlen des Kronleuchters im Esszimmer mit einem in Natronlauge getauchten Lappen. Sie mochte den Kronleuchter, seine Perlen warfen blaue und lila Strahlen. Aber Leute, die sie bewunderte, würden keine Kronleuchter in ihren Esszimmern haben. Es war unwahrscheinlich, dass sie überhaupt Esszimmer haben würden. Und wenn sie welche hatten, würden sie dort dünne weiße Kerzen stehen haben, die in den Zweigen eines Kerzenhalters aus schwarzem Metall, *made in Scandinavia*, steckten. Oder aber sie hätten schwere Kerzen in Weinflaschen, die mit Tropfen von farbigem Wachs bedeckt waren. Die Leute, die sie bewunderte, waren unweigerlich ärmer als sie. Es wirkte wie ein übler Streich gegen sie, dass sie, die ihr ganzes Leben lang arm gewesen war, und das an einem Ort, wo Armut keineswegs ein Grund zum Stolz war, jetzt über das Gegenteil verlegen und schuldbewusst war – gegenüber Leuten, wie zum Beispiel Jocelyn, die so boshaft und verächtlich *Mittelklassenwohlstand* sagen konnte.

Aber wenn sie nicht mit anderen Leuten in Kontakt gekommen wäre, wenn sie nicht von Jocelyn gelernt hätte, würde ihr dann das Haus noch gefallen? Nein. Sie musste es in jedem Fall scheußlich finden. Wenn anfangs Leute zu Besuch kamen, führte Patrick sie immer herum, wies auf den Kronleuchter hin, auf die Toilette mit indirekter Beleuchtung, gleich neben der Vordertür, auf die begehbaren Schränke und die Schiebetüren, die auf den Innenhof hinausführten. Er war so stolz auf dieses Haus, so versessen darauf, auf seine kleinen Besonderheiten hinzuweisen, als ob er und nicht Rose arm aufgewachsen wäre. Rose waren diese Führungen von Anfang an unangenehm gewesen, und sie ging schweigend mit oder machte geringschätzige

Bemerkungen, die Patrick missfielen. Nach einer Weile blieb sie in der Küche, aber sie konnte Patricks Stimme immer noch hören, und sie wusste im Voraus alles, was er sagen würde. Sie wusste, er würde die Gardinen im Esszimmer aufziehen und auf den kleinen beleuchteten Springbrunnen – Neptun mit einem Feigenblatt – hinweisen, den er im Garten hatte aufstellen lassen, und dann würde er sagen: »Das hier ist nun unsere Antwort auf die Vorstadtmanie mit den Swimmingpools!«

Nachdem sie gebadet hatte, griff sie nach einer Flasche, in der, wie sie glaubte, Baby-Öl war, um es sich über den Körper zu gießen. Die klare Flüssigkeit rann über ihre Brüste und ihren Bauch, die biss und brannte. Sie schaute auf das Etikett und sah, dass es gar kein Baby-Öl war, es war Nagellackentferner. Sie rieb ihn ab, besprühte sich mit kaltem Wasser, trocknete sich verzweifelt ab, dachte an zu Grunde gerichtete Haut, das Krankenhaus; Transplantationen, Narben, Bestrafung.

Anna kratzte verschlafen, aber dringlich an der Tür des Badezimmers. Rose hatte sie wegen ihrer Vorbereitungen abgeschlossen, obwohl sie sonst nicht zuschloss, wenn sie ein Bad nahm. Sie ließ Anna herein.

»Du bist vorn ganz rot«, sagte Anna, als sie sich auf die Toilette hinaufhievte. Rose fand das Baby-Öl und versuchte sich damit zu kühlen. Sie nahm zu viel davon und machte ölige Flecken auf ihren neuen Büstenhalter.

Sie hatte gedacht, Clifford würde ihr vielleicht schreiben, während er auf Tournee war, aber er schrieb nicht. Er rief sie vom Prince George aus an und war ganz geschäftsmäßig. »Wann kommst du in Powell River an?«

»Vier Uhr.«

»In Ordnung, nimm den Bus oder was es sonst gibt, bis in die Stadt. Bist du jemals dort gewesen?«

»Nein.«

»Ich auch nicht. Ich weiß nur den Namen unseres Hotels. Du kannst dort nicht warten.«

»Wie wär's mit dem Busbahnhof? Jede Stadt hat einen Busbahnhof.«

»Ja gut, am Busbahnhof. Ich werde dich da wahrscheinlich um fünf abholen, und dann können wir in ein anderes Hotel gehen. Ich hoffe zu Gott, dass es mehr als eins gibt. Also, in Ordnung.«

Er tat gegenüber den Orchestermitgliedern so, als wolle er die Nacht mit Freunden in Powell River verbringen.

»Ich könnte hingehen und dich spielen hören«, sagte Rose. »Meinst du nicht?«

»Gut. Sicher.«

»Ich würde sehr unauffällig sein. Ich würde hinten sitzen. Ich werde mich als alte Dame verkleiden. Ich höre dich so gern spielen.«

»In Ordnung.«

»Macht's dir nichts aus?«

»Nein.«

»Clifford?«

»Ja?«

»Willst du immer noch, dass ich komme?«

»Ach, Rose.«

»Ich weiß. Es ist nur die Art, wie du sprichst.«

»Ich bin in der Hotelhalle. Sie warten auf mich. Sie denken, ich spreche mit Jocelyn.«

»Also gut. Ich weiß. Ich werde kommen.«

»Powell River. Am Busbahnhof. Fünf Uhr.«

Das war anders als ihre sonstigen Telefongespräche. Gewöhnlich waren sie traurig und albern; oder aber sie reizten sich gegenseitig so auf, dass sie überhaupt nicht sprechen konnten.

»Schwerer Atem da drüben.«

»Ich weiß.«

»Wir werden über etwas anderes sprechen müssen.«

»Was gibt es anderes?«

»Ist es dort bei dir auch neblig?«

»Ja, kannst du das Nebelhorn hören?«

»Ja.«

»Ist es nicht ein schrecklicher Ton?«

»Es macht mir wirklich nichts aus. Ich mag so was.«

»Jocelyn mag es nicht. Weißt du, wie sie es beschreibt? Sie sagt, es ist der Klang einer kosmischen Langeweile.«

Sie hatten es am Anfang gänzlich vermieden, über Jocelyn und Patrick zu sprechen. Dann sprachen sie von ihnen in einer knappen praktischen Weise, als ob sie Erwachsene wären, Eltern, die man überlisten muss. Jetzt konnten sie fast zärtlich und bewundernd von ihnen sprechen, als wären sie ihre Kinder.

Es gab keinen Busbahnhof in Powell River. Rose stieg mit vier anderen Passagieren in das Flughafenauto, es waren lauter Männer, und sagte dem Fahrer, sie wolle zum Busbahnhof.

»Wissen Sie, wo das ist?«

»Nein«, sagte er. Schon glaubte sie, dass alle sie beobachteten.

»Wollten Sie einen Bus erreichen?«

»Nein.«

»Sie wollen nur so zum Busbahnhof?«

»Ich hatte vor, dort jemand zu treffen.«

»Ich wusste ja gar nicht, dass es hier einen Busbahnhof gibt«, sagte einer der Passagiere.

»Ich wüsste von keinem«, sagte der Fahrer. »Es gibt einen Bus, der fährt morgens runter nach Vancouver und kommt abends zurück, und er hält beim Altersheim. Dem Heim für alte Holzfäller. Da hält er. Das ist das Einzige, wo ich Sie hinbringen kann. Ist Ihnen das recht?«

Rose sagte, das wäre sehr gut. Dann meinte sie, sie müsse das erklären.

»Meine Freundin und ich haben uns dort verabredet, weil uns sonst kein Platz einfiel. Wir kennen Powell River überhaupt nicht, und wir dachten eben, jede Stadt hat einen Busbahnhof.«

Sie dachte, sie hätte nicht »meine Freundin« sagen sollen, sie hätte sagen sollen: mein Mann. Sie würden gleich fragen, was sie und ihre Freundin hier machten, wenn keiner von ihnen die Stadt kannte.

»Meine Freundin spielt in dem Orchester, das heute Abend hier ein Konzert gibt. Sie spielt Geige.«

Alle schauten von ihr weg, als verdiente sie das für eine solche Lüge. Sie versuchte sich zu erinnern, ob es auch eine Geigerin gab. Und wenn sie nach ihrem Namen fragten?

Der Fahrer ließ sie vor einem langen zweistöckigen Holzgebäude mit abblätternder Farbe aussteigen.

»Ich denke, Sie könnten auf die Veranda da drüben gehen. Dort holt der Bus jedenfalls die Leute ab.«

Auf der Veranda stand ein Billardtisch. Niemand spielte. Ein paar alte Männer spielten Dame; andere schauten zu. Rose dachte daran, ihnen zu sagen, was mit ihr war, beschloss aber, es zu lassen; sie schienen erfreulich uninteressiert. Sie war erschöpft von den Erklärungen, die sie im Auto gegeben hatte.

Auf der Uhr in der Veranda war es zehn nach vier. Sie dachte, sie könnte die Zeit bis fünf damit zubringen, durch die Stadt zu gehen.

Sowie sie nach draußen kam, bemerkte sie einen Geruch und war beunruhigt, weil sie dachte, er könnte von ihr selbst kommen. Sie nahm den Kölnisch-Eis-Stift heraus, den sie am Flughafen von Vancouver gekauft hatte – eine Ausgabe, die sie sich nicht leisten konnte – und rieb ihn auf ihre Handgelenke und ihren Nacken.

Der Geruch blieb, und sie merkte schließlich, dass er von den Zellstoff-Fabriken kam. Es war schwierig, durch die Stadt zu schlendern, weil die Straßen so steil waren, und an vielen Stellen gab es keinen Gehsteig. Es gab keine Möglichkeit zum Bummeln. Sie dachte, dass die Leute sie anstarrten und sie als Fremde erkannten. Ein paar Männer in einem Auto riefen ihr nach. Sie sah ihr Spiegelbild in den Schaufensterscheiben und begriff, dass sie aussah, als wollte sie, dass man sie anstarre und ihr nachrufe. Sie trug schwarzsamtene Torero-Hosen, einen straff sitzenden schwarzen Rollkragenpullover und eine beige Jacke, die sie über die Schulter gehängt hatte, obwohl ein kühler Wind wehte. Sie, die früher einmal weite Röcke und weiche Farben, babyhafte Angorapullover, geschwungene Dekolletés bevorzugt hatte, war jetzt dazu übergegangen, Kleider mit deutlich sexbetonter Ausstrahlung zu tragen. Die neue Unterwäsche, die sie jetzt anhatte, war aus schwarzer Spitze und rosa Nylon. Auf dem Flughafen in Vancouver hatte sie ihre Augen mit dicker Wimperntusche, schwarzen Lidstrichen und silbernen Lidschatten versehen; ihr Lippenstift war fast weiß. Das war alles in jenen Jahren

Mode und sah daher weniger ausgefallen aus, als es später scheinen mochte, aber es war aufregend genug. Die Sicherheit, mit der sie diese Maske trug, wechselte beträchtlich. Sie hätte nie gewagt, sie Patrick oder Jocelyn vorzuführen. Wenn sie Jocelyn besuchen ging, trug sie immer ihre ausgebeultesten Hosen und Pullover. Trotzdem sagte Jocelyn immer, wenn sie die Tür aufmachte: »Hallo, Sexmädchen!«, und das in einem freundlich spottenden Ton. Jocelyn selbst war sichtbar ungepflegt geworden. Sie zog ausschließlich alte Sachen von Clifford an. Alte Hosen, die sich bei ihr nicht ganz zumachen ließen, weil ihr Bauch nach Adam nicht zurückgegangen war, und abgenutzte weiße Hemden, die Clifford früher bei Konzerten getragen hatte. Offensichtlich dachte Jocelyn, der ganze Umstand, seine Linie zu erhalten und Make-up zu tragen und irgendwie verführerisch aussehen zu wollen, sei nur wenig erfreulich und eher zu verachten; es war, als ob man Gardinen staubsaugte. Sie sagte, Clifford sei der gleichen Meinung. Clifford, so berichtete Jocelyn, fühle sich gerade durch das Fehlen weiblicher Kniffe und Aufmachung angezogen; ihm gefielen unrasierte Beine und behaarte Achselhöhlen und natürliche Gerüche. Rose fragte sich, ob Clifford das wirklich gesagt hatte und warum. Aus Mitleid oder Kameradschaftlichkeit; oder als Witz?

Rose fand eine öffentliche Bücherei und ging hinein und schaute die Titel der Bücher an, aber sie konnte sich nicht konzentrieren. Durch ihren Kopf und ihren Körper zog ein leicht ermüdendes, aber nicht unangenehmes Prickeln. Um zwanzig vor fünf war sie wieder an der Veranda und wartete. Sie wartete um zehn nach sechs immer noch. Sie hatte das Geld in ihrer Handtasche gezählt. Ein Dollar und dreiundsechzig Cents. In ein Hotel gehen konnte sie nicht. Sie glaubte nicht, dass man sie hier die ganze Nacht bleiben lassen würde. Sie konnte überhaupt nichts tun, als beten, dass Clifford doch noch kommen würde. Sie glaubte nicht daran. Das Programm war geändert worden; er war nach Hause gerufen worden, weil eins der Kinder krank war; er hatte sich das Handgelenk gebrochen und konnte nicht Geige spielen; Powell River war gar kein richtiger Ort, sondern eine übel riechende Luftspiegelung, wo schuldbeladene Reisende zur Bestrafung eingefangen wurden. Sie war eigentlich nicht überrascht. Sie hatte einen Sprung gemacht, den man nicht machen darf, und nun war sie so gelandet.

Bevor die alten Männer zum Abendessen ins Haus gingen, fragte sie sie, ob sie etwas von einem Konzert wüssten, das heute Abend im Hörsaal der Oberschule stattfände. Sie antworteten unfreundlich: nein.

»Nix von einem Konzert gehört, was sie hier machen.«

Sie sagte, ihr Mann spiele in dem Orchester, es sei eine Tournee von Vancouver aus, sie sei hergeflogen, um ihn zu treffen; sie habe ihn hier treffen wollen.

Hier?

»Ist vielleicht verloren gegangen«, sagte einer der alten Männer auf, wie ihr schien, boshafte, wissende Art. »Vielleicht ist ihr Mann verloren gegangen, was?«

Draußen war es fast dunkel. Es war Oktober, und es war nördlicher als Vancouver. Sie versuchte zu überlegen, was sie tun sollte. Das Einzige, was ihr einfiel, war, zu tun, als würde sie ohnmächtig, und dann zu behaupten, sie habe Gedächtnisschwund. Würde Patrick das je glauben? Sie würde sagen müssen, sie habe keine Ahnung, was sie in Powell River wollte. Sie würde sagen müssen, sie erinnere sich an nichts, was sie im Auto gesagt habe, sie wisse nichts

192

vom Orchester. Sie würde Polizisten und Ärzte überzeugen müssen, Zeitungen würden über sie schreiben. Ach, wo war Clifford, warum hatte er sie im Stich gelassen, ob es vielleicht einen Verkehrsunfall gegeben hatte? Sie dachte, sie müsse den Zettel vernichten, auf dem sie seine Anweisungen aufgeschrieben hatte. Am besten würde sie auch das Pessar loswerden.

Sie sah eben ihre Tasche durch, als ein Lieferwagen draußen parkte. Sie dachte, es müsse ein Polizeiwagen sein; sie dachte, die alten Männer hätten sicher telefoniert und von ihr als einer verdächtigen Erscheinung berichtet.

Clifford stieg aus und rannte die Verandastufen hinauf. Sie brauchte einen Augenblick, ehe sie ihn erkannte.

Sie tranken Bier und aßen Hamburger in einem Hotel, einem anderen als dem, in dem das Orchester wohnte. Roses Hände zitterten so, dass sie ihr Bier verschüttete. Es habe noch eine Probe gegeben, mit der er nicht gerechnet hatte, sagte Clifford. Dann habe er eine halbe Stunde nach dem Busbahnhof gesucht.

»Ich vermute, es war nicht gerade eine Glanzidee, das mit dem Busbahnhof.«

Ihre Hand lag auf dem Tisch. Er wischte das Bier mit einer Serviette weg, dann legte er seine Hand über die ihre. Später dachte sie noch oft gerade daran.

»Wir werden dich besser hier anmelden.«

»Melden wir uns nicht zusammen an?«

»Es ist besser, wenn nur du es bist.«

»Die ganze Zeit, seit ich hierher kam«, sagte Rose, »ist es so merkwürdig gewesen. Es ist so unheimlich gewesen. Mir war, als wüssten alle Bescheid.« Sie begann in einer, wie sie hoffte, unterhaltsamen Weise von dem Fahrer der Limousine, den anderen Passagieren, den alten Männern im Haus der Holzfäller zu erzählen. »Es war so eine Erleichterung, als du auftauchtest, so eine unheimliche Erleichterung. Deshalb zittere ich so.« Sie erzählte ihm von ihrem Plan, einen Gedächtnisschwund zu simulieren, und von ihrer Vorstellung, es wäre gut, das Pessar wegzuwerfen. Er lachte; aber ohne Freude, dachte sie. Ihr schien, seine Lippen hätten sich, als sie von dem Pessar sprach, voll Tadel oder Widerwillen zusammengepresst.

»Aber jetzt ist es herrlich«, sagte sie hastig. Dies war das längste Gespräch, das sie je von Angesicht zu Angesicht geführt hatten.

»Das waren nur deine Schuldgefühle«, sagte er. »Die ja normal sind.«

Er streichelte ihre Hand. Sie versuchte, mit ihrem Finger über seinen Puls zu streichen, wie sie es oft machte. Er ließ ihre Hand los.

Eine halbe Stunde später sagte sie: »Es ist doch recht, wenn ich noch in das Konzert gehe?«

»Möchtest du es noch?«

»Was soll ich sonst tun?«

Sie zuckte mit den Schultern, als sie das sagte. Ihre Lider waren gesenkt, ihre Lippen voll und schwellend. Sie suchte irgendjemand, vielleicht Barbara Stanwyck, unter ähnlichen Umständen zu imitieren. Selbstverständlich hatte sie nicht die Absicht, jemand zu imitieren. Sie suchte eine Möglichkeit, so verlockend zu sein, so unnahbar und verlockend, dass er seinen Entschluss ändern würde.

»Die Sache ist die, ich muss den Wagen zurückbringen. Ich muss die anderen Jungens abholen.«

»Ich kann zu Fuß gehen. Sag mir, wo es ist.«

»Bergauf von hier aus, leider.«

»Das wird mir nichts ausmachen.«

»Rose, es ist so viel besser, Rose. Es ist wirklich besser.«

»Wenn du es sagst.« Sie brachte kein weiteres Schulterzucken zu Stande. Sie dachte immer noch, es müsse einen Weg geben, die Dinge zurückzudrehen und von vorn anzufangen. Von vorn anfangen; alles zurechtrücken, was sie Falsches gesagt oder getan hatte; machen, dass alles nicht wahr war. Und schon machte sie den Fehler, zu fragen, was sie Falsches gesagt oder getan habe, und er sagte: »Nichts.« Nichts. Es habe nichts mit ihr zu tun, sagte er. Es komme daher, dass er einen Monat von zu Hause weg sei, dass er jetzt alles anders sehe. Jocelyn. Die Kinder. Das Unrecht.

»Es ist nur Pech«, sagte er.

Er hatte sich das Haar kürzer schneiden lassen, als sie es je gesehen hatte. Seine Bräune war verblasst. Wirklich, wirklich, er sah aus, als habe er eine Haut abgestreift, und es war die Haut, die sich nach der ihren gesehnt hatte. Er war wieder der blasse und eher reizbare, aber pflichtbewusste junge Ehemann, den sie beobachtet hatte, als er Jocelyn in der Wöchnerinnenstation besucht hatte.

»Was ist Pech?«

»Was wir tun. Es ist keine große, unumgängliche Sache. Es ist ganz normales Pech.«

»Du hast mich vom Prince George aus angerufen.« Barbara Stanwyck war verschwunden, Rose hörte, dass sie zu weinen anfing.

»Ich weiß, dass ich das getan habe.« Er sprach wie ein nörgliger Ehemann.

»War es dir denn damals ernst?«

»Ja und nein. Wir hatten all die Pläne gemacht. Wäre es nicht schlimmer gewesen, wenn ich es dir am Telefon gesagt hätte?«

»Was meinst du mit Pech?«

»Ach, Rose.«

»Was meinst du damit?«

»Du weißt, was ich meine. Wenn wir so weitermachen, für wen wäre es deiner Meinung nach gut? Rose? Wirklich?«

»Für uns«, sagte Rose. »Für uns wäre es gut.«

»Nein, das stimmt nicht. Es würde in einem einzigen großen Schlamassel enden.«

»Nur einmal.«

»Nein.«

»Du hast gesagt, nur einmal. Du hast gesagt, wir würden dann eine Erinnerung statt eines Traumes haben.«

»Himmel. Ich habe einen Haufen Unfug geredet.« Er hatte ihr gesagt, ihre Zunge sei wie eine kleine warmblütige Schlange, eine süße Schlange, und ihre Brustwarzen seien wie Beeren. Er würde sich nicht gern erinnern lassen.

Ouvertüre zu Ruslan und Ludmilla – Glinka
Streicherserenade – Tschaikowsky
Sechste Symphonie von Beethoven, Pastorale – Erster Satz
Die Moldau – Smetana
Ouvertüre zu Wilhelm Tell – Rossini

Lange Zeit konnte sie keines dieser Stücke hören, ohne von einer ganz besonderen Scham überfallen zu werden, die sie empfand, als ob eine ganze Mauer über ihr zusammenbräche und der Schutt sie ersticke.

Kurz bevor Clifford auf Tournee ging, hatte Jocelyn Rose angerufen und gesagt, ihr Babysitter könne nicht kommen. Es war der Tag, an dem sie zu ihrem Psychiater ging.

Rose bot ihr an, zu kommen und auf Adam und Jerome aufzupassen. Das hatte sie auch früher schon getan. Sie machte die lange Fahrt, auf der sie zweimal umsteigen musste, Anna hatte sie bei sich.

Jocelyns Haus wurde von einem Ölofen in der Küche und einem riesigen gemauerten Kamin in dem kleinen Wohnzimmer geheizt. Der Ölofen war angespritzt; Orangenschalen und Kaffeesatz und verkohltes Holz und Asche quollen aus dem Feuerplatz. Es gab kein Kellergeschoss und keinen Wäschetrockner. Das Wetter war regnerisch, und die Wäscheleinen und -ständer hingen voll mit vergilbten Laken und Windeln und steif gewordenen Handtüchern. Es war auch keine Waschmaschine da, Jocelyn hatte die Laken in der Badewanne gewaschen.

»Keine Waschmaschine und kein Trockner, aber sie geht zum Psychiater«, sagte Patrick, dem Rose manchmal gemeinerweise das berichtete, von dem sie wusste, dass er es gern hörte.

»Sie muss verrückt sein«, sagte Rose.

Sie brachte ihn zum Lachen.

Aber Patrick mochte es nicht, dass sie die Kinder betreute. »Du wartest nur auf ihren Wink oder Ruf«, sagte er. »Ein Wunder, dass du ihr nicht auch noch die Fußböden scheuerst.« Das tat Rose tatsächlich.

Wenn Jocelyn da war, hatte die Unordnung im Haus etwas Absichtliches und Eindrucksvolles. Wenn sie fort war, wurde sie unerträglich. Rose ging dann mit einem Messer ans Werk und kratzte die alten Flecken von Kinderbrei auf den Küchenstühlen ab, scheuerte die Kaffeekanne, wischte den Fußboden auf. Sie ließ sich auch etwas Zeit für Nachforschungen. Sie ging ins Schlafzimmer – sie musste ja nach Jerome sehen, er war ein frühreifes und schwieriges

Kind – und sah Cliffords Socken und Unterwäsche in einem wüsten Haufen zusammen mit Jocelyns alten Stillbüstenhaltern und zerrissenen Strumpfhaltern. Sie schaute, ob er eine Platte auf dem Plattenspieler liegen hatte, und fragte sich, ob sie ihn vielleicht an sie erinnerte.

Telemann. Nicht wahrscheinlich. Aber sie spielte sie, um zu hören, was er auch gehört hatte. Sie trank Kaffee aus der Tasse, die sie für seine schmutzige Frühstückstasse hielt. Sie deckte den Topf mit Risotto zu, aus dem er gestern Abend sein Abendessen genommen hatte. Sie suchte nach Spuren seiner Anwesenheit (er benutzte keinen elektrischen Rasierapparat, er benutzte altmodische Rasierseife in einer Holzschale), aber sie glaubte, dass sein Leben in diesem Haus, in Jocelyns Haus, nur ein Vorwand war und ein Warten, so wie ihr eigenes Leben in Patricks Haus.

Als Jocelyn nach Hause kam, glaubte Rose sich für ihre Putzarbeit entschuldigen zu müssen, und Jocelyn, die ernsthaft über ihren Kampf mit dem Psychiater sprechen wollte, der sie an ihre Mutter erinnerte, bestätigte, dass es sicherlich eine feige Zwangshandlung sei, was Rose da mit dem Hausputz betrieb, und meinte, sie würde am besten selbst zu einem Nervendoktor gehen, wenn sie das wirklich loswerden wolle. Sie machte Spaß; aber auf dem Heimweg im Bus mit der übel gelaunten Anna und beim Gedanken, dass keine Vorbereitungen für Patricks Abendessen getroffen waren, fragte sich Rose ernsthaft, warum sie immer auf der falschen Seite zu stehen schien, warum sie von ihren eigenen Nachbarn getadelt wurde, weil sie nicht genug Mühe auf die Hausarbeit verwandte, und warum Jocelyn ihr Vorwürfe machte, weil sie dem natürlichen Chaos und dem Dreck des Lebens gegenüber nicht tolerant genug war. Sie dachte, um sich selbst zu besänftigen, an Liebe. Sie wurde geliebt, nicht pflichtgetreu wie von einem Ehemann, sondern wahnsinnig, ehebrecherisch, wie Jocelyn und ihre Nachbarn es nicht kannten. Sie bediente sich des Gedankens, um sich mit allen möglichen Dingen abzufinden: mit Patrick zum Beispiel, wie er sich mit einem vorsichtigen, leisen glucksenden Laut im Bett herumdrehte, was bedeutete, dass sie für jetzt von allen ihren Mängeln freigesprochen war und dass sie sich jetzt lieben würden.

Die vernünftigen und respektablen Dinge, die Clifford gesagt hatte, machten überhaupt keinen Eindruck auf Rose. Sie sah, dass er sie verraten hatte. Nie hatte sie Vernunft und Anstand von ihm verlangt. Sie beobachtete ihn im Hörsaal der Oberschule von Powell River. Sie beobachtete, wie er Geige spielte, sah den ernsten, angespannten Ausdruck, der einmal ihr selbst gegolten hatte. Sie wusste nicht, wie sie ohne ihn zurechtkommen sollte.

Mitten in der Nacht rief sie ihn von ihrem Hotel aus an.

»Bitte, sprich mit mir.«

»Es ist in Ordnung«, sagte Clifford nach kurzem Schweigen.

»Es ist in Ordnung, Joss.«

Er musste wohl einen Zimmergenossen haben, den das Telefon geweckt hatte. Er tat, als spreche er mit Jocelyn. Oder vielleicht war er so verschlafen, dass er dachte, es sei Jocelyn.

»Clifford, ich bin's.«

»Es ist in Ordnung«, sagte Clifford. »Mach dir nichts draus. Geh schlafen.«

Er legte auf.

Jocelyn und Clifford leben in Toronto. Sie sind nicht mehr arm. Clifford hat Erfolg. Sein Name erscheint auf Plattenhüllen, wird im Radio genannt. Sein Gesicht und noch öfter seine Hände hat man im Fernsehen gesehen, wenn er Geige spielt. Jocelyn hat gefastet und ist schlank geworden; sie hat ihr Haar schneiden und in Form bringen lassen; es ist in der Mitte gescheitelt und weicht in einem Bogen vom Gesicht zurück und ist, von den Schläfen ausgehend, mit weißen Strähnen durchzogen.

Sie wohnen in einem großen Backsteinhaus am Rande einer Schlucht. Im Garten sind Futterhäuschen für die Vögel. Sie haben eine Sauna eingerichtet. Clifford verbringt viel Zeit darin. Er glaubt, das schütze ihn davor, arthritisch zu werden wie sein Vater. Arthritis ist seine größte Sorge.

Rose besuchte sie manchmal. Sie lebte für sich allein auf dem Land. Sie unterrichtete an einer Gemeindeschule und freute sich, einen Platz zum Übernachten zu haben, wenn sie nach Toronto kam. Sie schienen sich über ihre Besuche zu freuen. Sie sagten, sie sei ihre älteste Freundin.

Einmal, als Rose sie besuchte, erzählte Jocelyn eine Geschichte von Adam. Adam hatte ein Apartment im Untergeschoss des Hauses. Jerome wohnte unten in der Stadt mit seiner Freundin. Adam brachte sein Mädchen ins Haus.

»Ich saß im Wohnzimmer und las«, sagte Jocelyn, »als Clifford weg war. Ich hörte, wie dieses Mädchen unten in Adams Apartment *nein, nein!* sagte. Die Geräusche aus seinem Apartment kann man im Wohnzimmer genau hören. Wir hatten ihn darauf aufmerksam gemacht, wir dachten, es könnte ihm unangenehm sein –«

»Ich glaubte nicht, dass es ihm unangenehm wäre«, sagte Clifford.

»Aber er sagte nur, wir sollten eben den Plattenspieler anstellen. Also hörte ich weiter dieses arme unbekannte Mädchen sich beklagen und protestieren, und ich wusste nicht, was ich tun sollte. Ich dachte, solche Situationen seien völlig neu, es gebe keine früheren Beispiele dafür, sollte man seinen Sohn davon abhalten, irgendein Mädchen einem vor der Nase oder vielmehr unter den Füßen zu schänden, falls er das tatsächlich vorhatte? Schließlich ging ich hinunter und fing an, die Skier der Familie aus der Kammer hinter seinem Schlafzimmer herauszuholen, ich blieb da und räumte die Skier hin und her und dachte, ich würde eben sagen, ich wolle sie wachsen. Es war im Juli. Adam hat nie etwas zu mir gesagt. Ich wollte, er zöge aus.«

Rose erzählte, wie viel Geld Patrick hatte und dass er eine vernünftige Frau geheiratet hatte, die noch reicher war als er und die ein wundervolles Wohnzimmer eingerichtet hatte mit Spiegeln und mattem Samt und einer Drahtskulptur, die aussah wie kaputte Vogelkäfige. Moderne Kunst störte Patrick nicht mehr.

»Natürlich ist es nicht mehr das Gleiche«, sagte Rose zu Jocelyn, »es ist nicht mehr das gleiche Haus. Ich frage mich, was sie mit den Wedgewood-Vasen gemacht hat.«

»Vielleicht hat sie eine originelle Waschküche. Sie hebt das Bleichmittel in der einen und das Waschmittel in der anderen auf.«

»Sie stehen in perfekter Symmetrie auf dem Wandbrett.«

Aber Rose fühlte den ihr so lange bekannten Stich der Schuld.

»Trotzdem, ich mag Patrick.«

Jocelyn sagte nur: »Warum?«

»Er ist netter als die meisten Leute.«

»Völlig blöd«, sagte Jocelyn. »Und ich wette, er mag dich nicht.«

»Das stimmt«, sagte Rose. Sie fing an zu erzählen, wie sie mit dem Bus hergekommen war. Dies war eine der Gelegenheiten, bei denen sie nicht mit ihrem Wagen fuhr, weil zu vieles daran nicht in Ordnung war und sie es sich nicht leisten konnte, ihn reparieren zu lassen.

»Der Mann, der mir gegenüber saß, erzählte mir, dass er früher große Lastwagen gefahren habe. Er sagte, wir hätten hier noch nie so große Lastwagen gesehen, wie man sie in den Staaten habe.« Sie sprach mit ihrem früheren ländlichen Tonfall: »In'n V'einigten Staaten, da hamse so Spezialstraßen, Mautstraßen heißen die, und da dürfen nur Laster fahren. Da gibt's 'ne Menge Servicestationen quer durch die Staaten, von einem Ende zum andern, und die meisten Leute sehen sie nich. Die Dinger sind so groß, das Fahrerhaus is halb so groß wie 'n Bus, und die ham 'n Fahrer drin und 'n Beifahrer und noch 'n Fahrer und noch 'n Beifahrer, die schlafen. Klo und Küche und Betten und alles. Die laufen achtzig, neunzig Meilen die Stunde, weil's da auf den Mautstraßen keine Geschwindigkeitsbegrenzung gibt.«

»Du wirst richtig wunderlich«, sagte Clifford. »Wie du da oben so lebst.«

»Lass doch die Lastwagen«, sagte Jocelyn. »Lass doch die alte Mythologie. Clifford will mich wieder verlassen.«

Sie setzten sich, um etwas zu trinken und darüber zu sprechen, was Clifford und Jocelyn tun sollten. Das war kein ungewöhnliches Gespräch. Was will Clifford wirklich? Will er wirklich nicht mit Jocelyn verheiratet sein, oder will er etwas Unerreichbares? Hat er eine Midlife-Crisis?

»Sei nicht so banal«, sagte Clifford zu Rose. Sie war es, die »Midlife-Crisis« gesagt hatte. »Ich habe das durchmachen müssen, seit ich fünfundzwanzig bin. Ich wollte immer raus, seit ich drin bin.«

»Das ist neu, dass Clifford das sagt«, sagte Jocelyn. Sie ging in die Küche, um Käse und Trauben zu holen. »Dass er das wirklich mal rausbringt und ausspricht«, schrie sie von der Küche her. Rose vermied es, Clifford anzusehen, nicht weil sie irgendwelche Geheimnisse hatten, sondern weil es Jocelyn gegenüber rücksichtsvoll schien, sich nicht anzusehen, während sie nicht im Zimmer war.

»Was jetzt abläuft«, sagte Jocelyn, die mit einem Holzteller voll Käse und Trauben in der einen und einer Flasche Gin in der anderen Hand zurückkam, »ist, dass Clifford jetzt offen ist. Er hat immer gemeckert und gemotzt und irgendeinen Quatsch produziert, der mit dem eigentlichen Problem nichts zu tun hatte. Jetzt kommt er endlich damit heraus. Die große, strahlende Wahrheit. Das ist die totale Erleuchtung.«

Rose hatte einige Schwierigkeiten, diesen Ton zu erfassen. Ihr war, als habe das Leben auf dem Land sie unbeweglicher gemacht. Waren Jocelyns Worte Nachäffung, war sie sarkastisch? Nein. Sie war es nicht.

»Aber dann werde ich jetzt die Wahrheit für dich herauslassen«, sagte Clifford grinsend. Er trank Bier aus der Flasche. »Es ist absolut wahr, dass ich rauswollte, sobald ich drin war. Und es ist auch wahr, dass ich reinwollte, und ich wollte drinbleiben. Ich wollte mit dir verheiratet sein, und ich will mit dir verheiratet sein, und ich konnte es nicht aushalten, mit dir verheiratet zu sein, und ich kann es nicht aushalten, mit dir verheiratet zu sein. Es ist ein unlösbarer Widerspruch.«

»Es klingt, als wäre es die Hölle«, sagte Rose.

»Das habe ich nicht gesagt. Ich stelle nur klar, dass es keine Midlife-Crisis ist.«

»Gut, vielleicht sehe ich es zu einfach«, sagte Rose. Immerhin, sagte sie festen Tones in der verständigen, nüchternen, ländlichen Art, die sie jetzt angenommen hatte, alles, was man höre, drehe sich um Clifford. Brauche er ein Studio, brauche er Urlaub, solle er allein nach Europa fahren? Wieso denke er, sagte sie, dass Jocelyn sich endlos um sein Wohlergehen kümmern müsse? Jocelyn sei nicht seine Mutter.

»Und es ist dein Fehler«, sagte sie zu Jocelyn, »weil du ihm nicht gesagt hast, er soll was unternehmen oder den Mund halten. Ganz gleich, was er wirklich will. Hau ab oder halt den Mund. Mehr brauchst du ihm nicht zu sagen. Halt den Mund oder hau ab«, sagte sie zu Clifford mit gespielter Schroffheit. »Entschuldige, dass ich so unfein bin. Oder so offen feindselig.«

Sie lief keinerlei Gefahr durch ihren feindseligen Ton, und das wusste sie. Sie würde eher ein Risiko eingehen, wenn sie freundlich und gleichgültig wäre. Ihre jetzige Art zu sprechen war der Beweis, dass sie eine echte Freundin war, sie ernst nahm. Und daran hielt sie sich. »Sie hat Recht, du verdammter Scheißkerl«, sagte Jocelyn versuchsweise. »Halt den Mund oder hau ab.«

Als Jocelyn vor vielen Jahren Rose anrief, um ihr das Gedicht »Howl« vorzulesen, war sie trotz ihrer sonst recht direkten Sprache nicht imstande gewesen, das Wort Scheiße auszusprechen. Sie versuchte sich dazu zu zwingen, dann sagte sie: »Ach, es ist blöd, aber ich kann es nicht sagen. Ich muss wohl Sch... sagen. Verstehst du, was ich meine, wenn ich Sch... sage?«

»Aber sie sagte, es ist dein Fehler«, sagte Clifford. »Du willst die Mutter sein. Du willst die Erwachsene sein. Du willst geduldig leiden.«

»Quatsch«, sagte Jocelyn. »Ach, vielleicht. Vielleicht doch. Vielleicht will ich das wirklich.«

»Ich wette, in der Schule hast du immer an den Kleinen mit den Problemen gehangen«, sagte Clifford mit seinem zärtlichen Grinsen. »Diese armen Kleinen, die mit Akne oder scheußlichen Kleidern oder Sprachstörungen. Ich wette, du hast diese armen Kleinen geradezu mit deiner Freundlichkeit verfolgt.«

Jocelyn nahm das Käsemesser in die Hand und schwenkte es gegen ihn.

»Du, pass auf. Du hast keine Akne gehabt und keine Sprachbehinderung. Du siehst zum Kotzen gut aus. Und du hast Talent. Und Glück.«

»Ich habe fast unüberwindbare Probleme, mit der Rolle des erwachsenen Mannes zurechtzukommen«, sagte Clifford affektiert. »Der Psychiater sagt es.«

»Das glaub ich dir nicht. Psychiater sagen nie etwas wie fast unüberwindbar. Und sie benutzen nicht diesen Jargon. Und sie geben keine solchen Urteile ab. Ich glaube dir nicht, Clifford.«

»Na ja, ich gehe auch nicht wirklich zum Psychiater. Ich gehe in die Pornofilme unten am Yonge.«

Rose sah ihm nach, als er hinausging. Er trug Jeans und ein T-Shirt, auf dem stand: *Nur auf der Durchreise.* Seine Taille und seine Hüften waren so schmal wie die eines Zwölfjährigen. Sein graues Haar war zu einem Bürstenschnitt gestutzt, der seine Schädelform erkennen ließ. Trugen die Musiker heute ihre Haare so, während Politiker und Wirtschaftsprüfer langhaarig und bärtig waren, oder war es Cliffords eigene Verdrehtheit? Seine Bräune wirkte wie ein billiges Make-up, obwohl sie wahrscheinlich echt war. Er hatte insgesamt etwas Theatralisches an sich, straff, glänzend und herausfordernd, wie er war. Es war auch etwas Obszönes an seiner Magerkeit und seinem süßen, harten Lächeln.

»Geht's ihm gut?«, fragte sie Jocelyn. »Er ist schrecklich dünn.«

»Er will so aussehen. Er isst Joghurt und Schwarzbrot.«

»Ihr könnt euch nie trennen«, sagte Rose, »weil euer Haus zu schön ist.« Sie streckte sich auf dem flauschigen Teppich aus. Das Wohnzimmer hatte weiße Wände, dicke weiße Vorhänge, alte Kiefernmöbel, große Bilder in hellen Farben, flauschige Teppiche. Auf einem niedrigen runden Tisch gleich neben ihrem Ellbogen stand eine Schale mit polierten Steinen, die man nehmen und in der Hand halten und durch die Finger gleiten lassen konnte. Die Steine stammten von den Stränden von Vancouver, aus Sandy Cove und English Bay und Kitsilano und Ambleside und Dundarave. Jerome und Adam hatten sie vor langer Zeit gesammelt.

Bald nachdem Clifford von seiner Tournee durch die Provinz zurückgekommen war, zogen Jocelyn und Clifford aus Britisch Columbien fort. Sie zogen nach Montreal, dann nach Halifax, dann nach Toronto. Sie schienen sich kaum an Vancouver zu erinnern. Einmal versuchten sie, sich an den Namen der Straße zu erinnern, in der sie gewohnt hatten, und es war Rose, die ihn ihnen sagen musste. Als Rose in Capilano Heights wohnte, verbrachte sie eine Menge Zeit damit, sich an die Gegenden Ontarios zu erinnern, in denen sie gewohnt hatte, sie war dieser früheren Umgebung in gewisser Weise treu. Nachdem sie jetzt in Ontario wohnte, verwandte sie die gleiche Mühe darauf, sich an alles in Vancouver zu erinnern, sie dachte über genaue Einzelheiten nach, die im Grunde ganz banal waren. Sie versuchte sich zum Beispiel zu erinnern, wo man etwa auf den Pazifik-Schnellbus wartete, wenn man von Nord-Vancouver nach West-Vancouver fuhr. Sie malte sich aus, wie sie, vielleicht an einem Frühlingstag um ein Uhr, in diesen alten grünen Bus stieg. Sie fuhr zum Babysitten zu Jocelyn. Anna war bei ihr in ihrem gelben Regenmantel und mit dem Regenhut. Kalter Regen. Das lange morastige Stück Land, wenn man nach Vancouver hineinfuhr. Wo jetzt die Einkaufszentren und die Hochhäuser stehen. Sie konnte die Straßen sehen, den alten SB-Laden, das St. Mawes Hotel, den dichten Gürtel der Wälder, die Stelle, wo man vor einem kleinen Laden aus dem Bus stieg. Plakate für Black Cat-Zigaretten. Die Feuchtigkeit der Zedern, wenn man durch den Wald zu Jocelyns Haus ging. Leblosigkeit des frühen Nachmittags. Zeit des Mittagsschlafs. Junge Frauen, die Kaffee tranken und aus verregneten Fenstern schauten. Müde Ehepaare, die Hunde ausführten. Fußspuren in dem zähen Schlamm. Krokus, frühe Narzissen, blühende kalte Knollenpflanzen. Die völlig andere Luft in der Nähe des Meers, die allgegenwärtige, triefende Vegetation, die Stille. Anna, die an ihrer Hand zerrte, Jocelyns braunes Holzhäuschen vor ihnen. Das schwere Gewicht der Befürchtungen, der Komplikationen, das auf ihr lag, als sie sich diesem Haus näherte.

An andere Dinge wagte sie sich doch nicht zu erinnern.

Sie hatte auf dem ganzen Weg von Powell River zurück im Flugzeug hinter ihrer Sonnenbrille geweint. Sie weinte, während sie im Flughafen von Vancouver im Warteraum saß. Sie konnte nicht aufhören zu weinen und zu Patrick nach Hause gehen. Ein Polizist in Zivil setzte sich neben sie, machte seine Jacke auf, um ihr seine Dienstmarke zu zeigen, fragte, ob er etwas für sie tun könne. Jemand musste ihn gerufen haben. Erschrocken darüber, dass sie so auffiel, floh sie in die Damentoilette. Ihr kam nicht der Gedanke, sich mit einem Drink zu beruhigen, nicht der Gedanke, die Bar zu suchen. Damals ging sie überhaupt nicht in Bars. Sie nahm keine Beruhigungsmittel, sie hatte auch keine, wusste nicht einmal davon. Vielleicht gab es solche Dinge nicht.

Leiden. Was war das? Es war eine einzige Verschwendung, es brachte nichts. Ein gänzlich entehrender Kummer. Nur zerschmetterter Stolz und lächerliche Hirngespinste. Es war, als hätte sie einen Hammer genommen und absichtlich ihren großen Zeh zerschmettert. Das denkt sie manchmal. Bei anderen Gelegenheiten denkt sie, dass es notwendig war, dass es zu den Zerstörungen und Veränderungen führte, dazu, dass sie jetzt da ist, wo sie ist, statt in Patricks Haus. Das Leben machte hier wie gewöhnlich einen riesigen Aufwand wegen einer kleinen Wirkung.

Patrick konnte nicht sprechen, als sie es ihm sagte. Er hatte keinen Vortrag vorbereitet. Er sagte lange Zeit nichts, ging ihr aber im Haus nach, während sie sich weiter klagend rechtfertigte. Es war, als wünschte er, sie möchte weitersprechen, obwohl er nicht glauben konnte, was sie sagte, weil es noch viel schlimmer würde, wenn sie aufhörte.

Sie sagte ihm nicht die ganze Wahrheit. Sie sagte, sie habe mit Clifford »eine Affäre gehabt«, und durch das Erzählen verschaffte sie sich eine vage, unechte Art von Trost, der sofort von Patricks schweigendem Blick durchschaut, aber doch nicht ganz zerstört wurde. Es schien ihr unpassend und unfair von ihm, ein so nacktes Gesicht zu zeigen, einen so unangebrachten, unverdaulichen Klotz von Kummer.

Dann klingelte das Telefon, und sie dachte, es sei Clifford, der sich eines anderen besonnen habe. Es war nicht Clifford, es war ein Mann, den sie auf Jocelyns Party kennen gelernt hatte. Er sagte, er inszeniere ein Hörspiel, und er brauche ein Mädchen vom Land. Er erinnerte sich ihrer Sprechweise.

Nicht Clifford.

Sie wollte lieber nicht an all das denken. Sie schaute lieber durch metallgerahmte Fenster auf die tropfenden Zedern und Brombeerbüsche und das wuchernde, tödliche Grün des Regenwaldes und einige kleine Ausschnitte aus dem verlorenen Alltagsleben. Annas gelber Regenmantel. Der Gestank von Jocelyns qualmendem Feuer.

»Willst du den Trödel sehen, den ich gekauft habe?«, fragte Jocelyn und zog Rose die Treppe hinauf. Sie zeigte ihr einen gestickten Rock und eine tiefrote Satinbluse. Einen blassgelben Schlafanzug. Ein langes, formloses, grob gewebtes Gewand aus Irland.

»Ich gebe ein Vermögen aus. Was ich früher mal für ein Vermögen gehalten hätte. Ich habe so lange gebraucht. Wir haben beide so lange gebraucht, bis wir endlich lernten, Geld auszugeben. Wir konnten uns einfach nicht dazu durchringen. Wir verachteten die Leute, die Farbfernsehen hatten. Und weißt du was – Farbfernsehen ist toll! Jetzt sitzen wir herum und sagen: was möchten wir haben? Vielleicht so einen kleinen Grilltoaster für das Ferienhaus? Vielleicht hätte ich gern eine Trockenhaube? Es sind lauter

Sachen, die alle Leute seit Jahren kannten, für die wir uns aber zu gut hielten. Weißt du, was wir sind, wie wir uns selbst nennen? Wir sind Verbraucher! Und das ist recht so! Und nicht nur Bilder und Platten und Bücher. Wir wussten immer, dass so was richtig ist. Farbfernsehen! Trockenhaube! Waffeleisen!«

»Vogelkäfige mit Fernsteuerung!«, rief Rose fröhlich.

»Genau.«

»Vorgewärmte Handtücher.«

»Vorgewärmte Handtuchhalter, Dummkopf! Sie sind fabelhaft.«

»Elektrische Messer, elektrische Zahnbürsten, elektrische Zahnstocher.«

»Einiges davon ist nicht so schlecht, wie es klingt. Wirklich.«

Ein anderes Mal, als Rose hinkam, hatten Jocelyn und Clifford eine Party. Als alle nach Hause gegangen waren, saßen die drei, Jocelyn und Clifford und Rose, auf dem Fußboden im Wohnzimmer, alle leicht betrunken und sehr vergnügt. Die Party war gut verlaufen. Rose hatte ein unbestimmtes und wehmütiges Gefühl; vielleicht ein Gefühl der Erinnerung. Jocelyn sagte, sie wolle noch nicht ins Bett gehen.

»Was können wir machen?«, sagte Rose. »Trinken sollten wir nichts mehr.«

»Wir könnten uns lieben«, sagte Clifford.

Jocelyn und Rose sagten genau gleichzeitig: »Wirklich?« Dann hakten sie ihre kleinen Finger ineinander und sagten: »Wir leben noch hundert Jahre zusammen.«

Worauf Clifford ihnen die Kleider auszog. Sie fröstelten nicht, es war warm vor dem Kamin. Clifford verteilte seine Aufmerksamkeit auf sie beide. Auch er zog sich aus. Rose fühlte sich merkwürdig, ungläubig, eher ablehnend, leicht erstaunt, und irgendwie war sie zu träge, um etwas zu tun, auch entsetzt und traurig. Obwohl Clifford sich ihnen zu Anfang gleichermaßen zugewandt hatte, war sie diejenige, zu der er schließlich kam, ziemlich schnell, auf dem noppigen, flauschigen Teppich. Jocelyn schien über ihnen zu schweben und ließ ermutigende Laute der Zustimmung hören.

Am nächsten Morgen musste Rose fort, bevor Jocelyn und Clifford aufgewacht waren. Sie musste in die Stadt zur U-Bahn. Sie fand, dass sie die Männer mit jenem prüfenden Hunger, jenem kalten und verderblichen Drang anschaute, von dem sie eine Zeit lang frei gewesen war. Sie wurde allmählich sehr ärgerlich. Sie ärgerte sich über Clifford und Jocelyn. Sie fand, sie hätten sie zum Narren gehalten, sie betrogen, ihr einen Mangel gezeigt, dessen sie sich sonst nicht bewusst geworden wäre. Sie beschloss, sie nie wieder zu sehen und ihnen einen Brief zu schreiben, in dem sie ihnen über ihren Egoismus, ihre Dummheit und moralische Verkommenheit Bescheid sagen wollte. Als sie diesen Brief zu ihrer eigenen Zufriedenheit in Gedanken verfasst hatte, war sie wieder auf dem Land und hatte sich beruhigt. Sie beschloss, ihnen nicht zu schreiben. Einige Zeit später beschloss sie, weiterhin mit Clifford und Jocelyn befreundet zu bleiben, weil sie in diesem Abschnitt ihres Lebens gelegentlich solche Freunde brauchte.

Vorsehung

Rose hatte einen Traum von Anna. Es war, nachdem sie weggegangen war und Anna zurückgelassen hatte. Sie träumte, sie begegne Anna, wie sie den Gonzales Hill hinaufging. Sie wusste, dass sie aus der Schule kam. Sie ging hin, um mit ihr zu sprechen, aber Anna ging wortlos weiter. Kein Wunder. Sie war mit Lehm bedeckt, der voller Blätter oder Zweige zu sein schien, so dass es wie welke Girlanden wirkte. Verzierung; Zerstörung. Und der Lehm oder Schmutz war nicht trocken, er lief noch an ihr herunter, so dass sie unfertig und traurig aussah, ein zusammengeflicktes, schwerköpfiges Götzenbild.

»Willst du mit mir kommen, willst du bei Daddy bleiben?«, hatte Rose zu ihr gesagt, aber Anna wollte nicht antworten, sie sagte stattdessen: »Ich will nicht, dass du gehst.« Rose hatte eine Stelle bei einem Rundfunksender in einer Stadt in den Kootenay-Bergen gefunden.

Anna lag in dem Bett mit den vier Pfosten, in dem Patrick und Rose gewöhnlich schliefen, in dem Patrick nun allein schlief. Rose schlief im Arbeitszimmer.

Anna ging immer zum Einschlafen in dieses Bett, dann trug Patrick sie in ihr eigenes Bett. Weder Rose noch Patrick wussten, wann das nicht mehr nur gelegentlich geschah, sondern zur festen Einrichtung geworden war. Alles im Haus war aus dem Leim. Rose packte ihren Reisekoffer. Sie machte das tagsüber, wenn Patrick und Anna nicht in der Nähe waren. Sie und Patrick verbrachten die Abende in verschiedenen Teilen des Hauses. Einmal ging sie ins Esszimmer und fand ihn dort vor, wie er neue Klebestreifen auf die Schnappschüsse im Fotoalbum klebte. Sie war wütend auf ihn, weil er das tat. Sie sah ein Foto von sich, wie sie Anna auf einer Schaukel im Park anstieß; sie, süßlich lächelnd im Bikini; richtige Lügen.

»Es war keineswegs besser damals«, sagte sie. »Nicht wirklich.« Sie dachte, im tiefsten Herzen habe sie wohl schon immer vorgehabt, das zu tun, was sie jetzt tat. Sogar an ihrem Hochzeitstag hatte sie gewusst, dass diese Zeit kommen würde, und wenn sie nicht käme, könnte sie ebenso gut tot sein. Der Verrat kam von ihr.

»Das weiß ich«, sagte Patrick ärgerlich.

Aber es war natürlich doch besser gewesen, weil sie noch nicht angefangen hatte, den Bruch herbeizuführen, sie hatte über lange Zeiten vergessen, dass er kommen musste. Es war sogar falsch, zu sagen, sie habe den Bruch geplant, habe ihn in die Wege geleitet, weil sie nichts mit Vorbedacht getan hatte, nichts mit Überlegung, es war so schmerzvoll und verheerend wie nur möglich geschehen, mit allem erdenklichen Hin und Her und Versöhnung und Beschimpfung, und auch jetzt noch war ihr, als gehe sie über eine schwingende Brücke und könne die Augen nur auf die Planken vor sich halten, keinesfalls hinunter- oder um sich schauen.

»Wen möchtest du?«, sagte sie sanft zu Anna. Statt einer Antwort schrie Anna laut nach Patrick. Als er kam, setzte sie sich auf und zog beide auf das Bett herunter und neben sich. Sie klammerte sich an sie und fing an zu schluchzen und zu zittern. Sie war manchmal ein Kind von dramatischer Heftigkeit, eine blanke Klinge.

»Ihr müsst doch nicht«, sagte sie. »Ihr müsst doch nicht mehr kämpfen.«

Patrick schaute ohne Anklage zu Rose hinüber. Seit Jahren war sein normaler Blick, selbst wenn sie sich liebten, anklagend gewesen, aber sein Schmerz wegen Anna war so stark, dass alle Anklage wie weggewischt war. Rose war aufgestanden und hinausgegangen und überließ es ihm, Anna zu trösten, weil sie fürchtete, es komme eine große trügerische Welle von Gefühlen für ihn auf sie zu.

Es stimmte schon. Sie hatten keine Kämpfe mehr miteinander. Sie hatte Narben an den Handgelenken und am Körper, die sie sich (nicht eben an den gefährlichsten Stellen) mit einer Rasierklinge beigebracht hatte. Einmal hatte Patrick in der Küche dieses Hauses versucht, sie zu erwürgen. Einmal war sie hinausgelaufen und hatte im Nachthemd am Boden gekniet und Hände voll Gras ausgerissen. Dennoch war für Anna dieses grausame System, das ihre Eltern aus Fehlern und Ungleichheiten errichtet hatten, und dem jeder ansah, dass man es auflösen und beseitigen müsste, das wahre Gewebe des Lebens, es war Vater und Mutter, Beginn und Zuflucht. Was für ein Betrug, dachte Rose, was für ein Betrug für alle. Wir gehen aus Verbindungen hervor, die nichts von dem in sich tragen, was wir zu verdienen glauben.

Sie schrieb an Tom, um ihm zu sagen, was sie vorhatte. Tom war Dozent an der Universität in Calgary. Rose war ein klein wenig in ihn verliebt (so sagte sie zu Freunden, die von der Affäre wussten, *ein klein wenig verliebt*). Sie hatte ihn hier vor einem Jahr getroffen – er war der Bruder einer Frau, mit der sie gelegentlich in Hörspielen arbeitete –, und inzwischen war sie einmal mit ihm in Victoria gewesen. Sie schrieben einander lange Briefe. Er war ein höflicher Mensch, Historiker, er schrieb witzige und zärtliche Liebesbriefe. Sie hatte ein bisschen Sorge, Tom würde nicht mehr so oft schreiben, wenn sie ihm ankündigte, dass sie Patrick verlassen wollte, oder er würde vorsichtiger werden für den Fall, dass sie zu viel von ihm erwartete. *Falsche Vorstellungen bekommen.* Aber das tat er nicht, er war nicht so gemein oder so feige; er vertraute ihr.

Sie sagte zu ihren Freunden, es habe nichts mit Tom zu tun, dass sie Patrick verlasse, und sie würde Tom wahrscheinlich nicht öfter treffen als bisher.

Sie glaubte das auch, aber sie hatte sich zwischen einer Stellung in der Gebirgsstadt und einer auf Vancouver Island entschieden, weil ihr der Gedanke gefiel, so näher bei Calgary zu sein.

Am Morgen war Anna fröhlich, sie sagte, es sei alles in Ordnung. Sie sagte, sie wolle bleiben. Sie wolle in ihrer Schule und bei ihren Freunden bleiben. Sie drehte auf der Mitte des Gartenwegs um, um ihren Eltern zu winken und zuzuschreien: »Glückliche Scheidung!«

Rose hatte gedacht, wenn sie einmal aus Patricks Haus heraus sei, würde sie in einem kahlen Zimmer wohnen, an irgendeinem schmutzigen und schäbigen Ort. Sie würde sich nichts draus machen, sie würde sich nicht die Mühe nehmen, eine Umgebung für sich selbst zu schaffen, sie mochte das alles nicht. Die Wohnung, die sie fand – das Obergeschoss eines braunen Ziegelhauses auf halber Höhe am Berghang –, war schmutzig und schäbig, aber sie machte sich sofort daran, sie in Ordnung zu bringen. Die

Tapete in Rot und Gold (sie sollte noch entdecken, dass solche Orte oft nach anderer Leute Vorstellungen von eleganten Tapeten aufgeputzt waren) war nachlässig angebracht worden und kräuselte und wellte sich auf dem Untergrund. Sie kaufte Leim und klebte sie wieder fest. Sie kaufte Hängepflanzen und redete ihnen gut zu, nicht einzugehen. Sie hängte lustige Poster im Badezimmer auf. Sie zahlte in dem einzigen Geschäft der Stadt, wo es dergleichen gab, Schandpreise für eine indianische Tagesdecke, Körbe, Keramiken und bemalte Krüge. Sie strich die Küche in Blau und Weiß und versuchte, die Farben mit dem Weidenmuster des Porzellans abzustimmen. Der Hausbesitzer versprach, die Farbe zu bezahlen, aber er tat es nicht. Sie kaufte blaue Kerzen, etwas Räucherwerk, einen großen Strauch trockener vergoldeter Blätter und Gräser. Sie hatte nun, als alles fertig war, einen Platz, der deutlich erkennbar einer Frau gehörte, die allein lebte, wahrscheinlich nicht mehr jung war und mit einem College oder mit der Kunst in Verbindung stand oder in Verbindung gebracht zu werden hoffte. Genauso wie das Haus, in dem sie vorher gelebt hatte, Patricks Haus, erkennbar einem erfolgreichen Geschäftsmann oder einem Intellektuellen mit ererbtem Geld und ererbten Maßstäben gehörte.

Die Stadt im Gebirge schien weitab von allem zu liegen. Aber Rose gefiel sie, zum Teil gerade deswegen. Wenn man in der Großstadt gelebt hat und dann in eine Kleinstadt zieht, hat man die Vorstellung, dort sei alles überschaubar und leicht, fast so, als hätten sich ein paar Leute zusammengetan und gesagt: »Wir wollen Kleinstadt spielen.« Man meint, dort könne niemand sterben.

Tom schrieb, er müsse kommen und sie besuchen. Im Oktober (sie hatte kaum erwartet, dass es so früh sein würde) ergab sich eine Gelegenheit, eine Konferenz in Vancouver. Er hatte vor, die Konferenz einen Tag früher zu verlassen und vorzugeben, er habe dort noch einen weiteren Tag gebraucht, so dass sie zwei freie Tage haben würden. Aber er rief von Vancouver aus an und sagte, er könne nicht kommen. Er habe einen vereiterten Zahn, er habe schreckliche Schmerzen, er müsse genau an dem Tag, den er mit Rose verbringen wollte, eine Notoperation vornehmen lassen. So würde er den Extra-Tag doch noch bekommen, sagte er, ob sie wohl glaube, dass das die Strafe für ihn sei? Er sagte, er sehe die Dinge wie ein Calvinist, und er sei ganz wacklig vor Schmerzen und Tabletten.

Roses Freundin Dorothy fragte, ob sie ihm glaube. Es war Rose gar nicht eingefallen, ihm nicht zu glauben.

»Ich glaube nicht, dass er so etwas tun würde«, sagte sie, und Dorothy sagte ganz fröhlich, fast lässig: »Ach, die machen doch alles.«

Dorothy war die andere Frau, die beim Sender arbeitete; sie machte zweimal in der Woche ein Programm für Hausfrauen und hielt Vorträge vor Frauengruppen; sie war als Organisatorin von Festessen der Jugendvereine anlässlich von Preisverleihungen sehr gefragt; das war ihre Richtung. Sie und Rose hatten eine Freundschaft angeknüpft, die hauptsächlich darauf beruhte, dass sie mehr oder weniger allein standen und unternehmungslustige Geschöpfe waren. Dorothy hatte einen Liebhaber in Seattle, und sie traute ihm nicht.

»Die machen doch alles«, sagte Dorothy. Sie tranken Kaffee im »Hole-in-One«, einem kleinen Café in der Nähe des Senders. Dorothy fing an, Rose eine Geschichte über ein Verhältnis zu erzählen, das sie mit dem Besitzer des Senders gehabt hatte, der jetzt ein alter Mann war und die meiste Zeit in Kalifornien verbrachte. Er hatte ihr zu Weihnachten eine Halskette geschenkt und gesagt, sie sei aus Jade. Er sagte, er habe sie in Vancouver gekauft. Sie musste sich den Verschluss richten lassen und fragte stolz, wie viel die Kette wert sei. Man sagte ihr, es sei überhaupt kein Jade, der Juwelier zeigte ihr, woran man das sah und hielt sie ins Licht. Ein paar Tage danach kam die Frau des Besitzers ins Studio und prunkte mit der gleichen Kette; ihr hatte man auch die Jade-Geschichte erzählt. Während Dorothy ihr das erzählte, schaute Rose auf Dorothys aschblonde Perücke, die glänzend und üppig und nicht einen Augenblick glaubhaft war, und auf ihr Gesicht, dessen zerbrochenes und zerschlagenes Aussehen die Perücke und die türkisgrünen Lidschatten noch betonten. In einer Großstadt hätte sie fast wie eine Hure ausgesehen; hier dachten die Leute, sie sei exotisch, aber bezaubernd, die Vertreterin einer märchenhaften, eleganten Welt.

»Das war das letzte Mal, dass ich einem Mann traute«, sagte Dorothy. »Gleichzeitig mit mir legte er noch ein anderes Mädchen aufs Kreuz, das hier arbeitete – sie war verheiratet, eine Kellnerin –, und das Kindermädchen seiner Enkel. Was sagst du dazu?«

Zu Weihnachten kehrte Rose zurück in Patricks Haus. Sie hatte Tom bisher noch nicht getroffen, aber er hatte einen dunkelblauen gestickten Schal mit Fransen geschickt, den er Anfang Dezember auf einer Kongressreise in Mexiko gekauft hatte, auf die er seine Frau mitgenommen hatte (schließlich hatte er es ihr versprochen, sagte Rose zu Dorothy). Anna war in den drei Monaten gewachsen. Es machte ihr Spaß, den Bauch einzuziehen und den Brustkorb herauszudrücken, so dass sie wie ein Hungerkind aussah. Sie war stolz, gelenkig, voller Possen und Geheimnisse. Als sie mit ihrer Mutter einkaufen ging – denn Rose hatte wieder das Einkaufen, das Kochen übernommen und war manchmal ganz verzweifelt bei dem Gedanken, ihre Arbeit und ihre Wohnung und Tom existierten außerhalb ihrer Gedanken überhaupt nicht –, sagte sie: »Ich vergess es immer, wenn ich in der Schule bin.«

»Was vergisst du?«

»Ich vergess immer, dass du nicht daheim bist, und dann fällt es mir wieder ein. Da ist ja nur Mrs Kreber.« Mrs Kreber war die Haushälterin, die Patrick eingestellt hatte.

Rose beschloss, sie mitzunehmen. Patrick sagte nicht nein, er sagte, vielleicht sei es das Beste. Aber er konnte es nicht im Haus aushalten, während Rose Annas Sachen zusammenpackte.

Anna sagte später, sie habe nicht gewusst, dass sie zu ihrer Mutter ziehen sollte, sie habe gedacht, sie komme nur zu Besuch. Rose glaubte, sie müsse wohl so etwas sagen und denken, sie würde damit für keine Entscheidung verantwortlich sein.

Der Zug ins Gebirge wurde durch starken Schneefall aufgehalten. Das Wasser fror ein. Der Zug stand lange still auf den Bahnhöfen, eingehüllt in Dampfwolken, während die Leitungen aufgetaut wurden. Sie zogen ihre Überkleider an und liefen den Bahnsteig entlang. Rose sagte: »Ich werde dir einen Wintermantel kaufen müssen.« Während der dunklen Winter an der Küste waren Gummistiefel und ein Regenmantel mit Kapuze ausreichend. Anna musste begriffen haben, dass sie bleiben sollte, aber sie sagte nichts.

In der Nacht schaute Rose, während Anna schlief, hinaus auf die erschreckende Tiefe und das Glitzern des Schnees. Der Zug kroch langsam vorwärts, man hatte

Angst vor Lawinen. Rose hatte keine Angst, ihr gefiel der Gedanke, dass sie in diesem dunklen Schlafabteil und unter den rauen Laken der Bahn eingeschlossen waren und durch eine so unerbittliche Landschaft gefahren wurden. Sie fand schon immer, dass das Reisen im Zug, wenn auch gefährlich, so doch auch sicher und sauber war. Sie fand, dass Flugzeuge dagegen jeden Augenblick erschrecken könnten über das, was sie taten, und dass sie dann ohne einen Laut des Widerspruchs aus der Luft herunterfallen würden.

Sie schickte Anna in ihren neuen Wintersachen in die Schule. Es ging gut, Anna fürchtete sich nicht und litt auch nicht unter ihrer Rolle als Außenseiter. Schon nach einer Woche kamen Kinder mit ihr nach Hause, und sie ging in die Häuser anderer Kinder. In der frühen winterlichen Dämmerung ging Rose durch die Straßen mit den hohen Schneemauern, um sie abzuholen. Im Herbst war ein Bär vom Berg herabgekommen und in die Stadt eingedrungen. Die Nachricht wurde im Radio durchgegeben. *Ein ungewöhnlicher Besucher, ein schwarzer Bär, treibt sich in der Fulton Street herum. Es wird geraten, die Kinder im Hause zu halten.* Rose wusste, dass ein Bär kaum während des Winters in die Stadt hereinkommen würde, aber sie war trotzdem besorgt. Sie machte sich auch Sorge wegen der Autos angesichts der engen Straßen und der unübersichtlichen Kreuzungen. Manchmal kam es vor, dass Anna auf einem anderen Weg heimgegangen war und dass Rose den ganzen Weg zum Haus eines anderen Kindes ging und sie dort nicht vorfand. Dann lief sie, lief den ganzen Heimweg, die steilen Straßen und die langen Treppen hinauf, ihr Herz hämmerte vor Anstrengung und vor Angst, die sie zu verbergen suchte, wenn sie Anna zu Hause fand.

Ihr Herz hämmerte auch vom Schleppen der Wäsche und der Lebensmittel. Der Waschsalon, der Supermarkt, der Getränkeladen waren alle am Fuß des Berges. Sie war pausenlos beschäftigt. Sie hatte immer dringende Pläne für die nächste Stunde. Die neubesohlten Schuhe abholen, die Haare waschen und tönen, Annas Mantel für den morgigen Schulgang flicken. Neben ihrem Beruf, der schwer genug war, erledigte sie die Dinge, die sie schon immer erledigt hatte, und das unter schwierigeren Umständen. Diese häuslichen Arbeiten brachten eine erstaunliche Menge Befriedigung mit sich.

Sie kaufte zwei Sachen für Anna: den Goldfisch und das Fernsehgerät. Katzen und Hunde durfte man in der Wohnung nicht halten, nur Vögel oder Fische. In der zweiten Woche, die Anna dort war, an einem Januartag, ging Rose den Berg hinunter, um Anna von der Schule abzuholen und sie zu Woolworth mitzunehmen, um den Fisch zu kaufen. Sie schaute in Annas Gesicht und dachte, es sei schmutzig, dann sah sie, dass es mit Tränen verschmiert war.

»Ich habe heute jemand Jeremy rufen hören«, sagte Anna, »und ich dachte, Jeremy sei hier.« Jeremy war ein kleiner Junge, mit dem sie oft zu Hause gespielt hatte.

Rose sprach von dem Fisch.

»Ich hab Bauchweh.«

»Hast du vielleicht Hunger? Mir würde eine Tasse Kaffee gut tun. Was möchtest du haben?«

Es war ein schrecklicher Tag. Sie gingen durch den Park, einen Abkürzungsweg zur Stadt hinunter. Es hatte getaut und dann gefroren, so dass alles vereist und an der Oberfläche mit Wasser oder Matsch bedeckt war. Die Sonne schien, aber es war jene Wintersonne, die nur in den Augen schmerzt und einem die Kleider schwer werden lässt und alle Unordnung und jede Schwierigkeit betont, so wie die Schwierigkeit, die sie jetzt hatten, als sie versuchten, auf dem Eis zu gehen. Rundherum waren Jugendliche, die gerade aus der Schule kamen, und ihr Lärm, ihr Schreien und Rutschen, die Art, wie ein Junge und ein Mädchen auf einer Bank auf dem Eis saßen und sich ungeniert küssten, entmutigten Rose noch mehr.

Anna bekam eine Schokoladenmilch. Die Jugendlichen waren ihnen in das Restaurant gefolgt. Es war ein altes Haus mit hochlehnigen Nischen aus den vierziger Jahren und einem Wirt und Koch mit orangefarbenen Haaren, den alle Dree nannten; es war die schäbige Wirklichkeit, die die Leute voll Sehnsucht in Filmen sahen und, was der Gipfel war, niemand hier hatte eine Vorstellung davon, dass es etwas sein könnte, wonach man sich einmal sehnen würde. Dree sparte wahrscheinlich, um das Lokal herrichten zu lassen. Aber heute dachte Rose an die Restaurants, an die es sie erinnerte, in die sie nach der Schule gegangen war, und dachte, dass sie im Grunde dort doch sehr unglücklich gewesen sei.

»Du liebst Daddy nicht«, sagte Anna. »Ich weiß es ganz sicher.«

»Nun ja, ich hab ihn gern«, sagte Rose. »Wir können nur eben nicht zusammenleben, das ist alles.«

Wie alles, was man mit Vorbedacht sagt, klang auch das falsch, und Anna sagte: »Du magst ihn nicht. Du lügst doch.« Sie begann jetzt überzeugter zu sprechen, und es schien, als freue sie sich darauf, ihrer Mutter überlegen zu sein.

»Stimmt's nicht?«

Rose war tatsächlich drauf und dran zu sagen, nein, sie

liebe ihn nicht. Anna wünschte es sich, aber würde sie es auch ertragen können? Wie soll man je entscheiden, was Kinder ertragen können? Und im Augenblick hatten die Worte *lieben, nicht lieben, gern haben, nicht gern haben*, ja selbst *hassen* keinerlei Sinn für Rose, soweit es Patrick anging.

»Ich hab immer noch Bauchweh«, sagte Anna recht befriedigt und schob ihre Schokoladenmilch weg. Aber sie erkannte die Gefahrensignale, sie wollte es nicht weiter treiben. »Wann gehen wir den Fisch kaufen?«, fragte sie, als ob Rose sich zu drücken versucht hätte.

Sie kauften einen orangefarbenen Fisch, einen blau gesprenkelten Fisch, einen schwarzen Fisch mit samtig glänzendem Körper und erschreckend vorstehenden Augen, die sie alle in einem Plastikbeutel nach Hause trugen. Sie kauften ein Aquarium, farbige Kiesel, eine grüne Plastikpflanze. Beide fühlten sich im Woolworth wieder besser, bei den blitzenden Fischen und den singenden Vögeln und der hellrosa und grünen Unterwäsche und den goldgerahmten Spiegeln und dem Plastikgeschirr und einem großen Hummer aus kaltem rotem Gummi.

Im Fernsehen sah sich Anna gern das »Familiengericht« an, eine Reihe über Mädchen, die eine Abtreibung brauchten, und Damen, die wegen Ladendiebstahls festgenommen wurden, und Väter, die nach vielen Jahren plötzlich wieder auftauchten und ihre verlorenen Kinder für sich beanspruchten, die ihren Stiefvater viel lieber mochten. Eine andere Reihe, die ihr gefiel, hieß die »Brady-Bande«. Die Brady-Bande war eine Familie mit sechs schönen, fleißigen, stets lustigen, missverstandenen oder missverstehenden Kindern, mit einer hübschen blonden Mutter und einem gut aussehenden dunklen Vater und einer fröhlichen

Putzfrau. Die Brady-Bande kam um sechs Uhr, und Anna wollte beim Zusehen zu Abend essen. Rose erlaubte es, weil sie oft noch arbeiten wollte, während Anna aß. Sie begann das Essen in Schälchen zu füllen, damit Anna besser damit zurechtkam. Sie gab es auf, abends eine Mahlzeit aus Fleisch und Kartoffeln und Gemüse zu kochen, weil sie so viel davon wegwerfen musste. Stattdessen machte sie Chili oder Rühreier, Brote mit Schinken und Tomaten, Würstchen im Schlafrock. Manchmal wollte Anna Frühstücksflocken, und Rose hatte nichts dagegen. Aber dann dachte sie wieder, etwas sei schrecklich falsch, wenn sie sah, wie Anna vor dem Fernseher saß und Cornflakes aß, und das gerade zu der Zeit, zu der sich die Familien überall an Küchen- oder Esszimmertischen zusammenfanden und sich darauf vorbereiteten, zu essen und zu streiten und sich gegenseitig zu unterhalten und zu quälen. Sie kaufte ein Hühnchen, sie kochte eine dicke goldgelbe Suppe mit Gemüse und Graupen. Anna wollte stattdessen Cornflakes. Sie sagte, die Suppe habe einen komischen Geschmack. Es ist eine *wunderbare* Suppe, schrie Rose, du hast sie kaum probiert, Anna, bitte, *versuch* sie doch.

»Mir zuliebe«, es war ein Wunder, dass sie das nicht sagte.

Im Grunde war sie erleichtert, als Anna ruhig sagte: »Nein.«

Um acht Uhr fing sie an, Anna ins Bad, ins Bett zu treiben. Erst wenn all das erledigt war – wenn sie das letzte Glas Schokoladenmilch hineingebracht, das Bad aufgewischt, die Papierfetzen, Bleistifte, ausgeschnittenen Filzfiguren, Scheren, schmutzigen Strümpfe, das Spielbrett und auch die Decken weggeräumt, in die Anna sich beim Fernsehen einwickelte, weil die Wohnung kalt war, Annas Mittagessen für den nächsten Tag gemacht, das Licht unter ihrem Protest gelöscht hatte –, erst dann konnte Rose sich mit einem Drink oder einer Tasse Kaffee mit Rum hinsetzen und sich der Befriedigung und dem Nachdenken überlassen. Sie löschte dann die Lampen und saß an dem hohen Vorderfenster und schaute auf diese Gebirgsstadt hinaus, von deren Existenz sie bis vor einem Jahr kaum etwas gewusst hatte, und dann dachte sie, was für ein Wunder es war, dass das alles geschehen war, dass sie all das hinter sich gebracht hatte und arbeitete, dass sie Anna hatte, dass sie Anna und sich selbst durchbringen konnte. Sie konnte dann Annas Gewicht in dieser Wohnung ebenso natürlich fühlen, wie sie ihr Gewicht in ihrem Leib gefühlt hatte, und ohne hinzugehen und sie anzuschauen, konnte sie mit verblüffter, ängstlicher Freude das helle Haar, die helle Haut und die glänzenden Augenbrauen sehen, das Profil, in dessen Verlauf man, wenn man genau hinsah, die feinen, fast unsichtbaren Härchen sehen konnte, die das Licht einfingen. Zum ersten Mal in ihrem Leben begriff sie, was Häuslichkeit ist, erkannte den Sinn der Geborgenheit und arbeitete, um sich das zu schaffen.

»Warum wolltest du aus der Ehe raus?«, fragte Dorothy. Auch sie war verheiratet gewesen, vor langer Zeit.

Rose wusste nicht, was sie zuerst aufzählen sollte. Die Narben an den Handgelenken. Das Würgen in der Küche, das Grasausreißen? Das alles traf es nicht.

»Ich hatte es einfach satt«, sagte Dorothy. »Ich hatte es einfach so verdammt satt, um es dir ganz ehrlich zu sagen.«

Sie war halb betrunken. Rose fing an zu lachen, und Dorothy sagte: »Warum lachst du denn, zum Kuckuck?«

»Es ist geradezu eine Erleichterung, jemand das sagen

zu hören. Statt darüber zu reden, dass ihr nicht miteinander kommunizieren konntet.«

»Nun ja, wir haben auch nicht miteinander kommuniziert. Nein, Tatsache ist, dass ich einfach wegen jemand anderem außer mir war. Ich hatte ein Verhältnis mit einem Burschen, der für eine Zeitung arbeitete, einem Journalisten. Gut, er ging nach England, ich meine der Journalist, und er schickte mir einen Brief über den Atlantik, in dem stand, dass er mich wirklich liebe. Er schrieb mir diesen Brief, weil er jenseits des Atlantiks und ich hier war, aber ich hatte nicht genug Verstand, um das zu begreifen. Weißt du, was ich machte? Ich verließ meinen Mann – na, das war kein großer Verlust –, und ich borgte mir Geld, fünfzehnhundert Dollar borgte ich bei der Bank. Und ich flog ihm nach, nach England. Ich rief seine Zeitung an, sie sagten, er sei in die Türkei gefahren. Ich saß im Hotel und wartete auf seine Rückkehr. War das eine Zeit. Ich ging nie aus dem Hotel raus. Wenn ich zur Massage ging oder mir die Haare machen ließ, sagte ich Bescheid, wo man mich rufen lassen könnte. Ich belästigte die Leute fünfzig Mal am Tag. Ist kein Brief gekommen? Hat niemand angerufen? O Gott, o Gott, o Gott!«

»Ist er überhaupt zurückgekommen?«

»Ich rief wieder an, man sagte mir, er sei nach Kenia gegangen. Ich hatte angefangen, das große Zittern zu kriegen. Ich sah, dass ich mich wieder in die Hand bekommen musste, und es gelang mir gerade noch zur rechten Zeit. Ich flog heim. Ich fing mit den Rückzahlungen bei dieser gottverdammten Bank an.«

Dorothy trank Wodka aus einem Wasserglas, pur.

»Ach, zwei oder drei Jahre später traf ich ihn, wo war das noch. Es war auf einem Flughafen. Nein, es war in einem Kaufhaus. Tut mir Leid, dass ich dich verpasst habe, als du nach England kamst, sagte er. Ich sagte ach, ist schon gut, ich habe doch eine ganz schöne Zeit gehabt. Ich war immer noch am Zurückzahlen. Ich hätte ihm sagen sollen, dass er ein Scheißkerl ist.«

Im Studio las Rose Werbesprüche und die Wettervorhersagen, beantwortete Briefe, gab Auskunft am Telefon, tippte die Nachrichten, sprach die einzelnen Rollen in den Sonntagsglossen, die ein Geistlicher aus dem Ort schrieb, und hatte vor, Interviews zu machen. Sie wollte eine Geschichte über die frühen Siedler dieser Stadt schreiben; sie besuchte einen blinden Mann, der über einem Lebensmittelladen wohnte, und sprach mit ihm. Er erzählte ihr, in den alten Zeiten habe man Äpfel und Kirschen an die Zweige der Kiefern und Zedern gehängt, Fotos davon gemacht und sie nach England geschickt. Das brachte die englischen Einwanderer her, die überzeugt waren, in ein Land zu kommen, wo die Obstbäume schon blühten. Als sie mit dieser Geschichte zum Sender zurückkam, lachten alle; sie hatten sie schon so oft gehört.

Sie vergaß Tom nicht. Er schrieb; sie schrieb. Ohne diese Verbindung zu einem Mann hätte sie sich selbst als unsichere und klägliche Gestalt gesehen; diese Verbindung gab ihrem Leben einen Halt. Eine Zeit lang sah es so aus, als hätten sie Glück. Es sollte eine Konferenz in Calgary stattfinden, über den Rundfunk im Landleben oder etwas in der Art, und der Sender schickte Rose hin. Ohne auch nur die geringste Mitwirkung ihrerseits. Sie und Tom waren am Telefon voller Jubel und Ausgelassenheit. Sie fragte eine der jungen Lehrerinnen von gegenüber, ob sie kommen und auf Anna aufpassen könne. Das Mädchen war sehr gern dazu bereit; der Freund der anderen Lehrerin war bei ihnen eingezogen, und es war im Augenblick bei ihnen etwas beengt. Rose ging wieder in den Laden, in dem sie die Tagesdecke und die Töpfe gekauft hatte; sie kaufte ein abendkleidartiges Kaftan-Nachthemd mit einem Vogelmuster in Juwelenfarben. Sie musste dabei an des Kaisers Nachtigall denken. Sie machte eine neue Farbspülung für ihr Haar. Sie musste sechzig Meilen mit dem Bus fahren und dann ein Flugzeug nehmen. Sie würde eine Stunde voller Schrecken gegen die zusätzliche Zeit in Calgary eintauschen. Die Leute beim Sender machten ihr Angst, indem sie ihr erzählten, wie die kleinen Flugzeuge fast senkrecht von dem Flughafen im Gebirge aufstiegen und dann stoßend und zitternd ihren Weg über die Rockys machten. Sie dachte dabei, es wäre nicht richtig, auf diese Weise zu sterben, in den Bergen zu verunglücken, wenn sie doch zu Tom wollte. Sie dachte das trotz des Reisefiebers, das sie hatte. Das Unternehmen war zu leichtsinnig, um dabei zu sterben. Es erschien ihr wie Verrat, ein solches Risiko auf sich zu nehmen; nicht Verrat an Anna und sicher nicht an Patrick, aber vielleicht an sich selbst. Aber gerade weil die Reise leichtfertig unternommen wurde, weil sie nicht ganz wirklich war, würde sie nicht sterben.

Sie war in solcher Hochstimmung, dass sie die ganze Zeit mit Anna Dame spielte. Sie spielte Mensch ärgere dich nicht oder jedes Spiel, das Anna wünschte. Am Abend vor der Abreise – sie hatte ein Taxi bestellt, das sie um halb fünf in der Früh abholen sollte – spielten sie Dame, und Anna sagte: »Ach, ich komme mit diesen blauen nicht zurecht«, und beugte sich fast weinend über das Spielbrett, was ihr sonst beim Spielen nicht passierte. Rose griff ihr an die Stirn und brachte sie mit tröstenden Worten ins Bett. Sie hatte fast vierzig Grad Fieber. Es war zu spät, um

Tom in seinem Büro anzurufen, und natürlich konnte sie ihn zu Hause nicht anrufen. Sie rief das Taxi und den Flughafen an und sagte ab. Selbst wenn es Anna besser ginge, würde sie am Morgen nicht fahren können. Sie ging hinüber und sagte es dem Mädchen, das bei Anna bleiben wollte, dann rief sie den Mann an, der die Konferenz in Calgary leitete. »Ach Gott, ja«, sagte er. »Kinder!« Am Morgen, während Anna in ihre Decke gewickelt Bilder besah, rief sie Tom im Büro an.

»Du bist da, du bist da!«, sagte er. »Wo bist du?«
Da musste sie es ihm sagen.

Anna hustete, das Fieber stieg und fiel. Rose versuchte, die Wohnung wärmer zu bekommen, fummelte mit dem Thermostat herum, ließ die Heizkörper leer laufen, telefonierte mit dem Büro des Hausbesitzers und hinterließ dort eine Nachricht. Er rief nicht zurück. Sie rief ihn am nächsten Morgen zu Hause an, sagte ihm, ihr Kind habe Bronchitis (was sie damals wohl glaubte, es stimmte aber nicht), sie sagte ihm, sie gebe ihm eine Stunde Zeit, die Heizung in Ordnung zu bringen, andernfalls würde sie die Zeitung anrufen, sie würde ihn im Radio bloßstellen, sie würde ihn verklagen, sie würde schon die richtigen Wege dafür finden. Er kam sofort mit verdrossenem Gesicht (ein armer Mann, der versuchte, die Dinge in Ordnung zu bringen, von hysterischen Weibern gequält), er machte irgendetwas mit dem Thermostat im Flur, und die Heizkörper begannen heiß zu werden. Die Lehrerinnen erzählten Rose, er habe den Thermostat im Flur angebracht, um die Wärme zu kontrollieren, und bisher habe er nie auf Proteste gehört. Sie war stolz, sie kam sich vor wie eine der ungestümen Mütter aus den Slums, die für ihr Kind geweint, geflucht und sich eingesetzt hatte. Sie vergaß, dass Mütter aus den Slums selten ungestüm sind, weil sie zu müde und ängstlich sind. Aus der Selbstsicherheit der Mittelklasse, aus ihrer sicheren Hoffnung auf Gerechtigkeit, hatte sie ihre Energie geschöpft und die hochmütige Art, jemand abzukanzeln; das hatte ihm Angst gemacht.

Zwei Tage danach musste sie wieder zur Arbeit gehen. Anna ging es besser, aber Rose war immer noch besorgt. Sie konnte keine Tasse Kaffee herunterkriegen, weil ihr immer noch die Angst wie ein Kloß im Hals saß. Anna war artig, sie nahm ihre Hustenmedizin, sie saß im Bett und zeichnete. Wenn ihre Mutter heimkam, wusste sie eine Geschichte zu erzählen. Es handelte sich immer um Prinzessinnen.

Da gab es eine weiße Prinzessin, die nur Brautkleider und Perlen trug. Schwäne und Lämmer und Eisbären waren ihre Lieblingstiere, und sie hatte Lilien und Narzissen in ihrem Garten. Sie aß Kartoffelbrei, Vanilleeis, geriebene Kokosnuss und Baisermasse, die oben auf dem Kuchen war. Eine rosa Prinzessin pflanzte Rosen und aß Erdbeeren, hielt sich Flamingos (Anna beschrieb sie, sie konnte sich nicht an den Namen erinnern) auf einer Wiese. Die blaue Prinzessin ernährte sich von Trauben und Tinte. Die braune Prinzessin, die zwar unscheinbar gekleidet war, schlemmte mehr als die anderen alle; sie bekam Roastbeef und Soße und Schokoladeneistorte und auch noch Schokoladeneis mit Schokoladen- und Karamellsoße. Was war in ihrem Garten?

»Böse Sachen«, sagte Anna. »Im ganzen Garten.«

Dieses Mal erwähnten Tom und Rose ihre Enttäuschung nicht so offen. Sie hatten angefangen, sich ein bisschen zurückzuhalten, vielleicht weil sie glaubten, der eine sei des anderen wegen unglücklich. Sie schrieben sich zärtlich, besorgt, lustig und fast so, als hätte der letzte Fehlschlag nicht stattgefunden.

Im März rief er sie an, um ihr zu sagen, dass seine Frau und seine Kinder nach England gingen. Er würde sie dort treffen, aber erst später, zehn Tage später. Das gibt also zehn Tage, rief Rose und wischte die zu erwartende lange Abwesenheit beiseite (er sollte bis zum Ende des Sommers in England bleiben). Es stellte sich heraus, dass es keine zehn Tage sein würden, nicht ganz, weil er auf dem Weg nach England unbedingt noch nach Madison, Wisconsin, musste. »Aber du musst zuerst hierher kommen«, sagte Rose und schluckte ihre Enttäuschung hinunter; »wie lange kannst du bleiben, kannst du eine Woche bleiben?« Sie malte sich aus, wie sie gemütlich in der Sonne frühstücken würden. Sie sah sich in der Aufmachung aus des Kaisers Nachtigall. Sie würde Filterkaffee machen (sie musste einen Filter kaufen), die gute bittere Marmelade im Steintopf servieren. Sie verwandte keinen Gedanken auf ihre Vormittagsarbeit beim Sender.

Er sagte, er wisse es noch nicht recht, seine Mutter würde kommen, um Pamela und den Kindern bei der Abreise zu helfen, und er könne nicht einfach packen und sie dalassen. Es wäre wirklich viel besser, sagte er, wenn sie nach Calgary kommen könnte.

Dann wurde er ganz glücklich und sagte, sie würden nach Banff fahren. Sie würden drei oder vier Tage Urlaub machen, konnte sie das einrichten, wie wäre es mit einem langen Wochenende? Sie sagte, ob Banff nicht problematisch für ihn sei, er könnte zufällig jemand treffen, den er kenne. Er sagte, nein, nein, das würde schon gehen. Sie war nicht ganz so glücklich wie er, weil sie damals in Victoria nicht besonders gern mit ihm im Hotel gewesen war.

Er war in die Halle hinuntergegangen, um eine Zeitung zu holen, und hatte in ihrem Zimmer angerufen, um zu sehen, ob sie schlau genug war, nicht zu antworten. Sie war schlau genug, aber der Trick deprimierte sie. Trotzdem sagte sie, wunderbar, und sie nahmen an beiden Enden der Leitung die Kalender zur Hand, um die entsprechenden Tage zu bestimmen. Sie konnten ein Wochenende nehmen, Rose hatte ein freies Wochenende vor sich. Und wahrscheinlich konnte sie es auch für Freitag einrichten und wenigstens für einen Teil des Montags. Dorothy konnte das Wichtigste für sie erledigen. Sie hatte bei Dorothy ja noch einige Arbeitszeit gut. Rose war für sie eingesprungen, als sie in Seattle im Nebel festsaß; sie hatte eine Sendung von einer Stunde Dauer gemacht, in der sie Tipps für den Haushalt und Rezepte vorlas, von denen sie glaubte, dass sie nicht stimmten.

Sie hatte fast zwei Wochen für die Vorbereitungen. Sie sprach wieder mit der Lehrerin, und die Lehrerin sagte, sie könne kommen. Sie kaufte einen Pullover. Sie hoffte, sie würde in der Zeit nicht Skilaufen lernen müssen. Es musste doch Wege zum Spazierengehen geben. Sie dachte, sie würden die meiste Zeit damit verbringen, zu essen und zu trinken und zu reden und sich zu lieben. Die Gedanken an das Letztere störte sie ein bisschen. Ihr Gespräch am Telefon war anständig, fast schüchtern, aber jetzt, da sie sicher waren, dass sie sich treffen würden, waren ihre Briefe voll aufreizender Versprechungen. Das las und schrieb Rose gern, aber sie konnte sich Tom nicht so deutlich vorstellen, wie sie es wünschte. Sie konnte sich erinnern, wie er aussah, dass er nicht sehr groß war und mager, mit grauem gewelltem Haar und einem langen klugen Gesicht, aber sie konnte sich nicht an irgendwelche aufregenden Einzelheiten erinnern, weder an ein Geräusch noch an einen Geruch. Woran sie sich nur zu gut erinnern konnte, war die Tatsache, dass die Zeit in Victoria nicht so gänzlich erfolgreich gewesen war; sie konnte sich an etwas erinnern, das zwischen einer Verwünschung und einer Entschuldigung lag, an die unsichere Grenze zum Misserfolg. Darum war sie besonders darauf erpicht, es noch mal zu versuchen, diesmal mit Erfolg.

Sie sollte am Freitag frühmorgens fahren und den gleichen Bus und das gleiche Flugzeug nehmen, die sie auch schon damals hatte nehmen wollen.

Dienstagmorgen fing es an zu schneien. Sie achtete nicht sehr darauf. Es war nasser, schöner Schnee, der in großen Flocken senkrecht herunterfiel. Sie überlegte, ob es in Banff schneien würde. Sie hoffte es, ihr gefiel die Vorstellung, im Bett zu liegen und den Schnee fallen zu sehen. Zwei Tage lang schneite es ziemlich gleichmäßig, und am Donnerstagnachmittag, als sie in dem Reisebüro ihre Flugkarte abholen wollte, sagte man ihr, der Flughafen sei geschlossen. Sie zeigte keinen Ärger und verspürte auch keinen; sie war ein bisschen erleichtert, weil sie nicht fliegen musste. Wie ist es mit der Bahn, sagte sie, aber natürlich ging die Bahn gar nicht nach Calgary, sie ging nach Spokane. Sie wusste das schon. Dann eben mit dem Bus, sagte sie. Man telefonierte, um sicher zu sein, dass die Überlandstraßen offen waren und die Busse fuhren. Während dieses Gesprächs bekam sie ein bisschen Herzklopfen, aber es war gut, alles war gut, der Bus fuhr. Es wird nicht sehr angenehm sein, sagte man ihr, der Bus fährt um halb eins ab, halb eins in der Nacht, und kommt am nächsten Tag etwa um zwei Uhr nachmittags in Calgary an.

»Ist in Ordnung.«

»Es muss Ihnen wirklich viel daran liegen, nach Calgary zu kommen«, sagte der schmierige junge Mann. Es war ein recht merkwürdiges, vernachlässigtes Reisebüro, das in einer Hotelhalle gleich neben der Tür zur Bierstube eingerichtet war.

»Ich will eigentlich nach Banff«, sagte sie schamlos. »Und da komme ich auch hin.«

»Ein bisschen Skilaufen?«

»Vielleicht.« Sie war davon überzeugt, dass er alles erraten hatte. Sie wusste damals nicht, wie verbreitet solche unerlaubten Spritztouren waren; sie dachte, die Aura der Sünde umtanze sie wie die halb sichtbaren Flammen eines Gasbrenners.

Sie ging nach Hause und dachte, sie würde wirklich besser dran sein, wenn sie im Bus säße und Tom näher und näher rückte, als wenn sie schlaflos im Bett läge. Sie musste nur noch die Lehrerin bitten, heute Abend herüberzukommen.

Die Lehrerin wartete auf sie, während sie mit Anna Dame spielte. »Ach, ich weiß nicht, wie ich es Ihnen sagen soll«, sagte sie, »es tut mir so schrecklich Leid, aber es ist etwas dazwischengekommen.«

Sie sagte, ihre Schwester habe eine Fehlgeburt gehabt und brauche ihre Hilfe. Ihre Schwester wohnte in Vancouver.

»Mein Freund bringt mich morgen hin, falls wir durchkommen.«

Es war das erste Mal, dass Rose von einem Freund hörte, und sie war sofort misstrauisch gegenüber der ganzen Geschichte. Das Mädchen war auf irgendeine unsichere Sache aus; auch sie hatte Liebe und Hoffnung gewittert. Jemandes Ehemann vielleicht oder ein Junge in ihrem

Alter. Rose schaute in ihr Gesicht mit den Aknenarben, das jetzt vor Scham und Aufregung rosig war, und wusste, sie würde sie zu nichts bewegen können. Die Lehrerin schmückte ihre Geschichte weiter mit Einzelheiten über die beiden kleinen Kinder ihrer Schwester aus; beides Jungen, und sie hatten sich so sehr auf ein Mädchen gefreut.

Rose begann zu telefonieren, um jemand anders zu bekommen. Sie rief Studenten an, die Frauen der Männer, mit denen sie arbeitete, die ihr vielleicht Namen angeben konnten; sie rief Dorothy an, die Kinder nicht mochte. Es half nichts. Sie befolgte Ratschläge, die man ihr gegeben hatte, obwohl ihr klar war, dass sie wahrscheinlich wertlos waren und nur gegeben wurden, um sie loszuwerden. Sie schämte sich ihrer Hartnäckigkeit. Schließlich sagte Anna: »Ich könnte doch allein bleiben.«

»Sei nicht albern.«

»Das hab ich doch schon. Als ich krank war und du arbeiten musstest.«

»Was meinst du«, sagte Rose, und eine plötzliche Freude über eine so leichte und einfache Lösung erfüllte sie, »wie wäre es, wenn du mit nach Banff kämst?«

Sie packten in großer Eile. Zum Glück war Rose am Abend zuvor im Waschsalon gewesen. Sie gestattete sich nicht, darüber nachzudenken, was Anna in Banff machen sollte, wer das zusätzliche Zimmer bezahlen würde, ob Anna wirklich damit einverstanden war, ein getrenntes Zimmer zu haben. Sie packte eilig Malbücher und Geschichtenbücher ein, dazu die unordentlichen Kästen für die Bastelarbeiten, einfach alles, was sie als geeignetes Unterhaltungsmaterial ansah. Anna war durch die Wendung der Ereignisse angeregt und nicht bange bei dem Gedanken an die Busfahrt. Rose dachte daran, das Taxi vorzubestellen, das sie um Mitternacht abholen sollte.

Auf der Fahrt zum Busbahnhof hinunter blieben sie fast stecken. Rose dachte, was für eine gute Idee es gewesen war, das Taxi eine halbe Stunde früher zu bestellen, denn normalerweise war es eine Fahrt von fünf Minuten. Der Busbahnhof war eine ehemalige Tankstelle, ein öder Platz. Sie ließ Anna auf einer Bank neben dem Gepäck sitzen und ging die Fahrkarten kaufen. Als sie zurückkam, war Anna über dem Koffer zusammengesunken, sie hatte ihrer Schläfrigkeit nachgegeben, sobald ihr ihre Mutter den Rücken wandte.

»Du kannst im Bus schlafen.«

Anna richtete sich auf und bestritt, müde zu sein. Rose hoffte, dass es im Bus warm sein würde. Vielleicht hätte sie eine Decke mitnehmen sollen, um Anna darin einzuwickeln. Sie hatte daran gedacht, aber sie hatten schon genug zu schleppen an der Einkaufstasche, die voll mit Annas Büchern und Spielsachen war; es war einfach zu viel, daran zu denken, wie sie mit wirren Haaren und Übelkeit und Verstopfung in Calgary ankommen würden, dazu die Malstifte, die aus der Tasche quollen, und auch noch eine nachschleifende Decke. Sie hatte beschlossen, keine mitzunehmen.

Nur wenige Passagiere warteten auf den Bus. Ein junges Pärchen in Jeans, das verfroren und unterernährt aussah. Eine arme, ordentliche alte Frau, die ihren Winterhut trug; eine indianische Großmutter mit einem Baby. Ein Mann, der auf einer der Bänke lag, sah aus, als sei er krank oder betrunken. Rose hoffte, er sei nur in der Bushaltestelle, um sich aufzuwärmen, und nicht, um auf den Bus zu warten, weil er aussah, als müsste er sich erbrechen.

Oder wenn er doch in den Bus stieg, hoffte sie, er würde sich gleich erbrechen und nicht erst später. Sie dachte, am besten würde sie noch hier mit Anna in den Waschraum gehen. Wie unerfreulich er auch sein mochte, er war wahrscheinlich besser als das, was es im Bus gab. Anna ging umher, schaute sich die Zigarettenautomaten, die Bonbonautomaten, die Getränke- und Sandwichautomaten an. Rose fragte sich, ob sie ein paar belegte Brötchen und etwas wässrige heiße Schokolade kaufen solle. Wenn sie im Gebirge waren, würden sie froh darüber sein.

Plötzlich fiel ihr ein, dass sie vergessen hatte, Tom anzurufen und ihm zu sagen, er solle sie vom Bus und nicht vom Flugzeug abholen. Das würde sie tun, sobald sie anhielten, um zu frühstücken.

Achtung, für alle Passagiere, die auf den Bus nach Cranbrook, Radium Hot Springs, Golden, Calgary warten. Ihr Bus fällt aus. Der Bus, der hier um zwölf Uhr dreißig abgehen sollte, fällt aus.

Rose ging zur Sperre und sagte, was ist das, was ist passiert, ist die Überlandstraße gesperrt? Der alte Mann sagte ihr gähnend: »Sie ist von Cranbrook an gesperrt. Offen von hier bis Cranbrook, aber danach zu. Und gesperrt westlich von hier nach Grand Forks, da wird der Bus heute Abend nicht einmal bis hierher kommen.«

Ruhig fragte Rose, mit welchen anderen Bussen sie fahren könne.

»Was meinen Sie mit anderen Bussen?«

»Ja, gibt es nicht einen Bus nach Spokane? Ich könnte von dort nach Calgary fahren.«

Widerwillig zog er seine Fahrpläne heraus. Dann erinnerten sich beide daran, dass es nichts nützen würde, denn wenn die Straße von hier bis Grand Forks gesperrt war, würde kein Bus durchkommen. Rose dachte an den Zug nach Spokane, dann an den Bus nach Calgary. Sie konnte das nie schaffen, mit Anna würde es unmöglich sein. Trotzdem fragte sie nach den Zügen, hatte er irgendetwas über die Züge gehört?

»Hab gehört, sie haben zwölf Stunden Verspätung.«

Sie blieb an der Sperre stehen, als hätte sie ein Recht auf eine Lösung, als müsste eine auftauchen.

»Mehr kann ich hier nicht für Sie tun, Lady.«

Sie drehte sich um und sah Anna bei den Münzfernsprechern an den Rückgabeklappen spielen. Manchmal fand sie dabei ein Zehncentstück.

Anna kam zu ihr herüber, sie lief nicht, ging aber schnell in einer unnatürlich gelassenen und zugleich aufgeregten Art.

»Komm hierher«, sage sie, »komm hierher.« Sie zerrte Rose, die ganz erstarrt war, zu einem der Telefone hinüber. Sie kippte den Münzbehälter zu sich her. Er war voll von Hartgeld. Voll. Sie begann es in ihre Hand zu streifen. Vierteldollars, Fünfcentstücke, Zehncentstücke. Immer noch mehr. Sie füllte ihre Taschen. Es sah aus, als füllte sich der Behälter immer wieder neu, wenn sie ihn zumachte, wie es in einem Traum oder einem Märchen vorkommen könnte. Schließlich leerte sie ihn ganz, sie nahm das letzte Zehncentstück heraus. Sie sah mit einem blassen, müden, leuchtenden Gesicht zu Rose auf.

»Sag nichts«, befahl sie.

Rose sagte ihr, dass der Bus nun doch nicht fuhr. Sie rief ein Taxi an, das sie heimbringen sollte. Anna ließ sich die Änderung der Pläne gleichmütig gefallen. Rose bemerkte, dass sie sich im Taxi sehr vorsichtig hinsetzte, damit die Münzen in ihren Taschen nicht klimperten.

In der Wohnung machte Rose sich einen Drink. Ohne ihre Stiefel oder ihren Mantel auszuziehen, machte Anna sich daran, das Geld auf dem Küchentisch auszubreiten und es in Stapeln zum Zählen aufzuhäufen.

»Ich kann das nicht glauben«, sagte sie. »Ich kann es nicht glauben.« Sie gebrauchte eine fremde, erwachsene Stimme, eine Stimme voll echten Staunens, die durch ein konventionelles Staunen getarnt war, als sei die einzige Art, wie sie dieses Erlebnis in der Hand behalten und meistern könnte, es auf diese Weise zu dramatisieren.

»Das muss von einem Ferngespräch sein«, sagte Rose. »Das Geld ist nicht richtig reingefallen. Es gehört wohl alles der Telefongesellschaft.«

»Aber wir können es nicht zurückgeben, oder?«, sagte Anna schuldbewusst und triumphierend, und Rose sagte nein.

»Es ist verrückt«, sagte Rose. Sie meinte die Vorstellung, dass das Geld der Telefongesellschaft gehöre. Sie war müde und durcheinander, begann sich aber vorübergehend und unsinnigerweise froh zu fühlen. Sie sah wahre Schauer von Münzen, die auf sie herunterfielen, wenn es keine Schneestürme waren; was für eine Sorglosigkeit auf einmal in allem, was für eine tolle Laune.

Sie versuchten, es zu zählen, kamen aber immer wieder durcheinander. Sie spielten stattdessen damit, ließen die Münzen mit großer Geste zwischen den Fingern durchfallen. Es war ein unwirklicher Augenblick spätnachts in der gemieteten Küche am Berghang. Glück, wo man es niemals erwartet hätte; Glück und Pechsträhnen. Eins der wenigen Male, eine der wenigen Stunden, in denen Rose wahrhaftig sagen konnte, dass sie nicht der Vergangenheit oder der Zukunft oder der Liebe oder irgendjemand überhaupt ausgeliefert war. Sie hoffte, dass es Anna ebenso ging.

Tom schrieb ihr einen langen Brief, einen liebevollen und humorvollen Brief, in dem er von Schicksal sprach. Einen betrübten, erleichterten Brief, ehe er nach England fuhr. Rose hatte dort keine Adresse von ihm, sonst hätte sie ihm geschrieben und ihn gebeten, ihnen beiden noch eine Chance zu geben. Das war ihre Art.

Dieser letzte Schnee des Winters war schnell geschmolzen und hatte in den Tälern einige Überschwemmungen verursacht. Patrick schrieb, er würde im Juni, wenn die Schule zu Ende sei, kommen und Anna für den Sommer zurückholen. Er sagte, er wolle die Scheidung einreichen, weil er ein Mädchen kennen gelernt habe, das er heiraten wolle. Sie hieß Elizabeth. Er sagte, sie sei ein prächtiger und ausgeglichener Mensch.

Und meinte Rose nicht auch, sagte Patrick, dass es für Anna besser wäre, im nächsten Jahr wieder in ihrem alten Zuhause zu sein, dem Daheim, das sie von jeher gekannt hatte, wieder in ihrer alten Schule, bei ihren alten Freunden zu sein (Jeremy fragte ständig nach ihr), statt sich mit Rose in ihrem neuen unabhängigen Leben herumzutreiben? Konnte es nicht so sein – und hier glaubte Rose die Stimme der ausgeglichenen Freundin zu hören –, dass sie Anna dazu brauchte, sich selbst eine gewisse Festigkeit zu geben und sich nicht den Problemen des Alltags zu stellen, den sie gewählt hatte? Natürlich, sagte er, müsse man Anna wählen lassen.

Rose wollte antworten, sie schaffe hier ein Heim für Anna, aber das konnte sie wahrheitsgemäß nicht schreiben. Sie wollte nicht länger hier bleiben. Der Reiz, der Glanz dieser Stadt war für sie erloschen. Die Bezahlung war dürftig. Sie würde sich nie etwas Besseres als diese billige Wohnung leisten können. Sie würde nie eine bessere Arbeit oder einen anderen Liebhaber finden. Sie dachte daran, nach Osten zu gehen, nach Toronto, und dort bei einer Rundfunk- oder Fernsehstation eine Stelle zu suchen, vielleicht sogar als Schauspielerin. Sie wollte Anna gern mitnehmen und sich wieder mit ihr in einem vorläufigen Zufluchtsort einrichten. Es war schon so, wie Patrick sagte. Sie wünschte sich, zu Anna heimzukommen, ihr Leben mit Anna auszufüllen. Sie glaubte nicht, dass Anna dieses Leben wählen würde. Eine arme, malerische, zigeunernde Kindheit wird von Kindern nicht sehr geschätzt, obwohl sie später ihren Wert aus allen möglichen Gründen betonen.

Der gefleckte Fisch starb als Erster, dann der orangefarbene. Weder Anna noch Rose regten einen weiteren Gang zu Woolworth an, um dem schwarzen Fisch Gesellschaft zu verschaffen. Er sah nicht so aus, als wollte er Gesellschaft haben. Er war dick, glotzäugig, böse und zufrieden, und das ganze Aquarium gehörte nun ihm.

Rose musste Anna versprechen, ihn nicht die Toilette hinunterzuspülen, wenn sie fort war. Rose versprach es, und ehe sie nach Toronto fuhr, ging sie zu Dorothys Haus hinüber, brachte ihr das Aquarium und machte ihr damit ein unwillkommenes Geschenk. Dorothy nahm es mit Anstand entgegen, sagte, sie werde den Fisch nach dem Mann in Seattle nennen, und beglückwünschte Rose zu ihrer Abreise.

Anna wohnte künftig bei Patrick und Elizabeth. Sie begann Schauspiel- und Ballettunterricht zu nehmen. Elizabeth glaubte, Kinder brauchten eine vielseitige Ausbildung und müssten in Trab gehalten werden. Sie gaben ihr das Himmelbett. Elizabeth machte einen Baldachin und eine

Tagesdecke dafür, und sie machte für Anna ein dazu passendes Nachthemd und eine Haube.

Sie kauften eine Katze für Anna, und sie schickten Rose ein Bild von ihr, auf dem sie mit der Katze auf dem Bett saß und inmitten all des geblümten Stoffs ernsthaft und zufrieden aussah.

Simons Glück

Rose fühlt sich an neuen Orten einsam; sie wünscht sich, man würde sie einladen. Sie geht hinaus und geht durch die Straßen und schaut in die erleuchteten Fenster mit all den Samstagabend-Partys, den Familienessen am Sonntagabend. Es nützt nichts, wenn sie sich selbst sagt, sie bliebe nicht lange dort drin, würde schwatzen und sich betrinken oder die Soße auflöffeln, und schon würde sie sich wünschen, durch die Straßen zu gehen. Sie denkt, sie könnte jede Art Gastfreundschaft annehmen. Sie könnte zu Partys gehen in Zimmer, die mit Postern behängt und von Lampen mit Coca-Cola-Schirmen erleuchtet wären, in denen alles vergammelt und schief wäre; oder aber in die warmen Räume eines Wissenschaftlers mit Haufen von Büchern und Kupferstichen und vielleicht einem oder zwei Schädeln; sogar in die Hobbykeller, deren oberen Teil sie gerade durch die Kellerfenster sehen kann: Reihen von Bierkrügen, Jagdhörnern, Trinkhörnern, Gewehren. Sie könnte auch irgendwo hingehen, wo sie auf lurexbezogenen Sofas säße, unter Wandbehängen aus schwarzem Samt, mit Darstellungen von Bergen, Galeonen, Eisbären aus aufgerauter Wolle. Sie würde sehr gerne in einem luxuriösen Esszimmer, mit einer glänzend polierten, geschweiften Anrichte hinter sich, einen kostbaren Cabinet de Diplomate aus einer Kristallkaraffe anbieten, an der Wand ein verschwommenes Bild von weidenden Pferden, weidenden Kühen, weidenden Schafen auf schlecht gemaltem rötlichem Gras. Oder aber sie könnte sich mit einem Eierpudding in der Essnische der Küche eines kleinen verputzten Hauses neben der Bushaltestelle abfinden, mit Pfirsichen und Birnen aus Gips an den Wänden und Efeu in kleinen Kupfertöpfen. Rose ist Schauspielerin; sie kann sich überall einfügen.

Sie wird auch tatsächlich zu Partys gebeten. Vor etwa zwei Jahren war sie bei einer Party in einem Hochhaus in Kingston. Die Fenster gingen auf den Ontariosee und auf Wolfe-Island hinaus. Rose wohnte nicht in Kingston. Sie lebte mehr auf dem Land; sie hatte zwei Jahre lang an einem städtischen College Schauspielunterricht gegeben. Manche Leute waren erstaunt darüber. Sie wussten nicht, wie wenig Geld eine Schauspielerin eigentlich verdient; sie dachten, wenn man wohl bekannt sei, sei man damit auch wohlhabend.

Sie war eigens wegen dieser Party nach Kingston gefahren, worüber sie leicht beschämt war. Sie hatte die Gastgeberin noch nie gesehen. Den Gastgeber hatte sie letztes Jahr kennen gelernt, als er an dem städtischen College unterrichtete und mit einem anderen Mädchen zusammenlebte.

Die Gastgeberin, die Shelley hieß, nahm Rose mit ins Schlafzimmer, damit sie ihren Mantel ablegen konnte. Shelley war ein schlankes, feierlich blickendes Mädchen, eine echte Blondine mit nahezu weißen Augenbrauen und langem, dichtem, glattem Haar, das aussah, als sei es aus einem Stück Holz geschnitzt. Sie schien die Rolle der Heimatlosen absichtlich zu spielen. Ihre Stimme war tief und traurig, so dass Roses Stimme, ihre Begrüßung vorhin, in ihren eigenen Ohren viel zu munter klang.

In einem Korb am Fußende des Bettes säugte eine schildpattfarbene Katze vier winzige blinde Junge.

»Das ist Tasha«, sagte die Gastgeberin. »Wir können ihre Jungen ansehen, aber wir dürfen sie nicht anfassen, sonst lässt sie sie nicht mehr trinken.«

Sie kniete neben dem Korb nieder und summte und sprach zu der Katze mit einer starken Zuwendung, die Rose gekünstelt vorkam. Der Schal auf ihren Schultern war schwarz und mit Jettperlen eingefasst. Ein paar Perlen waren angeschlagen, ein paar fehlten. Es war ein echter alter Schal, keine Imitation. Ihr weiches, leicht vergilbtes und mit Lochstickerei verziertes Kleid war ebenfalls echt, obwohl es ursprünglich wohl ein Unterrock gewesen war. Solche Kleider fand man nicht leicht.

Auf der anderen Seite des gedrechselten Bettes war ein großer Spiegel, er hing verdächtig hoch und schief dazu. Rose versuchte einen Blick von sich zu erhaschen, als das Mädchen sich über den Korb gebeugt hatte. Es ist sehr schwer, in den Spiegel zu schauen, wenn eine andere Frau im Zimmer ist, besonders wenn diese jünger ist. Rose trug ein geblümtes Baumwollkleid, ein langes Kleid mit engem Oberteil und Puffärmeln, das in der Taille zu kurz und um die Brust zu eng war, um bequem zu sein. Es hatte etwas unpassend Jugendliches oder Theatralisches an sich; vielleicht war sie nicht schlank genug, um sich in diesem Stil zu kleiden. Ihr rotbraunes Haar war selbst gefärbt. Unter den Augen verliefen Lidstriche, die die kleinen Flecken dunkel gewordener Haut verdeckten.

Rose wusste zu dieser Zeit schon: wenn sie Leute affektiert fand wie dieses Mädchen und ihre Räume kärglich eingerichtet und ihre Lebensweise verwirrend (dieser Spiegel, diese Flickendecke auf dem Bett, die erotischen Zeichnungen aus Japan über dem Bett, die afrikanische Musik, die aus dem Wohnzimmer drang), dann lag es gewöhnlich daran, dass sie, Rose, nicht die Aufmerksamkeit gefunden hatte, die sie wollte, und befürchtete, sie auch nicht zu gewinnen, dass sie sich in der Gesellschaft nicht durchgesetzt hatte, dass sie merkte, es könnte dazu kommen, dass sie am Rand des Geschehens bleiben und Urteile fällen müsste.

Sie fühlte sich besser im Wohnzimmer, wo einige Leute waren, die sie kannte, und einige Gesichter vom gleichen Alter wie ihrem eigenen. Sie trank zuerst schnell, und bald benutzte sie die neugeborenen Kätzchen als Sprungbrett für ihre eigene Geschichte. Sie sagte, ihrer eigenen Katze sei eben heute erst etwas Furchtbares passiert.

»Und das Schlimmste ist«, sagte sie, »ich habe meine Katze nie sehr gemocht. Es war nicht meine Idee, eine Katze zu halten. Es war ihre Idee. Sie lief mir eines Tages nach Hause nach und ließ sich nicht abweisen. Sie war genau wie ein aufdringlicher Invalide, der mich unbedingt davon überzeugen will, dass ich für seinen Lebensunterhalt aufkommen müsse. Nun ja, sie hatte immer eine Vorliebe für den Wäschetrockner. Sie sprang gern hinein, solange er noch warm war, nachdem ich die Wäsche herausgenommen hatte. Gewöhnlich habe ich nur eine Maschine voll, aber heute hatte ich zwei, und als ich hineingriff, um die zweite Ladung herauszunehmen, fühlte ich etwas. Ich dachte, was habe ich denn, ist das ein Pelz?«

Die Leute stöhnten oder lachten angenehm erschreckt. Rose schaute sich Beifall heischend um. Sie fühlte sich viel besser. Das Wohnzimmer mit dem Blick auf den See und der sorgfältig ausgewählten Ausstattung (eine Jukebox, Spiegel aus einem Friseurladen, Plakate aus der Zeit der Jahrhundertwende – *Rauchen Sie, es ist gut für Ihren Hals* –, alte seidene Lampenschirme, bäuerliche Schalen und Krüge, primitive Masken und Skulpturen) erschien ihr nicht mehr so feindselig. Sie nahm noch einen Schluck von ihrem Gin und wusste, dass jetzt eine begrenzte Zeitspanne kommen würde, in der sie sich leicht und froh wie ein Kolibri fühlen würde, überzeugt, dass viele Leute im Zimmer geistreich waren und viele nett und dass einige sogar beides waren.

»O nein, dachte ich. Aber sie war es tatsächlich. Tot im Wäschetrockner.«

»Eine Warnung an alle Vergnügungssüchtigen«, sagte der kleine Mann mit dem scharfen Gesicht neben ihr, den sie seit Jahren flüchtig kannte. Er unterrichtete an der Englischabteilung der Universität, an der der Gastgeber jetzt lehrte und an der die Gastgeberin graduierte Studentin war.

»Das ist schrecklich«, sagte die Gastgeberin mit ihrem kalten starren Blick. Die, die gelacht hatten, sahen ein bisschen beschämt aus, als ob sie dächten, sie könnten herzlos erschienen sein. »Ihre Katze. Das ist schrecklich. Wie konnten Sie denn heute Abend kommen?«

In Wirklichkeit hatte sich der Vorfall gar nicht heute ereignet; es war letzte Woche gewesen. Rose überlegte, ob das Mädchen ihr schaden wollte. Sie sagte ehrlich und mit Bedauern, sie habe die Katze nicht so sehr gemocht, und dadurch sei das Ganze irgendwie noch schlimmer gewesen. Das versuche sie zu erklären, sagte sie.

»Mir kam es so vor, als sei es vielleicht meine Schuld. Wenn ich vielleicht liebevoller gewesen wäre, wäre das nicht passiert.«

»Natürlich nicht«, sagte der Mann neben ihr. »Sie hat die Wärme im Trockner gesucht. Die Liebe. Ach, Rose!«

»Jetzt können Sie die Katze jedenfalls nicht mehr piesacken«, sagte ein großer Junge, den Rose bisher nicht bemerkt hatte. Er schien aus dem Boden gesprungen zu sein, direkt vor ihr. »Scheiß auf den Hund, scheiß auf die Katze, ich weiß nicht, was Sie machen, Rose.«

Sie suchte nach seinem Namen. Sie hatte ihn als Studenten oder früheren Studenten erkannt.

»David«, sagte sie. »Hallo, David.« Sie war so froh, dass ihr der Name eingefallen war, dass sie nicht gleich verstand, was er gesagt hatte.

»Scheiß auf den Hund, scheiß auf die Katze«, wiederholte er und schwankte über ihr.

»Ich bitte Sie um Verzeihung«, sagte Rose und nahm einen neckischen, nachsichtigen, charmanten Ausdruck an. Die Leute um sie herum fanden es ebenso schwierig wie sie selbst, sich auf das einzustellen, was der Junge gesagt hatte. Die gesellige Stimmung der Sympathie und der Erwartung von Zuneigung war nicht leicht zu durchbrechen; sie hielt weiter an, obwohl es Anzeichen gab, dass hier einiges vorlag, was sie nicht ausgleichen konnte. Fast alle lächelten noch, als hätte der Junge einen Witz erzählt oder eine Rolle gespielt, deren Sinn einem gleich aufgehen würde. Die Gastgeberin schlug die Augen nieder und entschlüpfte.

»Ich bitte Sie darum«, sagte der Junge in einem sehr gemeinen Ton. »Am Arsch, Rose!« Er war blass und schwächlich und hoffnungslos betrunken. Er war vermutlich in einem Heim aufgewachsen, wo die Leute von der Antwort auf den Ruf der Natur sprachen und sich gegenseitig zum Niesen beglückwünschten.

Ein kleiner kräftiger Mann mit schwarzen Lockenhaaren packte den Arm des Jungen knapp unter der Schulter. »Verschwinde hier«, sagte er fast mütterlich. Er sprach mit einem unbestimmten europäischen Akzent, hauptsächlich französisch, dachte Rose, obwohl sie sich mit Sprachschattierungen nicht gut auskannte. Obwohl sie es besser wusste, neigte sie tatsächlich zu der Annahme, dass solche sprachlichen Eigenheiten aus einer Männlichkeit hervorgingen, die reicher und komplizierter war als die Männlichkeit, die man in Nordamerika und an Orten wie Hanratty finden konnte. Ein solcher Akzent verhieß Männlichkeit mit einem Beigeschmack des Leidens, der Zärtlichkeit und der Raffinesse.

Der Gastgeber erschien in einem Overall aus Samt und ergriff mehr oder weniger symbolisch den anderen Arm und küsste Rose gleichzeitig auf die Wange, weil er sie nicht gesehen hatte, als sie ankam. »Muss mit dir sprechen«, flüsterte er und meinte, er hoffe, er würde nicht dazu kommen, weil es so viel heikle Themen gab; einmal das Mädchen, mit dem er letztes Jahr zusammengelebt hatte, und dazu eine Nacht, die er gegen Ende des Schuljahrs mit Rose verbracht hatte; es gab damals nicht nur viel Trinkereien und Angebereien und Klagen über Treulosigkeit, sondern auch allerlei merkwürdig beleidigenden und doch angenehmen Sex. Er sah sehr gestriegelt und gepflegt aus, schlanker, aber weicher mit seinen fliegenden Haaren und dem Anzug aus flaschengrünem Samt. Nur drei Jahre jünger als Rose, aber man schaue sich ihn an. Er hatte eine Frau, eine Familie, ein Haus, eine entmutigende Zukunft aufgegeben und sich mit neuen Kleidern und neuen Möbeln und einer Reihe von Studentinnen als Geliebte eingerichtet. Männer können das.

»Du meine Güte«, sagte Rose und lehnte sich gegen die Wand. »Was war denn eigentlich los?«

Der Mann neben ihm, der die ganze Zeit gelächelt und in sein Glas geschaut hatte, sagte: »Ach, die feinfühlige Jugend unserer Zeit! Die Anmut ihrer Sprache, die Tiefe ihrer Gefühle! Wir müssen uns vor ihnen verneigen.«

Der Mann mit den schwarzen Locken kam zurück, sagte kein Wort, gab aber Rose einen neuen Drink und nahm ihr das Glas ab.

Der Gastgeber kam ebenfalls zurück.

»Rose, Kindchen. Ich weiß nicht, wie er hereingekommen ist. Ich sagte, keine verdammten Studenten. Es muss doch einen Platz geben, an dem man vor ihnen sicher ist.«

»Er war im letzten Jahr in einer meiner Klassen«, sagte Rose. Das war wirklich alles, woran sie sich erinnern konnte. Die anderen würden wohl denken, es sei mehr dran gewesen.

»Wollte er Schauspieler werden?«, fragte der Mann neben ihr. »Ich wette, das wollte er. Denkst du an die alten Zeiten, als alle Anwälte und Ingenieure und Geschäftsführer werden wollten? Ich höre, dass es wieder so werden soll. Ich hoffe es. Ich hoffe es inbrünstig. Rose, ich wette, du hast dir seine Probleme angehört. Das darfst du niemals machen. Ich wette, genau das hast du getan.«

»Oh, ich glaube schon.«

»Sie kommen daher und suchen einen Elternersatz. Es ist so banal, wie es nur sein kann. Sie drücken sich herum und verehren dich und stören dich und dann – rums! Dann ist der Moment für die Ablehnung des Elternersatzes da.«

Rose trank und lehnte sich an die Wand und hörte, wie sie das Thema wieder aufnahmen, was die Studenten heutzutage erwarteten, wie sie einem die Tür einrannten, um von ihren Abtreibungen, ihren Selbstmordversuchen, ihren Kreativitätskrisen, ihren Gewichtsproblemen zu erzählen. Immer mit den gleichen Worten: Persönlichkeit, Werte, Ablehnung.

»Ich lehne dich nicht ab, du blöder Kerl, ich lass dich durchfallen!«, sagte der kleine scharfe Mann, der sich an einen siegreichen Zusammenstoß mit einem solchen Studenten erinnerte. Sie lachten darüber und auch über die junge Frau, die sagte: »Gott, das war anders, als ich an der Universität war! Man hätte eine Abtreibung im Arbeitszimmer eines Professors ebenso wenig erwähnt, wie man auf den Fußboden geschissen hätte.«

Rose lachte auch, fühlte sich aber unter der Haut ganz zerschlagen. Es wäre irgendwie besser, wenn etwas hinter der Sache steckte, wie sie es ja vermuteten. Wenn sie mit dem Jungen geschlafen hätte. Wenn sie ihm etwas versprochen hätte, wenn sie ihn verraten, gedemütigt hätte. Sie konnte sich an nichts erinnern. Er war aus dem Boden gesprungen, um sie anzuklagen. Sie musste irgendetwas getan haben, und sie konnte sich doch nicht erinnern. Sie konnte sich nichts merken, was mit ihren Studenten zu tun hatte; das war die Wahrheit. Sie war besorgt und lieb, ganz Wärme und Aufnahmebereitschaft; sie hörte zu und gab Ratschläge; und dann kriegte sie ihre Namen nicht mehr zusammen. Sie konnte sich nicht erinnern, was sie zu ihnen gesagt hatte.

Eine Frau fasste sie am Arm. »Wachen Sie auf«, sagte sie in einem Ton heimlicher Vertrautheit, so dass Rose dachte, sie müsste sie kennen. Noch eine Studentin? Aber nein, die Frau stellte sich vor.

»Ich arbeite an einer Studie über Selbstmord bei Frauen«,

sagte sie. »Ich meine, Selbstmord bei weiblichen Künstlern.«

Sie sagte, sie habe Rose im Fernsehen gesehen und sich sehr gewünscht, mit ihr zu sprechen. Sie erwähnte Diane Arbus, Virginia Woolf, Sylvia Plath, Anne Sexton, Christiane Pflug. Sie war gut unterrichtet. Sie sah selbst wie eine unreife Kandidatin aus, dachte Rose: abgezehrt, blutarm, besessen. Rose sagte, sie habe Hunger, und die Frau ging ihr nach in die Küche.

»Und zahllose Schauspielerinnen«, sagte die Frau. »Margaret Sullivan –«

»Ich bin jetzt nur noch Dozentin.«

»Ach, Unsinn. Ich bin sicher, Sie sind Schauspielerin bis auf die Knochen.«

Die Gastgeberin hatte Brot gebacken: glasierte und geflochtene und verzierte Laibe. Rose staunte über die Mühe, die sie sich gemacht hatte. Das Brot, die Pastete, die Hängepflanzen, die Kätzchen, alles einer höchst unsicheren und provisorischen Häuslichkeit zuliebe. Sie wünschte, sie wünschte oft, dass sie sich solche Mühe machen könnte, dass sie förmlich sein könnte, sich selbst in Szene setzen, Brot backen.

Sie bemerkte eine Gruppe junger Fakultätsmitglieder – sie hätte sie für Studenten gehalten, wenn der Gastgeber nicht davon gesprochen hätte, dass keine Studenten zugelassen waren –, die auf den Tischen saßen und vor dem Ausguss standen. Sie sprachen mit gedämpften, ernsthaften Stimmen. Einer von ihnen schaute zu ihr herüber. Sie lächelte. Ihr Lächeln wurde nicht erwidert. Ein paar andere schauten zu ihr hin und sprachen dann weiter. Sie war sicher, dass sie über sie sprachen, über das, was im Wohnzimmer vorgegangen war. Sie drängte die Frau, das

Brot und die Pastete zu versuchen. Das würde sie wohl ruhig halten, so dass Rose mithören konnte, was gesprochen wurde.

»Ich esse nie auf Partys.«

Das Verhalten der Frau ihr gegenüber wurde düster und irgendwie anklagend. Rose hatte erfahren, dass sie die Frau eines Politikers war. Vielleicht war es ein politischer Schachzug gewesen, sie einzuladen. Und ihr Rose zu versprechen; war das ein Teil des Schachzugs gewesen?

»Sind Sie immer so hungrig?«, sagte die Frau. »Sind Sie nie krank?«

»Ja, wenn es etwas Gutes zu essen gibt«, sagte Rose. Sie versuchte nur, mit gutem Beispiel voranzugehen, und konnte kaum kauen oder schlucken, so wichtig war es ihr, zu hören, was über sie gesagt wurde. »Nein, ich bin nicht oft krank«, sagte sie. Sie bemerkte überrascht, dass das stimmte. Sie war früher oft krank gewesen, hatte Erkältungen und Grippe und Krämpfe und Kopfschmerzen gehabt; diese erkennbaren Krankheiten waren jetzt verschwunden, hatten sich beruhigt und waren zu einem leisen stetigen Summen aus Unbehagen, Müdigkeit, Furcht geworden.

Beschissenes neidisches Establishment.

Rose hörte das oder glaubte doch, es zu hören. Sie warfen ihr schnelle, verächtliche Blicke zu. Oder sie meinte es nur; sie konnte nicht offen zu ihnen hinschauen. *Establishment.* Das war Rose. War sie es wirklich? War Rose das? War das Rose, die eine Lehrtätigkeit angenommen hatte, weil sie nicht genug Rollen bekam, um sich durchzubringen, der man die Lehrtätigkeit wegen ihrer Erfahrung auf der Bühne und im Fernsehen zugestanden hatte, die aber eine verminderte Bezahlung akzeptieren musste, weil sie keine akademischen Grade besaß? Sie wollte hinübergehen und ihnen das sagen. Sie wollte ihren Fall klarstellen. Die Jahre der Arbeit, die Erschöpfung, die Reiserei, die Hörsäle in Schulen, die Nerven, die Langeweile, die ständige Unsicherheit, woher das nächste Geld kommen würde. Sie wollte sich vor ihnen verteidigen, dann würden sie ihr verzeihen und sie lieben und sie auf ihrer Seite gelten lassen. Auf ihrer Seite wollte sie sein, nicht auf der Seite der Leute im Wohnzimmer, die sich ihrer Sache angenommen hatten. Aber das war eine Wahl, die sie aus Angst und nicht aus Prinzip traf. Sie fürchtete sie. Sie fürchtete ihre hartherzige Tugend, ihre kühlen, verachtungsvollen Gesichter, ihre Geheimnisse, ihr Gelächter, ihre Obszönitäten.

Sie dachte an Anna, ihre eigene Tochter. Anna war siebzehn. Sie hatte langes blondes Haar und trug ein dünnes Goldkettchen um den Hals. Es war so dünn, dass man es ganz aus der Nähe sehen musste, um sicher zu sein, dass es ein Kettchen war und nicht der Glanz ihrer weichen hellen Haut. Sie war nicht wie diese jungen Leute, aber sie war ebenso weit von ihr entfernt. Sie ging ins Ballett und ritt jeden Tag ihr Pferd, aber sie hatte nicht vor, bei Wettbewerben zu reiten oder Tänzerin zu werden. Warum nicht?

»Weil es albern wäre.«

Etwas an Annas Art, das feine Kettchen, ihr häufiges Schweigen, ließ Rose an Annas Großmutter, Patricks Mutter, denken. Aber dann, dachte sie, wäre Anna doch allen, nicht nur ihrer Mutter gegenüber, so schweigsam, so schwer zu befriedigen, so wenig entgegenkommend.

Der Mann mit den schwarzen Locken stand unter der Küchentür und warf ihr einen unverfrorenen und ironischen Blick zu.

»Wissen Sie, wer das ist?«, fragte Rose die Selbstmordfrau. »Der Mann, der den Betrunkenen weggebracht hat?«

»Das ist Simon. Ich glaube nicht, dass der Junge betrunken war, ich glaube, er stand unter Drogen.«

»Was macht er?«

»Ach, ich nehme an, er ist Student.«

»Nein«, sagte Rose. »Dieser Mann – Simon?«

»Ach, Simon. Er ist in der klassischen Philologie. Ich
glaube nicht, dass er immer Lehrer gewesen ist.«

»Wie ich«, sagte Rose und wandte das Lächeln, das sie
bei den jungen Leuten versucht hatte, Simon zu. Müde
und willenlos und unvernünftig, wie sie war, begann sie
vertraute Stiche und Wellen von Verheißungen zu fühlen.

Wenn er zurücklächelt, wird alles wieder ins Lot kommen.

Er lächelte tatsächlich, und die Selbstmordfrau sagte
scharf: »Ja, kommen Sie denn nur auf eine Party, um
Männer kennen zu lernen?«

Als Simon vierzehn war, waren er und seine Schwester und
noch ein anderer Junge, ein Freund von ihnen, in einem
Güterwagen versteckt und fuhren aus dem besetzten ins
unbesetzte Frankreich. Sie waren auf dem Weg nach Lyon,
wo sie von Mitgliedern einer Organisation, die jüdische
Kinder zu retten versuchte, betreut und an sichere Orte
weitergeleitet werden sollten. Simon und seine Schwester waren schon zu Beginn des Krieges aus Polen wegge-
schickt worden, sie sollten bei französischen Verwandten
bleiben. Jetzt musste man sie wieder wegschicken.

Der Güterwagen hielt an. Der Zug stand still, mitten in
der Nacht, irgendwo draußen im Land. Sie konnten französische und deutsche Stimmen hören. Es gab einigen Tu-

mult in den Wagen vor ihnen. Sie hörten, wie sich die Türen quietschend öffneten, sie hörten und spürten, wie die Stiefel auf dem nackten Boden der Wagen dröhnten. Der Zug wurde kontrolliert. Sie legten sich unter ein paar Säcke, versuchten aber nicht einmal, ihre Gesichter zuzudecken; sie dachten, es gebe keine Hoffnung mehr. Die Stimmen kamen näher, und sie hörten die Stiefel auf dem Kies neben dem Gleis. Dann begann sich der Zug zu bewegen. Er bewegte sich so langsam, dass sie es eine Weile gar nicht bemerkten, und selbst da dachten sie noch, es sei nur das Rangieren der Wagen. Sie erwarteten, dass es wieder aufhörte und die Kontrolle weiterging. Aber der Zug fuhr weiter. Er fuhr ein bisschen schneller, dann noch schneller; er nahm seine normale Geschwindigkeit auf, die nicht sehr groß war. Sie fuhren, sie wurden nicht kontrolliert, sie entkamen. Simon hatte nie erfahren, was geschehen war. Die Gefahr war vorbei.

Simon sagte, als ihm klar geworden sei, dass sie in Sicherheit waren, habe er plötzlich gewusst, sie würden durchkommen, nichts könne ihnen jetzt mehr geschehen, sie seien besonders gesegnet und glücklich. Er nahm das Vorgefallene als glückliches Zeichen.

Rose fragte ihn, ob er seinen Freund und seine Schwester nie wieder gesehen habe?

»Nein. Nie. Nicht nach Lyon.«

»Also war es nur für dich glücklich.«

Simon lachte. Sie waren im Bett, in Roses Bett in einem alten Haus am Rand eines Dorfes an einer Straßenkreuzung. Sie waren mit dem Wagen gleich von der Party hierhergefahren.

Es war April, der Wind war kalt, und Roses Haus war kühl. Der Heizkessel war unzulänglich. Simon legte eine

Hand auf die Tapete hinter dem Bett, ließ Rose fühlen, wie es zog.

»Was hier nötig wäre, ist eine gute Isolierung.«

»Ich weiß. Es ist schrecklich. Und du solltest meine Heizungsrechnungen sehen.«

Simon sagte, sie sollte sich einen Holzofen anschaffen. Er erzählte ihr von den verschiedenen Arten von Brennholz. Ahorn, sagte er, sei ein wunderbares Holz zum Heizen. Dann erging er sich ausführlich über verschiedene Arten von Isolierung. Styropor, Micafil, Fiberglas. Er stand auf und tappte nackt herum und besichtigte die Wände ihres Hauses. Rose rief ihm nach: »Jetzt erinnere ich mich. Es war ein Zuschuss.«

»Was? Ich kann dich nicht hören.«

Sie stand auf und wickelte sich in eine Decke. Sie stand oben an der Treppe und sagte: »Dieser Junge kam zu mir mit einem Antrag für einen Zuschuss. Er wollte Dramatiker werden. Eben jetzt ist es mir eingefallen.«

»Welcher Junge?«, sagte Simon. »Ach so.«

»Aber ich habe ihn empfohlen. Das weiß ich sicher.« Tatsache war, dass sie alle empfahl. Wenn sie keine besonderen Vorzüge erkennen konnte, glaubte sie, es sei eben ein Fall, in dem Vorzüge vorhanden waren, die sie nicht erkennen konnte.

»Sicher hat er es nicht bekommen. Und da dachte er, ich hätte ihn reingelegt.«

»Na ja, angenommen, das hättest du getan«, sagte Simon und spähte die Kellertreppe hinunter. »Das wäre dein gutes Recht gewesen.«

»Ich weiß. In der Hinsicht bin ich ein Feigling. Ich hasse ihre Enttäuschung. Sie sind so tugendhaft.«

»Sie sind keineswegs tugendhaft«, sagte Simon. »Ich

werde jetzt meine Schuhe anziehen und nach deinem Heizkessel sehen. Wahrscheinlich müsstest du die Filter reinigen lassen. Das ist genau ihre Art. Man braucht sie gar nicht zu fürchten, sie sind genauso blöd wie alle anderen. Sie wollen ein Stück Macht. Natürlich.«

»Aber würdest du die Gift...«, Rose musste innehalten und das Wort noch mal anfangen, »diese Giftigkeit haben, einfach aus Ehrgeiz?«

»Was denn sonst?«, sagte Simon, der die Treppe heraufkam. Er griff nach der Decke, wickelte sich zu ihr hinein und küsste sie flüchtig auf die Nase. »Genug davon, Rose. Schämst du dich nicht? Ich bin ein armer Kerl, der gekommen ist, um nach deinem Heizkessel zu sehen. Dem Heizkessel im Untergeschoss. Tut mir Leid, so in Sie hineingerannt zu sein, Madam.« Sie kannte schon einige seiner Rollen. Diesmal war es »Der anspruchslose Handwerker«. Ein paar andere waren »Der alte Philosoph«, der sich tief vor ihr verneigte, auf die japanische Art, als er aus dem Badezimmer kam und vor sich hin murmelte *memento mori, memento mori*; und, wenn es passte, »Der verrückte Satyr«, der schnüffelte und Sprünge machte und triumphierende Schmatzgeräusche auf ihrem Nabel produzierte.

In dem Laden an der Kreuzung kaufte sie richtigen Kaffee statt des Pulverkaffees, richtige Sahne, Schinken, gefrorenen Broccoli, ein Stück Landkäse, eine Dose Krabbenfleisch, die schönsten Tomaten, die es dort gab, Pilze, Langkornreis. Auch Zigaretten. Sie war in jenem Glückszustand, der völlig normal und unbedroht erscheint. Wenn man sie gefragt hätte, hätte sie geantwortet, es sei wegen des Wetters – der Tag war klar trotz des scharfen Windes – nicht weniger als wegen Simon.

»Sie müssen Besuch mitgebracht haben«, sagte die Frau,

der der Laden gehörte. Sie sprach ohne Überraschung oder Bosheit oder Kritik, nur in einem Ton kameradschaftlichen Neides.

»Mit dem ich nicht gerechnet habe.«

Rose häufte noch mehr Lebensmittel auf den Ladentisch.

»Was das für eine Menge Umstände macht. Von dem Geld ganz zu schweigen. Sehen Sie nur den Schinken. Und die Sahne.«

»Ich könnte was davon vertragen«, sagte die Frau.

Simon kochte aus den mitgebrachten Vorräten ein bemerkenswertes Abendessen, während Rose nichts tat, als dabeizustehen und zuzusehen und die Laken zu wechseln.

»Das Landleben«, sagte sie. »Es ist anders geworden, oder ich habe es vergessen. Ich kam hierher mit einer gewissen Vorstellung davon, wie ich leben wollte. Ich dachte, ich würde lange Spaziergänge auf verlassenen Landstraßen machen. Und beim ersten Mal, als ich das tat, hörte ich einen Wagen auf dem Kies hinter mir herankommen. Es ist mir nichts passiert. Dann hörte ich Schüsse. Ich war starr vor Schrecken. Ich versteckte mich in den Büschen, und ein Wagen dröhnte vorbei, er kurvte über die ganze Straße – und sie schossen aus den Fenstern. Ich ging eine Abkürzung durch die Felder zurück und sagte der Frau in dem Laden, ich glaube, wir sollten die Polizei rufen. Sie sagte, ach ja, an den Wochenenden nehmen sich die Jungens einen Kasten Bier ins Auto und fahren raus, um Murmeltiere zu schießen. Dann sagte sie, was haben Sie denn überhaupt da auf der Straße gemacht? Ich konnte merken, dass sie es für verdächtiger hielt, allein spazieren zu gehen, als Murmeltiere zu schießen. Es gab eine

Menge solcher Dinge. Ich glaube nicht, dass ich bleiben werde, aber meine Arbeit ist hier, und die Mieten sind billig. Nicht dass sie nicht nett wäre, die Frau im Laden. Sie kann wahrsagen, aus Karten und Teetassen.«

Simon sagte, er sei von Lyon aus weitergeschickt worden, um auf einem Bauernhof in der Provence zu arbeiten. Die Leute dort lebten und arbeiteten noch weitgehend wie im Mittelalter. Sie konnten französisch weder lesen noch schreiben noch sprechen. Wenn sie krank wurden, warteten sie, bis sie starben oder bis es ihnen wieder besser ging. Sie hatten noch nie einen Arzt gesehen, obwohl ein Tierarzt einmal im Jahr zu ihnen kam, um die Kühe zu untersuchen. Simon rammte sich eine Mistgabel in den Fuß, die Wunde infizierte sich, er bekam Fieber und hatte die größten Schwierigkeiten, sie dazu zu bringen, dass sie nach dem Tierarzt schickten, der im nächsten Dorf war. Schließlich taten sie es doch, und der Tierarzt kam und gab Simon eine Spritze mit der großen Nadel für die Pferde, und es wurde wieder besser. Die ganze Familie war verblüfft und belustigt, dass man solche Umstände wegen eines menschlichen Lebens gemacht hatte. Er sagte, während es ihm langsam besser ging, habe er ihnen Kartenspielen beigebracht. Er brachte es der Mutter und den Kindern bei; der Vater und der Großvater waren zu träge und uninteressiert, und die Großmutter wurde in einem Verschlag in der Scheune eingeschlossen gehalten und zweimal täglich mit Abfällen gefüttert.

»Ist das wahr? Ist es möglich?«

Sie waren in dem Stadium, in dem man die Dinge voreinander ausbreitet: Freuden, Geschichten, Späße, Bekenntnisse.

»Landleben!«, sagte Simon. »Aber hier ist es gar nicht

schlecht. Dieses Haus könnte man sehr komfortabel machen. Du solltest einen Garten haben.«

»Das war eine weitere Idee, die ich hatte, ich versuchte einen Garten anzulegen. Nichts gedieh richtig. Ich hatte mich auf Kohl verlegt, ich finde Kohl sehr schön, aber es sind mir irgendwie Würmer hineingekommen. Sie fraßen die Blätter auf, bis sie aussahen wie Spitze, und dann wurden alle Kohlköpfe gelb und fielen um.«

»Kohl ist sehr schwer anzubauen. Du solltest mit etwas Leichterem anfangen.« Simon stand vom Tisch auf und ging ans Fenster. »Zeig mir mal, wo du den Garten hattest.«

»Am Zaun entlang. Dort war er auch vorher schon gewesen.«

»Das taugt nichts, es ist zu nahe bei dem Nussbaum. Nussbäume sind schlecht für den Boden.«

»Das wusste ich nicht.«

»Doch, das stimmt. Du solltest ihn näher beim Haus haben. Morgen will ich dir ein Stück für den Garten umgraben. Du wirst eine Menge Dünger brauchen. Also. Schafmist ist der allerbeste Dünger. Kennst du jemand hier in der Gegend, der Schafe hat? Wir werden ein paar Säcke Schafmist holen und einen Plan machen, was gepflanzt werden soll, obwohl es jetzt noch zu früh ist, es könnte noch mal Frost geben. Einiges kannst du schon mal im Haus vortreiben, aus Samen. Tomaten.«

»Ich dachte, du müsstest mit dem Morgenbus zurück«, sagte Rose. Sie waren in ihrem Wagen hergekommen.

»Montag ist ein leichter Tag. Ich werde anrufen und absagen. Ich werde den Mädchen im Büro sagen, ich hätte Halsentzündung.«

»Halsentzündung?«

»Irgend so was.«

»Es ist gut, dass du hier bist«, sagte Rose aufrichtig. »Sonst hätte ich die Zeit damit verbracht, über diesen Jungen nachzudenken. Ich hätte versucht, es nicht zu tun, aber es wäre mir immer wieder in den Sinn gekommen. In ungeschützten Momenten. Ich wäre in einem Zustand der Erniedrigung gewesen.«

»Das ist aber ein recht kleiner Anlass, um in einen Zustand der Erniedrigung zu geraten.«

»Das ist mir klar. Es ist eben nicht sehr viel mit mir los.«

»Du musst lernen, nicht so dünnhäutig zu sein«, sagte Simon, als ob er in einer einfühlsamen Weise sie nebst Haus und Garten auf sich nähme. »Radieschen. Kopfsalat. Zwiebeln. Kartoffeln. Isst du Kartoffeln?«

Bevor er wegfuhr, machten sie einen Plan für den Garten. Er grub den Boden um und bereitete ihn für sie vor, obwohl er sich mit Kuhmist begnügen musste. Rose musste am Montag zur Arbeit gehen, dachte aber den ganzen Tag an ihn. Sie sah ihn im Garten graben. Sie sah ihn nackt die Kellertreppe hinunterschauen. Ein kleiner dicker Mann, haarig, warm, mit einem zerknitterten Schauspielergesicht. Sie wusste, was er sagen würde, wenn sie heimkam. Er würde sagen: »Ich hoffe, ich hab's dir recht gemacht, Mum«, und an seiner Stirnlocke ziehen.

Genauso machte er es auch, und sie war so entzückt, dass sie ausrief: »Ach, Simon, du Idiot, du bist der Mann meines Lebens!« So groß war das Glück, das weithin leuchtende Sonnenlicht des Augenblicks, dass sie nicht darüber nachdachte, dass es unklug sein könnte, so etwas zu sagen.

Gegen Mitte der Woche ging sie in den Laden, nicht um etwas zu kaufen, sondern um sich die Zukunft voraussagen zu lassen. Die Frau schaute in ihre Tasse und sagte: »Oh, hören Sie. Sie haben den Mann getroffen, der alles verändern wird.«

»Ja, das glaube ich schon.«

»Er wird Ihr Leben verändern. Ach Gott. Sie werden nicht hier bleiben. Ich sehe Ruhm, ich sehe Wasser.«

»Davon weiß ich nichts. Ich denke, er will mein Haus isolieren.«

»Die Veränderung hat schon angefangen.«

»Ja. Das weiß ich.«

Sie konnte sich nicht erinnern, was sie über ein Wiederkommen Simons ausgemacht hatten. Sie dachte, er werde am Wochenende kommen. Sie erwartete ihn, und sie ging weg und kaufte Lebensmittel ein, diesmal nicht in dem Laden im Dorf, sondern in einem Supermarkt einige Meilen entfernt. Sie hoffte, die Frau im Laden würde sie nicht sehen, wenn sie die Lebensmitteltüten ins Haus trug. Sie hatte Lust auf frisches Gemüse und Steaks und ausländische schwarze Kirschen, auf Camembert und Birnen. Wein hatte sie auch gekauft und zwei Laken, die mit stilisierten Girlanden aus gelben und blauen Blumen gemustert waren. Sie dachte, ihre blassen Hüften würden sich gut darauf ausnehmen.

Am Freitagabend bezog sie das Bett mit den Laken und legte die Kirschen in eine blaue Schale. Der Wein war kalt gestellt, der Käse wurde weich. Gegen neun Uhr kam das laute Klopfen, das erwartete spaßhafte Klopfen an der Tür. Sie wunderte sich, dass sie seinen Wagen nicht gehört hatte.

»Fühlte mich einsam«, sagte die Frau aus dem Laden. »Da hab ich gedacht, ich schau mal rein und – oh, oh, Sie erwarten Ihren Besuch.«

»Nicht eigentlich«, sagte Rose. Ihr Herz hatte angefangen freudig zu schlagen, als sie das Klopfen gehört hatte, und es hämmerte immer noch. »Ich weiß nicht, wann er kommt«, sagte sie. »Vielleicht erst morgen.«

»Ein schauderhafter Regen.«

Die Stimme der Frau klang herzlich und hilfsbereit, als ob Rose Ablenkung oder Trost brauchte.

»Ich hoffe nur, er gerät da nicht mitten rein«, sagte Rose.

»Aber nein, man möchte nicht wünschen, dass er da reingerät.«

Die Frau fuhr sich mit den Fingern durch ihr kurzes graues Haar, schüttelte die Regentropfen heraus, und Rose war sich klar, dass sie ihr etwas anbieten sollte. Ein Glas Wein? Sie könnte angeheitert und gesprächig werden und dableiben und die Flasche zu Ende trinken wollen. Hier war ein Mensch, mit dem Rose viele Male gesprochen hatte, etwas wie eine Freundin, jemand, von dem sie gesagt hätte, sie habe sie gern, und sie nahm sich kaum die Mühe, freundlich zu sein. In diesem Augenblick wäre das mit jedem anderen auch passiert, der nicht Simon war. Jeder andere erschien unwichtig und störend.

Rose konnte voraussehen, wie es werden würde. All die gewöhnlichen Freuden, Tröstungen, Ablenkungen des Lebens würden zusammengepackt und weggeräumt werden; die Freude, die in Essen, Flieder, Musik, Donner in der Nacht lag, würde verfliegen. Nichts würde mehr zählen, als unter Simon zu liegen, nichts würde mehr zählen, außer um Qualen und Erschütterungen zu verursachen.

Sie entschied sich für Tee. Sie dachte, sie könne ebenso gut die Zeit nützen, um noch einen Blick auf ihre Zukunft zu werfen.

»Sie ist nicht klar«, sagte die Frau.

»Was stimmt nicht?«

»Ich kann heute Abend nicht deutlich sehen. So was passiert. Nein, ehrlich, ich kann ihn nicht sehen.«

»Ihn nicht sehen?«

»In Ihrer Zukunft. Ich schaffe es nicht.«

Rose dachte, sie sage das aus bösem Willen, aus Eifersucht.

»Nun, ich interessiere mich ja nicht nur für ihn.«

»Vielleicht ginge es besser, wenn Sie etwas hätten, was ihm gehört, nur damit ich mich konzentrieren kann. Irgendetwas, worauf seine Hände gelegen haben, haben Sie so was?«

»Mich«, sagte Rose. Es war eine billige Angeberei, über die die Wahrsagerin lachen musste.

»Nein, im Ernst.«

»Ich glaube nicht. Ich habe seine Zigarettenkippen weggeworfen.«

Nachdem die Frau gegangen war, saß Rose da und wartete. Bald war es Mitternacht. Der Regen fiel heftig. Als sie wieder auf die Uhr sah, war es zwanzig vor zwei. Wie konnte diese leere Zeit so schnell vergehen? Sie schaltete die Lampen aus, weil sie nicht dabei ertappt werden wollte, dass sie noch auf war. Sie zog sich aus, brachte es aber nicht über sich, sich auf die neuen Laken zu legen. Sie blieb in der Küche sitzen, im Dunkeln. Von Zeit zu Zeit machte sie sich frischen Tee. Etwas Licht von der Straßenlampe an der Ecke fiel in den Raum. Das Dorf hatte helle neue Bogenlampen. Sie konnte das Licht sehen, ein Stückchen von dem Laden, die Stufen vor der Kirche auf der anderen Straßenseite. Die Kirche wurde nicht mehr von der bescheidenen und achtbaren protestantischen Sekte benutzt, die sie gebaut hatte, sondern gab sich als Tempel von Nazareth, auch als Heiligkeitszentrum aus, was immer das sein mochte. Die Zustände hier waren ungeordneter, als Rose vorher bemerkt hatte. In diesen Häusern lebten keine Farmer, die sich zur Ruhe gesetzt hatten; es gab ja in Wirklichkeit keine Farmen, von denen man sich zurückziehen konnte, nur die kargen Felder, die mit Wacholder bewachsen waren. Die Leute arbeiteten dreißig oder vierzig Meilen entfernt in Fabriken, in der Provinz-Nervenklinik, oder sie arbeiteten überhaupt nicht, sie führten ein geheimnisvolles Leben an der Grenze der Kriminalität oder ein Leben geregelten Irrsinns im Schatten des Heiligkeitszentrums. Das Leben der Leute war sicherlich verzweifelter, als es einmal gewesen war. Was konnte aber verzweifelter sein als eine Frau in Roses Alter, die die ganze Nacht in ihrer dunklen Küche saß und auf ihren Liebhaber wartete? Und das war eine Situation, die sie geschaffen hatte, sie allein hatte sie geschaffen, es schien, dass sie nie etwas dazulernte. Sie hatte Simon zum Angelpunkt ihrer Hoffnungen gemacht, und sie würde es nie fertig bringen, ihn wieder zurückzuverwandeln in die Person, die er war.

Der Fehler war, dass sie den Wein gekauft hatte, dachte sie, und die Laken und den Käse und die Kirschen. Vorbereitungen fordern das Scheitern heraus. Sie hatte dies erst erkannt, als sie die Tür aufmachte und der Aufruhr in ihrem Herzen sich von Fröhlichkeit zu Schrecken verwandelte, so wie sich der Klang eines ganzen Kirchturms voll

Glocken seltsam (aber nicht für Rose) in ein verrostetes Nebelhorn verwandeln konnte.

In Dunkelheit und Regen sah sie Stunde um Stunde voraus, was geschehen konnte. Sie konnte das Wochenende über warten, sich mit Entschuldigungen ermutigen und sich vor Zweifel krank fühlen, keinesfalls das Haus verlassen, falls das Telefon klingeln sollte. Wieder zur Arbeit gehen am Montag, betäubt, aber etwas getröstet durch die Wirklichkeit der Welt, sie würde sich dazu durchringen, ihm unter der Adresse der philologischen Abteilung eine Nachricht zu schicken.

»Ich hatte gedacht, wir bepflanzen am nächsten Wochenende den Garten. Ich habe ein großes Sortiment Samen gekauft (das war gelogen, aber sie würde es kaufen, sobald sie von ihm gehört hatte). Lass mich doch wissen, ob du kommst, aber nimm es nicht tragisch, wenn du andere Pläne gemacht hast.«

Dann würde sie beunruhigt fragen: klang das zu beiläufig, wenn sie andere Pläne erwähnte? Würde es nicht zu aufdringlich wirken, wenn sie das nicht anfügte? All ihre Zuversicht, die Leichtigkeit ihres Herzens würde schwinden, aber sie würde versuchen, sie zu spielen.

»Wenn es zu nass ist, um im Garten zu arbeiten, könnten wir irgendwohin fahren. Vielleicht könnten wir ein paar Murmeltiere schießen. Alles Gute, Rose.«

Dann eine weitere Wartezeit, für die das Wochenende nur ein ungezwungener Probelauf gewesen wäre, eine flüchtige Einführung in das ernsthafte, platte, klägliche Ritual. Die Hand in den Briefkasten stecken und die Post herausnehmen, ohne daraufzuschauen, das College auf keinen Fall vor fünf verlassen, ein Kissen vor das Telefon legen, um es nicht zu sehen; Gleichgültigkeit vorgeben.

Abergläubische Gedanken. Nachts noch spät aufbleiben, trinken, nie elend genug von diesem Wahnsinn werden, um ihn aufzugeben, weil das Warten mit diesen grünen und frühlingshaften Träumereien gemischt ist, so überzeugenden Argumenten, was seine Absichten betrifft. An einem bestimmten Punkt würden sie ausreichen, sie zu überzeugen, dass er krank geworden sein musste, sonst hätte er sie niemals verlassen. Sie würde das Krankenhaus in Kingston anrufen, nach seinem Befinden fragen, gesagt bekommen, dass er kein Patient sei. Danach würde der Tag kommen, an dem sie in der College-Bibliothek die alten Exemplare der Kingstoner Zeitung heraussuchen und die Todesanzeigen durchforschen würde, um zu sehen, ob er durch irgendeinen Unfall gestorben war. Dann würde sie ihn mit letzter Entschlossenheit, kalt und zitternd, in der Universität anrufen. Das Mädchen im Büro würde sagen, er sei fort. Nach Europa, nach Kalifornien; er habe nur ein Semester hier gelehrt. Auf einer Campingreise, fort, um zu heiraten.

Oder sie würde sagen: »Einen Augenblick bitte«, und würde Rose mit ihm verbinden, einfach so.

»Ja?«

»Simon?«

»Ja.«

»Hier ist Rose.«

»Rose?«

So krass würde es nicht sein. Es würde noch schlimmer sein.

»Ich wollte dich gelegentlich mal anrufen«, würde er sagen, oder »Rose, wie *geht's* dir denn?« oder sogar: »Was ist mit dem Garten?«

Besser ihn jetzt verlieren. Aber als sie am Telefon vorbeiging, legte sie die Hand darauf, vielleicht um zu sehen, ob es warm war, oder um es zu ermutigen.

Bevor es am Montagmorgen hell wurde, packte sie, was sie für nötig hielt, hinten ins Auto und schloss die Tür ab, während der Camembert immer noch auf dem Küchentisch zerfloss; sie fuhr nach Westen. Ihr war, als sei sie mehrere Tage gefahren, ehe sie zur Besinnung kam und an die Laken und das Stück vorbereiteter Erde und die Stelle hinter dem Bett denken konnte, auf die sie ihre Hand gelegt hatte, um die Zugluft zu spüren. (Warum hatte sie ihre Stiefel und ihren Wintermantel mitgenommen, wenn das der Fall war?) Sie schrieb einen Brief an das College – in Briefen konnte sie wunderbar lügen, nicht am Telefon –, in dem sie sagte, sie sei wegen der tödlichen Erkrankung einer lieben Freundin nach Toronto gerufen worden. (Vielleicht log sie doch nicht so wunderbar, vielleicht übertrieb sie.) Sie war fast über das ganze Wochenende wach geblieben und hatte getrunken, nicht so sehr viel, aber stetig. *Ich will es nicht haben.* Sie sprach es laut aus, sehr ernsthaft und nachdrücklich, als sie den Wagen belud. Und als sie sich auf den Vordersitz kauerte und den Brief schrieb, den sie viel bequemer hätte im Haus schreiben können, dachte sie daran, wie viele verrückte Briefe sie schon geschrieben hatte, wie viele übertriebene Vorwände sie gefunden hatte, warum sie einen Ort verlassen musste oder Angst davor hatte, einen Ort zu verlassen, immer wegen irgendeines Mannes. Niemand kannte das Ausmaß ihrer Dummheit; Freunde, die sie seit zwanzig Jahren gekannt hatten, wussten nicht annähernd, wie oft sie auf der Flucht gewesen war, wie viel Geld sie ausgegeben hatte und welche Risiken sie auf sich genommen hatte.

Da war sie nun also, dachte sie etwas später, fuhr einen

Wagen, schaltete die Scheibenwischer aus, als der Regen am Montagmorgen um zehn Uhr schließlich nachließ, hielt an, um zu tanken, hielt an, um sich Geld überweisen zu lassen, da die Banken jetzt offen waren; sie war tüchtig und fröhlich, sie wusste, was zu tun war, wer würde ahnen, welche Demütigungen, Erinnerungen an Demütigungen, Ahnungen in ihrem Kopf pochten? Das Demütigendste von allem war einfach die Hoffnung, die zuerst so trügerisch freigebig ist, sich schlau maskiert, aber nicht für lange. Innerhalb einer Woche kann sie am Tor des Himmels sein und trillern und zwitschern und Hymnen singen. Und sie war auch jetzt noch da, sie sagte ihr, Simon könnte gerade in diesem Moment in ihre Einfahrt einbiegen, er könnte mit zusammengelegten Händen vor ihrer Tür stehen und beten, spotten, sich entschuldigen. *Memento mori.*

Selbst wenn es so war, selbst wenn das wahr wäre, was würde eines Morgens geschehen? Eines Morgens würde sie aufwachen, und sie würde an seinem Atem merken, dass er neben ihr im Bett wach war und sie nicht berührte und dass er nicht wollte, dass sie ihn berührte. Solche weiblichen Berührungen sind begehrlich (das würde sie von ihm gelernt oder wieder gelernt haben); die Zärtlichkeit der Frauen ist begehrlich, ihre Sinnlichkeit ist unaufrichtig. Sie würde daliegen und sich wünschen, ein ganz gewöhnliches Gebrechen zu haben, etwas, um das ihre Scham sich winden konnte, um es zu beschützen. So aber würde sie beschämt und belastet sein durch die einfache Tatsache ihrer physischen Existenz, die ganze ausgebreitete, nackte, verdauende, verfaulende Tatsache. Ihr Fleisch könnte verheerend aussehen; dick und voller Poren, grau und fleckig. Um seinen Körper würde es sich nicht handeln, nie würde es das; er wäre derjenige, der verdammte und vergab, und wie könnte sie jemals wissen, ob er ihr noch einmal vergeben würde? Er konnte zu ihr sagen: *Komm her* oder: *Geh weg*. Nie seit Patricks Zeit war sie ein freier Mensch gewesen, einer mit dieser Macht; vielleicht hatte sie alles aufgebraucht, was ihr davon gegeben war.

Oder sie könnte ihn auf einer Party sagen hören: »Und da wusste ich, es würde gut gehen, es war ein glückliches Anzeichen.« Er würde diese Geschichte einem aufgedonnerten, nichtsnutzigen Mädchen in leopardgemusterter Seide oder – viel schlimmer – einem netten langhaarigen Mädchen in einem bestickten Gewand erzählen, das ihn früher oder später an der Hand durch eine Tür in einen Raum oder eine Landschaft führen würde, in die Rose ihnen nicht folgen konnte.

Ja, aber war es nicht möglich, dass nichts dergleichen geschah, war es nicht möglich, dass es nur Güte gab und Schafmist und tiefe Frühlingsnächte, in denen die Frösche quakten? Das Ausbleiben eines Besuchs oder eines Anrufs am ersten Wochenende könnte ja einfach nur einen anderen Terminplan bedeuten; überhaupt kein unheildrohendes Zeichen. Wenn sie – etwa alle zwanzig Meilen – so dachte, fuhr sie langsamer, ja suchte sogar einen Platz zum Wenden.

Dann tat sie es doch nicht, beschleunigte wieder das Tempo und dachte, sie würde doch noch ein bisschen weiterfahren, um sicher zu sein, dass ihr Kopf klar war. Gedanken daran, wie sie in der Küche saß, Bilder des Verlorenen, stürzten wieder über sie. Und so ging es hin und her, als ob das Heck ihres Wagens von einer magnetischen Kraft festgehalten würde, die schwach und stark, schwach und stark wirkte, aber die Kraft war nie stark genug, um sie zum Umkehren zu bewegen, und nach einiger Zeit wurde sie in geradezu unpersönlicher Weise neugierig, sah das Ganze als eine wirkliche physikalische Kraft an und überlegte, ob sie schwächer würde, während sie weiterfuhr, ob sie an einer bestimmten, weit entfernten Stelle davon frei sein würde und ob sie den Augenblick erkennen würde, in dem sie das Kraftfeld verließ. Sie fuhr weiter. Muskoka; Lakehead; die Grenze nach Manitoba. Manchmal schlief sie im Wagen, den sie für eine Stunde an der Straßenseite abgestellt hatte. In Manitoba war es dafür zu kalt; sie mietete sich in einem Motel ein. Sie aß in Rasthäusern an der Straße. Ehe sie ein Restaurant betrat, kämmte sie ihr Haar und richtete ihr Gesicht her und setzte jene zurückhaltende, träumerische, kurzsichtige Miene auf, die Frauen zeigen, wenn sie glauben, ein Mann könnte sie beobachten. Man könnte nicht geradezu sagen, dass sie Simon tatsächlich dort erwartete, aber es schien doch, als schließe sie es nicht völlig aus.

Die Kraft wurde mit der Entfernung schwächer. So einfach war das, obwohl die Entfernung, wie sie später dachte, mit dem Wagen oder dem Bus oder dem Fahrrad zurückgelegt werden musste; mit Fliegen konnte man nicht das gleiche Ergebnis erreichen. In einer Präriestadt, in der man schon die Cypress Hills sah, bemerkte sie die Veränderung. Sie war die ganze Nacht gefahren, bis die Sonne hinter ihr aufging, und sie fühlte sich ruhig und klar, wie es zu dieser Zeit oft vorkommt. Sie ging in ein Café und bestellte Kaffee und Spiegeleier. Sie saß an der Theke und schaute auf die Dinge, die üblicherweise hinter den Theken von Cafés stehen – die Kaffeekannen und die hellen, wahrscheinlich muffigen Stücke Zitronen- und Himbeerkuchen, die dicken Glasteller, auf denen Eis oder Götterspeise serviert wurde. Es waren diese Teller, die ihr die Veränderung ihres Zustands klar machten. Sie hätte nicht sagen können, dass sie sie formschön oder ausdrucksvoll fand, ohne die Sache zu verfälschen. Alles, was sie hätte sagen können, war, dass sie sie auf eine Art sah, wie dies bei einem Menschen in irgendeinem Stadium der Liebe nicht möglich wäre. Sie fühlte die Festigkeit dieser Teller mit der Dankbarkeit eines Genesenden, deren Gewicht wohltuend in ihr Gehirn und ihre Füße drang. Da wurde ihr klar, dass sie ohne im Entferntesten an Simon zu denken in dieses Café gekommen war und, so schien es, dass die Welt nicht mehr die Bühne war, auf der sie ihm begegnen konnte, sondern dass sie wieder normal geworden war. Während dieser überwältigend klaren halben Stunde, ehe das Frühstück sie so müde machte, dass sie in ein Motel gehen musste, wo sie in den Kleidern und bei Sonne und offenen Vorhängen einschlief, dachte sie, wie die Liebe die Welt von einem entfernt, und das ebenso sicher, wenn es gut geht wie wenn es schlecht geht. Das hätte für sie keine Überraschung sein sollen, und es war auch keine; die Überraschung war, dass sie so heftig wünschte, forderte, dass alles für sie da sein sollte, dick und gewöhnlich wie die Eisteller, so dass ihr schien, es sei vielleicht nicht die Enttäuschung, der Verlust, die Trennung gewesen, von denen sie weglief, ebenso wenig wie das Gegenteil davon: die Herrlichkeit und die Erschütterung der Liebe, die Verwandlung. Selbst wenn das sicher war, konnte sie sich nicht damit abfinden. In jedem Fall wurde einem etwas weggenommen – ein kleiner persönlicher Überschuss, ein kleiner, trockener Kern von Redlichkeit. Das dachte sie.

Sie schrieb an das College, während sie am Sterbebett ihrer Freundin geweilt habe, habe sie zufällig einen alten

Bekannten getroffen, der ihr eine Stelle an der Westküste angeboten habe, und sie gehe gleich von hier aus dorthin. Sie nahm an, dass man ihr Ärger machen könnte, aber sie nahm auch an, und mit Recht, dass man sich nicht viel daraus machen würde, da die Zeit ihrer Anstellung und insbesondere ihre Bezahlung nicht klar geregelt war. Sie schrieb an den Makler, von dem sie das Haus gemietet hatte; sie schrieb an die Frau aus dem Laden, alles Gute und auf Wiedersehen. Auf der Hope-Princeton-Fernstraße stieg sie aus dem Wagen und stand im kühlen Regen des Küstengebirges. Sie fühlte sich einigermaßen sicher und erschöpft und ausgeglichen, obwohl sie wusste, dass sie ein paar Leute verlassen hatte, die nicht damit einverstanden waren.

Das Glück war mit ihr. In Vancouver traf sie einen Bekannten, der eine neue Fernsehserie plante. Sie sollte an der Westküste gedreht werden und handelte von einer Familie – oder Pseudofamilie – von Exzentrikern und Ausgeflippten, die ein altes Haus auf Salt Spring Island als Wohnung oder Hauptquartier benutzte. Rose bekam die Rolle der Frau, der das Haus gehörte, der Pseudomutter. Genau wie sie in dem Brief gesagt hatte; einen Job an der Westküste, möglicherweise den besten Job, den sie je gehabt hatte. Man musste besondere Make-up-Künste, Tricks, die älter machten, für ihr Gesicht anwenden; der Maskenbildner witzelte, wenn die Serie ein Erfolg werde und jahrelang laufe, würden diese Tricks nicht mehr nötig sein.

Ein Wort, das jedermann an der Küste gebrauchte, war *zerbrechlich*. Sie sagten, sie fühlten sich heute zerbrechlich, sie seien in einem zerbrechlichen Zustand. Ich nicht, sagte Rose, ich habe nachgerade das feste Gefühl, dass ich aus Pferdeleder gemacht bin. Der Wind und die Sonne der Prärie hatten ihre Haut braun und rau werden lassen. Sie klopfte ihren faltigen braunen Nacken, um das Wort Pferdeleder zu betonen. Sie begann schon einige der Redensarten, der Ticks der Figur, die sie spielen sollte, anzunehmen.

Etwa ein Jahr später stand Rose auf dem Deck einer der B. C.-Fähren, sie trug einen schmuddeligen Pullover und ein Kopftuch. Sie musste zwischen den Rettungsbooten herumkriechen und auf ein hübsches junges Mädchen aufpassen, das in ihren abgeschnittenen Jeans und einer Korsage sehr fror. Dem Drehbuch zufolge hatte die Frau, die Rose spielte, Angst, das junge Mädchen wolle vom Schiff springen, weil es schwanger war.

Bei den Aufnahmen zu dieser Szene zogen sie eine beträchtliche Menge an. Als sie unterbrachen und zum geschützten Teil des Decks gingen, um die Mäntel anzuziehen und Kaffee zu trinken, streckte eine Frau in der Menge ihre Hand aus und berührte Roses Arm.

»Sie werden sich nicht an mich erinnern«, sagte sie, und Rose erinnerte sich wirklich nicht. Dann fing die Frau an, von Kingston zu erzählen, von dem Paar, das die Party gegeben hatte, selbst vom Tod von Roses Katze. Rose erkannte in ihr die Frau, die an der Arbeit über Selbstmord geschrieben hatte. Aber sie sah ganz anders aus; sie trug einen teuren Hosenanzug in beige, ein Kopftuch in beige und weiß; sie sah nicht mehr unordentlich und ungepflegt und dürr und aufrührerisch aus. Sie stellte einen Ehemann vor, der Rose angrunzte, als wollte er sagen, wenn sie glaube, dass er ein großes Getue mit ihr mache, könne sie sich einen anderen suchen. Er ging weg, und die Frau sagte: »Armer Simon. Wissen Sie, er ist gestorben.«

Dann wollte sie wissen, ob noch weitere Szenen gedreht würden. Rose wusste, warum sie das fragte. Sie wollte in den Hintergrund oder gar in den Vordergrund dieser Szenen kommen, so dass sie ihre Freunde anrufen und ihnen sagen konnte, sie sollten sie sich ansehen. Wenn sie die Leute anrief, die bei der Party gewesen waren, würde sie sagen müssen, sie wisse, dass die Serie der letzte Kitsch sei, aber man habe sie überredet, in einer Szene mitzumachen, nur so zum Spaß.

»Gestorben?«

Die Frau nahm ihr Kopftuch ab, und der Wind blies ihr die Haare über das Gesicht.

»Krebs, Bauchspeicheldrüse«, sagte sie und drehte das Gesicht in den Wind, um ihr Kopftuch mehr nach ihrem Geschmack wieder umzubinden. Ihre Stimme kam Rose wissend und hinterhältig vor. »Ich weiß nicht, wie gut Sie ihn kannten«, sagte sie. Sollte Rose nun darüber nachdenken, wie gut *sie* ihn kannte? Diese Hinterhältigkeit konnte ebenso gut ein Hilferuf wie ein Siegessignal sein; sie konnte einem vielleicht Leid tun, aber man konnte ihr keinesfalls trauen. Darüber dachte Rose nach, statt an das zu denken, was sie ihr erzählt hatte. »Wirklich traurig«, sagte sie, jetzt ganz sachlich, als sie ihr Kinn zurücknahm, um das Kopftuch zu binden. »Traurig. Er hatte es schon sehr lange.«

Jemand rief Roses Namen; sie musste wieder zur Aufnahme. Das Mädchen stürzte sich nicht ins Meer. Solche Dinge ließ man in der Serie nicht zu. Zwar drohten derartige Dinge zu passieren, aber sie passierten dann doch nicht, außer hin und wieder bei unwichtigen Nebenfiguren. Die Zuschauer verließen sich darauf, dass sie vor absehbarem Unheil geschützt wurden, ebenso wie vor Akzentverschiebungen, die den Fortgang der Geschichte ungewiss machten, vor Verwirrung, die neue Beurteilungen und Lösungen verlangten und den Blick auf eine ungehörige, unvergessliche Szenerie lenkten.

Simons Sterben brachte Rose in eine Verwirrung dieser Art. Es war widersinnig, es war ungerecht, dass eine so wichtige Nachricht ihr entgangen war und dass Rose, selbst noch zu diesem späten Zeitpunkt, sich für die einzige Person gehalten hatte, der es ernsthaft an Stärke fehlte.

Buchstabieren

In den alten Zeiten, noch im Laden, pflegte Flo zu sagen, sie wisse genau, wenn eine Frau aus dem Takt komme. Eine besondere Kopfbedeckung oder besondere Schuhe seien oft die ersten Hinweise. Offen schlappende Galoschen an einem Tag im Sommer. Gummistiefel, in denen sie herumschlurften, oder Arbeitsstiefel der Männer. Sie mochten wohl sagen, das sei wegen der Hühneraugen, Flo wusste es besser. Es war absichtlich, man sollte es merken. Als Nächstes mochte dann ein alter Filzhut kommen, der zerrissene Regenmantel, der bei jedem Wetter getragen wurde, die Hosen, die mit einer Schnur in der Taille festgebunden waren, die verschossenen, zerfetzten Kopftücher, die übereinander getragenen zerfaserten Pullover.

Bei Müttern und Töchtern oftmals das Gleiche. Es war immer in ihnen. Schübe von Wahnsinn, die unwiderstehlich wie ein Kichern von einer Stelle tief innen heraufkamen und sie übermannten.

Sie kamen immer, um Flo ihre Geschichten zu erzählen. Flo ermutigte sie dann. »Ist das wahr?«, sagte sie. »Ist das nicht eine Schande?«

Meine Gemüsereibe ist weg, und ich weiß, wer sie genommen hat.

Da ist ein Mann, der kommt und guckt, wenn ich mein

Zeug ausziehe am Abend. Ich lass den Rollladen runter,
und er guckt durch die Ritzen.

Zwei Haufen neue Kartoffeln gestohlen. Ein Glas mit
ganzen Pfirsichen. Ein paar schöne Enteneier.

Eine von diesen Frauen brachte man schließlich ins Bezirksaltersheim. Das Erste, was sie mit ihr machten, sagte Flo, war, dass sie sie badeten. Das Nächste, was sie taten, war, dass sie ihr die Haare abschnitten, die wild wie ein Heuhaufen gewachsen waren. Sie waren darauf gefasst, alles Mögliche darin zu finden, einen toten Vogel oder auch ein Nest mit den Skeletten junger Mäuse. Sie fanden tatsächlich Kletten und Blätter und eine Biene, die sich wohl darin verfangen und zu Tode gesummt hatte. Als sie weit genug heruntergeschnitten hatten, fanden sie einen Stoffhut. Er war ihr auf dem Kopf verrottet, und die Haare waren einfach durchgewachsen, wie Gras durch Maschendraht.

Flo hatte die Gewohnheit, den Tisch für die nächste Mahlzeit gleich gedeckt zu lassen, um sich die Mühe zu ersparen. Das Plastiktuch war klebrig, die Form des Tellers und der Untertasse deutlich abgedrückt wie die Umrisse eines Bildes an einer schmutzigen Wand. Der Kühlschrank war voller schwefelgelber Reste, dunkler Krusten, schimmelüberzogener Abfälle. Rose ging an die Arbeit, putzte, schabte, scheuerte. Manchmal kam Flo hereingehumpelt an ihren beiden Stöcken. Es konnte sein, dass sie Roses Anwesenheit überhaupt nicht zur Kenntnis nahm, es konnte sein, dass sie den Topf mit Ahornsirup an den Mund setzte und ihn trank wie Wein. Sie liebte jetzt Süßigkeiten, verlangte nach ihnen. Braunen Zucker löffelweise, Ahornsirup, Dosenpudding, Gelee, Klumpen von Süßigkeit, die durch ihre Kehle glitten. Sie hatte das Rauchen aufgegeben, wahrscheinlich aus Angst vor einem Brand.

Ein anderes Mal sagte sie: »Was machst du da hinter dem Ladentisch? Sag mir, was du willst, und ich hol's.« Sie hielt die Küche für den Laden.

»Ich bin *Rose*«, sagte Rose laut und langsam. »Wir sind in der *Küche*. Ich mache die *Küche* sauber.«

Die alte Einrichtung der Küche: geheimnisvoll, persönlich, ausgefallen. Die große Pfanne im Backofen, die mittlere Pfanne unter dem Kartoffeltopf auf dem Eckbrett, die kleine Pfanne an einem Nagel unter dem Ausguss. Küchentücher, Zeitungsausschnitte, Scheren, Backformen, an verschiedenen Nägeln aufgehängt. Stöße von Briefen und Rechnungen auf der Nähmaschine, auf dem Telefonbrett. Man hätte meinen können, jemand habe sie vor ein oder zwei Tagen dort hingelegt, aber sie waren Jahre alt. Rose war auf ein paar ihrer eigenen Briefe gestoßen, die in einem gezwungenen und fröhlichen Stil geschrieben waren. Falsche Botschaften; falsche Verbindungen mit einem verlorenen Abschnitt ihres Lebens.

»Rose ist weg«, sagte Flo. Sie hatte sich angewöhnt, die Unterlippe vorzuschieben, wenn sie unzufrieden oder verwirrt war. »Rose hat geheiratet.«

Am zweiten Morgen stand Rose auf und fand, dass sich in der Küche eine gigantische Umwälzung vollzogen hatte, als ob jemand mit einem großen Löffel zu Werke gegangen wäre. Die große Pfanne war jetzt hinter dem Kühlschrank, das Brotmesser war im Mehlkasten und die Bratpfanne zwischen den Rohren unter dem Ausguss verkeilt. Rose kochte Flos Porridge, und Flo sagte: »Sie sind die Frau, die sie geschickt haben, damit sie nach mir sieht.«

»Ja.«

»Sie sind nicht hier aus der Gegend?«

»Nein.«

»Ich hab kein Geld, um Sie zu bezahlen. Die haben Sie geschickt, sollen sie Sie auch bezahlen.«

Flo streute braunen Zucker über ihr Porridge, bis es völlig bedeckt war, dann strich sie den Zucker mit ihrem Löffel glatt.

Nach dem Frühstück erspähte sie das Schneidebrett, das Rose benutzt hatte, um sich ihr Toastbrot zu schneiden. »Was soll das hier, das stört uns«, sagte Flo gebieterisch, nahm es und marschierte davon – so gut eben jemand mit zwei Stöcken marschieren kann –, um es irgendwo zu verstecken, in der Klavierbank oder unter der Hintertreppe.

Vor Jahren hatte Flo eine kleine verglaste Seitenveranda an das Haus anbauen lassen. Von dort konnte sie die Straße ebenso gut beobachten, wie sie es immer hinter ihrem Ladentisch gemacht hatte (das Ladenfenster war jetzt mit Brettern vernagelt, die alten Reklamen übermalt). Die Straße war nicht mehr die Hauptstraße von Hanratty durch West-Hanratty und zum See; es gab eine Umgehungsstraße. Und jetzt war sie natürlich gepflastert, hatte breite Rinnsteine und neue Bogenlampen. Die alte Brücke war weg, und eine neue, breite und viel weniger eindrucksvolle Brücke hatte ihren Platz eingenommen. Der Übergang von Hanratty nach West-Hanratty war kaum zu bemerken. West-Hanratty hatte sich mit Farbe und Aluminiumverkleidungen herausgeputzt; Flos Grundstück war so ziemlich der einzige Schandfleck, der übrig geblieben war.

Was für Dinge hatte Flo zum Anschauen dort in ihrer

kleinen Veranda, wo sie nun schon seit Jahren saß, während ihre Gelenke und Arterien verkalkten?

Ein Kalender mit der Abbildung einer Puppe und eines Kätzchens. Die Gesichter einander zugewandt, so dass sich die Nasen berührten und der Zwischenraum zwischen den beiden Körpern ein Herz bildete.

Ein Foto in Farbe von Prinzessin Anne als Kind.

Eine Keramikvase aus den Blue Mountains, ein Geschenk von Brian und Phoebe, darin drei gelbe Plastikrosen und auf Vase und Rosen der in mehreren Jahren abgelagerte Staub.

Sechs Muscheln von der Pazifikküste, die Rose geschickt, aber nicht selbst gesammelt hatte, wie Flo glaubte oder früher einmal geglaubt hatte. Während eines Urlaubs im Staat Washington gekauft. Sie waren ein plastikverpackter Spontankauf an der Theke eines Touristenlokals.

DER HERR IST MEIN HIRTE, in einem schwarzen Laubsägerahmen mit ein bisschen Glitzerzeug. Gratisgabe einer Molkerei.

Ein Zeitungsfoto von sieben Särgen in einer Reihe. Zwei große und fünf kleine. Eltern und Kinder, alle mitten in der Nacht in einem hiesigen Bauernhaus vom Vater erschossen, niemand wusste warum. Das Haus war nicht leicht zu finden, aber Flo hatte es gesehen. In der Zeit, als sie nur einen Stock brauchte, hatten Nachbarn sie am Sonntag zu einer Ausfahrt mitgenommen. Sie mussten an einer Tankstelle an der Straße um Auskunft fragen und dann noch einmal in einem Laden an einer Kreuzung. Sie erfuhren, dass viele Leute die gleichen Fragen gestellt hatten und ebenso entschlossen waren. Obwohl Flo zugeben musste, dass wirklich nicht viel zu sehen war. Ein Haus wie jedes andere. Der Schornstein, die Fenster, die Schindeln, die Tür. Etwas, das einmal ein Geschirrtuch oder eine Windel gewesen sein mochte und das niemand hatte hereinholen mögen, hing auf der Leine und vergammelte.

Rose war fast zwei Jahre nicht zu Hause gewesen, um Flo zu besuchen. Sie hatte viel zu tun gehabt, sie war mit kleinen Theatertruppen gereist, die durch Zuschüsse finanziert wurden und Stücke oder Szenen aus Stücken aufführten, oder in Schulhörsälen oder Stadthallen im ganzen Land Leseabende veranstalteten. Es war ein Teil ihrer Arbeit, im örtlichen Fernsehen an Gesprächen über diese Vorstellungen teilzunehmen, Interesse zu erwecken, lustige Geschichten über Dinge zu erzählen, die sich während der Tournee ereignet hatten. Es war nichts Ungehöriges an alldem, aber manchmal war Rose zutiefst und unerklärlich beschämt. Sie ließ sich ihre Verwirrung nicht anmerken. Wenn sie in der Öffentlichkeit sprach, war sie unbefangen und charmant; sie hatte eine spannende, zurückhaltende Art, ihre Anekdoten einzuleiten, so als ob sie sich eben jetzt erst daran erinnerte und sie nicht schon hundert Mal vorher erzählt hätte. Wenn sie in ihr Hotelzimmer zurückkam, schauderte sie oft, als ob sie einen Fieberanfall bekäme. Sie schob es auf die Erschöpfung oder die nahen Wechseljahre. Sie konnte sich an keinen der Menschen erinnern, die sie gesehen hatte, diesen reizenden, interessanten Leuten, die sie zum Essen eingeladen hatten und denen sie, über Drinks in verschiedenen Städten hinweg, höchst intime Dinge aus ihrem Leben erzählt hatte.

Die Vernachlässigung hatte in Flos Haus ein nicht mehr zu übertreffendes Ausmaß erreicht. Die Zimmer waren mit Lumpen und Papier und Dreck voll gestopft. Wenn man eine Jalousie hochzog, um Licht hereinzulassen, blieb einem die Jalousie in der Hand. Wenn man einen Vorhang schüttelte, zerfiel er und gab eine erstickende Staubwolke von sich. Wenn man die Hand in eine Schublade steckte, versank sie in etwas Weichem und Dunklem und Undefinierbarem.

Wir schreiben nicht gern schlimme Nachrichten, aber es sieht aus, als wäre sie über die Zeit hinaus, wo sie sich selber versorgen kann. Wir versuchen schon mal bei ihr reinzuschauen, aber wir sind selber auch nicht mehr so jung, so sieht es aus, als wär die Zeit gekommen.

Es war mehr oder weniger der gleiche Brief, der an Rose und ihren Halbbruder Brian geschrieben wurde, der Ingenieur war und in Toronto wohnte. Rose war gerade von ihrer Tournee zurückgekommen. Sie hatte angenommen, dass Brian und seine Frau Phoebe, die sie selten sah, in Verbindung mit Flo geblieben waren. Schließlich war Flo ja Brians Mutter, Roses Stiefmutter. Und es stellte sich heraus, dass sie in Verbindung geblieben waren, wenigstens glaubten sie das. Brian war vor kurzem in Südamerika gewesen, aber Phoebe hatte Flo jeden Samstagabend angerufen. Flo hatte wenig zu sagen, aber sie sprach sowieso nie mit Phoebe; sie hatte gesagt, es gehe ihr gut, es sei alles in Ordnung, sie hatte ein paar Bemerkungen über das Wetter gemacht. Rose hatte Flo am Telefon beobachtet, nachdem sie nach Hause gekommen war, und sie begriff, wie Phoebe sich hatte täuschen lassen. Flo sprach normal, sie sagte hallo, in Ordnung, das war ein großer Sturm gestern Abend hier, ja, das Licht war stundenlang aus. Wenn du nicht in der Nachbarschaft wohnst, würdest du gar nicht merken, dass überhaupt ein Sturm war.

Es traf nicht zu, dass Rose Flo in diesen zwei Jahren ganz vergessen hatte. Sie hatte Anwandlungen von Besorgtheit ihretwegen. Es war nur so, dass sie jetzt seit einiger

Zeit zwischen zwei solchen Anwandlungen lebte. Einmal war eine derartige Anwandlung mitten in einem Sturm im Januar über sie gekommen, sie war zweihundert Meilen durch den Blizzard gefahren, an zugewehten Autos vorbei, und als sie schließlich auf der Straße bei Flo parkte, endlich den Weg hinaufstapfte, den Flo nicht hatte freischaufeln können, war sie selbst erleichtert und besorgt wegen Flo, ein allgemeiner Aufruhr angstvoller und freudiger Gefühle. Flo öffnete die Tür und ließ ein warnendes Bellen hören.

»Da kannst du nicht parken!«

»Was?«

»Kannst da nicht parken!«

Flo sagte, es gebe eine neue Verordnung; Parkverbot in den Straßen während der Wintermonate.

»Du musst dir einen Platz freischaufeln.«

Natürlich fuhr Rose aus der Haut.

»Wenn du jetzt noch ein weiteres Wort sagst, steige ich ins Auto und fahre wieder zurück.«

»Aber du kannst nicht parken ...«

»Noch ein Wort!«

»Warum musst du hier stehen und streiten, während die Kälte ins Haus reinbläst?«

Rose ging hinein. Daheim.

Das war eine der Geschichten, die sie über Flo erzählte. Sie brachte sie gut; ihre eigene Erschöpfung und ihr Gefühl der Tugendhaftigkeit; Flos Bellen, ihr geschwenkter Stock, ihre grimmige Entschlossenheit, sich von niemand retten zu lassen.

Nachdem sie den Brief gelesen hatte, hatte Rose Phoebe angerufen, und Phoebe hatte sie eingeladen, zum Essen zu kommen, damit sie miteinander sprechen könnten. Rose beschloss, sich gut zu benehmen. Sie ahnte, dass Brian und Phoebe sich ständig in einer Wolke der Ablehnung ihr gegenüber bewegten. Sie dachte, sie lehnten ihren Erfolg ab, so begrenzt und unsicher und provinziell er sein mochte, und sie lehnten sie noch mehr ab, wenn sie versagte. Sie wusste auch, dass sie sich wahrscheinlich nicht so sehr mit ihr befassten oder etwas so klar und deutlich fühlten.

Sie zog einen einfarbigen Rock und eine alte Bluse an, aber in letzter Minute entschloss sie sich zu einem langen Kleid, das aus dünner roter und goldener indischer Baumwolle gemacht war, genau das, was ihre Meinung, Rose sei immer so theatralisch, rechtfertigen würde.

Dennoch beschloss sie, wie sie es gewöhnlich tat, leise zu sprechen, sich an Tatsachen zu halten, nicht in irgendeinen nutzlosen und dummen Streit mit Brian zu geraten. Und wie gewöhnlich schien der größte Teil ihres Verstandes davonzufliegen, sobald sie ihr Haus betreten hatte, ihren ruhigen Gewohnheiten unterworfen war, den Strom von Zufriedenheit, Selbstzufriedenheit, völlig gerechtfertigter Selbstzufriedenheit spürte, der sogar von Geschirr und Vorhängen auszugehen schien. Sie war nervös, als Phoebe sie nach ihrer Tournee fragte, und Phoebe war auch ein bisschen nervös, weil Brian schweigend dasaß; er war nicht gerade mürrisch, aber er ließ sich anmerken, dass die Frivolität des Themas ihm nicht gefiel. In Roses Gegenwart sagte Brian mehr als einmal, dass er mit Leuten ihrer Berufsrichtung nichts anfangen könne. Schauspieler, Künstler, Journalisten, reiche Leute (er würde nie zugeben, dass er selbst reich war), die ganze philosophische Fakultät der Universitäten. Ganze Klassen und Kategorien – runter durch den Kanal. Unklaren Denkens und auffälligen Benehmens überführt; unpräziser Sprache, vieler Exzesse. Rose wusste nicht, ob er die Wahrheit sagte oder ob er ihr gegenüber so sprechen musste. Er warf den Köder seiner leise geäußerten Verachtung hin; sie biss an; sie stritten, sie hatte das Haus schon weinend verlassen. Und irgendwo in einer Schicht darunter, das spürte Rose, liebten sie einander. Aber nie konnten sie den alten, alten Wettstreit vermeiden; wer ist der bessere Mensch, wer hat die bessere Arbeit gewählt? Wonach strebten sie? Nach einer guten Meinung voneinander, die sie vielleicht einmal eingestehen wollten, nur jetzt noch nicht. Phoebe, die eine ruhige und pflichtbewusste Frau war und eine große Begabung hatte, die Dinge zu normalisieren (das genaue Gegenteil der Begabung ihrer Familie, die Dinge hochzuspielen), brachte dann das Essen und goss Kaffee ein und sah sie mit höflicher Verblüffung an; ihr Kampf, ihre Verletzbarkeit, ihr Schmerz erschienen ihr vielleicht ebenso fremd wie die Possen von Comic-Strip-Figuren, die ihre Finger in Steckdosen steckten.

»Ich hab mir immer gewünscht, Flo könnte noch einmal zu uns zu Besuch kommen«, sagte Phoebe. Flo war einmal gekommen und hatte nach drei Tagen gebeten, wieder nach Hause gebracht zu werden. Aber danach schien es eine Freude für sie zu sein, dazusitzen und die Dinge, die Brian und Phoebe besaßen, und die Besonderheiten ihres Hauses aufzuzählen. Brian und Phoebe lebten ganz anspruchslos in Don Mills, und die Dinge, bei denen Flo sich aufhielt – das Glockenspiel an der Tür, das automatische Garagentor, das Schwimmbad –, gehörten zu den üblichen Errungenschaften in der Vorstadt. So viel hatte Rose zu Flo gesagt, die nun glaubte, sie, Rose, sei neidisch.

»Du würdest das nicht ablehnen, wenn man's dir anbieten würde.«

»Doch, das würde ich.«

Es stimmte, Rose glaubte, dass es stimmte, aber wie konnte sie es Flo oder sonst jemand in Hanratty je erklären? Wenn man in Hanratty lebt und nicht reich wird, ist es in Ordnung, weil man dann sein Leben lebt, wie es geplant war, aber wenn man weggeht und nicht reich wird, oder wie Rose nicht reich bleibt, was sollte das dann?

Nach dem Essen saßen Rose und Brian und Phoebe im Garten beim Schwimmbecken, in dem die jüngste der vier Töchter von Brian und Phoebe auf einem Gummidrachen ritt. Alles war freundschaftlich zugegangen, bisher jedenfalls. Es war beschlossen worden, dass Rose nach Hanratty gehen solle, dass sie Vorkehrungen treffen solle, um Flo ins Altersheim nach Wawanash zu bringen. Brian, oder seine Sekretärin, hatte Erkundigungen darüber eingezogen, und er sagte, es scheine nicht nur billiger, sondern auch besser geführt zu sein und auch mehr Bequemlichkeit zu bieten als die privaten Pflegeheime.

»Sie wird wahrscheinlich dort alte Freunde treffen«, sagte Phoebe.

Roses Fügsamkeit, ihr gutes Benehmen, beruhte zum Teil auf einem Bild, das sie sich den ganzen Abend über vorgestellt hatte und das sie Brian und Phoebe niemals verraten würde. Sie sah sich, wie sie nach Hanratty ging und nach Flo schaute, bei ihr wohnte, für sie sorgte, solange das nötig war. Sie stellte sich vor, wie sie Flos Küche putzen und anstreichen, die losen Bretter über den undichten Stellen festmachen (das war eins der Dinge, die in dem Brief erwähnt waren), Blumen in Töpfe pflanzen und nahrhafte Suppen kochen würde. Sie ging nicht so weit, sich Flo behaglich in diesem Bild untergebracht vorzustellen, wie sie sich für ein Leben in Dankbarkeit einrichtete. Aber je gebrechlicher Flo würde, umso sanfter und geduldiger würde Rose werden, und wer konnte ihr dann noch Egoismus und Leichtfertigkeit vorwerfen?

Diese Vorstellung überdauerte die beiden ersten Tage zu Hause nicht.

»Möchtest du einen Pudding?«, sagte Rose.

»Ach, ist mir egal.«

Die gekünstelte Gleichgültigkeit, die manche Leute zeigen, das Glühen der Hoffnung, wenn man ihnen einen Drink anbot.

Rose machte einen Auflauf. Beeren, Pfirsiche, Eiercreme, Keks, Schlagsahne und süßer Sherry.

Flo aß die halbe Schüssel aus. Sie fuhr gierig mit dem Löffel hinein, ohne sich die Mühe zu machen, einen Teil davon in eine kleinere Schale umzufüllen.

»Das war wunderbar«, sagte sie. Rose hatte noch nie ein solches Eingeständnis dankbarer Freude von ihr gehört.

»Wunderbar«, sagte Flo, saß da, erinnerte sich, freute sich und rülpste ein bisschen. Die herrliche, traumhafte Creme, die pikanten Beeren, die festen Pfirsiche, der Luxus der mit Sherry getränkten Kekse, der Überfluss an Schlagsahne.

Rose dachte, dass sie nie in ihrem Leben etwas getan hatte, das so nahe daran war, Flo zu freuen, wie jetzt das. »Ich mache bald wieder einen.«

Flo fand zu sich selbst zurück. »Na ja, mach, was du willst.«

Rose fuhr zum Altersheim hinaus. Sie wurde durch das Haus geführt. Sie versuchte, Flo davon zu erzählen, als sie zurückkam.

»Wessen Heim?«, sagte Flo.

»Nein, das Altersheim.«

Rose erwähnte einige Leute, die sie dort getroffen hatte. Flo wollte nicht zugeben, dass sie jemand davon kannte. Rose sprach von der Aussicht und den hübschen Zimmern. Flo blickte ärgerlich drein; ihr Gesicht wurde finster, und sie schob die Unterlippe vor. Rose schenkte ihr ein Mobile, das sie für fünfzig Cents in der Werkstatt des Altersheims gekauft hatte. Ausgeschnittene Vögel aus blauem und gelbem Papier hüpften und tanzten auf unsichtbaren Luftströmungen.

»Steck's dir in den Arsch«, sagte Flo.

Rose hängte das Mobile in der Veranda auf und sagte, sie habe die Tabletts gesehen, auf denen das Abendessen heraufgebracht wurde.

»Sie gehen in den Speisesaal, wenn sie können, und wenn sie das nicht können, werden ihnen die Tabletts ins Zimmer gebracht. Ich habe gesehen, was es zu essen gab. Roastbeef, durchgebraten, Kartoffelbrei und grüne Bohnen, gefrorene, nicht aus Büchsen. Oder ein Omelett. Man konnte ein Omelett mit Pilzen oder mit Huhn oder ein einfaches Omelett haben, wie man wollte.«

»Was gab's zum Nachtisch?«

»Eis. Man konnte auch Sauce dazu bekommen.«

»Was für Sauce war das?«

»Schokolade. Karamell. Walnuss.«

»Ich kann keine Walnüsse essen.«

»Es gab auch Negerküsse.«

In dem Heim wurden die alten Leute in Klassen eingeteilt. Im ersten Stock waren die geistig klaren und die ordentlichen. Sie gingen umher, meist an Stöcken. Sie besuchten sich gegenseitig, spielten Karten. Sie hatten Singstunden und Hobbys. In der Werkstatt malten sie Bilder, knüpften Teppiche, nähten Decken. Wenn sie das nicht machen konnten, konnten sie Stoffpuppen basteln oder Mobiles, wie Rose eins mitgebracht hatte, Pudel und Schneemänner, die sie aus Schaumstoffbällen zusammensetzten, mit Metallstückchen als Augen; sie machten auch Umrissbilder, indem sie Heftzwecken auf vorgezeichnete Linien setzten: Ritter auf dem Pferd, Schlachtschiffe, Flugzeuge, Schlösser.

Sie gaben Konzerte; sie machten Tanzabende; sie hatten Schachturniere.

»Manche von ihnen sagen, sie seien dort glücklicher, als sie je in ihrem Leben waren.«

Ein Stockwerk höher wurde mehr ferngesehen, dort waren auch mehr Rollstühle. Dort waren die, deren Köpfe herunterhingen, deren Zungen lallten, deren Glieder unkontrollierbar zitterten. Dennoch blühte noch die Geselligkeit, auch die Vernunft, mit gelegentlichen Ausfällen und Lücken.

Im dritten Stock konnte man einige Überraschungen erleben.

Ein paar von denen dort oben hatten aufgehört zu sprechen.

Einige hatten aufgehört, sich zu bewegen, abgesehen von einem gelegentlichen Rucken und Zucken des Kopfes, einem Fuchteln mit den Armen, das ohne Sinn und Absicht zu sein schien.

Fast alle hatten aufgehört, sich darum zu sorgen, ob sie nass oder trocken waren.

Leiber wurden gefüttert und abgewischt, aufgenommen und in Stühlen festgebunden, wieder losgemacht und ins Bett gelegt. Durch die Aufnahme von Sauerstoff und die Abgabe von Kohlendioxyd nahmen sie weiter am Leben der Welt teil.

Eine alte Frau, die in ihrer Kammer hockte, in Windeln, dunkel wie eine Nuss, mit drei Haarbüscheln, die wie Löwenzahnsamen von ihrem Kopf abstanden, machte laute zittrige Geräusche.

»Hallo, Tantchen«, sagte die Schwester. »Tust du heut buchstabieren. Es ist herrliches Wetter draußen.« Sie neigte sich zum Ohr der alten Frau. »Kannst du Wetter buchstabieren?«

Diese Schwester zeigte das Zahnfleisch, wenn sie lächelte, und sie lächelte ständig; sie hatte den Ausdruck einer fast irrwitzigen Heiterkeit.

»Wetter«, sagte die alte Frau. Sie beugte sich vor und grunzte, um zu Wort zu kommen. Rose dachte, sie habe vielleicht Stuhlgang: »W E T T E R.«

Das erinnerte sie an etwas.

»Weder. W E D E R.«

So weit, so gut.

»Sagen Sie jetzt etwas zu ihr«, sagte die Schwester zu Rose.

Die Worte, die Rose einfielen, waren im Augenblick alle obszön oder hoffnungslos.

Aber ohne Einsagen kam ein anderes.

»Wald, W A L D.«

»Feiern«, sagte Rose plötzlich.

»F E I E R N.«

Man musste sehr genau hinhören, um zu erfassen, was die alte Frau sagte, weil sie viel von ihrer Fähigkeit, Laute zu formen, eingebüßt hatte. Was sie sagte, schien nicht aus ihrem Mund oder ihrer Kehle zu kommen, sondern tief aus ihren Lungen und ihrem Bauch.

»Ist sie nicht ein Wunder«, sagte die Schwester. »Sie kann nicht sehen, und das ist die einzige Art, wie wir merken können, dass sie hört. Wenn man sagt ›Hier ist Ihr Essen‹, wird sie gar nicht darauf eingehen, aber es kann sein, dass sie das Wort Essen buchstabiert.«

»Essen«, sagte sie, um es vorzuführen, und die alte Frau reagierte. »E S S E ...« Manchmal eine lange Pause, eine lange Pause zwischen zwei Buchstaben. Es schien, als könne sie nur einem ganz dünnen Faden folgen, der sich durch die Leere oder Verwirrung wand, die man auf dieser Seite kaum mehr als vermuten kann. Aber sie verlor ihn nicht, sie folgte ihm bis ans Ende, wie heikel oder unförmig das Wort auch sein mochte. Geschafft. Dann saß sie da und wartete; wartete mitten in ihrem gesichtslosen, ereignislosen Tag, bis von irgendwoher ein anderes Wort sprang. Sie würde es einkreisen, alle ihre Energie darauf verwenden, es zu meistern. Rose fragte sich, wie die Wörter aussahen, wenn sie sie im Kopf hatte. Behielten sie ihre übliche Bedeutung oder überhaupt eine Bedeutung? Waren sie wie Wörter in Träumen oder in den Köpfen ganz kleiner Kinder, jedes Einzelne wunderbar und deutlich und lebendig wie ein neues Tier? Das eine durchscheinend wie eine Qualle, das andere hart und gemein und verstohlen wie eine gehörnte Schnecke. Sie konnten streng und komisch sein wie Zylinderhüte oder weich und lebendig und flatternd wie Bänder. Eine Parade persönlicher Besucher, noch nicht zu Ende.

Am nächsten Morgen wurde Rose durch irgendetwas früh geweckt. Sie schlief in der kleinen Veranda, dem einzigen Platz im Haus, an dem der Geruch erträglich war. Der Himmel war milchig und wurde eben hell. Die Bäume auf der anderen Seite des Flusses – sie sollten abgeholzt werden, um einem Platz für Wohnwagen Raum zu geben – waren wie zittrige dunkle Tiere, wie Büffel, gegen den Morgenhimmel gebogen. Rose hatte geträumt. Sie hatte einen Traum gehabt, der offensichtlich mit ihrer Fahrt in das Altersheim am Vortag zusammenhing.

Jemand führte sie durch ein großes Gebäude, in dem Menschen in Käfigen saßen. Alles war zuerst düster und voller Spinnweben, und Rose sagte protestierend, das scheine eine ärmliche Einrichtung zu sein. Aber als sie weiterging, wurden die Käfige größer und kunstvoller, sie waren wie riesige Weidenkäfige für Vögel, viktorianische Vogelkäfige, einfallsreich gestaltet und ausgeschmückt. Den Menschen in den Käfigen wurde Essen gebracht, und Rose prüfte es und sah, dass es die beste Qualität war; Schokoladenschaum, Überbackenes, Schwarzwälder Kirschtorte. Dann entdeckte Rose in einem der Käfige Flo, die stattlich auf einem thronartigen Stuhl saß und mit klarer, gebieterischer Stimme Wörter buchstabierte (beim Aufwachen konnte Rose sich nicht erinnern, welche Wörter es gewesen waren) und selbstzufrieden aussah, da sie Fähigkeiten gezeigt hatte, die sie bisher geheim gehalten hatte.

Rose lauschte, um zu hören, ob Flo in dem mit Trödel gefüllten Raum atmete oder herumkramte. Sie hörte nichts. Wenn Flo gestorben wäre? Angenommen, sie war in eben dem Moment gestorben, in dem sie ihren glänzenden, zufriedenen Auftritt in Roses Traum hatte? Rose stand schnell auf, lief barfuß in Flos Zimmer. Das Bett dort war leer. Sie ging in die Küche und fand Flo am Tisch sitzend und zum Ausgehen gekleidet in einem marineblauen Sommermantel und passendem Turban, den sie bei Brians und Phoebes Hochzeit getragen hatte. Der Mantel war zerknittert und hätte gereinigt werden müssen, der Turban war verrutscht.

»Jetzt bin ich fertig zum Gehen«, sagte Flo.

»Wohin?«

»Raus hier«, sagte Flo und wackelte mit dem Kopf. »Raus in das Wieheißtsnoch. Das Armenhaus.«

»Das Heim«, sagte Rose. »Du musst nicht schon heute gehen.«

»Sie haben dich angestellt, um mich hinzubringen, nun mach schon und bring mich hin«, sagte Flo.

»Ich bin nicht angestellt. Ich bin Rose. Ich mache dir eine Tasse Tee.«

»Du kannst ihn machen, aber ich trink ihn nicht.«

Sie erinnert Rose an eine Frau, bei der die Wehen eingesetzt haben. So groß war ihre Konzentration, ihre Entschlossenheit, ihr Drängen. Rose dachte, Flo fühle, wie ihr Tod sich in ihr bewegte wie ein Kind, bereit, sie zu zersprengen. Sie hörte auf, ihr weiter zuzureden, sie zog sich an, packte hastig eine Tasche für Flo, setzte sie in den Wagen und fuhr hinaus zu dem Heim; aber was Flos schnellen, erleichternden Tod anging, hatte sie sich getäuscht.

Einige Zeit vorher war Rose im Fernsehen in einem Stück aufgetreten. »Die Trojanischen Frauen.« Sie hatte keinen Text zu sprechen, und eigentlich war sie in dem Stück nur da, um einer Freundin gefällig zu sein, die anderswo eine bessere Rolle bekommen hatte. Der Regisseur meinte, all das Weinen und Trauern zu beleben, indem er die Trojanerinnen mit nackter Brust auftreten ließ. Jede zeigte eine Brust, die königlichen Personen wie Hekuba und Helena die rechte, die gewöhnlichen Jungfrauen und Frauen, wie Rose, die linke. Rose dachte nicht, dass diese Zurschaustellung ihrem Ruf förderlich wäre – sie wurde schließlich älter, ihr Busen neigte zum Hängen –, aber sie gewöhnte sich an den Gedanken. Sie rechnete nicht mit der Sensation, die sie hervorrufen würden. Sie glaubte nicht, dass viele Leute zusehen würden. Sie vergaß die Gegenden, wo die Leute ihrer Neigung zu Quiz-Shows, Verfolgungsjagden mit Polizeiautos und amerikanischer Situationskomik nicht nachgehen können und gezwungen sind, sich mit Gesprächen über öffentliche Angelegenheiten, Rundgängen durch Kunstgalerien und ehrgeizigen Dramenaufführungen zu begnügen. Sie dachte auch nicht, dass die Leute so überrascht sein würden, da heutzutage doch jedes Zeitschriftenregal in jeder Stadt großflächig nacktes Fleisch darbot. Wie konnte eine solche Schmach sich an die traurig blickenden trojanischen Damen heften, die sich erst vor Kälte zusammenkrümmten, dann unter den Scheinwerfern vor Schweiß troffen, schlecht und kreidig geschminkt wie sie waren, und alle eher sehr töricht aussehend ohne ihre Gefährtinnen, eher erbärmlich und unnatürlich wie Auswüchse?

Flo griff deswegen zu Feder und Papier, zwang ihre immer noch geschwollenen, durch die Arthritis fast bis zur Unbrauchbarkeit verkrüppelten Finger, um das Wort *Schande* zu schreiben. Sie schrieb, wenn Roses Vater nicht schon tot wäre, würde er sich jetzt wünschen, es zu sein. Das stimmte. Rose las den Brief oder einen Teil davon einigen Freunden vor, die bei ihr zum Essen waren. Sie las

ihn wegen der komischen Wirkung, um den Abgrund darzustellen, der hinter ihr lag, obwohl ihr doch klar war,
wenn sie darüber nachdachte, dass ein solcher Abgrund
nichts Besonderes war. Die meisten ihrer Freunde, die ihr
gewöhnlich als schwer arbeitende, besorgte und hoffnungs-
volle Leute erschienen, konnten von sich sagen, dass man
irgendwo in einem enttäuschten Heim sie verleugnete oder
für sie betete.

In der Mitte des Briefes musste sie aufhören zu lesen.
Nicht weil sie dachte, wie armselig es von ihr war, Flo in
dieser Weise bloßzustellen und zum Narren zu machen.
Sie hatte das früher schon oft genug getan; es war ihr nicht
neu, dass das schäbig war. Was sie innehalten ließ, war
eigentlich dieser Abgrund; sie hatte eine frische und über-
wältigende Vorstellung davon, und es war nichts Lächer-
liches daran. Diese Vorwürfe von Flo ergaben so viel Sinn
wie ein Protest gegen das Aufspannen von Regenschirmen,
wie eine Warnung, keine Trauben zu essen. Aber sie waren
schmerzvoll echt, ernst gemeint; sie waren alles, was ein
schweres Leben noch zu bieten hatte. Scham über eine
nackte Brust.

Ein anderes Mal erhielt Rose einen Preis. Ein paar andere Leute ebenfalls. In einem Hotel in Toronto wurde ein
Empfang gegeben. Flo war eine Einladung zugeschickt
worden, aber Rose hätte nie gedacht, dass sie kommen
würde. Sie hatte gedacht, sie müsse einen Namen angeben,
als die Organisatoren sie nach Verwandten fragten; und
sie konnte schwerlich Brian und Phoebe angeben. Es war
natürlich möglich, dass sie insgeheim wünschte, dass Flo
käme, wünschte, es Flo zu zeigen, sie einzuschüchtern, sich
endlich aus Flos Schatten zu lösen. Das zu wünschen wäre
ganz natürlich.

Flo kam mit dem Zug herüber, unangemeldet. Sie ging ins Hotel. Sie war damals schon arthritisch, bewegte sich aber noch ohne Stock. Sie war immer bescheiden, einfach, billig gekleidet gewesen, aber nun hatte sie anscheinend Geld ausgegeben und Rat eingeholt. Sie trug einen mauve- und purpurkarierten Hosenanzug und Perlen, die wie auf- gefädelte weiße und gelbe Maiskörner aussahen. Ihr Haar war mit einer dicken graublauen Perücke bedeckt, die sie wie eine Wollmütze tief in die Stirn gezogen hatte. Aus dem Ausschnitt der Jacke und den zu kurzen Ärmeln sa- hen ihr Hals und ihre Handgelenke braun und warzig her- vor, als ob sie mit Rinde bedeckt wären. Als sie Rose sah, blieb sie stehen. Sie schien zu warten – nicht eigentlich darauf, dass Rose zu ihr herüberkäme und sie holte, son- dern darauf, dass ihre Eindrücke von der Szene vor ihr sich festigten.

Das geschah bald.

»Guck mal den Nigger!«, sagte Flo mit lauter Stimme, ehe Rose auch nur einigermaßen in ihre Nähe gekommen war. Ihr Ton war der eines einfachen, erfreuten Staunens, als hätte sie in den Grand Canyon hinuntergeschaut oder Orangen an einem Baum wachsen sehen.

Sie meinte George, der einen der Preise bekam. Er drehte sich um, um zu sehen, ob jemand ihn aufziehen wollte. Und Flo sah wirklich wie eine komische Figur aus, nur dass ihre Verblüffung, ihre Echtheit ganz einschüch- ternd war. Sah sie nicht den Wirbel, den sie verursacht hatte? Möglicherweise. Nach diesem einen Ausbruch ver- schloss sie sich, wollte nicht mehr sprechen, es sei denn in den brummigsten einsilbigen Wörtern, wollte kein Essen annehmen und nicht den Drink, den man ihr anbot, wollte sich nicht setzen, sondern stand erstaunt und unentwegt inmitten dieser Versammlung von Bärtigen und Perlenbehängten, von Homosexuellen und schamlos Unangelsächsischen, bis es Zeit war, sie zu ihrem Zug zu bringen und nach Hause fahren zu lassen.

Rose fand diese Perücke unter dem Bett während des entsetzlichen Aufräumens, das auf Flos Weggang folgte. Sie nahm sie mit hinaus in das Heim, zusammen mit ein paar Kleidern, die sie gewaschen oder in die Reinigung gebracht hatte, und einigen Strümpfen, Talkum, Kölnischwasser, das sie gekauft hatte. Manchmal schien Flo zu glauben, Rose sei eine Ärztin, dann sagte sie: »Ich will keinen Arzt, Sie können ruhig verschwinden.« Aber als sie Rose die Perücke bringen sah, sagte sie: »Rose! Was hast du denn da in der Hand, ist das ein totes Eichhörnchen?«

»Nein«, sagte Rose, »es ist eine Perücke.«

»Was?«

»Eine Perücke«, sagte Rose, und Flo fing an zu lachen. Rose lachte ebenfalls. Die Perücke sah wirklich wie eine tote Katze oder ein Eichhörnchen aus, obwohl sie sie gewaschen und gebürstet hatte; sie sah verwirrend aus.

»Mein Gott, Rose, ich dachte, was soll das, bringt sie mir ein totes Eichhörnchen! Wenn ich sie aufsetze, würde sicher jemand nach mir schießen.«

Rose setzte sie auf, um das Spiel weiterzuführen, und Flo lachte so, dass sie in ihrem Bett vor und zurück schwankte.

Als sie wieder zu Atem kam, sagte Flo: »Was mach ich mit diesen verdammten Seitenbrettern an meinem Bett? Du und Brian, benehmt ihr euch? Streitet nicht, es geht eurem Vater auf die Nerven. Weißt du, wie viele Gallensteine sie mir herausgenommen haben? Fünfzehn! Einer so groß wie ein Hühnerei. Ich hab sie noch irgendwo. Ich nehme sie mit nach Hause.« Sie zerrte suchend an den Laken. »Sie waren in einer Flasche.«

»Ich hab sie schon«, sagte Rose. »Ich hab sie mit heimgenommen.«

»So? Hast du sie deinem Vater gezeigt?«

»Ja.«

»Ach gut, da sind sie also jetzt«, sagte Flo, und sie legte sich zurück und schloss die Augen.

Was glaubst du, wer du bist?

Es gab einige Dinge, über die Rose und ihr Bruder Brian ungefährdet sprechen konnten, ohne sich an Grundsätzen oder Behauptungen festzubeißen, und dazu gehörte Milton Homer. Sie erinnerten sich beide, dass, als sie die Masern hatten und eine Krankheitswarnung an der Tür hing – das war lange her, noch ehe ihr Vater starb und ehe Brian in die Schule kam –, Milton Homer die Straße herunterkam und den Zettel las. Sie hörten ihn über die Brücke kommen, und wie gewöhnlich jammerte er laut. Sein Gang durch die Stadt war nie still, außer wenn er den Mund voll Süßigkeiten hatte; sonst schrie er den Hunden nach und beschädigte die Bäume und Telefonstangen, während er über alte Widerwärtigkeiten grübelte.

»Und ich hab's nicht getan und hab's nicht getan und hab's nicht getan!«, schrie er und schlug gegen die Eisenbahnbrücke.

Rose und Brian zogen die Decke weg, die vor das Fenster gehängt worden war, um das Licht auszusperren, damit sie nicht blind wurden.

»Milton Homer«, sagte Brian erfreut.

Dann sah Milton Homer den Zettel an der Tür. Er stieg die Stufen hinauf und las ihn. Er konnte lesen. Er ging oft die Hauptstraße entlang und las alle Inschriften laut vor.

Rose und Brian erinnerten sich daran und waren sich einig, dass das an der Seitentür gewesen war, wo Flo später die verglaste Veranda hatte anbringen lassen; vorher war dort nur eine schiefe hölzerne Plattform, und sie erinnerten sich, dass Milton Homer darauf stand. Wenn die Krankheitswarnung dort hing und nicht an der Vordertür, die in Flos Laden führte, musste der Laden offen gewesen sein; das schien merkwürdig und konnte nur dadurch erklärt werden, dass Flo den Gesundheitsbeamten angeschnauzt hatte. Rose konnte sich nicht erinnern; sie konnte sich nur an Milton Homer auf der Plattform mit seinem großen, auf die Seite hängenden Kopf und seine zum Klopfen erhobene Faust erinnern.

»Masern, ha?«, sagte Milton Homer. Er klopfte schließlich doch nicht; er presste seinen Kopf an die Tür und schrie: »Kann mich nicht erschrecken!« Dann drehte er sich um, verließ aber nicht den Garten. Er ging hinüber zur Schaukel, setzte sich darauf, ergriff die Seile und begann bedrückt, dann mit steigender und wilder Lust zu schaukeln.

»Milton Homer ist auf der Schaukel, Milton Homer ist auf der Schaukel!«, schrie Rose. Sie war vom Fenster zum Treppenhaus gelaufen.

Flo kam von irgendwoher, um durch das Seitenfenster zu sehen. »Er wird sie nicht kaputt machen«, sagte Flo überraschenderweise. Rose hatte gedacht, sie würde ihn mit dem Besen davonjagen. Später überlegte sie: Konnte Flo wohl Angst gehabt haben? Nicht wahrscheinlich. Es war wohl eins von Milton Homers Privilegien.

»Ich kann nicht auf dem Sitz sitzen, nachdem Milton Homer draufgesessen hat!«

»Du! Du gehst wieder ins Bett.«

Rose ging zurück in das dunkle, muffige Masernzimmer und fing an, Brian eine Geschichte zu erzählen, von der sie dachte, er würde sie nicht gern hören.

»Als du ein Baby warst, kam Milton Homer und hob dich hoch.«

»Hat er nicht.«

»Er kam und hielt dich hoch und fragte, wie du heißt. Ich erinnere mich noch.« Brian ging hinaus ins Treppenhaus.

»Ist Milton Homer gekommen und hat mich hochgenommen und gefragt, wie ich heiße? Wirklich? Als ich ein Baby war?«

»Sag Rose nur, bei ihr hat er es auch gemacht.«

Rose wusste, dass das wahrscheinlich war, obwohl sie es nicht hatte erwähnen wollen. Sie wusste nicht einmal sicher, ob sie sich erinnerte, dass Milton Homer Brian aufgenommen hatte, oder ob man es ihr erzählt hatte. Immer wenn ein neues Baby in einem Haus war, das war in jenen gar nicht so fernen Zeiten, als Babys noch zu Hause geboren wurden, kam Milton Homer so bald wie möglich und wollte das Kind sehen, fragte dann nach seinem Namen und hielt eine feststehende Rede. Die Rede lief darauf hinaus, dass, wenn das Baby am Leben bleibe, zu hoffen sei, es werde ein christliches Leben führen, und dass, wenn es sterbe, zu hoffen sei, es werde geradewegs in den Himmel kommen. Es war wie eine Taufe, aber Milton rief nicht den Vater und den Sohn an und hantierte nicht mit Wasser. Er schien dann von einem Stammeln befallen zu sein, das er zu anderen Zeiten nicht hatte, oder aber er stammelte absichtlich, um seinen Verkündigungen mehr Gewicht zu geben. Er machte den Mund weit auf und schwankte vor und zurück, jeden Satz begann er mit einem tiefen Brummen.

303

»Und *wenn* das Baby – *wenn* das Baby – *wenn* das Baby *lebt* ...«

Rose spielte das Jahre später im Wohnzimmer ihres Bruders, neigte sich vor und zurück, leierte, und jedes *Wenn* kam heraus wie eine Explosion, die zu der noch größeren Explosion von *lebt* führte.

»Er wird ein – gutes Leben – führen – und er wird – und er wird – und er wird *nicht* sündigen. Er wird ein *gutes Leben* – ein *gutes Leben* führen – und er wird *nicht sündigen!* Er wird *nicht sündigen!*«

»Und wenn das Baby – wenn das Baby – wenn das Baby *stirbt* ...«

»Jetzt ist es genug. Es ist genug, Rose«, sagte Brian, aber er lachte. Er konnte es mit Roses Darbietungen aufnehmen, wenn es um Hanratty ging.

»Wieso kannst du dich erinnern?«, sagte Brians Frau Phoebe und hoffte, Rose zum Aufhören zu bringen, bevor sie es zu lange trieb und Brians Ungeduld weckte. »Hast du gesehen, wie er das machte? So oft?«

»Oh, nein«, sagte Rose etwas überrascht. »Ich habe nicht gesehen, wie er das machte. Was ich gesehen habe, war Ralph Gillespie, wie er Milton Homer spielte. Das war ein Junge in der Schule. Ralph.«

Milton Homers andere öffentliche Funktion war, wie Rose und Brian sich erinnerten, bei Paraden mitzumarschieren. Es gab früher eine Menge Paraden in Hanratty. Der Orangistenmarsch am zwölften Juli; die Parade der Hochschulkadetten im Mai; die Parade der Schulkinder zum Empire-Tag; die Kirchen-Parade der Legion; die Sankt-Nikolaus-Parade; die Oldtimer-Parade des Lions Clubs. Eines der abwertendsten Dinge, die man in Hanratty über jemand sagen konnte, war, er oder sie marschiere gern bei Paraden mit, aber so gut wie jede Seele im Ort – im eigentlichen Ort, nicht in West-Hanratty, das versteht sich von selbst – bekam die Möglichkeit, für eine organisierte und anerkannte Sache öffentlich zu marschieren. Es kam nur darauf an, dass man nie aussehen durfte, als machte es einem Spaß; man musste den Eindruck erwecken, man sei aus einer Unscheinbarkeit, die einem lieber gewesen wäre, aufgerufen worden, bereit, seine Pflicht zu tun, und ernsthaft vertieft in den Zweck, für den die Parade abgehalten wurde.

Der Orangistenmarsch war die glänzendste von allen Paraden. King Billy an seiner Spitze ritt ein Pferd, das so weiß wie nur möglich war, und die Schwarzen Ritter am Ende, der höchste Rang der Orangisten – gewöhnlich magere und arme und stolze und fanatische alte Farmer –, ritten dunkle Pferde und trugen ehrwürdige altererbte Zylinder und Schwalbenschwänze. Die Banner waren ganz glänzende Seide und Stickerei, Blau und Gold, Orange und Weiß, Szenen vom Triumph der Protestanten, Lilien und offene Bibeln, Sinnsprüche von Frömmigkeit und Ehre und flammender Bigotterie. Die Damen kamen unter ihren Sonnenschirmen herbei, und die Frauen und Töchter trugen alle Weiß als Zeichen der Reinheit. Dann kamen die Musikkapellen, die Pfeifen und Trommeln, und geschickte Stepptänzer, die auf einem sauberen Heuwagen als fahrbarer Bühne auftraten.

Es kam auch Milton Homer. Er konnte überall in der Parade auftauchen, und er wechselte von Zeit zu Zeit den Platz, schritt hinter King Billy her oder hinter den Schwarzen Rittern oder den schüchternen Kindern mit den orangefarbenen Schärpen, die die Banner trugen. Hinter den Schwarzen Rittern machte er immer ein strenges Gesicht und hielt den Kopf so, als trüge er einen Zylinder; hinter den Damen schwenkte und wirbelte er einen imaginären Sonnenschirm. Er war ein Mime von wilder Begabung und schrecklicher Kraft. Er konnte sich die Darbietung der Stepptänzer vornehmen und sie zu einem idiotischen Gehüpfe machen und dabei doch noch den Takt halten.

Der Orangistenmarsch gab ihm von allen Paraden die beste Gelegenheit, sich hervorzutun, aber hervorragend war er in allen. Den Kopf hochgereckt, mit weit schwingenden Armen und hochnäsigem Gang marschierte er hinter dem kommandierenden Offizier der Legion. Am Empire-Tag besorgte er sich eine rote Handelsflagge und eine englische Fahne und wirbelte sie wie ein Karussell über seinem Kopf. Bei der Sankt-Nikolaus-Parade schnappte er sich die Bonbons, die für die Kinder gedacht waren; er machte das nicht zum Spaß. Man würde annehmen, dass jemand in Hanratty dem von Amts wegen ein Ende gemacht hätte. Milton Homers Beitrag zu einer jeden Parade war gänzlich negativ, dazu bestimmt, wenn Milton Homer etwas hätte bestimmen können, die Parade einfach lächerlich zu machen. Warum versuchten die Organisatoren und die Teilnehmer der Paraden nicht, ihn davon abzuhalten? Sie hatten wohl entschieden, dass das leichter gesagt als getan war. Milton wohnte bei seinen beiden alten ledigen Tanten, da seine Eltern tot waren, und niemand hätte gern die beiden alten Damen gebeten, ihn zu Hause zu behalten. Es schien wohl so, als hätten sie schon genug am Hals. Wie konnten sie ihn festhalten, wenn er einmal die Musik gehört hatte? Sie hätten ihn einschließen und anbinden müssen. Und niemand wollte ihn herausholen und wegschleppen, nachdem das Ganze begonnen hatte. Sein Protestgeschrei hätte alles zu Grunde gerichtet. Es bestand kein Zweifel, dass er protestieren würde. Er hatte eine kräftige tiefe Stimme, und er war ein starker Mann, wenn auch nicht sehr groß. Er war etwa so groß wie Napoleon. Er hatte Gartentore und Zäune durchgetreten, wenn die Leute versuchten, ihn nicht in ihre Gärten zu lassen. Einmal hatte er einen Kinderwagen auf dem Gehsteig zertrümmert, einfach weil er ihm im Weg war. Unter diesen Umständen war es wohl die beste Lösung, ihn mitmachen zu lassen.

Nicht dass man darin die beste der schlechten Lösungen sah. Niemand schaute scheel auf Milton bei einer Parade; alle waren an ihn gewöhnt. Selbst der kommandierende Offizier ließ sich von ihm foppen, und die Schwarzen Ritter mit ihren alten düsteren Klagen übersahen ihn. Die Leute auf dem Gehsteig sagten nur: »Ach, da ist Milton!« Es wurde nicht viel über ihn gelacht, wenn auch Leute, die fremd im Ort waren, etwa Verwandte aus der Stadt, die man eingeladen hatte, diese Parade zu sehen, auf ihn zeigten und sich totlachten, weil sie dachten, er sei offiziell und zur Belustigung da, wie die Clowns, die in Wirklichkeit junge Geschäftsleute waren und erfolglos Rad schlugen.

»Wer ist das?«, sagten die Gäste und bekamen die Antwort darauf lässig und mit einem gewissen Stolz.

»Das ist nur Milton Homer. Es wäre keine rechte Parade ohne Milton Homer.«

»Der Dorftrottel«, sagte Phoebe, die versuchte, diese Dinge zu verstehen, mit ihrer unerschöpflichen und zu wenig beachteten Höflichkeit, und Rose und Brian sagten beide, so

307

hätten sie ihn nie nennen hören. Sie hatten an Hanratty nie als an ein Dorf gedacht. Ein Dorf war eine Hand voll malerischer Häuser, die auf einer Weihnachtskarte um eine Kirche mit Turm herumstanden. Dörfler waren die kostümierten Chöre in den Schüleraufführungen. Wenn es notwendig war, Milton Homer als Außenseiter zu beschreiben, sagten die Leute wohl, er sei »nicht ganz da«. Rose fragte sich, auch noch zur jetzigen Zeit, welcher Teil wohl nicht ganz da war? Sie überlegte immer noch. »Verstand« wäre wohl die leichteste Antwort. Milton Homer musste sicherlich einen niedrigen IQ gehabt haben. Ja; aber den hatten eine Menge Leute in Hanratty und außerhalb, und sie fielen nicht so auf wie er. Er konnte ohne Schwierigkeiten lesen, wie sich bei der Sache mit der Krankheitswarnung gezeigt hatte; er konnte sein Wechselgeld zählen, was durch viele Geschichten über Leute, die ihn zu betrügen versucht hatten, erwiesen war. Was fehlte, war ein Gefühl für Vorsicht, dachte Rose jetzt. Hemmung, obwohl es zu jener Zeit noch nicht so hieß. Was es auch ist, das normale Leute verlieren, wenn sie betrunken sind, das hatte Milton Homer nie gehabt, oder er hatte zu einem frühen Zeitpunkt seines Lebens beschlossen, es nicht zu haben, und das war der Punkt, der Rose interessierte. Selbst sein Gesichtsausdruck, sein alltägliches Aussehen waren so, wie sie Betrunkene in theatralischer Übertreibung zeigen – Glotzen, Grinsen, schmachtende Blicke, die kühn berechnet scheinen, und doch gleichzeitig Hilflosigkeit, Unverantwortlichkeit zeigen. Ist so etwas möglich?

Die beiden Damen, bei denen Milton Homer wohnte, waren die Schwestern seiner Mutter. Sie waren Zwillinge; sie hießen Hattie und Mattie Milton und wurden gewöhnlich Miss Hattie und Miss Mattie genannt, vielleicht um den etwas albernen Klang zu dämpfen, den ihre Namen sonst gehabt hätten. Milton war nach der Familie seiner Mutter genannt worden. Das war allgemeiner Brauch, und es hatte wohl niemand daran gedacht, die Namen von zwei großen Dichtern miteinander zu verbinden. Dieses Zusammentreffen wurde nie erwähnt und vielleicht nicht einmal bemerkt. Rose bemerkte es auch nicht, bis eines Tages der Junge, der hinter ihr saß, ihr auf die Schulter tippte und ihr zeigte, was er in sein Englischbuch geschrieben hatte. Er hatte das Wort »Chapman's« im Titel eines Gedichts durchgestrichen und mit Tinte das Wort »Milton« eingesetzt, so dass der Titel jetzt lautete: *Beim ersten Blick in Milton Homer.*

Es war jedes Mal ein Spaß, wenn Milton Homer erwähnt wurde, aber dieser geänderte Titel war auch ein Witz, weil er, wenn auch nur schwach, auf Milton Homers recht skandalöses Verhalten hinwies. Die Sache war die, dass er, wenn er auf dem Postamt oder vor einem Kino in der Schlange stand, seinen Mantel aufmachte und sich zeigte und dann anfing, wild draufloszureiben. Obwohl er natürlich damit nicht weit kam; der Gegenstand seiner Leidenschaft war dann schon vor ihm weggetaucht. Von manchen Jungen hieß es, sie feuerten sich gegenseitig an, um ihn in Position zu bringen, blieben dann bis zum allerletzten Augenblick dicht vor ihm stehen und sprängen dann zur Seite, um ihn in seiner schrecklichen Zudringlichkeit bloßzustellen.

Auf Grund dieser Geschichte – ob sie nun wahr war oder nicht, ob sie ein einziges Mal als Folge einer Herausforderung vorgekommen war oder sich die ganze Zeit über ereignete – gingen Damen auf die andere Straßenseite, wenn sie Milton kommen sahen, wurden Kinder angewiesen, sich von ihm fern zu halten. »Lass ihn ja nicht herumspielen«, hatte Flo gesagt. Er wurde bei jenen rituellen Gelegenheiten in die Häuser eingelassen, wenn ein neues Baby geboren war – als die Krankenhausentbindungen üblich wurden, verringerten sich diese Anlässe –, aber zu anderen Zeiten waren ihm die Türen verschlossen. Er kam dann und klopfte und trat gegen die Türfüllung und ging wieder weg. Aber man ließ ihn in die Gärten, weil er nichts wegnahm und weil er so viel Schaden anrichten konnte, wenn man ihn beleidigte.

Natürlich war es eine völlig andere Sache, wenn er mit einer seiner Tanten erschien. Dann hatte er eine trübselige Miene und benahm sich artig; seine Kräfte und seine Leidenschaften, wie sie auch sein mochten, waren gänzlich verschlossen und verborgen. Er aß die Süßigkeiten, die die Tante für ihn gekauft hatte, aus einer Papiertüte. Er bot sie an, wenn man es ihm sagte, obwohl niemand außer den gierigsten Menschen etwas anfassen würde, was von Milton Homers Fingern berührt oder von seinem Speichel besudelt war. Die Tanten sorgten dafür, dass seine Haare geschnitten wurden; sie taten ihr Bestes, um ihn in vorzeigbarem Zustand zu halten. Sie wuschen und bügelten und flickten seine Kleider, schickten ihn mit Regenmantel und Gummistiefeln hinaus oder strickten Mützen und Schals, wie das Wetter es erforderte. Wussten sie, wie er sich verhielt, wenn er außerhalb ihrer Sichtweite war? Sie mussten es gehört haben, und wenn sie es hörten, mussten sie gelitten haben, da sie Menschen mit Stolz und methodistischer Moral waren. Ihr Großvater hatte die Flachsspinnerei in Hanratty gegründet und seine Angestellten gezwungen, ihre Samstagabende in der Bibelschule zu verbringen, die er selbst leitete. Auch die Homers waren anständige Leute. Von manchen Homers nahm man an, dass sie dafür seien, Milton wegzubringen, aber die Damen Milton wollten das nicht. Niemand nahm an, dass sie sich aus Warmherzigkeit weigerten.

»Sie wollen ihn nicht in die Anstalt geben, sie sind zu stolz.«

Miss Hattie Milton unterrichtete an der höheren Schule. Sie hatte dort schon länger unterrichtet als alle anderen Lehrer zusammen und war wichtiger als der Rektor. Sie unterrichtete Englisch – die Änderung in dem Gedicht war umso kühner und befriedigender, als sie vor ihrer Nase geschah –, und das, wofür sie berühmt war, war die Ordnung. Das schaffte sie ohne sichtbare Anstrengung, einfach durch die Macht ihrer vollbusigen, körpergepuderten, bebrillten, unschuldigen und kraftvollen Gegenwart und durch ihre Weigerung, zwischen Teenagern (sie benutzte dieses Wort nicht) und Schülern der Oberstufe einen Unterschied zu sehen. Sie ließ eine Menge Texte auswendig lernen. Eines Tages schrieb sie ein langes Gedicht an die Tafel und sagte, alle sollten es abschreiben und dann auswendig lernen. Das geschah, als Rose im dritten oder vierten Jahr an der höheren Schule war, und sie glaubte nicht, dass diese Anweisungen wörtlich zu nehmen seien. Sie lernte Gedichte mit Leichtigkeit; es schien ihr vernünftig, die erste Stufe zu überspringen. Sie las das Gedicht und lernte es Vers um Vers, dann sprach sie es sich im Kopf noch ein paar Mal vor. Während sie dabei war, fragte Miss Hattie, warum sie nicht abschreibe.

Rose antwortete, sie könne das Gedicht bereits, obwohl sie nicht gänzlich sicher war, dass das stimmte.

»Kannst du's wirklich?«, sagte Miss Hattie. »Steh auf und stell dich mit dem Rücken zum Zimmer.«

Rose folgte ihr, zitternd wegen ihrer Prahlerei. »Nun sag das Gedicht für die Klasse auf.«

Roses Vertrauen wurde nicht enttäuscht. Sie sagte es auf, ohne stecken zu bleiben. Was erwartete sie danach? Staunen und Komplimente und ungewohnte Achtung?

»Nun, du kannst das Gedicht ja«, sagte Miss Hattie, »aber das ist keine Entschuldigung dafür, dass du nicht tust, was man dir sagt. Setz dich hin und schreibe es in dein Heft. Ich will, dass du jede Zeile dreimal schreibst. Wenn du nicht damit fertig wirst, kannst du nach vier noch hier bleiben.«

Natürlich musste Rose nach vier noch dableiben, wütend und schreibend, während Miss Hattie ihr Häkelzeug herausnahm. Als Rose die Abschrift an ihren Tisch brachte, sagte Miss Hattie nachsichtig, aber mit Entschiedenheit: »Du kannst nicht hergehen und denken, dass du besser bist als andere Leute, nur weil du Gedichte lernen kannst. Was glaubst du, wer du bist?«

Das war nicht das erste Mal in ihrem Leben, dass Rose gefragt wurde, wofür sie sich halte; das Wort hatte sie tatsächlich oft getroffen wie ein monotoner Gong, und sie achtete nicht mehr darauf. Aber später begriff sie, dass Miss Hattie keine sadistische Lehrerin war; sie hatte davon abgesehen, das, was sie jetzt sagte, vor der Klasse zu sagen. Und sie war nicht nachtragend; sie rächte sich nicht, weil sie nicht geglaubt hatte, dass Rose Unrecht behalten würde. Die Lehre, die sie hier zu erteilen versuchte, war wichtiger als jedes Gedicht, und es war eine Lehre, von der sie glaubte, dass Rose sie wirklich nötig hatte. Es schien, als ob viele andere Leute auch glaubten, sie hätte sie nötig.

Die ganze Klasse wurde am Ende des letzten Schuljahres zu einer Lichtbildervorführung in das Haus der Miltons eingeladen. Die Lichtbilder waren aus China, wo Miss Mattie, der zu Hause tätige Zwilling, in ihrer Jugend Missionarin gewesen war. Miss Mattie war sehr schüchtern, und sie stand im Hintergrund und führte die Bilder vor, während Miss Hattie kommentierte. Die Lichtbilder zeigten ein gelbes Land, ganz wie erwartet. Gelbe Berge und gelber Himmel, gelbe Menschen, Rikschas, Sonnenschirme, es sah alles trocken und papierartig, zerbrechlich, unwahrscheinlich aus, es gab schwarze Zickzacklinien, wo die Farbe gesprungen war, auf den Tempeln, den Straßen und Gesichtern. Zu dieser Zeit, beim ersten und einzigen Mal, da Rose im Salon der Miltons saß, war Mao in China an der Macht, und der Koreakrieg war im Gang, aber Miss Hattie machte keine Zugeständnisse an die Geschichte, ebenso wenig wie sie der Tatsache Rechnung trug, dass die Mitglieder ihrer Zuhörerschaft achtzehn und neunzehn Jahre alt waren.

»Die Chinesen sind Heiden«, sagte Miss Hattie. »Deshalb haben sie dort auch Bettler.«

Man sah einen Bettler, der auf der Straße kniete, die Arme nach einer reichen Dame in einer Rikscha ausgestreckt, die keinerlei Notiz von ihm nahm.

»Sie essen Sachen, die wir nicht anfassen würden«, sagte Miss Hattie. Ein paar Chinesen waren abgebildet, die Stäbchen in eine Schüssel steckten. »Aber sie essen eine bessere Kost, wenn sie Christen werden. Die erste Generation Christen ist eineinhalb Zoll größer.«

Christen der ersten Generation standen in einer Reihe mit offenen Mündern, wahrscheinlich sangen sie. Sie trugen schwarze und weiße Kleidung.

Nach den Lichtbildern wurden Platten mit belegten Broten, Plätzchen, Kuchen serviert. Alles war hausgemacht und sehr gut. Ein Punsch aus Grapefruitsaft und Ingwerbier wurde in Pappbecher eingegossen. Milton saß in einer Ecke mit seiner dicken Tweedjacke, einem weißen Hemd mit Krawatte, auf die schon Punsch und Krümel geraten waren.

»Eines Tages wird ihnen das Ganze glatt ins Gesicht fliegen«, sagte Flo dunkel und meinte Milton. Konnte das der Grund dafür sein, dass die Leute Jahr um Jahr kamen, um die Lichtbilder zu sehen und den Punsch zu trinken, um den sich all die Witze drehten? Milton zu sehen mit seinen Backen und seinem Bauch, die dick waren, als steckten sie voller böser Absichten, bereit zu zerplatzen? Alles was er tat, war, dass er sich in unglaublicher Weise voll stopfte. Es schien, als würgte er Dattelschnitten, Rosinenbrötchen, Nanaimostangen und Fruchtdrops, Butterkuchen und Nusskuchen in einem Stück hinunter, wie eine Schlange Frösche verschluckt. Milton war auch ähnlich angeschwollen.

Die Methodisten waren Leute, deren Macht in Hanratty im Schwinden war, wenn auch langsam. Die Tage der obligatorischen Bibelstunden waren vorbei. Vielleicht wussten die Miltons das sogar. Vielleicht wussten sie es, zeigten aber angesichts ihres Abstiegs eine heldenhafte Haltung. Sie verhielten sich, als ob die Erfordernisse der Frömmigkeit die Gleichen geblieben wären und als ob ihre Verbindung mit dem Wohlstand unverändert wäre. Ihr Ziegelhaus mit dem überladenen Luxus, ihre Mäntel mit den Kragen aus dickem, glanzlosem Pelz schienen sich als methodistisches Haus und methodistische Kleidung darzubieten, absichtlich unelegant, schwer, solide. Alles um sie herum schien zu verkünden, dass sie sich Gott zuliebe der weltlichen Arbeit widmeten und dass Gott sie nicht hatte fallen lassen. Gott zuliebe spiegelte der gebohnerte Fußboden in der Halle unter dem Läufer, wurden die Striche im Kontobuch tadellos mit strenger Feder gezogen, blühten die Begonien, kam das Geld auf die Bank.

Aber heutzutage werden Fehler gemacht. Der Fehler, den die Damen Milton machten, bestand darin, dass sie ein Gesuch verfassten, das an die kanadische Rundfunkgesellschaft gerichtet war und verlangte, man möge die Programme streichen, die mit dem Kirchgang am Sonntagabend zusammenfielen: Edgar Bergen und Charlie McCarthy; Jack Benny; Fred Allen. Sie brachten den Geistlichen dazu, in der Kirche über ihren Brief zu sprechen – das geschah in der United Church, wo die Methodisten inzwischen von den Presbyterianern und Kongregationalisten an Zahl übertroffen wurden. Es war eine Szene, der Rose nicht beiwohnte, die aber Flo berichtet worden war – und hinterher warteten sie, Miss Hattie und Miss Mattie, auf beiden Seiten des hinausflutenden Stroms und versuchten, die Leute zu sich zu locken, damit sie das Gesuch unterschrieben, das auf einem Tischchen im Vorraum der Kirche auslag. Hinter dem Tisch saß Milton Homer. Er musste da sein; sie erließen es ihm nie, sonntags in die Kirche zu gehen. Sie hatten ihm Arbeit angewiesen, um ihn zu beschäftigen; er sollte für die Füllfederhalter sorgen und zusehen, dass sie gefüllt waren, und sie den Unterzeichnern reichen.

Das war der offensichtlichste Teil ihres Fehlers. Milton war auf die Idee gekommen, sich selbst einen Bart aufzumalen, und hatte das auch ohne Hilfe eines Spiegels getan. Barthaare ringelten sich auf seinen großen traurigen Backen bis hinauf zu seinen blutunterlaufenen, vorstehenden Augen. Er hatte die Feder auch in den Mund gesteckt, so dass die Tinte ihm die Lippen verschmiert hatte. Kurz, er hatte sich selbst zu einer so komischen Figur gemacht, dass der Antrag, den niemand wirklich wünschte, auch wie eine Komödie behandelt werden konnte und die Macht der Schwestern Milton, der Flachsspinnerei-Methodisten, nur als klägliches Überbleibsel betrachtet werden konnte. Die Leute lächelten und schlüpften vorbei; es war nichts zu machen. Natürlich schimpften die Damen Milton nicht mit Milton oder machten eine Szene vor dem Publikum, sie packten ihn einfach samt ihrem Gesuch und nahmen ihn mit nach Hause.

»Damit war es zu Ende mit ihrer Vorstellung, sie könnten noch Macht ausüben«, sagte Flo. Wie immer war es schwer zu sagen, welche besondere Niederlage – die der Religion oder die der Anmaßung – sie mit solcher Freude sah.

Der Junge, der Rose das Gedicht in Miss Hatties Englischstunde in der Oberschule von Hanratty zeigte, war Ralph Gillespie, eben der Junge, der sich auf Milton-Homer-Parodien spezialisiert hatte. Soweit Rose sich erinnerte, hatte er zur Zeit, als er ihr das Gedicht zeigte, noch nicht mit den Parodien angefangen. Die kamen erst später während der letzten paar Monate, die er in der Schule war. In den meisten Klassen saß er vor Rose oder hinter ihr infolge der Nachbarschaft ihrer Namen im Alphabet. Über diese alphabetische Nachbarschaft hinaus hatten sie zudem etwas wie eine Familienähnlichkeit, nicht im Aussehen, aber in ihren Gewohnheiten und Neigungen. Statt sie in Verlegenheit zu bringen, wie dies der Fall gewesen wäre, wenn sie wirklich Bruder und Schwester gewesen wären, brachte es sie zu einer für beide nützlichen Verschwörung. Alles, Bleistifte, Lineale, Radiergummi, Federn, Millimeterpapier, liniertes Papier, Kompass, Stechzirkel, Winkelmesser, was für ein erfolgreiches Leben in der Schule nötig war – sie verloren oder verlegten alles, oder sie besorgten es sich nicht in ausreichendem Maße; beide waren sie mit Tinte verschmiert und Opfer von Verschütt- und Klecksmissgeschicken; beide waren sie nachlässig mit ihren Hausaufgaben, aber unruhig, weil sie sie nicht gemacht hatten. Deshalb taten sie, was sie konnten, um einander zu helfen, teilten alle ihre Vorräte miteinander, bettelten bei ihren wohlhabenderen Nachbarn, versuchten, irgendjemandes Hausaufgaben abzuschreiben. Sie entwickelten die Kameradschaft von Gefangenen, von Soldaten, denen nichts am Feldzug liegt, weil sie nur überleben und ein Gefecht vermeiden wollen.

Das war noch nicht alles. Ihre Schuhe und Stiefel wurden gut miteinander bekannt, stießen und schoben sich in freundlicher privater Begegnung, blieben manchmal in zögernder Ermutigung beieinander; besonders diese gegenseitige Freundlichkeit half ihnen, die Augenblicke zu überstehen, in denen Schüler ausgewählt wurden, die Mathematikaufgaben an die Tafel schreiben mussten.

Einmal kam Ralph nach der Mittagspause herein und hatte die Haare voller Schnee. Er lehnte sich herüber, schüttelte den Schnee auf Roses Pult und sagte: »Hast du blaue Schuppen?«

»Nein. Meine sind weiß.«

Das erschien Rose als ein Augenblick einer gewissen Vertraulichkeit angesichts seiner Unbefangenheit dem Körperlichen gegenüber und der Erinnerung an einen Scherz aus der Kindheit. An einem anderen Tag kam sie nach der Mittagspause ins Klassenzimmer, bevor es geläutet hatte, und fand ihn in einem Kreis von Zuschauern, wie er seine Parodie von Milton Homer vorführte. Sie war überrascht und besorgt; überrascht, weil er in der Schule immer so schüchtern gewesen war wie sie selbst und weil dies eins der Dinge gewesen war, die sie verbanden; besorgt, er könnte es vielleicht nicht schaffen, sie nicht zum Lachen bringen. Aber er war sehr gut; sein großes, blasses, gutmütiges Gesicht nahm den Ausdruck von Miltons plumper Verzweiflung an; seine Augen glotzten und seine Wangen zitterten, und seine Worte kamen in einem heiseren, schläfrigen Singsang. Er war so erfolgreich, dass Rose verblüfft war, und alle anderen waren es auch. Von dieser Zeit an begann Ralph, Parodien vorzuführen; er konnte mehrere, aber Milton Homer war sein Markenzeichen. Rose kam nie ganz über eine kameradschaftliche Anerkennung ihm gegenüber hinaus. Sie hatte noch ein anderes Gefühl, nicht Neid, sondern eine Art geheime Sehnsucht. Sie wollte das Gleiche machen wie er. Nicht Milton Homer; sie wollte nicht Milton Homer spielen. Sie wollte etwas in dieser märchenhaften, befreienden Art darstellen, sich verwandeln; sie wünschte sich den Mut und die Kraft dazu.

Nicht lange, nachdem er angefangen hatte, diese seine Begabungen öffentlich vorzuführen, verließ Ralph Gillespie die Schule. Rose fehlten seine Füße und sein Atem und sein Finger, der ihr auf die Schulter tippte. Sie begegnete ihm manchmal auf der Straße, aber er schien nicht mehr ganz der gleiche Mensch zu sein. Sie blieben nie stehen, um miteinander zu sprechen, sagten nur eben hallo und liefen weiter. Es schien, als seien sie sich über Jahre in verschwörerischer Weise nahe gewesen, hätten ihre gespielte Gemeinsamkeit durchgehalten, aber sie hatten nie außerhalb der Schule miteinander gesprochen, waren nie über den förmlichen Gruß hinausgegangen, und jetzt konnten sie es anscheinend nicht mehr. Rose fragte ihn nie, warum er von der Schule abgegangen war; sie wusste nicht einmal, ob er eine Stelle gefunden hatte. Sie kannten ihre Hälse und Schultern, ihre Köpfe und Füße, aber sie konnten sich nicht als ganze Personen gegenübertreten.

Nach einiger Zeit sah Rose ihn nicht mehr auf der Straße. Sie hörte, er sei zur Marine gegangen. Er hatte offenbar nur gewartet, bis er alt genug dafür war. Er war in die Marine eingetreten und nach Halifax gegangen. Der Krieg war vorbei, es war nur die Friedensmarine. Dennoch war es seltsam, sich Ralph Gillespie in Uniform auf dem Deck eines Zerstörers vorzustellen, wie er vielleicht Geschütze abfeuerte. Rose begann gerade zu begreifen, dass die Jungen, die sie kannte, so unbrauchbar sie auch scheinen mochten, jetzt Männer wurden und Dinge tun durften, von denen man glaubte, sie erforderten mehr Begabung und Selbstständigkeit, als sie haben konnten.

Nachdem sie den Laden aufgegeben hatte und bevor ihre Arthritis zu schlimm wurde, gab es eine Zeit, in der Flo zum Bingo-Spielen ging und manchmal mit den Nachbarn in der Legion Hall Karten spielte. Wenn Rose auf Besuch zu Hause war, waren Gespräche schwierig, also fragte sie Flo nach den Leuten, die sie in der Legion Hall traf. Sie erkundigte sich dann nach Neuigkeiten über ihre eigenen Altersgenossen, Horse Nicholson, Runt Chesterton, die sie sich nicht recht als erwachsene Männer vorstellen konnte; sah Flo sie manchmal?

»Einen gibt's, den seh ich, der treibt sich die ganze Zeit hier herum. Ralph Gillespie.«

Rose sagte, sie habe gedacht, Ralph Gillespie sei bei der Marine.

»War er, aber jetzt ist er wieder daheim. Er hatte einen Unfall.«

»Was für einen Unfall?«

»Weiß ich nicht. Es war bei der Marine. Er war in einem Marinekrankenhaus, ganze drei Jahre. Sie mussten ihn von oben bis unten wieder zusammenflicken. Er ist jetzt wieder in Ordnung, nur dass er beim Gehen hinkt, irgendwie schleift er das eine Bein nach.«

»Ist ja scheußlich.«

»Nun ja. Das sag ich ja. Ich habe auch nichts gegen ihn, aber oben in der Legion Hall sind welche, die haben was dagegen.«

»Was dagegen?«

»Wegen der Rente«, sagte Flo überrascht und ziemlich geringschätzig, weil Rose an etwas so Grundsätzliches und eine in Hanratty so natürliche Sache nicht gedacht hatte. »Sie meinen, so, jetzt hat er ausgesorgt. Ich sage, er muss was dafür ausgestanden haben. Manche Leute sagen, er bekommt eine Menge, aber ich glaube es nicht. Er braucht nicht viel, lebt ja ganz für sich. Jedenfalls, wenn er Schmerzen hat, lässt er's nicht merken. Wie ich. Ich lass es auch nicht merken. Wenn du weinst, weinst du allein. Er ist ein guter Dart-Spieler. Er spielt alles, was es so gibt. Und er kann Leute nachmachen, völlig echt.«

»Spielt er immer noch Milton Homer? Er spielte Milton Homer immer in der Schule.«

»Den macht er. Milton Homer. Da drin ist er komisch. Er spielt auch ein paar andere.«

»Lebt Milton Homer noch? Marschiert er noch bei Paraden?«

»Sicher lebt er noch. Immerhin hat er sich einigermaßen beruhigt. Er ist da draußen im Altersheim, und man kann ihn an sonnigen Tagen unten an der großen Straße sehen, wie er den Verkehr beobachtet und sein Eis schleckt. Die alten Damen sind beide tot.«

»Also ist er nicht mehr bei den Paraden dabei?«

»Es sind keine Paraden mehr zum Mitmachen. Die Paraden haben sehr nachgelassen. Die Orangisten sterben aus, und man hätte ja auch nicht mehr den Zulauf, die Leute sitzen lieber daheim und sehen fern.«

Bei späteren Besuchen fand Rose, dass Flo die Legion nicht mehr mochte.

»Ich will nicht einer von diesen alten Käuzen sein«, sagte sie.

»Was für alte Käuze?«

»Sitzen herum und erzählen immer die gleichen blöden Geschichten und trinken Bier. Da wird mir schlecht.«

Das passte gut zu Flos üblichem Verhalten. Menschen, Orte, Vergnügungen waren unversehens beliebt oder unbeliebt. Der Wechsel war mit dem Alter gründlicher und häufiger geworden.

»Magst du niemand mehr von ihnen? Kommt Ralph Gillespie noch hin?«

»Der kommt noch. Er kommt so gern, dass er versucht hat, da eine Stelle zu kriegen. Er hat versucht, den Teilzeitjob an der Bar zu kriegen. Manche Leute sagen, man habe über ihn geschimpft, weil er doch schon die Rente hat, aber ich glaub, es war wegen der Art, wie er sich benimmt.«

»Wie? Betrinkt er sich?«

»Man würde es nicht merken, wenn er es ist; der benimmt sich immer gleich, macht Leute nach, und die halbe Zeit macht er jemand nach, den die neuen Leute, die in die Stadt gekommen sind, nicht kennen, sie wissen nicht mal, wer das war, sie denken einfach, Ralph spinnt.«

»Wie Milton Homer?«

»Genau. Wie können die wissen, dass es Milton Homer sein soll und wie Milton Homer war? Sie wissen's nicht. Ralph weiß nicht, wann er aufhören soll. Er hat sich mit Milton Homer direkt um einen Job gebracht.«

Nachdem Rose Flo ins Altersheim gebracht hatte – sie hatte Milton Homer dort nicht gesehen, aber sie hatte andere Leute gesehen, die sie längst für tot gehalten hatte – und noch blieb, um das Haus sauber und zum Verkauf bereit zu machen, wurde sie selbst von Flos Nachbarn, die dachten, sie müsse am Samstagabend einsam sein, in die Legion Hall mitgenommen. Sie wusste nicht, wie sie ablehnen sollte, und fand sich also an einem langen Tisch im Untergeschoss der Hall wieder, wo die Bar war, eben zu der Zeit, als das letzte Sonnenlicht über die Bohnen- und Kornfelder, über den gekiesten Parkplatz und durch die hohen Fenster fiel und die Sperrholzwände sprenkelte. Rundum an den Wänden waren Fotografien mit handgeschriebenen Namen, die auf die Rahmen geklebt waren. Rose stand auf, um sie anzusehen. Die Hundertsechser 1915, kurz vor der Einschiffung. Verschiedene Helden dieses Krieges, deren Namen von Söhnen oder Neffen weitergeführt wurden, von deren Existenz sie aber vorher nichts gewusst hatte. Als sie an den Tisch zurückkam, war ein Kartenspiel in Gang gekommen. Sie fragte sich, ob es störend gewirkt hatte, dass sie aufstand und die Bilder ansah. Wahrscheinlich sah sie nie jemand an; sie waren nicht zum Ansehen da; sie waren einfach da wie das Sperrholz an den Wänden. Besucher, Außenseiter schauten die Dinge immer an, interessierten sich immer dafür, fragten, wer war das, wann war jenes, suchten das Gespräch zu beleben. Sie stecken zu viel rein; sie wollen zu viel herausbekommen. So hätte es nun auch aussehen können, als spazierte sie im Raum herum, um Aufmerksamkeit zu erregen.

Eine Frau setzte sich dazu und stellte sich vor. Sie war die Frau von einem der Männer, die Karten spielten. »Ich hab Sie im Fernsehen gesehen«, sagte sie. Rose war immer ein wenig schuldbewusst, wenn jemand das sagte; das heißt, sie musste etwas zurückdrängen, was sie als einen unsinnigen Drang, sich zu entschuldigen, erkannte. Hier in Hanratty war der Drang stärker als gewöhnlich. Ihr war klar, dass sie Dinge getan hatte, die als anmaßend gelten mussten. Sie erinnerte sich an ihre Zeit als Fernsehreporterin, ihr trügerisches Vertrauen und ihren Charme; hier wie nirgendwo sonst musste man verstehen, dass das ein Schwindel war. Ihre Schauspielerei war etwas anderes. Die Dinge, deren sie sich schämte, waren nicht die, von denen man annehmen sollte, sie schämte sich ihrer; nicht eine hängende bloße Brust, sondern ein Versagen, das sie nicht fassen oder erklären konnte.

Die Frau, die mit ihr sprach, gehörte nicht nach Hanratty. Sie sagte, sie sei aus Sarnia zugezogen, als sie vor fünfzehn Jahren geheiratet habe.

»Ich finde es immer noch schwer, mich einzugewöhnen. Wirklich wahr. Nach der Großstadt. Sie sehen in Wirklichkeit besser aus als in dieser Serie.«

»Das will ich hoffen«, sagte Rose und erzählte, wie man sie geschminkt hatte. Die Leute interessierten sich für so etwas, und Rose fühlte sich wohler, nachdem das Gespräch auf technische Details übergegangen war.

»Ach, da ist der gute Ralph«, sagte die Frau. Sie ging weg und machte einem schlanken grauhaarigen Mann Platz, der einen Bierkrug hielt. Das war Ralph Gillespie. Wenn Rose ihm auf der Straße begegnet wäre, hätte sie ihn nicht erkannt. Er wäre ein Fremder für sie gewesen, aber nachdem sie ihn eine Weile betrachtet hatte, erschien er ihr ganz unverändert, unverändert gegenüber seinem Aussehen mit siebzehn oder fünfzehn, das graue Haar, das hellbraun gewesen war, fiel immer noch in die Stirn, sein Gesicht war immer noch blass und ruhig und eigentlich zu groß für seinen Körper, er hatte immer noch den gleichen schüchternen, wachsamen, zurückhaltenden Blick. Aber sein Körper war schlanker, und seine Schultern schienen zusammengeschrumpft zu sein. Er trug ein kurzärmeliges Strickhemd mit kleinem Kragen und drei Zierknöpfen; es war hellblau mit beigen und gelben Streifen. Dieses Hemd schien Rose alternde Jugendlichkeit anzuzeigen, eine Art versteinerter Jugend. Sie bemerkte, dass seine Arme alt und abgemagert waren und dass seine Hände so heftig zitterten, dass er sie beide brauchte, um das Glas Bier an den Mund zu führen.

»Sie werden nicht lange hier in der Gegend bleiben, nicht wahr?«, sagte die Frau, die aus Sarnia gekommen war.

Rose sagte, sie fahre morgen, am Sonntagabend, nach Toronto.

»Sie müssen viel zu tun haben«, sagte die Frau mit einem tiefen Seufzer, mit aufrichtigem Neid, der an sich hätte erkennen lassen, dass sie nicht aus Hanratty stammte.

Rose dachte daran, dass sie am Montagmittag einen Mann zum Essen und fürs Bett treffen sollte. Dieser Mann war Tom Shepherd, den sie schon lange kannte. Er war einmal in sie verliebt gewesen, er hatte ihr Liebesbriefe geschrieben. Als sie das letzte Mal in Toronto mit ihm zusammen war, als sie hinterher im Bett saßen und Gin und Tonic tranken – sie tranken immer eine ganze Menge, wenn sie zusammen waren –, dachte Rose plötzlich, oder wusste es, dass es jetzt jemand gab, irgendeine Frau, in die er verliebt war und die er aus der Ferne verehrte, der er wahrscheinlich Briefe schrieb, und dass es noch eine andere Frau gegeben haben musste, mit der er häufig geschlafen hatte, zur gleichen Zeit, als er Rose Briefe schrieb. Außerdem gab es, und das die ganze Zeit, seine Frau. Rose wollte ihn danach fragen; nach der Notwendigkeit, den Schwierigkeiten, den Befriedigungen. Ihr Interesse war freundschaftlich und wohlwollend, aber sie wusste, sie hatte schon Verstand genug, um zu wissen, dass die Frage nichts nützen würde.

Das Gespräch in der Legion Hall war auf Lotterielose, Bingo, Gewinne übergegangen. Die Männer, die Karten spielten – darunter Flos Nachbar –, sprachen über einen Mann, von dem man glaubte, er habe zehntausend Dollar gewonnen und diese Tatsache nie bekannt gegeben, weil er ein paar Jahre zuvor Pleite gemacht hatte und daher vielen Leuten Geld schuldete.

Einer von ihnen sagte, wenn er sich für bankrott erklärt habe, schulde er niemand mehr Geld.

»Vielleicht gehörte es ihm damals auch nicht«, sagte ein anderer. »Aber es gehört ihm jetzt. Der Grund dafür ist, dass er es jetzt bekommen hat.«

Diese Ansicht wurde allgemein bevorzugt.

Rose und Ralph Gillespie sahen sich an. Es war der gleiche wortlose Scherz, die gleiche Verschwörung, der Trost; das Gleiche, das Gleiche.

»Ich höre, du bist ein richtiger Schauspieler«, sagte Rose. Das war falsch; sie hätte gar nichts sagen sollen. Er lachte und schüttelte den Kopf.

»Ach geh. Ich höre, dein Milton Homer ist sensationell.«

»Davon weiß ich nichts.«

»Ist er noch in der Gegend?«

»Soviel ich weiß, ist er draußen im Altersheim.«

»Denkst du noch an Miss Hattie und Miss Mattie? Sie hatten diese Lichtbildervorführung bei sich zu Hause.«

»Sicher.«

»Meine Vorstellung von China beruht immer noch so ziemlich auf diesen Lichtbildern.«

Rose sprach weiter in dieser Art, obwohl sie wünschte, sie könnte aufhören. Sie sprach in einer Art, die man anderswo als amüsant, vertraulich, in erkennbarer und unverbindlicher Weise kokett angesehen hätte. Sie erhielt nicht viele Antworten von Ralph Gillespie, obwohl er aufmerksam, ja aufgeschlossen wirkte. Die ganze Zeit, während sie sprach, fragte sie sich, was er ihr sagen wollte. Irgendetwas wollte er. Aber er würde keine Anstalten machen, es zu bekommen. Sie musste ihren ersten Eindruck von ihm als einem jungenhaft schüchternen und gewinnenden Menschen ändern. Das war seine Außenseite. Dahinter war er unabhängig, hatte sich mit einem Leben der Enttäuschung abgefunden, war vielleicht sogar stolz. Sie wünschte sich, er würde auf dieser Ebene mit ihr sprechen, und sie glaubte auch, er wünsche sich das, aber sie kamen nicht dazu.

Aber als Rose sich dieses unbefriedigenden Gesprächs erinnerte, schien es eine ganze Welle von Freundlichkeit, Sympathie und Nachsicht wieder zu erwecken, obwohl sicherlich nichts Derartiges ausgesprochen worden war. Jene eigentümliche Scham, die sie mit sich herumschleppte, schien gemildert zu sein. Worüber sie sich beim Spielen schämte, war der Umstand, dass sie vielleicht auf die falschen Dinge geachtet hatte, während es immer noch etwas mehr gab, einen Ton, eine Tiefe, ein Licht, das sie nicht erreichen konnte und nicht erreichen würde. Und diesen Verdacht hatte sie nicht nur, was das Spielen anging. Alles, was sie je getan hatte, konnte einmal als Fehler angesehen werden. Sie hatte das nie stärker gespürt als während des Gesprächs mit Ralph Gillespie. Aber wenn sie später an ihn dachte, erschienen ihre Fehler unwichtig. Sie war genug Kind ihrer Zeit, um sich zu fragen, ob das, was sie für ihn fühlte, einfach sexuelle Wärme, sexuelle Neugier war; sie glaubte nicht, dass es so war. Es schien da Gefühle zu geben, von denen man nur in Übersetzung sprechen konnte; vielleicht konnte man auch nur in Übersetzung damit umgehen; nicht davon zu sprechen und nicht nach ihnen zu handeln ist der richtige Weg, weil Übersetzungen unsicher sind. Und gefährlich.

Aus diesen Gründen gab Rose Brian und Phoebe gegenüber keine weiteren Erklärungen über Ralph Gillespie, als sie sie an die Zeremonie Milton Homers mit den Babys oder seinen Ausdruck diabolischer Freude auf der Schaukel erinnerte. Sie erwähnte nicht einmal, dass er tot war. Sie wusste, dass er tot war, weil sie immer noch ein Abonnement der Zeitung von Hanratty hatte. Flo hatte Rose letzte Weihnachten ein Abonnement für sieben Jahre geschenkt, als sie sich verpflichtet fühlte, Weihnachtsgeschenke zu machen; bezeichnenderweise sagte Flo, die Zeitung sei ja nur dazu da, dass die Leute ihren Namen darin fänden, und es sei überhaupt nichts Lesenswertes darin. Gewöhnlich blätterte Rose die Seiten schnell um und warf die Zeitung dann in den Kohlenkasten. Aber sie sah doch die Meldung über Ralph, die auf der ersten Seite stand.

EHEMALIGER MARINEOFFIZIER GESTORBEN
Mr Ralph Gillespie, Deckoffizier bei der Marine a.D., erlitt am letzten Samstagabend in der Legion Hall folgenschwere Kopfverletzungen. Es war keine weitere Person in den Sturz verwickelt, und unglücklicherweise vergingen mehrere Stunden, ehe die Leiche Mr Gillespies entdeckt wurde. Man nimmt an, dass er die Tür zum Untergeschoss für die Ausgangstür hielt und das Gleichgewicht verlor, das infolge einer alten Verletzung gestört war, die er während seiner Marinelaufbahn erlitten und die ihn teilweise invalide gemacht hatte.

Die Zeitung brachte weiter die Namen von Ralphs Eltern, die offenbar noch am Leben waren, und den seiner verheirateten Schwester. Die Legion übernahm die Beisetzungsfeierlichkeiten.

Rose erzählte das niemandem, froh, dass es wenigstens eine Sache gab, die sie nicht durch Erzählen verderben würde, obwohl sie wusste, dass es ebenso sehr Mangel an Material wie anständige Zurückhaltung war, was sie schweigen ließ. Was konnte sie über sich und Ralph Gillespie sagen, außer dass sie sein Leben fühlte, nahe, vertrauter als das Leben der Männer, die sie geliebt hatte, nur ein Stück von ihrem eigenen entfernt?

»Der American Dream außer Rand und Band.«

The New Yorker

Als der 10jährige Loren entführt wird, meint man, es handle sich um einen Irrtum. Doch sein Entführer ist in Wirklichkeit sein Großonkel. Er haust in einem umgebauten Hotel in Las Vegas und ist umgeben von wertvollen Gemälden und Antiquitäten und einer Reihe exzentrischer Gäste. Alle suchen nach verlorenen Schätzen des Universums. In dieser eigenartigen Welt erfährt Loren allmählich das Geheimnis seiner Herkunft.

»Eine Reise zu den Sternen« lässt das Amerika der Sechziger- und Siebzigerjahre wie eine Projektion in der Kuppel eines Planetariums vorüberziehen.«
Kolja Mensing, taz

Nicholas Christopher: Eine Reise zu den Sternen
Roman
Aus dem Englischen von Pociao und Roberto de Hollanda
662 Seiten, gebunden mit Schutzumschlag, Lesebändchen
ISBN 3-608-93268-2

Klett-Cotta

Margaret Atwood
Tipps für die Wildnis
Short Storys · Aus dem Englischen von
Charlotte Franke

Margaret Atwoods scharfsinnige *Tipps für die
Wildnis* unserer modernen Gesellschaft im Zeitalter
des Feminismus. Zehn Geschichten, die von Frauen
am Wendepunkt ihres Lebens erzählen. Auf scharfsinnige Weise arbeitet Margaret Atwood mit der
Zeit: Dinge, die im unmittelbaren Erleben eindeutig
erscheinen, erweisen sich im Rückblick nach vielen
Jahren als schillernd, der Blick auf eine Karriere,
ein Leben entfaltet die Ironie, die in einer Situation
liegen kann.

*»Die Geschichten gehen ans Mark. (…) Die
Atwood-Frauen scheinen verstanden zu haben, dass
Freiheit nur ein anderes Wort ist für jenen Zustand,
in dem es nichts mehr zu verlieren gibt.«*
Frankfurter Allgemeine Zeitung

*»Margaret Atwood entfaltet ihre Themen auf groß-
artige Weise: die Unfähigkeit von Menschen, einander
Zuwendung und Zärtlichkeit zu schenken; Gleichgültigkeit von Männern; das Leiden der Frauen
an einer erkalteten Welt. Leise erklingt ihr Protest,
eingebettet in geschliffene, feinsinnige, hochintelligente
Prosa.«* Berliner Zeitung

Berliner Taschenbuch Verlag

Paula Fox
Kalifornische Jahre
Roman · Aus dem Englischen von Susanne Röckel

Amerika 1940. Die USA sind im Begriff, in den
Krieg einzutreten, zahlreiche europäische
Emigranten prägen das tägliche Leben. Die
siebzehnjährige Annie Gianfala zieht für ein
paar Jahre von New York nach Kalifornien und
versucht in dieser merkwürdigen und orientie-
rungslosen Welt ihren Weg zu finden.

»*Paula Fox ist vergleichbar mit Virginia Woolf.*«
Sigrid Löffler

»*Es sind die genauen Blicke auf die Menschen, auf
ihre ebenso tristen Empfindungen wie bleibenden
Sehnsüchte, die den besonderen Ton und Reiz dieser
Autorin ausmachen.*« Süddeutsche Zeitung

»*Man liest, lernt und freut sich, wie Paula Fox
schreiben kann.*« Focus

»*Fox zählt zu den großen Erzählern der amerikanischen Moderne.*« Financial Times Deutschland

Berliner Taschenbuch Verlag